po prostu razem

anna gavalda
po prostu razem

Z francuskiego przełożyła
Hanna Zbonikowska

Świat Książki

Tytuł oryginału
ENSEMBLE, C'EST TOUT

Redaktor prowadzący
Elżbieta Kobusińska

Redakcja merytoryczna
Elżbieta Żuk

Redakcja techniczna
Mirosława Kostrzyńska

Korekta
Marianna Filipkowska
Jolanta Spodar
Grażyna Henel

Świat Książki
Warszawa 2007
Bertelsmann Media sp. z o.o.
ul. Rosoła 10, 02-786 Warszawa

Skład i łamanie
Joanna Duchnowska

Druk i oprawa
GGP Media GmbH, Pössneck

ISBN 978-83-247-0690-7
Nr 5983

*Dla Muguette
(1919–2003),
po której ciało nikt się nie zgłosił*

CZĘŚĆ I

1

Paulette Lestafier wcale nie była tak szalona, jak mówiono. Oczywiście, że odróżniała dni tygodnia. Teraz nie miała nic innego do roboty, jak tylko liczyć dni, czekać na nie, a potem o nich zapominać. Doskonale wiedziała, że dziś jest środa. Zresztą była gotowa! Włożyła płaszcz, przygotowała koszyk i kupony rabatowe. Usłyszała nawet w oddali samochód Yvonne... Ale jej kot stał przed drzwiami. Był głodny. Schylając się, żeby postawić na podłodze kocią miskę, upadła i uderzyła głową o stopień schodów.

Paulette Lestafier często traciła równowagę, ale była to jej słodka tajemnica, której nie zdradzała nikomu.

„Nikomu, słyszysz? – groziła sobie po cichu. – Ani Yvonne, ani lekarzowi, a już zwłaszcza chłopcu..."

Trzeba tylko powoli wstać, poczekać, by przedmioty powróciły na swoje miejsce, zdezynfekować otarcia i ukryć te przeklęte sińce.

Sińce Paulette nigdy nie były niebieskie, tylko żółte, zielone lub fioletowe. Długo pozostawały na ciele. Zbyt długo. Czasami kilka miesięcy... Z trudem udawało się je ukryć. Dobrzy ludzie pytali, dlaczego ubiera się zawsze jak w środku zimy, bez względu na porę roku nosi rajstopy i nigdy nie zdejmuje sweterka.

Zwłaszcza mały zawracał jej tym głowę:

– No babciu! Po co to wszystko? Zdejmuj mi to całe badziewie, udusisz się z gorąca!

Nie, Paulette na pewno nie była szalona. Zdawała sobie sprawę, że przez te olbrzymie, nigdy nieschodzące sińce będzie miała kiedyś problemy...

Wiedziała, jak kończą bezużyteczne stare kobiety, takie jak ona. Te, które pozwalają chwastom zarosnąć warzywniak i trzymają się mebli, aby nie upaść. Staruszki, które nie mogą przewlec nitki przez ucho igielne i nawet nie pamiętają, jak się nastawia głośniej własny telewizor. Te, które naciskają wszystkie przyciski pilota, by ostatecznie wyłączyć odbiornik, płacząc z wściekłości.

Drobnymi i gorzkimi łzami.

Trzymając głowę w dłoniach przed zgaszonym telewizorem.

I co? Już nic? Już nigdy więcej hałasów w tym domu? Żadnych głosów? Nigdy? Dlatego, że się zapomniało koloru przycisku? Przecież mały zrobił ci nalepki... Nakleił je! Jedną do kanałów, jedną do dźwięku i jedną do wyłączania! „No, Paulette! Przestań się mazać i popatrz wreszcie na nalepki!"

„Przestańcie na mnie krzyczeć... Te nalepki już dawno temu się odkleiły... Prawie natychmiast... Od miesięcy szukam tego przycisku... Nie ma dźwięku, widzę tylko obraz i słyszę cichutki szept...

Nie krzyczcie tak, bo do tego wszystkiego jeszcze ogłuchnę"...

2

– Paulette? Paulette, jesteś tam?

Yvonne się złościła. Było jej zimno. Podciągnęła wyżej szal i dalej kipiała z gniewu. Nie lubiła się spóźniać do supermarketu.

Co to, to nie.

Westchnęła i wróciła do samochodu. Zgasiła silnik i wzięła czapkę.

Paulette była pewnie nadal w ogródku. Zawsze była w ogródku. Siedziała na ławce przy pustych klatkach króliczych. Spędzała tam całe godziny, być może od rana do wieczora. Wyprostowana, nieruchoma, cierpliwa, z dłońmi na kolanach i z nieobecnym spojrzeniem.

Bez przerwy mówiła do siebie, wzywała umarłych i zaklinała żywych.

Rozmawiała z kwiatami, główkami sałaty, sikorkami i swoim cieniem. Paulette traciła rozum i rozeznanie, jaki jest dzień tygodnia. Dziś była środa, a środa to dzień zakupów. Yvonne przyjeżdżała po nią co tydzień od ponad dziesięciu lat. Otworzyła zasuwkę furtki, jęcząc: „Co za nieszczęście..."

Co za nieszczęście starzeć się, co za nieszczęście być tak samotną i co za nieszczęście przyjechać za późno do Intermarché i nie znaleźć już wózków przy kasach...

Ale nie. W ogrodzie pusto.

Zrzędliwe babsko zaczęło się niepokoić. Kobieta poszła za dom i przyłożyła dłonie do szyby w oknie, żeby sprawdzić, jakie są przyczyny tej ciszy.

– Słodki Jezu! – krzyknęła, widząc ciało przyjaciółki na podłodze w kuchni.

Pod wpływem emocji Yvonne przeżegnała się byle jak, pomyliła Syna z Duchem Świętym, poprzeklinała też trochę i poszła do szopy po jakieś narzędzie. Wróciła z motyką, wybiła szybę i z wielkim wysiłkiem wspięła się na parapet okna.

Z trudem przeszła przez pomieszczenie, uklękła i podniosła głowę starszej pani z różowej kałuży, w której mleko i krew zdążyły się już wymieszać.

– Hej! Paulette! Żyjesz? Żyjesz, halo?

Kot, mrucząc, chłeptał mleko, kpiąc sobie z dramatu, z konwenansów i z porozrzucanych dookoła kawałków szkła.

3

Yvonne nie miała specjalnej ochoty, ale strażacy[*] kazali jej wsiąść do wozu, by załatwić formalności i warunki przyjęcia na ostry dyżur:

– Zna pani tę kobietę?

Obruszyła się:

– Jak mogłabym jej nie znać! Byłyśmy w radzie gminy!

– Proszę więc wsiadać.

– A mój samochód?

– Nie odleci! Przywieziemy panią z powrotem...

– No dobrze... – odparła zrezygnowana. – Później pojadę na zakupy...

Ale ten pojazd okazał się bardzo niewygodny. Wskazali jej maleńki taboret przy noszach, na którym z trudem usiadła. Kurczowo trzymała torebkę, na każdym zakręcie prawie spadała ze stołka.

Był z nią młody człowiek. Wydzierał się, bo nie mógł znaleźć żyły w ramieniu chorej, a Yvonne nie podobały się takie maniery:

---

[*] We Francji strażacy przyjeżdżają również w stanach zagrożenia życia (wszystkie przypisy pochodzą od tłumacza).

– Nie wrzeszcz pan tak – mamrotała. – Nie wrzeszcz tak...
A tak w ogóle, to co chce jej pan zrobić?
– Podłączyć kroplówkę.
– Co takiego?
Po minie chłopaka zrozumiała, że powinna siedzieć cicho.
Mamrotała więc dalej pod nosem:
„Patrzcie, jak jej maltretuje tę rękę, no nie, spójrzcie na
to... Tragedia... Wolę nie patrzeć... Święta Mario, módl się,
by... Hej! Ale pan jej krzywdę robi!"

Stał i regulował zacisk na rurce. Yvonne liczyła przepły-
wające bąbelki powietrza i byle jak się modliła. Odgłos syre-
ny nie pozwalał jej się skoncentrować.

Położyła sobie dłoń przyjaciółki na kolanie i gładziła ją
mechanicznie, zupełnie jakby wygładzała materiał spódnicy.
Z powodu smutku i przerażenia nie mogła wykrzesać więcej
czułości...

Yvonne Carminot wzdychała ciężko i patrzyła na tę pomarszczoną dłoń z odciskami, upstrzoną brunatnymi plamami,
na paznokcie delikatne jeszcze, lecz twarde, brudne i połama-
ne. Położyła ją obok swojej i porównywała . Była oczywiście
młodsza i bardziej okrągła od Paulette, ale przede wszystkim
mniej przeżyła na tym padole łez... Od dawna nie musiała pracować w ogrodzie... Jej mąż nadal uprawiał ziemniaki, ale jeśli chodzi o pozostałe rzeczy, to łatwiej przecież pójść do Inter.
Warzywa były czyste i odpadała konieczność wypłukiwania
ślimaków z sałaty... A poza tym miała całą tę swoją rodzinkę:
swojego Gilberta, swoją Nathalie i wnuczki do rozpieszcza-
nia... A co pozostało Paulette? Nic. Nic dobrego. Mąż, który
umarł, puszczalska córka i wnuk, który nigdy do niej nie przyjeżdżał. Same troski, same wspomnienia, jak paciorki różańca
niedoli...

Yvonne Carminot zamyśliła się: czy to w ogóle jest życie?
Czy może być tak bezwartościowe? Tak niewdzięczne? Prze-

cież Paulette... Jakaż to była piękna kobieta! I jaka dobra! Jak niegdyś promieniała... I co? Gdzie to wszystko się teraz podziało?

W tym momencie usta starszej pani zaczęły się poruszać. W mgnieniu oka Yvonne odpędziła wszystkie kłębiące się w jej głowie filozoficzne myśli:
– Paulette, to ja, Yvonne. Wszystko będzie dobrze, Paulette... Przyjechałam zabrać cię na zakupy i...
– Nie żyję? Już nie żyję? – wyszeptała.
– Oczywiście, że nie, Paulette! Oczywiście, że nie! Przecież nie umarłaś!
– Ach – westchnęła, zamykając oczy. – Ach...
To „ach" było straszne. Króciutki okrzyk rozczarowania, zniechęcenia i już pogodzenia się z losem.
Ach, nie umarłam... Ach tak... Trudno... Przepraszam....

Yvonne wcale nie była tego samego zdania.
– No! Trzeba żyć, Paulette! Trzeba przecież żyć!

Starsza pani pokręciła głową. Leciutko, prawie niezauważalnie. Maleńki żal, smutny i uparty. Maleńki bunt.
Być może pierwszy w jej życiu...

Potem nastała cisza. Yvonne nie wiedziała już, co powiedzieć. Wytarła nos i ujęła znów dłoń przyjaciółki, tym razem delikatniej.

– Wsadzą mnie do domu starców, prawda?
Yvonne podskoczyła:
– Skądże, nie wsadzą cię do żadnego domu starców! Skądże znowu! I po co to mówisz? Opatrzą cię i już! Za kilka dni będziesz znów u siebie!
– Nie. Dobrze wiem, że nie...
– Ha! Co to za pomysły? A niby to dlaczego, kochaniutka?
Strażak ruchem ręki poprosił ją, żeby ściszyła głos.

– A mój kot?

– Zajmę się twoim kotem... Nie martw się.

– A mój Franck?

– Zadzwonimy do twojego chłopaka, zaraz do niego zadzwonimy. Zajmę się tym.

– Nie mogłam znaleźć jego numeru telefonu. Zgubiłam...

– Ja znajdę!

– Ale nie można mu przeszkadzać... Wiesz, on ciężko pracuje...

– Tak, Paulette, wiem. Zostawię mu wiadomość. Wiesz, jacy są młodzi w dzisiejszych czasach... Wszyscy mają komórki... Teraz się już im nie przeszkadza...

– Powiedz mu, że... że ja.... że...

Starsza pani nie mogła wymówić słowa.

Karetka podjeżdżała już pod szpital. Paulette Lestafier szeptała, szlochając: „Mój ogród... Mój dom... Zawieźcie mnie do domu, proszę...”

Yvonne i młody noszowy wstali.

4

– Kiedy miała pani ostatnią miesiączkę?

Była już za parawanem i walczyła z nogawkami dżinsów. Westchnęła. Wiedziała, że zada jej to pytanie. Wiedziała. Przecież przygotowała się na to... Spięła włosy ciężką srebrną klamrą i weszła na tę cholerną wagę, zaciskając pięści i próbując zebrać się w sobie. Nawet troszeczkę podskakiwała, aby popchnąć dalej strzałkę... Ale nie, to nie wystarczyło. Znów będzie musiała wysłuchać kazania...

Widziała, jak uniósł brew, gdy macał jej brzuch. Zaniepokoiły go jej wyraźnie zarysowane pod skórą żebra, zbyt wystające kości biodrowe, żałosne piersi i pałąkowate uda.

Spokojnie dopięła pasek spodni. Tym razem nie miała się

czego obawiać. To był lekarz medycyny pracy, a nie szkolny. Wygłosi kilka zdań *pro forma* i tyle.

– A więc?

Siedziała już naprzeciw niego i uśmiechała się.

To była jej tajna broń. Nie odkryto dotąd lepszej metody zmiany tematu niż uśmiechanie się do rozmówcy, który cię deprymuje.

Niestety, facet znał się na takich sztuczkach... Oparł łokcie na biurku, skrzyżował dłonie i sam rozbrajająco się uśmiechnął. Straciła koncept. Mogła się zresztą tego spodziewać; był przystojny i nie mogła się powstrzymać od zamknięcia oczu, gdy położył dłonie na jej brzuchu...

– No więc? Bez kręcenia, dobrze? Inaczej lepiej, żeby pani w ogóle nie odpowiadała.

– Dawno temu...

– No tak – skrzywił się – oczywiście... Czterdzieści osiem kilo przy wzroście sto siedemdziesiąt trzy. Jak tak dalej pójdzie, odleci pani przy pierwszym mocniejszym powiewie...

– Jakim powiewie? – spytała naiwnie.

– No... wiatru...

– Ach! Powiewie wiatru! Przepraszam, nie wiedziałam, że się tak mówi...

Chciał coś powiedzieć, ale się rozmyślił. Westchnął i schylił się, aby sięgnąć po bloczek z receptami. Potem znów spojrzał jej prosto w oczy:

– Nie je pani?

– Oczywiście, że jem!

Nagle poczuła wielkie znużenie. Miała już dość tych wszystkich rozmów o swojej wadze, po dziurki w nosie. Niedługo minie dwadzieścia siedem lat, jak ją o to męczą. Czy nie można mówić o czymś innym? W końcu, cholera, była tu! Żywa. Żywotna. Tak samo aktywna jak inni. Tak samo radosna, smutna, dzielna, wrażliwa i zniechęcona, jak bywają inne dziewczyny. Tam, w środku, ktoś był! Ktoś był...

„Litości, czy nie można dziś mówić o czymś innym?"

– Zgadza się pani, prawda? Czterdzieści osiem kilo to niewiele...
– Tak – kiwnęła głową pokonana. – Tak... Zgadzam się... Dawno już tak bardzo waga mi nie spadła... Ja...
– Tak?
– Nie. Nic.
– Proszę mi powiedzieć.
– Ja... Kiedyś byłam grubsza, chyba...
Nie reagował.
– Wystawi mi pan to zaświadczenie?
– Tak, tak, wystawię – prychnął. – Jak się nazywa ta firma?
– Jaka firma?
– Ta, w której jesteśmy, no, pani firma...
– Touclean.
– Przepraszam?
– Touclean.
– Duże T u-k-l-i-n – literował.
– Nie, t-o-u-c-l-e-a-n – poprawiła. – „Tou" od „tout", jak „wszystko" po francusku, „clean" jak „czysto" po angielsku. Wiem, że to dziwnie brzmi, lepiej, by było „wszystko czyste", ale chyba komuś spodobały się te amerykanizmy. Tak jest bardziej profesjonalnie, bardziej *londerful drim tim*...
Nie rozumiał.
– A czym się zajmuje?
– Słucham?
– Czym się zajmuje firma?

Oparła się o krzesło, wyciągając w przód ręce i głosem stewardesy, z poważną miną, zaczęła wymieniać wszystkie jasne i ciemne strony swojej nowej pracy:
– Touclean, panie i panowie, jest odpowiedzią na wszystkie państwa wymagania dotyczące czystości. Osoby prywat-

ne, firmy, biura, zakłady pracy, gabinety, agencje, szpitale, lokale, bloki, warsztaty – Touclean jest po to, aby państwa zadowolić. Touclean sprząta, Touclean czyści, Touclean zamiata, Touclean odkurza, Touclean pastuje, Touclean poleruje, Touclean dezynfekuje, Touclean nabłyszcza, Touclean upiększa, Touclean uzdrawia, Touclean odświeża. Dowolne godziny. Dyspozycyjność. Dyskrecja. Dobrze wykonana praca za rozsądną cenę. Touclean, profesjonaliści do państwa dyspozycji.

Wygłosiła tę mowę jednym tchem. Doktora zatkało:
– To żart?
– Oczywiście, że nie. Zresztą zaraz zobaczy pan cały *dream team*, stoją za drzwiami...
– A czym się pani dokładnie zajmuje?
– Właśnie panu to powiedziałam.
– Nie, pani... Pani!
– Ja? A więc sprzątam, czyszczę, zamiatam, odkurzam, pastuję i tym podobne rzeczy.
– Jest pani sprzątacz...
– Wolę, gdy się mówi kkk... konserwator powierzchni...
Nie był pewny, czy słyszy w jej głosie drwinę, czy nie.
– Dlaczego pani to robi?
Oczy rozszerzyły jej się ze zdumienia.
– Źle się wyraziłem. Dlaczego się pani tym zajmuje? Dlaczego nie czym innym?
– A dlaczego nie?
– Nie chciałaby pani wykonywać jakiejś pracy bardziej... hm...
– Lepiej płatnej?
– Tak.
– Nie.

Siedział tak jeszcze chwilę z wpółotwartymi ustami, trzymając uniesiony ołówek. Następnie zerknął na zegarek, by sprawdzić datę, i nie podnosząc oczu, zadał kolejne pytanie:
– Nazwisko?

– Fauque.
– Imię?
– Camille.
– Data urodzenia?
– Siedemnasty lutego tysiąc dziewięćset siedemdziesiątego siódmego roku.

– Proszę, panno Fauque, jest pani zdolna do pracy...
– Wspaniale. Ile jestem panu winna?
– Nic. Płaci... uhm... Touclean.
– Ach Touclean! – westchnęła, wstając, i z teatralną gestykulacją dodała: – I oto jestem gotowa do mycia kibli. To cudowne...

Odprowadził ją do drzwi.
Już się nie uśmiechał i przybrał z powrotem minę poważnego lekarza.

Sięgając do klamki, podał jej dłoń:
– Może jednak kilka kilogramów? Tylko dla mnie...
Pokręciła głową. Takie sztuczki na nią nie działały. Szantaż i dobre rady. Otrzymała już swoją dawkę.
– Zobaczę, co da się zrobić – odparła. – Zobaczę.
Przy drzwiach gabinetu czekała już Samia.

Camille weszła po schodkach busa, szperając w marynarce w poszukiwaniu papierosów. Gruba Mamadou i Carine siedziały na ławce, obgadując przechodniów i marudząc, gdyż chciały już wracać do domu.
– No i co? – zaśmiała się Mamadou. – Co tam wyrabiałaś tyle czasu? Muszę złapać kolejkę! Przystawiał się do ciebie, czy co?

Camille usiadła na ziemi i uśmiechnęła się do niej swoim zwykłym uśmiechem. Z nią Mamadou nie pozwalała sobie na zbyt wiele, była na to za słaba...

– Jest sympatyczny? – spytała Carine, wypluwając obgryziony paznokieć.

– Supersympatyczny.

– Ach, wiedziałam! – wykrzyknęła Mamadou. – Spodziewałam się tego! Mówiłam wam to, tobie i Sylvie, że ona jest tam całkiem goła!

– Każe ci wejść na wagę...

– Coo? Mnie?! – wrzasnęła Mamadou. – Mnie?! Chyba nie sądzisz, że wejdę na jakąś wagę!

Mamadou musiała ważyć co najmniej sto kilo. Uderzyła dłońmi o uda:

– Nigdy w życiu! Jeśli będę zmuszona na nią wejść, rozwalę ją i jego przy okazji! I co jeszcze robi?

– Zastrzyki – podsunęła Carine.

– Ale tak w ogóle to po co?

– Ależ skądże – uspokoiła ją Camille. – Osłucha ci tylko serce i płuca...

– No dobra, to jeszcze ujdzie.

– Będzie ci również dotykał brzucha...

– Nie, no, to już przesada – skrzywiła się. – Jeśli dotknie mojego brzucha, zjem go na śniadanie... Tacy biali lekarze są bardzo smaczni...

Jej murzyński akcent był teraz silniejszy i dla wzmocnienia efektu klepała się po tunice opinającej się na jej brzuchu.

– Tak, tak, to jest dobre mniam, mniam... Moi przodkowie mi to powiedzieli. Z maniokiem i grzebieniami kogutów... Mhm...

– A co on będzie robił naszej Bredart?

Bredart miała na imię Josy. Uważały ją za upierdliwego babsztyla, podstępnego i podłego, na którego narzekały i traktowały jako nadwornego kozła ofiarnego. Ponadto była ich szefem. Ich „szefem zmiany", jak miała jasno napisane na plaki~~etce. Br~~edart uprzykrzała im życie, oczywiście w granicach swoich możliwości, ale i tak to już było dość męczące...

– Jej nic. Jak tylko poczuje jej zapach, każe się migiem ubierać.

Carine nie przesadziła. Josy Bredart, oprócz wymienionych powyżej cech, bardzo się pociła.

Następnie przyszła kolej na Carine i Mamadou wyciągnęła zza pazuchy plik dokumentów, które położyła na kolanach Camille. Dziewczyna obiecała je przejrzeć i teraz próbowała dojść, o co chodzi w tym całym bałaganie.

– Co to jest?

– To deklaracja do Kasy Zasiłków Rodzinnych!

– Nie, te wszystkie imiona. O tutaj.

– To przecież moja rodzina.

– Jaka twoja rodzina?

– Jaka moja rodzina, jaka moja rodzina? No moja! Pomyśl trochę, Camille!

– Wszystkie te imiona to twoja rodzina?

– Wszystkie – przytaknęła dumnie.

– Ale ile ty masz w końcu dzieciaków?

– Ja mam piątkę, a mój brat czwórkę...

– Ale dlaczego są tu wszystkie?

– Gdzie tu?

– No, tu, na tym papierze.

– Tak jest wygodniej, bo mój brat z bratową mieszkają u nas, a że mamy ten sam adres, więc...

– Ale tak nie może być... Jest tu napisane, że tak nie może być... Nie możesz mieć dziewiątki dzieci...

– Jak to nie mogę? – oburzyła się. – Moja matka miała dwanaścioro!

– Czekaj, nie podniecaj się, Mamadou, ja tylko mówię, co tu jest napisane. Chcą, żebyś wyjaśniła sprawę i przyszła do nich z książeczką rodzinną.

– A niby dlaczego?

– Bo chyba nie jest legalne to, co robicie... Nie wydaje mi się, żebyś mogła wpisać na jednej deklaracji dzieci swoje i brata...

– Dobra, ale mój brat nic nie ma!

– Pracuje?

– Oczywiście! Buduje autostrady!

– A bratowa?

Mamadou zmarszczyła nos:

– Ta to nic nie robi! Nic, mówię ci. Nawet nie drgnie, leniwa larwa. Nigdy nie rusza tego swojego grubego zadu!

Camille uśmiechnęła się w duszy, próbując sobie wyobrazić, co mogłoby być dla Mamadou „grubym zadem”...

– Oboje mają jakieś papiery?

– No pewnie!

– No więc mogą wypełnić odrębną deklarację...

– Ale moja bratowa nie chce iść do opieki społecznej, a mój brat pracuje w nocy, więc w dzień śpi, rozumiesz...

– Rozumiem. Ale w tej chwili na ile dzieci dostajesz zasiłek?

– Na czwórkę.

– Na czwórkę?

– Tak, próbuję ci to wyjaśnić od początku, ale jesteś jak wszyscy biali. Zawsze masz rację i nigdy nie słuchasz!

Camille sapnęła z poirytowaniem.

– Problem polega na tym, że zapomnieli o mej Sissi...

– Mejsissi to który numer?

– To nie numer, idiotko! – gruba kobieta aż się gotowała ze złości. – To moje ostatnie dziecko! Mała Sissi...

– Ach! Sissi!

– Tak.

– A dlaczego jej tutaj nie ma?

– Powiedz, Camille, ty to robisz specjalnie, czy co? To jest właśnie pytanie, które ci zadałam!

Nie wiedziała już, co ma odpowiedzieć...

– Najlepiej będzie, jak pójdziesz do opieki społecznej z twoim bratem lub bratową i wyjaśnicie pani...

– Dlaczego mówisz „pani”? Której poza tym?

– Byle której! – podniosła głos Camille.

– Dobra, dobra, nie wkurzaj się tak. Zadałam ci to pytanie, bo myślałam, że ją znasz...

– Mamadou, ja nie znam nikogo w Kasie Zasiłków Rodzinnych. Nigdy w życiu tam nie byłam, rozumiesz?

Oddała jej cały ten plik papierów; wszystko tam było, nawet ulotki, zdjęcia samochodów i rachunki za telefon.

Usłyszała, jak mamrocze: „Mówi o jakiejś pani, więc ja się pytam, jakiej pani, to normalne, bo są też tam panowie, ale skąd ona może wiedzieć, że są tam same panie, skoro nigdy tam nie była? Są też panowie... Za kogo ona się ma? Pani wszystkowiedząca, czy co?"

– Mamadou! Obraziłaś się?

– Nie, nie obraziłam się. Tylko najpierw mi mówisz, że mi pomożesz, a potem nie pomagasz. I już! Tylko tyle!

– Pójdę z wami.

– Do opieki społecznej?

– Tak.

– Porozmawiasz z panią?

– Tak.

– A jeśli to nie będzie pani?

Camille zaczynała już powoli tracić cierpliwość, gdy pojawiła się Samia:

– Twoja kolej, Mamadou... Masz – zwróciła się do Camille – to numer doktorka...

– Po co mi?

– Po co? Po co? Skąd ja mogę wiedzieć? Pewnie, by pobawić się w doktora! To on poprosił, by ci to dać...

Na recepcie doktor napisał numer swojego telefonu komórkowego oraz: *Zalecam Pani dobrą kolację, proszę o kontakt.*

Camille Fauque zmięła kartkę i wrzuciła do kratki ściekowej.

– Wiesz co? – dodała Mamadou, wstając z trudem i kierując na nią palec wskazujący. – Jeśli załatwisz sprawę z moją Sissi, poproszę brata, by ci przywołał ukochaną osobę...

– Wydawało mi się, że twój brat zajmuje się autostradami.

– Autostradami, ale i czarami, odczynianiem czarów.

Camille wzniosła oczy do nieba.

– A ja? – wtrąciła się Samia. – Mnie też może znaleźć faceta?

Mamadou podeszła do koleżanki i machnęła ręką przed jej twarzą:

– Jesteś podła! Najpierw oddaj mi moje wiadro, a potem wrócimy do tematu!

– Kurwa, wkurzasz mnie! To nie twoje wiadro, ale moje! Twoje było czerwone!

– Podła, i tyle – syknęła Mamadou, odchodząc. – Po-dła...

Nie zdążyła jeszcze pokonać wszystkich stopni, a bus już się kołysał na boki. „Powodzenia tam w środku – uśmiechała się Camille, biorąc jej torbę. – Powodzenia..."

– Idziemy?

– Idę z wami.

– Co robisz? Jedziesz z nami metrem?

– Nie. Wracam na piechotę.

– Ach, przecież ty mieszkasz w lepszej dzielnicy...

– Akurat...

– No, do jutra...

– Cześć, dziewczyny.

Camille była zaproszona na kolację do Pierre'a i Mathilde. Zadzwoniła, żeby to odwołać, i odczuła ulgę, gdy włączyła się poczta głosowa.

Leciutka jak piórko Camille Fauque oddaliła się więc. Trzymała jeszcze stopy na bruku tylko dzięki ciężarowi plecaka oraz czemuś znacznie trudniejszemu do opisania – jakby kamieniom, które zbierały się wewnątrz niej. Oto co powinna wtedy powiedzieć lekarzowi medycyny pracy. Gdyby miała ochotę... Lub siłę? Może czas? Z pewnością czas – pocieszyła się myślach, sama w to nie wierząc. Czas był pojęciem, którego nie mogła już ogarnąć. Za dużo tygodni i miesięcy upłynęło bez jej najmniejszego udziału i ten wywód, ten absurdalny monolog, który wygłosiła, aby się przekonać, że jest równie waleczna jak inni, okazał się tylko kłamstwem.

Jakiego to słowa użyła? „Żywa", tak? Żałosne, Camille Fauque nie była żywa.

Camille Fauque była duchem, który pracował każdej nocy, a w dzień gromadził kamienie. Który wolno przemieszczał się, mało mówił i wymykał się z gracją.

Camille Fauque była młodą kobietą widzianą zawsze od tyłu, kruchą i nieuchwytną.

Nie należało dać się zwieść pozorom. Poprzednia scena nie była wcale tak naturalna, tak błaha i prosta. Camille Fauque kłamała. Oszukiwała, zwodziła, zmuszała się do reakcji, żeby nikt się nie zorientował.

Wracała jednak myślami do tego lekarza... Miała gdzieś numer jego komórki, ale zastanawiała się, czy nie przegapiła szansy... Wydawał się cierpliwy i bardziej uważny niż inni faceci... Może powinna... Przez chwilę, o mały włos... Była zmęczona, a powinna także oprzeć łokcie na biurku i wyznać mu prawdę. Powiedzieć, że nic lub prawie nic nie jadała z powodu tych zajmujących całą przestrzeń kamieni w brzuchu. Codziennie budziła się z wrażeniem, że żuje żwir. Nim otworzyła oczy, już się dusiła. Otaczający ją świat nie miał dla niej najmniejszego znaczenia, a każdy nowy dzień stawał się niemożliwym do uniesienia ciężarem. I wtedy płakała. Nie z powodu przykrości, lecz aby to wszystko minęło. Łzy to w końcu płyn. Pomagały jej strawić te kamienie i pozwalały ponownie oddychać.

Czy wysłuchałby jej? Czy zrozumiałby? Oczywiście. Dlatego właśnie milczała.

Nie chciała skończyć tak jak jej matka. Nie chciała się poddać. Gdyby teraz zaczęła, nie wiadomo, dokąd by ją to zaprowadziło. Za daleko, o wiele za daleko, tam gdzie jest głęboko i zbyt ciemno. Na razie nie miała odwagi, aby z tym walczyć. Udawać – tak, ale nie walczyć.

Weszła do sklepu Franprix obok domu i zmusiła się do zakupu czegoś do jedzenia. Uczyniła to w hołdzie dla życzliwości tego młodego lekarza i dla śmiechu Mamadou. Rubaszny śmiech tej kobiety, debilna praca w Touclean, Bredart, niezwykłe historie Carine, pyskówki, wymieniane papierosy, fizyczne zmęczenie, dzikie wybuchy śmiechu i czasem złe humory – wszystko to trzymało ją przy życiu. Tak, trzymało ją przy życiu.

Pokręciła się trochę po alejkach, nim się w końcu zdecydowała. Kupiła banany, cztery jogurty i dwie butelki wody.

Dostrzegła mieszkającego w jej budynku odmieńca. Dziwny, wysoki chłopak z okularami pozlepianymi plastrem, wytartymi spodniami i manierami z kosmosu. Ledwo wziął jakiś towar, natychmiast go odnosił, a po kilku krokach zmieniał zdanie i wracał, kręcił głową i w końcu, gdy powinien wyłożyć go na ladę, opuszczał nagle kolejkę i odkładał na półkę. Kiedyś widziała nawet, jak wyszedł ze sklepu, a następnie wrócił, żeby kupić ten sam słoik majonezu, który dopiero co odłożył na miejsce. Cudak, który śmieszył ludzi i jąkał się przed sprzedawczyniami, aż serce się krajało.

Czasami spotykała go na ulicy lub przed ich portiernią. Wszystko było dla niego skomplikowane i stanowiło źródło stresu. Tym razem również. Lamentował przy domofonie.

– Co się stało? – spytała.

– Ach! Och! Eeee! Przepraszam! – wykręcał palce na wszystkie strony. – Dobry wieczór, panienko, proszę o wybaczenie, że hm... przeszkadzam, ja... Przeszkadzam pani, nieprawdaż?

To było straszne. Nigdy nie wiedziała, czy ma się śmiać, czy litować. Ta chorobliwa nieśmiałość, ten zbyt wyszukany sposób mówienia, te wyrażenia, których używał, i przesadna gestykulacja zawsze wprawiały ją w straszne zakłopotanie.

– Nie, nie, nie ma sprawy! Zapomniał pan kodu?

– Do diaska, nie. przynajmniej nie wydaje mi się... cóż, nie rozpatrywałem sprawy pod tym kątem... Mój Boże, ja...

– Może go zmieniono?

– Naprawdę pani tak sądzi? – spytał, zupełnie jakby obwieściła mu koniec świata.

– Zaraz sprawdzimy... trzy, cztery, dwa, b, siedem...

Odezwał się mechanizm drzwi.

– Och, czuję się tak skonfundowany... czuję się tak skonfundowany... Ha... Przecież ja też go wstukałem... Nie rozumiem...

– Nie ma sprawy – odparła, napierając na drzwi.

Uczynił gwałtowny ruch, aby otworzyć przed Camille, i chcąc przełożyć ramię ponad nią, nie wcelował w drzwi, lecz uderzył z całą siłą w tył jej głowy.

– Matko! Mam nadzieję, że nie uczyniłem pani krzywdy! Jakiż ja jestem niezdarny, naprawdę, proszę mi wybaczyć... Ja...

– Nie ma sprawy – powtórzyła po raz trzeci.

Nie drgnął.

– No cóż... – rzekła w końcu. – Czy może pan zabrać nogę? Przyciska pan mi kostkę i bardzo boli...

Śmiała się. To był nerwowy śmiech.

Gdy weszli do holu, rzucił się do przeszklonych drzwi, żeby mogła przejść bez przeszkód:

– Niestety, nie idę tędy – powiedziała strapiona, wskazując podwórze.

– Mieszka pani od strony podwórza?

– Hm... nie do końca... raczej na poddaszu...

– Ach! Doskonale... – próbował uwolnić rączkę torby,

25

która zaczepiła się na mosiężnej klamce. – To... To musi być bardzo przyjemne...
– No cóż... tak – skrzywiła się, oddalając pospiesznie. – Można to tak ująć...
– Życzę dobrej nocy, panienko! – krzyknął. – I proszę pozdrowić ode mnie rodziców!

Rodziców... ten koleś jest kopnięty... Pamiętała, jak pewnej nocy – zawsze wracała w środku nocy – przyłapała go na korytarzu, w piżamie i w oficerkach, z pudełkiem kociej karmy w ręku. Był zaaferowany i zapytał, czy nie widziała kota. Odpowiedziała, że nie. Przeszła z nim kilka kroków po podwórzu w poszukiwaniu zwierzęcia. „Jak on wygląda?" – dopytywała się, „Niestety, nie mam pojęcia...". „Nie wie pan, jak wygląda pański kot?" Stanął jak wryty: „Dlaczegóż miałbym to wiedzieć, nigdy nie miałem kota!" Oniemiała i kręcąc głową, zostawiła go samego. Ten facet był zdecydowanie zbyt zwariowany.

„Lepsza dzielnica..." Przypomniała sobie wyrażenie Carine, gdy wchodziła na pierwszy ze stu siedemdziesięciu stopni, jakie miała do pokonania, aby dojść do swojej nory. Lepsza dzielnica, taaa... Mieszkała na siódmym piętrze w służbówce eleganckiej kamienicy, która wychodziła na Pola Marsowe. Pod tym względem można było powiedzieć, że jest to supermiejsce, bo gdy stawała na stołku i niebezpiecznie wychylała się w prawą stronę, mogła zobaczyć szczyt wieży Eiffla. Ale jeśli chodzi o całą resztę, kochana, to nie to, co myślisz...
Trzymała się poręczy, wypluwając płuca i ciągnąc za sobą butelki wody. Starała się nie zatrzymywać. Nigdy. Pewnej nocy tak zrobiła i nie mogła się już podnieść. Usiadła na czwartym piętrze i zasnęła z głową pomiędzy kolanami. Pobudka okazała się przeżyciem niezbyt przyjemnym. Była zamarznięta i zajęło jej kilka sekund, nim zrozumiała, gdzie się znajduje.

Przed wyjściem zamknęła lufcik, obawiając się burzy, i westchnęła na myśl o duchocie, jaką tam zastanie... Gdy padało, stawała się mokra; w ładną pogodę, jak dziś, dusiła się z gorąca, a w zimie trzęsła z zimna. Camille znała doskonale warunki klimatyczne, ponieważ mieszkała tam od roku. Nie narzekała, bo to wysoko położone lokum spadło jej z nieba i wciąż jeszcze pamiętała zakłopotaną minę Pierre'a Kesslera w dniu, w którym otworzył drzwi do tej nory i wręczył jej klucz.

Było to pomieszczenie mikroskopijne, brudne, zagracone i zesłane przez opatrzność.

Tydzień wcześniej Pierre Kessler znalazł Camille Fauque na wycieraczce swojego domu, zagłodzoną, ledwo przytomną i milczącą, bo właśnie spędziła kilka nocy na ulicy.

Z początku przestraszył się, widząc ten cień na progu:

– Pierre?

– Kto tu jest?

– Pierre... – jęknął głos.

– Kim jesteś?

Zapalił światło i jeszcze bardziej się przestraszył:

– Camille? To ty?

– Pierre – łkała, popychając walizeczkę – musicie mi to przechować... To mój dobytek, rozumiecie, i ukradną mi go... Wszystko mi ukradną... Wszystko, wszystko... Nie chcę, żeby mi odebrali moje narzędzia, bo umrę... Rozumiecie? Umrę...

Wydawało mu się, że dziewczyna majaczy:

– Camille! Ale o czym ty mówisz? I skąd przychodzisz? Wchodź!

Za jego plecami stanęła Mathilde i młoda kobieta runęła na ich wycieraczkę.

Rozebrali ją i położyli w pokoju gościnnym. Pierre Kessler przysunął krzesło do jej łóżka i patrzył na nią zaniepokojony.

– Śpi?

– Tak mi się wydaje...

– Co się stało?

– Nie mam pojęcia.

– Ale spójrz, w jakim jest stanie!

– Ciiiicho...

Obudziła się w środku następnej nocy i poszła po cichu się wykąpać, tak aby nie narobić hałasu. Pierre i Mathilde nie spali, ale uznali, że lepiej zostawić Camille w spokoju. Potrzymali ją kilka dni u siebie, zostawili drugie klucze i nie zadawali żadnych pytań. Ten mężczyzna i ta kobieta byli błogosławieństwem.

Gdy zaproponował Camille przeniesienie do służbówki, którą zatrzymał w kamienicy swoich rodziców od czasu ich śmierci, wyciągnął spod łóżka jej małą walizkę w szkocką kratkę:
– Proszę – powiedział.
Camille pokręciła głową:
– Wolałabym ją zostawić tut...
– Nie ma mowy – przerwał jej sucho. – Zabierasz swoje rzeczy ze sobą. Tu nie jest ich miejsce!

Mathilde poszła z Camille do hipermarketu i pomogła wybrać lampę, materac, pościel, kilka garnków, płytę elektryczną i mikroskopijną lodówkę.
– Masz pieniądze? – spytała przed odejściem.
– Tak.
– Poradzisz sobie?
– Tak – powtórzyła Camille, powstrzymując łzy.
– Chcesz zatrzymać nasze klucze?
– Nie, nie, będzie dobrze. Ja... co ja mogę powiedzieć... co ja mogę...
Rozpłakała się.
– Nic nie mów.
– Dziękuję?
– Tak – odparła Mathilde, przytulając ją. – „Dziękuję" wystarczy.

Odwiedzili ją kilka dni później.
Byli tak wyczerpani wspinaczką po schodach, że od razu po wejściu padli na materac.
Pierre śmiał się i mówił, że przypomina mu to młodość.

Zanucił „Bohemę". Napili się szampana z plastikowych kubeczków i Mathilde wyciągnęła torbę pełną wspaniałych przekąsek. Widząc, jak szampan i życzliwość dobrze wpływa na Camille, ośmielili się zadać jej kilka pytań. Odpowiedziała na niektóre. Nie nalegali.

Gdy wychodzili i Mathilde zeszła już kilka stopni, Pierre Kessler odwrócił się i chwycił dziewczynę za nadgarstki:
– Musisz pracować, Camille... Musisz teraz pracować...
Spuściła wzrok:
– Wydaje mi się, że się ostatnio napracowałam, bardzo, bardzo napracowałam...
Ścisnął mocniej nadgarstki, sprawiając jej prawie ból.
– To nie była praca i doskonale o tym wiesz!
Podniosła głowę i spojrzała mu prosto w oczy:
– To dlatego mi pomogliście? Żeby mi to powiedzieć?
– Nie.
Camille drżała.
– Nie – powtórzył, puszczając ją. – Nie. Nie mów głupstw. Dobrze wiesz, że zawsze traktowaliśmy cię jak córkę...
– Cudowną czy marnotrawną?
Uśmiechnął się do niej i dodał:
– Pracuj. Nie masz zresztą wyboru...

Zamknęła za nimi drzwi, posprzątała resztki kolacji i znalazła na dnie torby katalog Sennelier*. *Twoje konto jest zawsze otwarte...* – widniało na nalepionej karteczce. Nie miała odwagi go przekartkować i dopiła resztę szampana prosto z butelki.

Posłuchała. Pracowała.
Dziś czyściła czyjeś gówna i całkowicie jej to odpowiadało.

---

* Sklep z artykułami dla malarzy.

Tak, na górze można się udusić z gorąca... Super-Josy ostrzegła je poprzedniego dnia: „Nie skarżcie się, dziewczyny; to są ostatnie dni ładnej pogody, potem nadejdzie zima i będą nam tyłki marznąć! A więc nie narzekać!" Tym razem miała rację. Był już koniec września i dzień się robił coraz krótszy. Camille myślała, że powinna inaczej zorganizować sobie ten rok – wstawać wcześniej i kłaść się na trochę po południu, by zobaczyć słońce. Ta myśl zaskoczyła ją samą i z pewną nonszalancją zaczęła odsłuchiwać pocztę głosową:

„Tu mama. Cóż... – zaśmiał się głos – nie wiem, czy jeszcze kojarzysz, o kogo chodzi... Mama, wiesz? Takiego słowa używają grzeczne dzieci, gdy zwracają się do swej rodzicielki, jak sądzę... Masz bowiem matkę, Camille, pamiętasz jeszcze? Przepraszam, że przywołuję to fatalne wspomnienie, ale to już trzecia wiadomość, jaką ci zostawiam od wtorku... Chciałam się tylko dowiedzieć, czy wciąż jemy raz..."

Camille przerwała odsłuchiwanie i wsadziła napoczęty jogurt do lodówki. Usiadła po turecku i próbowała skręcić sobie papierosa. Palce jej drżały ze zdenerwowania. Kilka razy musiała sięgnąć po nową bibułkę. Koncentrowała się na tym zadaniu, jakby była to najważniejsza rzecz na świecie, i przygryzała wargi do krwi. To zbyt niesprawiedliwe. Nie może wkurzać się z powodu bibułki, skoro przeżyła prawie normalny dzień. Gadała, słuchała, śmiała się, nawet się socjalizowała. Umizgiwała się wręcz do tego lekarza i złożyła Mamadou obietnicę. Niby nic, a jednak... Już od tak dawna niczego nie obiecała. Nigdy. Nikomu. I oto te kilka słów wydobywających się z aparatu rozwalało jej głowę, ciągnęło do tyłu i sprowadzało do parteru, zdruzgotaną pod ciężarem niesamowitych kamieni...

5

– Panie Lestafier!

– Tak, szefie?

– Telefon...

– Nie, szefie!

– Co nie?

– Jestem zajęty, szefie! Proszę powiedzieć, żeby później zadzwonili...

Mężczyzna pokręcił głową i wrócił do czegoś, co przypominało komórkę i służyło jako biuro.

– Lestafier!

– Tak, szefie!

– To pańska babcia...

Wokół rozległy się śmiechy.

– Proszę jej powiedzieć, że oddzwonię – odpowiedział chłopak, odkładając kawałek mięsa.

– Wkurzasz mnie, Lestafier! Odbierz ten cholerny telefon! Nie jestem telefonistką!

Młody mężczyzna wytarł dłonie w ścierkę wiszącą przy jego fartuchu, przetarł czoło rękawem i zwrócił się do chłopaka, który pracował obok, pokazując mu gest podrzynania gardła:

– Ty, niczego nie ruszaj, inaczej... ciach...

– Dobra – odparł chłopak. – Idź i zamów prezenty gwiazdkowe, babcia czeka...

– Dureń...

Wszedł do biura i westchnął, podnosząc słuchawkę:

– Babcia?

– Dzień dobry, Franck... To nie babcia, przy telefonie pani Carminot...

– Pani Carminot?

– Och! Tak trudno było cię znaleźć... Zadzwoniłam najpierw do Grands Comptoirs i powiedzieli mi, że już tam nie pracujesz, potem zadz...

31

– Co się dzieje? – przerwał jej niecierpliwie.
– Mój Boże, Paulette...
– Proszę chwilę zaczekać.

Wstał, zamknął drzwi, wziął słuchawkę do ręki, usiadł, pokiwał głową, zbladł, poszukał na biurku czegoś do pisania, powiedział jeszcze parę słów i rozłączył się. Zdjął czapkę kucharską, ujął głowę w dłonie i siedział w tej pozycji przez parę minut. Szef przyglądał mu się przez przeszklone drzwi. W końcu Franck wsadził do kieszeni zapisany kawałek papieru i wyszedł.
– Wszystko w porządku, chłopie?
– Tak, szefie...
– Coś poważnego?
– Kość udowa...
– Ach! – odparł. – To częste u staruszków... Mojej matce przydarzyło się to dziesięć lat temu, a gdybyś ją teraz zobaczył... Biega jak sarenka!
– Szefie?...
– Coś mi mówi, że chcesz, żebym cię dziś zwolnił...
– Nie, skończę poranną zmianę i przygotuję wszystko na wieczór podczas mojej przerwy obiadowej, ale potem chciałbym pojechać...
– A kto się zajmie wieczornym pieczeniem?
– Guillaume. Może to zrobić...
– Da sobie radę?
– Tak, szefie.
– A skąd będę miał pewność?
– Zaręczam, szefie.
Mężczyzna skrzywił się, zawołał przechodzącego obok kelnera i kazał mu zmienić koszulę. Następnie odwrócił się ponownie do kierownika zmiany i dodał:
– Jedź, ale ostrzegam cię, Lestafier, jeśli podczas wieczornej zmiany będzie jakaś wpadka, jeśli będę miał choć jedną skargę, jedną, słyszysz? Ty za to odpowiesz, rozumiemy się, prawda?
– Tak jest, szefie.

Franck wrócił na swoje stanowisko i chwycił za nóż.

– Lestafier! Najpierw umyj ręce! To nie prowincja!

– Wkurwia mnie – szepnął Franck, zamykając oczy. – Wszyscy mnie wkurwiacie...

Powrócił do pracy w milczeniu. Po dłuższej chwili jego pomocnik ośmielił się odezwać:

– W porządku?

– Nie.

– Słyszałem, co mówiłeś grubasowi... Kość udowa, tak?

– Taaa...

– To poważne?

– Nie, nie wydaje mi się, ale problem polega na tym, że jestem sam...

– Jak to sam?

– Sam z tym wszystkim.

Guillaume nie zrozumiał, ale wolał dalej nie pytać.

– Skoro słyszałeś, jak gadałem ze starym, to wiesz, co cię czeka dziś wieczorem...

– *Yes.*

– Dasz radę?

– To kosztuje...

Pracowali w milczeniu, jeden pochylony nad zającem, drugi nad ćwiartką jagnięcą.

– Mój motor...

– Co?

– Pożyczę ci w niedzielę...

– Ten nowy?

– Taaa.

– No, no – gwizdnął chłopak. – Kochasz swoją babcię... *Okay. Deal* stoi.

Franck uśmiechnął się kwaśno.

– Dzięki.

– Ej?

– Co?

– Gdzie leży twoja staruszka?

– W Tours.
– I co? Nie będziesz potrzebował suzuki w niedzielę, by ją odwiedzić?
– Poradzę sobie...
Głos szefa przerwał im rozmowę:
– Panowie, cisza, proszę! Cisza!
Guillaume zaczął ostrzyć nóż i korzystając z chwilowego hałasu, szepnął:
– Dobra... Pożyczysz mi go, jak będzie zdrowa...
– Dzięki.
– Nie dziękuj. Wygryzę cię z posady...
Franck Lestafier pokręcił głową z uśmiechem.

Nie wypowiedział więcej już ani słowa. Zmiana wydała mu się dłuższa niż zazwyczaj. Miał trudności z koncentracją, wrzeszczał, gdy szef podsyłał poły mięsa, i próbował się nie oparzyć. Niemal spartaczył pieczeń z antrykotu wołowego i przeklinał cały czas pod nosem. Myślał o gównie, w jakie przemieni się jego życie w najbliższych paru tygodniach. Już ciężko się o niej myślało, gdy była w dobrym zdrowiu, ale teraz... Ale kaszana... Jeszcze tylko tego brakowało... Dopiero co kupił sobie horrendalnie drogi motor, wziął spory kredyt i nabrał chałtur, aby spłacić raty. Gdzie w tym wszystkim znajdzie czas, na jeżdżenie nim? Jednak... Nie śmiał się przyznać, ale to była też okazja... Gruby Titi podrasował mu sprzęt i teraz przetestuje go na autostradzie...
Jeśli wszystko dobrze pójdzie, będzie miał kupę frajdy i dojedzie tam w godzinkę...

W przerwie został więc w kuchni z kolesiami od zmywania. Przekazał swój sprzęt, zinwentaryzował towar, ponumerował kawałki mięsa i zostawił długi list dla Guillaume'a. Nie miał już czasu wpaść do domu, wziął więc prysznic w przebieralni, poszukał preparatu do czyszczenia szyb i opuścił lokal z mieszanymi uczuciami.
Był zarazem szczęśliwy i zmartwiony.

6

Dochodziła szósta, gdy zaparkował motor na parkingu szpitala.

Pani w rejestracji poinformowała go, że czas odwiedzin minął i może przyjść jutro rano po dziesiątej. Nalegał, ona się opierała.

Położył na ladzie kask i rękawice:

– Proszę poczekać... Nie zrozumieliśmy się... – próbował tłumaczyć, nie okazując zdenerwowania. – Przyjechałem z Paryża i zaraz muszę wracać, więc gdyby pani była łaskawa...

Pojawiła się pielęgniarka:

– Co się dzieje?

Ta wzbudzała w nim większy szacunek.

– Dzień dobry, hm... przepraszam, że niepokoję, ale muszę się zobaczyć z moją babcią, która została tu wczoraj przyjęta na intensywną terapię i...

– Pańskie nazwisko?

– Lestafier.

– Ach! Tak! – skinęła uspokajająco na koleżankę. – Proszę za mną...

W kilku słowach streściła mu sytuację, opisała operację, podała okres rekonwalescencji i zapytała o szczegóły z życia pacjentki. Miał problemy z koncentracją, szpitalny zapach zaczął go drażnić, a warkot motoru nadal szumiał w uszach.

– Oto pani wnuczek! – radośnie oznajmiła pielęgniarka, otwierając drzwi. – Widzi pani? Mówiłam przecież, że przyjedzie! Dobrze, zostawiam państwa – dodała. – Proszę wpaść do mnie do dyżurki pielęgniarek, inaczej pana nie wypuszczą...

Nie miał na tyle przytomności umysłu, żeby jej podziękować. To, co zobaczył w pokoju, raniło mu serce.

Pokręcił się chwilę, chcąc nabrać pewności siebie. Zdjął kurtkę, sweter i rozejrzał się za miejscem, gdzie mógłby je powiesić.

– Gorąco tu, prawda?

Jego głos brzmiał dziwnie.

– Jak tam?

Starsza pani próbowała mężnie się uśmiechnąć, lecz po chwili zamknęła oczy i zaczęła płakać.

Wyjęli jej sztuczną szczękę. Policzki sprawiały wrażenie straszliwie zapadniętych, a górna warga znajdowała się gdzieś w środku ust.

– I co? Znowu szalałaś, tak?

Ten lekki ton wymagał od niego nadludzkiego wysiłku.

– Wiesz, rozmawiałem z pielęgniarką i powiedziała mi, że operacja się udała. Masz teraz w sobie ładny kawałek metalu...

– Wsadzą mnie do hospicjum...

– Skądże! Co ty wygadujesz? Zostaniesz tu kilka dni, a potem pojedziesz do sanatorium. To nie jest hospicjum, tylko coś w rodzaju szpitala, tyle że mniejszego. Będą tam na ciebie chuchać i dmuchać, i pomogą ci znów chodzić, a potem, hop, powrót do ogródka, Paulette!

– Ile dni to może potrwać?

– Kilka tygodni... Potem to będzie zależało już od ciebie... Musisz się przykładać...

– Będziesz mnie odwiedzał?

– Oczywiście! Wiesz, mam piękny motor...

– Chyba nie jeździsz za szybko?

– Nnnie, jak prawdziwy żółw...

– Kłamczuch...

Uśmiechnęła się przez łzy.

– Przestań, babciu, bo zaraz ja się rozpłaczę...

– Nie, nie ty. Ty nigdy nie płaczesz... Nawet gdy byłeś małym brzdącem, nawet gdy sobie skręciłeś rękę, nigdy nie widziałam, żebyś uronił choć jedną łzę...

– Tak czy owak przestań.

Nie odważył się ująć jej dłoni z powodu podłączonych rurek.

– Franck?
– Tu jestem, babciu...
– Boli.
– To normalne, przejdzie, musisz trochę pospać.
– Za bardzo mnie boli.
– Powiem pielęgniarce przed odjazdem, żeby coś ci dała na uśmierzenie bólu...
– Ale tak od razu nie pojedziesz?
– No, co ty!
– Opowiedz mi coś. Opowiedz mi coś o sobie...
– Czekaj, zgaszę światło... Jest zbyt mocne...

Franck podciągnął zasłonę. Okna wychodziły na zachód i w pokoju zapanował lekki półmrok. Przestawił fotel od strony wolnej od rurek dłoni i wziął ją w swoje ręce.

Z początku miał trudności ze znalezieniem słów. Nigdy nie umiał mówić ani opowiadać... Zaczął od głupot, od pogody w Paryżu, zanieczyszczenia spalinami, koloru swojego suzuki, opisu menu i tym podobnych spraw.

Następnie, wraz z zachodem słońca, obserwując już niemal spokojną twarz babci, zdecydował się na bardziej szczegółowe wspomnienia i trudniejsze zwierzenia. Opowiedział, dlaczego rozstał się ze swoją dziewczyną i jak nazywa się ta, którą teraz ma na oku, o swoich postępach w kuchni, zmęczeniu... Naśladował swojego nowego współlokatora i usłyszał, jak babcia cichutko się śmieje.
– Przesadzasz...
– Przysięgam, że nie! Zobaczysz, jak przyjedziesz nas odwiedzić, i zrozumiesz...
– Och! Ale ja nie mam ochoty jechać do Paryża...

– A więc my do ciebie przyjedziemy i przygotujemy ci wspaniały obiad!
– Tak myślisz?
– Oczywiście. A ty upieczesz swoje kartoflane ciasto...
– Och, tylko nie to... to zbyt pospolite...

Opowiadał następnie o atmosferze w restauracji, o humorach szefa, o dniu, kiedy sam minister przyszedł do kuchni, żeby im pogratulować, o zręczności młodego Takumi i o cenie trufli. Przekazał jej wiadomości od Momo i pani Mandel. W końcu zamilkł, by posłuchać jej oddechu, i zrozumiał, że zasnęła. Wstał bezszelestnie.

Kiedy otwierał drzwi, zawołała go:
– Franck?
– Tak?
– Nie zawiadomiłam twojej matki, wiesz...
– Dobrze zrobiłaś.
– Ja...
– Ciii, teraz trzeba spać. Im więcej będziesz spała, tym szybciej staniesz na nogi.
– Dobrze zrobiłam?
Przytaknął i przyłożył palec do ust.
– Tak. A teraz śpij...

Oślepiło go agresywne światło jarzeniówek i stracił mnóstwo czasu, nim odnalazł drogę. Pielęgniarka, która wcześniej prowadziła Francka, złapała go w przelocie.

Wskazała mu krzesło i otworzyła dokumentację. Zadała kilka prostych pytań, ale chłopak nie reagował.
– Wszystko w porządku?
– Jestem zmęczony...
– Nic pan nie jadł?
– Nie, ja...
– Proszę zaczekać, mam tu wszystko, co trzeba...

Wyjęła z szuflady puszkę sardynek i paczkę sucharów.
– Może być?
– A pani?
– Nie ma sprawy! Proszę spojrzeć! Mam mnóstwo ciastek! Łyczek czegoś mocniejszego do tego?
– Nie, dziękuję. Wezmę sobie colę z automatu...
– Niech pan idzie, ja sobie naleję nieco do kieliszka dla towarzystwa, ale... cicho sza, dobrze?

Zjadł trochę, odpowiedział na wszystkie jej pytania i wziął swój plecak.

– Ona mówi, że ją boli...
– Jutro będzie lepiej. Dodaliśmy do jej kroplówki preparat przeciwzapalny. Rano obudzi się w lepszej formie...
– Dziękuję.
– To mój zawód.
– Mówiłem o sardynkach...

Jechał szybko, zwalił się do łóżka i wtulił w poduszkę, by się nie rozkleić. Nie teraz. Tak długo był twardy... Przecież może jeszcze trochę powalczyć...

7

– Kawę?
– Nie, poproszę colę.

Camille piła małymi łyczkami. Siedziała w kawiarni naprzeciw restauracji, w której matka wyznaczyła jej spotkanie. Położyła na płask dłonie po obu stronach szklanki, przymknęła oczy i oddychała powoli. Te obiady, choć rzadkie, zawsze przewracały jej wszystko w środku. Wychodziła po nich złamana wpół, na chwiejących nogach, jakby odarta ze skóry do żywego. Zupełnie jakby jej matka, z sadystyczną i prawdopodobnie nieświadomą skrupulatnością, rozdrapywała wszystkie rany, jedną po drugiej. Ujrzała ją w lustrze za butelkami, jak wchodzi do Palais de Jade. Camille wypaliła papierosa, poszła do toalety, zapłaciła za napój i przeszła na drugą stronę ulicy.

Dostrzegła jej przygarbioną sylwetkę i usiadła naprzeciw, biorąc głęboki oddech:
– Dzień dobry, mamo!
– Nie ucałujesz mnie? – usłyszała jej głos.
– Dzień dobry, mamo – powiedziała wolniej.

– Wszystko w porządku?
– Dlaczego o to pytasz?
Camille uchwyciła brzeg stolika, żeby natychmiast nie wstać.
– O to zazwyczaj ludzie pytają przy spotkaniu...
– Nie jestem „ludzie"...
– Kim więc jesteś?
– Och, proszę, nie zaczynaj znowu!
Camille odwróciła głowę i przyjrzała się obrzydliwym dekoracjom ze stiuku i pseudoazjatyckim płaskorzeźbom. Inkrustacje, zamiast z macicy perłowej, wykonano z plastiku, łatając je żółtym fornirem.
– Ładnie tu...
– Nieprawda, okropnie. Ale, wyobraź sobie, nie mam pieniędzy, by cię zaprosić do Tour d'Argent. Zresztą nawet gdybym je miała, nie zabrałabym cię tam... Biorąc pod uwagę, że jesz jak wróbelek, byłoby to wyrzucanie pieniędzy w błoto...
Tylko spokój.

Zaśmiała się gorzko:
– Zauważ, że mogłabyś tam spokojnie pójść beze mnie! Nieszczęście jednych jest radoś...
– Przestań natychmiast – zagroziła Camille. – Przestań, bo wyjdę. Jeśli potrzebujesz pieniędzy, powiedz, to ci dam.
– To prawda, panienka pracuje... Dobra praca... Poza tym

interesująca... Sprzątaczka... Niesamowite, gdy pomyślę, jaką jesteś bałaganiarą... Nigdy nie przestaniesz mnie zaskakiwać, wiesz?

– Stop, mamo, stop. Nie możemy tak dalej. Nie możemy, rozumiesz?! Ja nie mogę. Znajdź sobie inny temat, proszę. Znajdź inny temat...

– Miałaś taką dobrą pracę i wszystko zmarnowałaś...

– Dobra praca... Co za bzdura... Nawet jej nie żałuję, nie byłam szczęśliwa...

– Nie zostałabyś tam do końca życia... A poza tym co to znaczy być szczęśliwą? Takie nowe modne słowo... Szczęśliwa! Szczęśliwa! Jeśli sądzisz, że żyjemy na tym świecie po to, żeby się bawić i zbierać kwiatki, to się grubo mylisz, dziewczyno...

– Nie, nie, zapewniam cię, nie wierzę w takie rzeczy. Miałam dobrą szkołę i wiem, że jesteśmy tu po to, aby obrywać po dupie. Wystarczająco często mi to powtarzałaś...

– Czy już panie wybrały? – spytała kelnerka.
Camille uścisnęłaby ją.

Jej matka rozsypała pigułki na stole i policzyła je palcem.

– Nie masz dość łykania tego gówna?

– Nie mów tak o czymś, o czym nie masz pojęcia. Bez nich długo bym nie pociągnęła...

– A skąd ta pewność? A tak w ogóle, to dlaczego nigdy nie zdejmujesz tych obrzydliwych okularów? Nie ma tu przecież słońca...

– Lepiej się z nimi czuję. Dzięki nim widzę świat taki, jaki jest...

Camille zdecydowała się uśmiechnąć do matki i poklepać jej dłoń. Miała wybór – albo to, albo skoczyć jej do gardła, żeby ją udusić.

Matka rozchmurzyła się, trochę ponarzekała, powiedziała coś o samotności, głupocie swoich koleżanek i problemach współlokatorki. Jadła z apetytem i z niezadowoleniem stwierdziła, że córka zamawia kolejne piwo.

– Za dużo pijesz.

– To akurat prawda! No, napij się ze mną! Choć raz nie mówisz głupot...

– Nigdy mnie nie odwiedzasz...

– A teraz co robię?

– Zawsze musisz mieć ostatnie słowo, prawda? Zupełnie jak twój ojciec...

Camille zesztywniała.

– Aha! Nie lubisz, jak o nim mówię, co?! – wykrzyknęła triumfująco.

– Mamo, proszę... Nie poruszaj tego tematu...

– Mówię, co mi się podoba. Nie kończysz dania?

– Nie.

Matka pokręciła głową na znak dezaprobaty.

– Spójrz na siebie... Wyglądasz jak kościotrup... Jeśli sądzisz, że to się podoba facetom...

– Mamo...

– Co „mamo"? To normalne, że się o ciebie martwię. Nie po to się rodzi dzieci, żeby patrzeć, jak obumierają!

– A ty, po co mnie urodziłaś, co?

W tej samej chwili, w której wypowiedziała to zdanie, Camille wiedziała, że posunęła się za daleko, i zaraz będzie wielka scena żalu. Żadna niespodzianka, numer tysiąckrotnie powtarzany i dopracowany: szantaż uczuciowy, krokodyle łzy i groźba samobójstwa. W tej lub innej kolejności.

Matka płakała, wypominała córce, że ją zostawiła tak samo, jak jej ojciec piętnaście lat wcześniej; przypomniała, że nie ma serca, i spytała, co jeszcze może ją na tym świecie trzymać.

– Daj mi choć jeden powód, by tu zostać, jeden.

Camille skręcała sobie papierosa.

– Słyszałaś, co powiedziałam?

– Tak.

– No więc?

– ...

– Dziękuję, kochanie, dziękuję. Twoja odpowiedź nie mogła być jaśniejsza...

Pociągnęła nosem, położyła na stole dwa bony Sodexo i poszła sobie.

Nie można się wzruszać, nagłe wyjście było zawsze apogeum, jakby kurtyną dla wielkiej sceny żalu.

Zazwyczaj artystka czeka na koniec deseru, ale dziś spotkały się w chińskiej restauracji i matka nie przepadała za ich racuchami, owocami liczi i innymi, zbyt słodkimi łakociami...

Tak, nie należy się wzruszać.

Było to trudne ćwiczenie, lecz Camille zdążyła z czasem dojść do wprawy... Postąpiła więc tak jak zazwyczaj i spróbowała się skoncentrować na powtarzaniu w myślach niektórych prawd. Jakichś prostych, rozsądnych zdań. Skleconych na szybko, podtrzymujących na duchu stwierdzeń, które pozwalały jej widywać się z matką... Przecież te spotkania na siłę, te wymuszone i absurdalne rozmowy nie miałyby sensu, gdyby nie była pewna, że jej matka wynosi z nich jakąś korzyść. A dla Catherine Fauque niewątpliwie stanowiły one wielkie dobrodziejstwo. Wycieranie się osobą swojej córki jak szmatą sprawiało jej dużą pociechę. I nawet gdy często skracała spotkania, wychodząc obrażona, i tak zawsze była z nich zadowolona. Zadowolona i syta. Pełna nędznej dobrej woli, patetycznego triumfu i złych myśli do przeżuwania aż do następnego spotkania.

Camille zabrało trochę czasu, nim to pojęła, a zresztą sama na to nie wpadła. Ktoś jej w tym pomógł. Kiedyś pewne osoby z jej otoczenia, gdy jeszcze była zbyt młoda, by oceniać Catherine, podsunęły jej klucz do zrozumienia zachowania matki. Tak, ale od tego czasu minęły wieki, a tych wszystkich ludzi, którzy kiedyś nad nią czuwali, już teraz nie było...

I dziś biedna się męczyła.

Bardzo.

8

Stoły zostały już uprzątnięte i restauracja powoli pusto-szała. Camille się nie ruszała. Paliła i zamawiała kolejne fili-żanki kawy, aby nie wywalili jej za drzwi.

W głębi sali siedział bezzębny mężczyzna, stary Azjata, który mówił i śmiał się sam do siebie.

Młoda dziewczyna, która je obsługiwała, stała teraz za ba-rem. Wycierała kieliszki i od czasu do czasu robiła mu wy-mówki w ich języku. Starszy pan posępniał, przez chwilę mil-czał, i znów zaczynał swój idiotyczny monolog.

– Zamykacie już? – spytała Camille.
– Nie – odpowiedziała, stawiając miseczkę przed staruszkiem. – Nie obsługujemy już, ale nie zamykamy. Chce pani jeszcze kawę?
– Nie, dziękuję. Mogę jeszcze chwilę zostać?
– Ależ tak, proszę bardzo! Przykuwa pani jego uwagę!
– Chce pani powiedzieć, że to ze mnie tak się śmieje?
– Z pani lub każdej innej osoby...
Camille spojrzała na starego mężczyznę i uśmiechnęła się do niego.

Niepokój, w który wpędziła ją matka, powoli ustępował. Przysłuchiwała się odgłosom lejącej się wody i szczękowi garnków dochodzącym z kuchni, piosenkom z radia, w któ-rym pobrzmiewały niezrozumiałe wysokie dźwięki, jakie młoda kelnerka nuciła pod nosem. Obserwowała staruszka, który nabierał długie nitki makaronu swoimi pałeczkami i ochlapywał się bulionem po brodzie. Nagle odniosła wraże-nie, że znajduje się w jadalni prawdziwego domu...

Poza filiżanką kawy i paczką tytoniu niczego przed nią na stole nie było. Przełożyła je na stolik obok i zaczęła wygła-dzać papierowy obrus.

Powoli, bardzo powoli przesuwała tam i z powrotem spodem dłoni po tym złej jakości papierze, chropowatym i miejscami poplamionym.

Przez długie minuty nie przerywała tej czynności. Jej umysł się uspokoił, a serce zaczęło bić szybciej. Bała się. Musiała spróbować. „Musisz spróbować. Tak, ale już tak dawno nie..." „Cicho – szepnęła – cicho, jestem tutaj. Wszystko będzie dobrze. Spójrz, teraz albo nigdy... No... Nie bój się..."

Uniosła dłoń kilka centymetrów nad stołem i zaczekała, aż przestanie się trząść. „Już dobrze, widzisz..." Chwyciła plecak i poszperała w środku. Była.

Wyciągnęła drewnianą szkatułkę i postawiła na stole. Otworzyła ją, wyciągnęła prostokątny kamień i przeciągnęła nim po policzku. Był delikatny i letni. Rozsupłała następnie niebieski materiał i wyciągnęła z niego pojemniczek z tuszem. Silny zapach drzewa sandałowego rozszedł się wszędzie. Wreszcie rozwinęła bambusową matę, w której spoczywały dwa pędzelki.

Grubszy był z koziego włosia, drugi, o wiele cieńszy, ze świńskiej szczeciny.

Wstała, wzięła z baru karafkę wody, dwie książki telefoniczne i złożyła mały ukłon staremu wariatowi.

Położyła książki na krześle, tak by po zajęciu pozycji siedzącej mogła wyprostować rękę, nie dotykając stołu. Nalała kilka kropel wody na kamienną tabliczkę i zabrała się do mieszania tuszu. Znów usłyszała głos swojego nauczyciela: „Mieszaj kamień bardzo powoli, mała Camille... Och! Jeszcze wolniej! I jeszcze wolniej! Może nawet dwieście razy, bo, widzisz, robiąc to, rozruszasz nadgarstek i przygotowujesz umysł do wielkich rzeczy... Nie myśl o niczym, nie patrz na mnie, nieszczęsna! Skoncentruj się na twoim nadgarstku, on ci podyktuje pierwszą kreskę, a tylko pierwsza kreska się liczy, to ona daje życie twojemu rysunkowi..."

Gdy tusz był już gotów, postąpiła wbrew zaleceniom i zaczęła od wykonania małych ćwiczeń w rogu obrusa, by przywołać tak odległe wspomnienia. Zrobiła najpierw pięć plam, od najciemniejszej po najbardziej rozwodnioną, by przypomnieć sobie odcienie tuszu. Wypróbowała następnie kilka pociągnięć i zdała sobie sprawę, że prawie wszystkie zapomniała. Niektóre pozostały w pamięci: rozwiązany sznur, włos, kropla wody, okręcona nić i sierść wołu. Potem kropki. Mistrz nauczył ją ponad dwudziestu, odnalazła zaledwie cztery: kółko, skałę, ziarno ryżu i dreszcz.

„Dosyć. Jesteś już gotowa..." Wzięła najcieńszy pędzelek pomiędzy kciuk i środkowy palec, wyciągnęła rękę nad obrus i zaczekała jeszcze kilka sekund.

Staruszek, który pilnie ją obserwował, zachęcająco przymknął oczy.

Camille Fauque obudziła się z długiego snu z wróbelkiem, potem dwoma, potem trzema, potem całym stadem ptaszków o kpiącym wyrazie oczu.

Niczego nie narysowała od ponad roku.

* * *

Jako dziecko była jeszcze bardziej małomówna niż teraz. Matka kazała jej uczęszczać na lekcje pianina, których nienawidziła. Pewnego dnia, gdy profesor się spóźniał, wzięła gruby flamaster i namalowała z premedytacją na każdym klawiszu palec. Matka jej przylała, a ojciec wrócił w następny weekend z adresem malarza, który udzielał raz w tygodniu lekcji.

Ojciec zmarł niedługo potem i Camille nie otwierała już ust. Nawet podczas lekcji z panem Doughtonem (mówiła Dugeton), za którym przepadała, w ogóle się nie odzywała.

Stary Anglik nie przejął się tym. Nadal podsuwał tematy i uczył ją w milczeniu technik malarskich. Pokazywał jakiś przykład, a ona naśladowała, kiwając jedynie głową, aby powiedzieć: tak lub: nie. Pomiędzy nimi i wyłącznie w pracowni wszystko układało się dobrze. Nawet jej milczenie wydawało się im sprzyjać. On nie musiał szukać francuskich słów, a ona łatwiej się koncentrowała niż inni uczniowie.

Jednak pewnego dnia, gdy wszyscy sobie poszli, złamał ich obustronne milczące porozumienie i przemówił do niej, gdy bawiła się pastelami:

– Wiesz, Camille, kogo mi przypominasz?

Pokręciła głową.

– A więc przypominasz mi chińskiego malarza o imieniu Szu Ta... Chcesz, żebym ci opowiedział jego historię?

Camille przytaknęła, ale on w tym momencie się odwrócił, by wyłączyć gotującą się wodę.

– Nie dosłyszałem, Camille... Nie chcesz, żebym ci ją opowiedział?

Spojrzał na nią.

– Odpowiedz, dziewczynko.

Rzuciła mu ponure spojrzenie.

– Słucham?

– Tak – wydukała w końcu.

Przymknął oczy na znak zadowolenia, nalał sobie herbaty do filiżanki i usiadł przy niej.

– W dzieciństwie Szu Ta zaznał wiele szczęścia...

Upił łyk herbaty.

– Był księciem z dynastii Ming... Pochodził z bardzo bogatej i bardzo potężnej rodziny. Jego ojciec i dziadek byli znanymi malarzami i kaligrafami, i mały Szu Ta odziedziczył po nich talent. Wyobraź sobie, że pewnego dnia, nie miał wtedy nawet ośmiu lat, namalował kwiat, zwykły kwiat lotosu pływający w stawie... Jego rysunek okazał się tak piękny, że matka postanowiła powiesić go w salonie. Twierdziła, że dzięki niemu w pomieszczeniu czuć świeżą bryzę i nawet zapach

kwiatu, gdy przechodzi się obok. Wyobrażasz sobie? Nawet
zapach! A nie było łatwo zachwycić jego matkę, mającą męża
i ojca malarzy, widziała już niejedno...
Pochylił się ponownie nad filiżanką.
– I tak wyrastał Szu Ta w błogiej nieświadomości, przyjemności i pewności, że pewnego dnia on również stanie się
wielkim artystą... Niestety, gdy miał osiemnaście lat, Mandżurowie przejęli władzę z rąk Mingów. Mandżurowie okazali się
okrutnymi i brutalnymi ludźmi, którzy nie lubili malarzy i pisarzy. Zakazali im więc pracować. Jak sobie pewnie zdajesz
sprawę, to była najgorsza rzecz, jaka mogła ich spotkać... Rodzina Szu Ta nie zaznała już nigdy spokoju i ojciec zmarł ze
zgryzoty. Z dnia na dzień jego syn, znany dowcipniś, który
lubił śmiać się, śpiewać, gadać głupoty lub recytować długie
wiersze, uczynił coś niewiarygodnego... Och! A kto to do nas
tu przyszedł? – spytał nagle pan Doughton na widok swojego
kota, który wskoczył na parapet, po czym rozpoczął z nim
długą, głupkowatą rozmowę.

– Co takiego zrobił? – wyszeptała w końcu.

Ukrył uśmiech w gąszczu swojej brody i opowiadał dalej,
jakby nic się nie stało:
– Uczynił nieprawdopodobną rzecz. Nigdy byś na to nie
wpadła... Zdecydował się zamilknąć na zawsze. Na zawsze,
rozumiesz? Ani jedno słowo nie miało już wypłynąć z jego
ust! Był zdegustowany zachowaniem ludzi ze swojego otoczenia, którzy wypierali się swoich tradycji i wierzeń, aby się
przypodobać Mandżurom, i nie chciał się więcej do nich odzywać. Niech pójdą do diabła! Wszyscy! Niewolnicy! Tchó-
rze! Wtedy napisał na drzwiach domu słowo *Niemowa*. Jeśli
ktoś nadal się upierał, by z nim rozmawiać, rozkładał przed
nim wachlarz, na którym widniało również to słowo, i machał
nim we wszystkie strony, by przegonić intruza...

Mała dziewczynka siedziała zasłuchana.

– Problem polega na tym, że nikt nie może żyć bez ko-
munikowania się. Nikt... To niemożliwe... Więc Szu Ta, który
jak my wszyscy, jak ty i ja na przykład, miał wiele do powiedzenia, wpadł na genialny pomysł. Wyruszył w góry, daleko
od tych wszystkich ludzi, którzy go zdradzili, i zaczął rysować... Tak się wypowiadał i komunikował ze światem. Za pomocą rysunków... Chcesz je zobaczyć?
   Poszedł do swojej biblioteki po wielką czarno-białą książkę i otworzył ją przed nią:
   – Spójrz, jakie to piękne... Jakie proste... Tylko jedna kreska i już... Kwiat, ryba, pasikonik... Spójrz na tę kaczkę, jaką
ma niezadowoloną minę, i na te góry, tu, we mgle... Zobacz,
jak narysował mgłę... Jakby niczego nie było, sama próżnia...
A te kurczaczki, o tu? Wydają się tak miękkie, że ma się
ochotę je pogłaskać. Spójrz, jego tusz jest jak puszek... Jego
tusz jest delikatny...
   Camille uśmiechała się.

   – Chcesz, żebym cię nauczył rysować, abyś robiła to tak
jak on?
   Kiwnęła głową.
   – Chcesz, żebym cię nauczył?
   – Tak.

   Gdy już wszystko było gotowe, gdy skończył jej tłumaczyć, jak trzymać pędzelek, i wyjaśnił znaczenie tak istotnej
pierwszej kreski, poczuła się przez chwilę bezradna. Nie do
końca zrozumiała lekcję i sądziła, że należy wykonać cały rysunek jednym pociągnięciem, nie odrywając pędzelka. To było niemożliwe.

   Zastanawiała się dłuższą chwilę nad tematem, rozglądała
się wokół. Wyprostowała rękę.
   Wykonała długą falistą linię, garb, szpic, kolejny szpic,
chwiejnym ruchem zeszła pędzelkiem niżej i powróciła do
pierwotnej fali. Jej nauczyciel nie patrzył, więc skorzystała
z okazji, by troszkę oszukać, oderwała pędzelek, aby namalo-

wać dużą czarną plamę i sześć kreseczek. Wolała okazać nie-
posłuszeństwo, niż namalować kota bez wąsów.

Malcolm, jej model, spał nadal na parapecie i Camille, aby
oddać go wiernie, zakończyła rysunek cienkim prostokątem
wokół kota.

Następnie wstała, żeby go pogłaskać, a gdy się odwróciła,
spostrzegła, że nauczyciel przygląda jej się w dziwny sposób,
prawie ze złośliwością:
– Ty to narysowałaś?
A więc zobaczył jej rysunek, przy którym oderwała paro-
krotnie pędzelek... Skrzywiła się.
– Ty to namalowałaś, Camille?
– Tak...
– Podejdź tu, proszę.
Podeszła, niespecjalnie dumna z siebie, i usiadła obok
niego.

Płakał:
– Wspaniałe jest to, co namalowałaś, wiesz?... Wspaniałe... Słychać, jak twój kot mruczy... Och, Camille...
Wyciągnął wielką chusteczkę całą w farbie i głośno wydmuchał nos.
– Posłuchaj mnie, dziewczynko, jestem tylko starym człowiekiem, a poza tym kiepskim malarzem, ale posłuchaj mnie
dobrze... Wiem, że twoje życie nie jest łatwe, wyobrażam sobie, że w domu nie zawsze jest miło, i słyszałem też o twoim
tacie... Nie, nie płacz... Masz, weź moją chusteczkę... Ale muszę ci powiedzieć ważną rzecz: ludzie, którzy przestają mówić, popadają w obłęd. Szu Ta, na przykład, nie powiedziałem
ci tego wcześniej, oszalał i stał się bardzo nieszczęśliwy...
Bardzo, bardzo nieszczęśliwy i bardzo, bardzo szalony. Odnalazł spokój dopiero na starość. Nie będziesz chyba czekać, aż
staniesz się staruszką, prawda? Powiedz, że nie. Jesteś bardzo uzdolniona, wiesz? Jesteś najzdolniejsza ze wszystkich
uczniów, jakich kiedykolwiek miałem, ale to nie powód, Camille... To nie powód... Dzisiejszy świat nie jest taki jak świat

Szu Ta i musisz znów zacząć mówić. Po prostu musisz, rozumiesz? Inaczej zamkną cię z prawdziwymi wariatami i nikt już nigdy nie zobaczy twoich pięknych rysunków...

Przybycie matki przerwało ich rozmowę. Camille wstała i zwróciła się do niej ochrypłym i przerywanym głosem:
– Poczekaj na mnie... Nie skończyłam się pakować...

Pewnego dnia, nie tak dawno, otrzymała byle jak obwiązaną paczkę wraz z dołączonym liścikiem:
Dzień dobry!
Nazywam się Eileen Wilson. Moje nazwisko zapewne nic Pani nie mówi, ale byłam przyjaciółką Cecila Doughtona, Pani nauczyciela rysunku. Z przykrością Panią zawiadamiam, że Cecil opuścił nas dwa miesiące temu. Wiem, że doceni Pani, że Pani powiem (przepraszam za mój kiepski francuski), iż pochowaliśmy go w jego okolicy Dartmoor, którą tak lubił, na cmentarzu z pięknym widokiem. Złożyłam do ziemi wraz z nim jego pędzle i rysunki.
Przed śmiercią poprosił, bym to Pani dała. Myślę, że będzie szczęśliwy, jeśli Pani tego użyje, myśląc o nim.
Eileen W.

Camille nie była w stanie powstrzymać łez, gdy ujrzała przyrządy do chińskiego malarstwa swojego starego nauczyciela. Ich właśnie teraz używała...

* * *

Kelnerka podeszła, aby zabrać pustą filiżankę, i – zaintrygowana – rzuciła okiem na obrus. Camille namalowała właśnie cały gaj bambusowy. Łodygi i liście były najtrudniejsze do wykonania. „Listek, mały, prosty listek kołyszący się na wietrze, wymagał od tych mistrzów lat pracy, czasu całego życia... Graj kontrastami. Masz do dyspozycji tylko jeden kolor, a jednak możesz wszystko zasugerować... Bardziej się

51

koncentruj. Jeśli chcesz, żebym ci kiedyś wyrył twoją pieczęć, musisz narysować o wiele lżejsze listki..."

Złej jakości podłoże marszczyło się i zbyt szybko wchłaniało tusz.

– Pozwoli pani? – spytała młoda dziewczyna.
Wręczyła jej paczkę świeżych obrusów papierowych. Camille odsunęła się i położyła swoje dzieło na podłodze. Staruszek jęczał, kelnerka nakrzyczała na niego.
– Co on mówi?
– Marudzi, bo nie widzi, co pani robi...
I dodała:
– To mój stryjeczny dziadek... Jest sparaliżowany...
– Proszę mu powiedzieć, że następny będzie dla niego...
Młoda dziewczyna wróciła za bar i powiedziała kilka słów do staruszka. Uspokoił się i surowo spojrzał na Camille.

Przyglądała mu się przez dłuższą chwilę i następnie narysowała na całej powierzchni małego obrusa podobnego do niego wesołego człowieczka, który biegł skrajem pola ryżowego. Nigdy nie była w Azji, ale namalowała na dalszym planie górę we mgle, sosny, skały i nawet małą chatkę Szu Ta na wzgórzu. Naszkicowała go w czapeczce Nike i bluzie od dresu, które miał teraz na sobie, ale z gołymi nogami, w tradycyjnej sukni... Dodała tryskającą spod jego stóp wodę i chmarę dzieciaków biegnących za nim.

Odsunęła się, żeby ocenić swoją pracę.
Wiele szczegółów oczywiście jej się nie podobało, ale przecież wyglądał na szczęśliwego, naprawdę szczęśliwego, podłożyła więc talerz pod obrus, otworzyła słoiczek z czerwonym cynobrem i przyłożyła swoją pieczęć po prawej stronie. Wstała, zebrała talerze ze stołu staruszka i poszła po swój obrazek, który rozłożyła przed nim.
Nie reagował.

„Ups – pomyślała – chyba popełniłam gafę..."

Gdy jego stryjeczna wnuczka wróciła z kuchni, wydał z siebie długi odgłos żalu.

– Tak mi przykro – powiedziała Camille. – Myślałam, że... Dziewczyna ruchem dłoni jej przerwała, po czym poszła za ladę przynieść grube okulary i założyła mu na nos. Pochylił się uroczyście i zaczął się śmiać. Był to śmiech dziecięcy, czysty i radosny. Śmiał się i na przemian płakał, znów kiwając się na krześle i krzyżując ramiona na piersi.

– Chce się z panią napić sake.
– Super...

Przyniosła butelkę. Rozdarł się. Westchnęła i wróciła do kuchni.

Przyszła z inną butelką, a za nią reszta rodziny. Dojrzała kobieta, dwóch czterdziestolatków i nastolatek. Nastąpiły śmiechy, krzyki, ukłony i wszelkiego rodzaju gesty uznania. Mężczyźni poklepywali ją po ramieniu, a chłopaczek przybił z nią piątkę.

Każdy powrócił na swoje miejsce, a młoda dziewczyna postawiła tymczasem przed nimi dwa małe kieliszki. Staruszek podniósł swój na zdrowie, opróżnił i nalał sobie z powrotem.

– Ostrzegam panią, opowie teraz pani historię swojego życia...
– Nie ma sprawy – odparła Camille. – Uch... mocne, co? Dziewczyna oddaliła się ze śmiechem.

Z trudem wstała i zebrała swoje rzeczy. Gdy tak stała przed wyjściem po wielokrotnych ukłonach i długim żegnaniu się ze starszym panem, młoda dziewczyna podeszła, aby pomóc jej nacisnąć klamkę, na którą od dobrej chwili uparcie napierała, śmiejąc się głupkowato.

– Niech się pani tu czuje jak u siebie, dobrze? Może pani przyjść jeść, kiedy pani chce. Jeśli pani nie przyjdzie, będzie zagniewany... I smutny...

Gdy przyszła do pracy, była totalnie nawalona.
Samia wykrzyknęła:
– Och! Znalazłaś faceta?
– Tak – przyznała się zawstydzona Camille.
– Naprawdę?
– Tak.
– Nieee... Nie może być... Jaki jest? Milutki?
– Supermilutki.
– No nie, farciara... Ile ma lat?
– Dziewięćdziesiąt dwa.
– Nie zgrywaj się, głupia, ile ma lat?
– No dobra, dziewczyny... Może pora zacząć, co? – Josy popukała w swój zegarek na ręku.

Camille oddaliła się, chichocząc, i zahaczyła nogą o rurę swojego odkurzacza.

9

Upłynęły ponad trzy tygodnie. Franck pracował dodatkowo w każdą niedzielę w jednej z restauracji na Polach Elizejskich. Co poniedziałek jechał do babci.

Została już przeniesiona do sanatorium położonego kilka kilometrów na północ od miasta i wyczekiwała jego przybycia od świtu.

On natomiast musiał nastawiać budzik. Schodził jak zombi do pobliskiej kawiarni, pił dwie lub trzy kawy, jedną po drugiej, wsiadał na motor i gdy już dojechał, zasypiał przy niej w okropnym fotelu z czarnego skaju.

Gdy przynoszono posiłek, starsza pani kładła na ustach palec, pokazując ruchem głowy duże dziecko zwinięte na fotelu, które dotrzymywało jej towarzystwa. Spoglądała na niego czujnie i pilnowała, aby przykrywająca go bluza nie ześlizgiwała się.

Czuła się szczęśliwa. Był tu. Przy niej. Tylko dla niej...

Nie chciała wołać pielęgniarki, żeby zmieniła pozycję łóż-ka; brała delikatnie widelec i jadła w ciszy. Chowała różne rzeczy w szafce nocnej: kawałki chleba, swoją porcję sera i jakieś owoce, aby dać wnukowi, gdy się obudzi. Następ-nie odsuwała malutki stolik i z uśmiechem krzyżowała ręce na brzuchu.

Przymykała oczy i drzemała, kołysana do snu oddechem wnuczka i wspomnieniami z przeszłości. Już tyle razy go utraciła... Tyle razy... Wydawało jej się, że spędziła całe swoje życie na szukaniu go... W ogrodzie, na drzewach, u sąsiadów, schowanego w oborze lub rozwalonego przed telewizorem, potem oczywiście w kawiarniach, a obecnie na małych kar-teczkach papieru, gdzie zapisywał jej numery telefonów, które okazywały się zawsze błędne...

A przecież zrobiła wszystko, co mogła... Karmiła go, ca-łowała, przytulała, uspokajała, beształa, karała i pocieszała, ale nic to nie dało... Gdy tylko gnojek zaczął chodzić, już go nosiło, a gdy ledwie posypał mu się wąsik, skończyło się. Już go nie było.

Czasem krzywiła się w swoich snach. Wargi jej drżały. Zbyt dużo trosk, dużo zmarnowanego czasu i tyle wyrzutów... Niektóre chwile były takie ciężkie, takie ciężkie... Och, nie, nie ma sensu już o tym myśleć. Zresztą już się budził, włosy zmierzwione, a na policzku odciśnięty szew fotela.
– Która godzina?
– Dochodzi piąta...
– O kurwa, już?
– Franck, dlaczego cały czas mówisz „kurwa"?
– O, do diaska, już?
– Głodny jesteś?
– Nawet nie, raczej spragniony... Idę się przejść...
„No i znowu – pomyślała sobie starsza pani – bez zmian..."
– Już sobie idziesz?
– Skąd! Nie idę jeszcze, kur... do diaska!

– Jeśli spotkasz rudego mężczyznę w białym kitlu, zapytaj, kiedy stąd wychodzę, dobrze?
– Tak, tak – odparł już przy drzwiach.
– Taki wysoki w okularach i...
Już był w korytarzu.

– No i?
– Nie widziałem go...
– Ach?
– No, babciu – powiedział ciepło – chyba nie zaczniesz znowu płakać?
– Nie, ale... Myślę o moim kocie, o moich ptakach... A poza tym padało cały tydzień i martwię się o moje narzędzia... Nie schowałam ich i na pewno zardzewieją...
– Pojadę do domu i pochowam je...
– Franck?
– Tak?
– Zabierz mnie ze sobą...
– Och... nie rób mi tego za każdym razem... już nie mogę...
Przypomniało jej się:
– Moje narzędzia...
– Co z nimi?
– Trzeba je nasmarować...
Spojrzał na nią, nadymając policzki:
– Jak będę miał czas, dobrze? No, ale to nie koniec, mamy jeszcze naszą gimnastykę... Gdzie jest twój balkonik?
– Nie wiem.
– Babciu...
– Za drzwiami.
– No, wstajemy, staruszko, pokażę ci ptaszki!
– Pff, nie ma ich tutaj. Są tylko sępy i padlinożercy...
Franck uśmiechał się. Lubił ten wisielczy humor swojej babci.

– W porządku?
– Nie.
– Co znowu jest nie tak?

– Boli mnie.
– Gdzie cię boli?
– Wszędzie.
– Wszędzie, to niemożliwe, to nieprawda. Pokaż dokładnie miejsce.
– W głowie.
– To normalne. Wszyscy to mamy... No dobra, pokaż mi raczej twoje koleżanki...
– Nie, zawróć. Nie mam ochoty ich oglądać, nie mogę ich już znieść.
– A ten stary tu, w tym sweterku, niezły jest, nie?
– To nie jest sweterek, głuptasie, to piżama, a poza tym jest głuchy jak pień... i przy tym zarozumiały...

Stawiała jedną nogę za drugą i narzekała na innych pacjentów, ale wszystko szło dobrze.

– No dobra, ja jadę...
– Teraz?
– Tak, teraz. Jeśli chcesz, żebym zajął się twoją motyką... Wyobraź sobie, że jutro muszę wcześnie wstać i nikt nie przyniesie mi śniadania do łóżka...
– Zadzwonisz?
Kiwnął głową.
– Zawsze tak mówisz, a potem nigdy nie dzwonisz...
– Nie mam czasu.
– Tylko „dzień dobry" i rozłączysz się.
– Zgoda. A tak przy okazji, to nie wiem, czy będę mógł przyjechać w przyszłym tygodniu... Szef zabiera nas na imprezę...
– A gdzie?
– Do Moulin-Rouge.
– Naprawdę?
– Oczywiście, że nie! Jedziemy odwiedzić kolesia w Limousin, który sprzedaje nam bydło...
– Cóż za dziwny pomysł...
– To cały mój szef... Twierdzi, że to ważne...

– A więc nie przyjedziesz?
– Nie wiem.
– Franck?
– Tak...
– Lekarz...
– Wiem, ten rudy, spróbuję go złapać... A ty dobrze wykonuj te swoje ćwiczenia, co? Rehabilitant, z tego co zrozumiałem, nie jest z ciebie zbyt zadowolony...
Widząc zdziwioną minę babci, dodał żartobliwie:
– Widzisz, zdarza mi się czasem zadzwonić...

Pochował narzędzia, zjadł ostatnie truskawki z warzywniaka i usiadł na chwilę w ogrodzie. Kot przyszedł, aby, mrucząc, ocierać się o jego nogi.
– Nie martw się, stary, nie martw się. Ona wróci...

Dzwonek telefonu komórkowego wyrwał go z odrętwienia. To była dziewczyna. Zapiał jak kogut, ona chichotała. Proponowała wypad do kina.
Przez całą drogę powrotną jechał ponad sto siedemdziesiąt kilometrów na godzinę, próbując znaleźć sposób, żeby ją przelecieć i nie iść na jakiś głupi film. Nie za bardzo lubił kino. Zawsze zasypiał przed końcem filmu.

10

W połowie listopada, gdy już zimno zaczęło porządnie jej dokuczać, Camille zdecydowała się w końcu udać do jakiegoś hipermarketu budowlanego, aby polepszyć swoje warunki mieszkaniowe. Spędziła tam całą sobotę, snuła się pomiędzy alejkami, dotykała drewnianych listew, podziwiała narzędzia, gwoździe, śrubki, klamki, karnisze, słoiki z farbą, gzymsy, kabiny prysznicowe i jakieś chromowane mieszacze. Poszła następnie do działu ogrodniczego i obejrzała sobie wszystko, o czym marzyła: rękawice, gumowe kalosze, motyki, siatki dla kur, pojemniki na rozsadki, nawozy i wszelkiego rodzaju nasiona. Równie dużo czasu spędziła, oglądając towary, jak i przyglądając się klientom. Kobieta w ciąży wśród pastelowych tapet, młode małżeństwo kłócące się z powodu obrzydliwego kinkietu albo ten dziarski facet w wieku przedemerytalnym w butach na grubej podeszwie, z notesikiem w jednej dłoni i miarką stolarską w drugiej.

Życie nauczyło ją, aby podchodzić z dystansem do planów na przyszłość. Ale jednej rzeczy Camille była pewna. Pewnego dnia, za wiele, wiele lat, kiedy będzie już stara, jeszcze starsza niż teraz, z siwymi włosami, tysiącami zmarszczek i brązowymi plamami na dłoniach, będzie miała własny dom. Prawdziwy dom z mosiężną miednicą do robienia konfitur i babeczkami w metalowej puszce schowanej w głębi kredensu. Długi, potężny drewniany stół i firanki z kretonu. Uśmiechała się. Nie miała zielonego pojęcia, co to jest kreton, ani nawet czy przypadnie jej do gustu, ale podobały jej się słowa: firanki z kretonu... Będzie miała pokoje gościnne i kto wie? Może też przyjaciół, którzy tam będą nocować? Rozkoszny ogródek, kury znoszące dobre jajka na miękko, koty polujące na nornice i psy ganiające za kotami. Rabatki z aromatycznymi roślinami, kominek, wygniecione fotele i pełno książek wokół nich. Białe obrusy, haftowane okrągłe serwetki, gramofon do słuchania tych samych oper co tata i kuchnię kaflową, na której będzie spokojnie dusiła się wołowina w warzywach...

Wołowina w warzywach... co za pomysł...

Mały domek, jaki rysują dzieci, z drzwiami pośrodku i dwoma oknami po obu stronach. Stary, dyskretny, cichy, zarośnięty winobluszczem i dziką różą. Domek z balustradą wokół ganku... Z ciepłym gankiem, ogrzewanym słońcem przez cały dzień, na którym siadałaby wieczorami, aby wyczekiwać powrotu czapli...

I stara szklarnia, która służyłaby jej za atelier... Choć to

jeszcze nie było pewne... Jak dotąd dłonie zawsze ją zdradzały i nie wiadomo, czy należało specjalnie na nie liczyć...
Być może wcale w taki sposób nie znajdzie ukojenia...
„No więc w jaki sposób? Jak?" – zaniepokoiła się nagle. Jak?

Wzięła się natychmiast w garść, czując, że traci poczucie rzeczywistości, i zawołała kogoś z obsługi. Chatka w lesie to fajnie brzmi, ale jak na razie zamarzała w wilgotnej norze, a ten młody człowiek w żółtym polo na pewno będzie w stanie jej pomóc:
– I mówi pani, że powietrze przechodzi przez nie?
– Tak.
– To jest velux?
– Nie, lufcik.
– Takie rzeczy w ogóle jeszcze istnieją?
– Niestety tak...
– Proszę, oto co pani trzeba...
Wręczył jej rulon taśmy do przybijania, specjalnej „do uszczelniania okien", z gąbki powlekanej PCV, wytrzymałej, zmywalnej i wodoszczelnej. Pełnia szczęścia.
– Ma pani zszywacz?
– Nie.
– Młotek? Gwoździe?
– Nie.

Szła za nim przez cały sklep posłusznie jak piesek, podczas gdy on napełniał jej wózek.

– A coś do ogrzewania?
– A teraz co pani ma?
– Kaloryfer elektryczny, z powodu którego korki wyskakują w nocy, a poza tym śmierdzi!

Potraktował sprawę bardzo serio i zrobił jej cały wykład.
Uczonym tonem wymieniał zalety, komentował i porównywał różne systemy grzewcze: dmuchawy, grzejniki promie-

60

niujące, na podczerwień, ceramiczne, olejowe i konwektory. Była totalnie skołowana.

- Więc co mam wziąć?
- Ach, to już pani musi zadecydować...
- Ale ja właśnie nie potrafię.
- Proszę wziąć na olej, nie jest zbyt drogi i dobrze grzeje. „Oléo" firmy Calor jest niezły...
- Na kółkach?
- Hm... – zawahał się, przyglądając się fiszce technicznej. – Mechaniczny termostat, chowany kabel, ustawianie mocy, wbudowany nawilżacz, blablabla, kółka! Tak, proszę pani!
- Super. Będę mogła go sobie stawiać koło łóżka.
- Uhm... Jeśli mogę zasugerować... Wie pani, facet jest równie dobry... W łóżku rozgrzewa...
- Tak, ale nie ma chowanego kabla...
- No nie...

Uśmiechał się.

Idąc za nim do punktu obsługi klienta po wypisane gwarancje, ujrzała sztuczny kominek ze sztucznym żarzącym się węglem, sztucznymi polanami, sztucznymi płomieniami i sztuczną podstawką na drewno.

- Och! A to? Co to jest?
- Kominek elektryczny, ale tego pani nie polecam, czyste złodziejstwo...
- Ależ tak! Proszę mi pokazać!

Angielska firma Sherbone. Tylko oni mogli wymyślić coś tak brzydkiego i kiczowatego. W zależności od ustawienia grzania (1000 lub 2000 watów) płomienie miały inną wysokość. Camille była w siódmym niebie.

- To jest genialne, wygląda jak prawdziwy!
- Widziała pani cenę?
- Nie.
- Pięćset trzydzieści dwa euro, to byle co... Debilny gadżet... Niech się pani nie da wrobić...

– I tak nie mam orientacji w euro...

– To przecież nie takie trudne. Proszę pomyśleć: trzy tysiące pięćset franków za coś, co gorzej panią ogrzeje niż ten firmy Calor za mniej niż sześćset franków...

– Chcę to.

Chłopak miał całkowitą rację, ale nasza Camille zamknęła oczy, podając kartę płatniczą. Jak szaleć, to szaleć, zamówiła też dostawę do domu. Gdy powiedziała, że mieszka na siódmym piętrze bez windy, pani spojrzała na nią krzywo i oznajmiła, że wyjdzie dziesięć euro więcej...

– Nie ma problemu – odpowiedziała, ściskając pośladki.

Miał rację. To było byle co.

Tak, to było byle co, ale miejsce, gdzie mieszkała, nie było lepsze. Piętnaście metrów kwadratowych pod skośnym dachem, czyli zaledwie sześć, gdzie mogła się wyprostować, materac na ziemi, mikroskopijna umywalka w kącie, która raczej przypominała pisuar i służyła jej jako zlew i łazienka. Wieszak na ubrania i dwa kartony, jeden na drugim jako półki. Elektryczna kuchenka na stole campingowym. Minilodówka, która odgrywała również rolę miejsca do pracy, jadalni i stołu. Dwa taborety, lampa halogenowa, małe lusterko i kolejny karton służący jako szafka kuchenna. Co jeszcze? Walizka w szkocką kratę, gdzie trzymała resztkę sprzętu, który jej pozostał, trzy bloki do rysowania i... Nie, to wszystko. Koniec zwiedzania.

Kibel w stylu na narciarza był na końcu korytarza, po prawej. A prysznic nad kiblem. Wystarczyło zakryć przeznaczoną do tego dziurę spleśniałą kratką...

Żadnych sąsiadów, tylko jakiś duch, ponieważ czasami słyszała szepty za drzwiami numer dwanaście. Na jej drzwiach wisiała kłódka oraz nazwisko poprzedniej lokatorki wypisane ładnymi fioletowymi literami przybitymi do framugi: Louise Leduc.

Pewnie jakaś pokojówka z zeszłego wieku...

Nie, Camille nie żałowała kupna swojego kominka, choć cena wynosiła prawie połowę jej pensji... Ach! Zresztą... Ba! I tak niewiele z niej wydawała... Oddawała się marzeniom, jadąc autobusem, i zastanawiała się, co mogłaby wymyślić, aby zainaugurować pracę kominka.

Kilka dni później wpadła na swojego dziwaka:
– Wie pan, mam kominek!
– Przepraszam? Ach! Och! To pani... Dzień dobry, panienko. Brzydka pogoda, nieprawdaż?
– Święta racja! To dlaczego zdejmuje pan czapkę?
– No więc... hm... ja... ja się z panią witałem, prawda?
– Proszę natychmiast ją włożyć! Złapie pan jakieś choróbsko! Właśnie pana szukałam. Chciałam wieczorem zaprosić pana na kolację przy kominku...
– Mnie? – podskoczył.
– Tak! Pana!
– Och, nie, ale ja... hm... Dlaczego? To naprawdę...
– Co naprawdę? – rzuciła, czując nagłe zmęczenie. Stali, trzęsąc się z zimna, przed ich ulubionym sklepem.
– To jest... hm...
– To jest niemożliwe?
– Nie, to... to zbyt wielki zaszczyt!
– Ach! – roześmiała się. – Zbyt wielki zaszczyt... Ależ nie, zobaczy pan, to będzie bardzo proste. A więc zgoda, tak?
– No tak, ja... ja będę zachwycony, mogąc gościć przy pani stole...
– Och... to nie jest w zasadzie stół, wie pan...
– Ach tak?
– Raczej piknik... Posiłek bez ceremonii...
– Bardzo dobrze, uwielbiam pikniki! Mogę nawet przyjść z moim obrusem i koszem, jeśli pani sobie życzy...
– Jakim koszem?
– Koszem piknikowym!
– Takim z talerzami?
– Faktycznie z talerzami, sztućcami, obrusem, czterema serwetkami, korkocią...

– Och tak, doskonały pomysł! Nie mam takich rzeczy! Ale kiedy? Dziś wieczorem?

– A więc dziś wieczorem... cóż... ja...

– Co?

– To znaczy nie powiadomiłem mojego współlokatora...

– Rozumiem. Ale on też może przyjść, to mi nie przeszkadza.

– On? – zdziwił się. – Nie, nie on. Po pierwsze nie wiem, czy... Cóż, to nie jest zbyt porządny chłopak... ja... Proszę zrozumieć, nie mówię o jego sposobie życia, nawet jeśli... cóż... nie podzielam go, rozumie pani, nie, sądzę raczej, że... Och, a poza tym nie ma go dziś wieczorem. Ani w żaden wieczór zresztą...

– Podsumujmy – zaczęła się irytować Camille. – Nie może pan przyjść, ponieważ nie poinformował pan swojego współlokatora, którego i tak nigdy nie ma, tak?

Kręcił się niespokojnie i gmerał przy guzikach płaszcza.

– No cóż, nie zmuszam pana! Nie musi pan się zgadzać, wie pan...

– Ale chodzi...

– O co chodzi?

– Nie, o nic. Przyjdę.

– Dziś wieczorem lub jutro. Potem będę pracować aż do końca tygodnia...

– Zgoda – wyszeptał – zgoda, jutro... Będzie... będzie pani, prawda?

Pokręciła głową.

– Ale pan jest skomplikowany! Oczywiście, że będę, skoro pana zapraszam!

Uśmiechnął się niezdarnie.

– A więc do jutra?

– Do jutra, proszę pani.

– Około ósmej?

– Punkt ósma, zakonotowałem.

Ukłonił się i odwrócił na pięcie.

– Halo!

– Tak, słucham?

– Trzeba wejść schodami dla służby. Mieszkam na siódmym, numer szesnaście, znajdzie pan, to trzecie drzwi na lewo...

Uchyleniem czapki dał znać, że usłyszał.

11

– Proszę wejść, proszę wejść! Ależ pan świetnie wygląda!

– Och – zaczerwienił się – to tylko słomkowy kapelusz... Należał do mojego stryjecznego dziadka i pomyślałem, że na piknik...

Camille nie wierzyła własnym oczom. Kapelusz był tylko wisienką na torcie. Pod ręką trzymał laskę ze srebrną gałką. Ubrany był w jasny garnitur z czerwoną muchą. Wręczył jej olbrzymią wiklinową skrzynię.

– To jest pański kosz?

– Tak, ale proszę zaczekać, mam jeszcze coś...

Poszedł w głąb korytarza i wrócił z bukietem róż.

– Jakie to miłe...

– Wie pani, to nie są prawdziwe kwiaty...

– Słucham?

– Nie, pochodzą z Urugwaju, wydaje mi się... Wolałbym prawdziwe róże ogrodowe, ale w środku zimy to jest... to jest...

– To jest niemożliwe!

– Otóż to! To jest niemożliwe!

– Proszę, niech pan wejdzie i czuje się jak u siebie.

Był tak wysoki, że musiał od razu usiąść. Próbował znaleźć jakieś grzecznościowe słowa, ale po raz pierwszy problemem było nie jąkanie, tylko zaskoczenie.

– Tu jest... Tu jest...

– Ciasno.

– Nie, tu jest, jak by to powiedzieć... Tu jest przytulnie. Tak, całkowicie przytulnie i... malowniczo, nieprawdaż?

– Rzeczywiście bardzo malowniczo – powtórzyła, śmiejąc się, Camille.

Przez chwilę milczał.

– Naprawdę pani tu mieszka?

– No tak...

– Całkowicie?

– Całkowicie.

– Cały rok?

– Cały rok.

– Mało tu miejsca, prawda?

– Nazywam się Camille Fauque.

– Oczywiście, bardzo mi miło. Philibert Marquet de La Durbellière – oznajmił, wstając i uderzając głową w sufit.

– Aż tyle?

– No tak...

– Ma pan przezwisko?

– Nic mi na ten temat nie wiadomo.

– Widział pan mój kominek?

– Słucham?

– Tu... Mój kominek...

– Ach, oto i on! Wspaniale... – dodał, siadając i wyciągając nogi w kierunku plastikowych płomieni. – Bardzo dobrze... Można się czuć jak w angielskim domku myśliwskim, nieprawdaż?

Camille była zadowolona. Nie pomyliła się. Może był stuknięty, ale za to niegłupi z niego chłopak...

– Piękny jest, prawda?

– Wspaniały! Dobrze grzeje przynajmniej?

– Bez zarzutu.

– A co z drewnem?

– Och, wie pan, przez tę burzę... Wystarczy dziś się schylić...

– Niestety, aż za dobrze to wiem... Gdyby pani widziała

zagajniki moich rodziców... prawdziwa rozpacz... Ale cóż to? To dąb?

– Brawo!

Uśmiechnęli się do siebie.

– Kieliszek wina może być?

– Doskonale.

Camille zachwyciła zawartość kosza. Niczego nie brakowało, talerze były porcelanowe, sztućce pozłacane, a kieliszki kryształowe. Znalazły się nawet solniczka, pieprzniczka, dzbanuszek na olej, filiżanki do kawy, do herbaty, haftowane lniane serwetki, salaterka, sosjerka, kompotierka, pojemnik na wykałaczki, cukiernica, sztućce do ryby i dzbanek do gorącej czekolady. Na wszystkim był wygrawerowany rodzinny herb jej gościa.

– Nigdy dotąd nie widziałam niczego równie ładnego...

– Rozumie pani, dlaczego nie mogłem przyjść wczoraj... Gdyby pani wiedziała, ile godzin spędziłem na czyszczeniu i polerowaniu tego wszystkiego...

– Trzeba było mi powiedzieć!

– Gdybym podał pani powód: „Nie dziś wieczorem, bo muszę odświeżyć mój kosz piknikowy", wzięłaby mnie pani za wariata.

Camille wolała nie komentować.

Rozłożyli obrus na podłodze i Philibert Cośtam nakrył.

Usiedli po turecku, zachwyceni, weseli, jak dwoje dzieciaków, które bawią się w obiad dla lalek, urządzając całe ceregiele i uważając, aby nic nie stłuc. Camille, która nie umiała gotować, była w Goubetzkoï i zakupiła zestaw składający się z pasty kawiorowej, łososia, wędzonych ryb i konfitur z cebuli. Skrupulatnie wypełnili wszystkie malutkie półmiski stryjecznego dziadka i bardzo sprytnie zmontowali rodzaj opiekacza za pomocą przykrywki do garnka i folii aluminiowej, żeby odgrzać bliny na kuchence elektrycznej. Wódka została ustawiona w rynnie i wystarczyło otworzyć lufcik, by się obsłużyć. Ustawiczne jego uchylanie oziębiało pokój, ale kominek skwierczał i grzał.

Camille jak zwykle więcej wypiła, niż zjadła.
– Nie będzie panu przeszkadzać, jak zapalę?
– Proszę... Natomiast ja chętnie wyciągnąłbym nogi. Czuję, że całkowicie zdrętwiały...
– Proszę się położyć na moim łóżku...
– Oczy...wiście, że nie, ja... Nie mógłbym...
Przy najmniejszym wzburzeniu zapominał słów i tracił kontenans.
– Ależ proszę się nie krępować! W sumie to jest kanapołóżko...
– W takim razie...
– Może moglibyśmy sobie mówić na ty, Philibercie?
Zbladł.
– Och, nie, ja... Jeśli chodzi o mnie, nie byłbym w stanie, ale pani... Pani...
– Stop! Kończymy temat! Nic nie mówiłam! Nic nie mówiłam! A poza tym uważam, że to zwracanie się *per* pan i pani jest urocze i...
– Oryginalne?
– Otóż to!

Philibert też dużo nie jadł, a że był wyjątkowo powolny i dokładny, nasza doskonała gospodyni gratulowała sobie, iż zaplanowała kolację na zimno. Na deser kupiła również biały ser. W rzeczywistości stała przed cukiernią całkowicie zdezorientowana. Nie potrafiła wybrać żadnego ciastka. Wyciągnęła swój mały włoski ekspres do kawy. Wypiła sok w tak delikatnej filiżance, że doszła do wniosku, iż mogłaby bez trudu odgryźć jej kawałek.

Nie byli gadatliwi. Zapomnieli już, jak to jest jeść z kimś posiłek. Protokół nie został więc do końca dotrzymany i oboje mieli trudności z otrząśnięciem się ze swoich pustelniczych przyzwyczajeń... Lecz że byli ludźmi dobrze wychowanymi, robili wszystko, żeby się odpowiednio zachować. Zagadywali się, pili zdrowie, rozmawiali o dzielnicy. O kasjerkach we Franpriksie – Philibert wolał blondynkę, Camille rudą; o turystach, grze świateł na wieży Eiffla i psich kupach. Wbrew wszelkim oczekiwaniom gość wspaniale potrafił mówić, podtrzymywał nieustannie rozmowę i kierował na tysiące lekkich i przyjemnych tematów. Był pasjonatem historii Francji i zwierzył się, że gros czasu spędza w więzieniach Ludwika IX, antyszambrach Franciszka I, przy stole wieśniaków średniowiecznej Wandei lub w więzieniu Conciergerie razem z Marią Antoniną, kobietą, do której żywił prawdziwe uczucie. Rzucała jakiś temat lub wymieniała epokę, a on opowiadał jej dziesiątki pikantnych szczegółów. Stroje, intrygi dworu, wysokość podatku od soli lub drzewo genealogiczne Kapetyngów.

To było bardzo zabawne.

Miała wrażenie, że jest na stronie internetowej Alaina Decaux[*].

Klikasz myszką i masz już streszczenie.

– Jest pan nauczycielem czy kimś w tym rodzaju?
– Nie, ja... To znaczy ja... Pracuję w muzeum...
– Jest pan konserwatorem zabytków?
– Cóż za wielkie słowo! Nie, raczej zajmuję się handlem...
– Aha... – kiwnęła głową z powagą. – To musi być pasjonujące... W jakim muzeum?
– To zależy, krążę... A pani?
– Och, ja... To mniej interesujące, niestety, pracuję w biurach...

Widząc jej niezadowoloną minę, taktownie nie zagłębiał się w temat.

– Mam dobry biały ser z dżemem morelowym, co pan na to?

---

[*] Alain Decaux jest historykiem. Prowadzi popularne programy telewizyjne oraz pisze książki na temat zagadek historii. W Polsce zostały wydane jego *Sekrety historii*.

– Z przyjemnością! A pani?

– Dziękuję, wszystkie te rosyjskie przysmaki zatkały mnie...

– Nie jest pani zbyt otyła...

Z obawy, że powiedział coś niestosownego, szybko dodał:

– Ale jest pani... hm... pełna wdzięku... Pani twarz przypomina mi Dianę de Poitiers...

– Ładna była?

– Och! Bardziej niż ładna! – Zaczerwienił się. – Ja... Pani... Nigdy pani nie odwiedziła zamku Anet?

– Nie.

– Powinna pani... To cudowne miejsce, prezent, który otrzymała od swojego kochanka, króla Henryka II...

– Ach tak!

– Tak, zameczek jest bardzo piękny. To jak hymn miłosny. Ich inicjały są wszędzie splecione. Wyryte w kamieniu, marmurze, żeliwie, drewnie i na jej grobowcu. I wzruszające też... Jeśli dobrze pamiętam, używane przez nią pojemniczki na kremy i szczotki do włosów wciąż znajdują się w jej pokoju toaletowym. Zabiorę kiedyś panią...

– Kiedy?

– Może na wiosnę?

– Na piknik?

– To oczywiste...

Przez chwilę milczeli. Camille próbowała nie zauważać dziurawych butów Philiberta, a on plam saletry na ścianach. Popijali sobie małymi łyczkami wódkę.

– Camille?

– Tak.

– Naprawdę pani tu na stałe mieszka?

– Tak.

– Ale hm... no hm... Cóż, toalety...

– Na korytarzu.

– Ach?

– Chce pan się tam udać?

– Nie, nie, tylko pytałem z ciekawości.

– Martwi się pan o mnie?

– Nie, w sumie... tak... Tu jest tak spartańsko...

– Miły pan jest... Ale jakoś sobie radzę. Zapewniam pana, a poza tym mam teraz piękny kominek!

On już nie wydawał się tak entuzjastycznie do tego podchodzić.

– Ile ma pani lat? Jeśli nie jest to zbyt niedyskretne pytanie...

– Dwadzieścia sześć. Będę miała dwadzieścia siedem w lutym...

– Jak moja młodsza siostrzyczka...

– Ma pan siostrę?

– Nie jedną, sześć!

– Sześć sióstr!

– Tak. I jednego brata...

– I sam pan mieszka w Paryżu?

– Tak. W sumie to ze współlokatorem...

– Dobrze się rozumiecie?

Nie odpowiadał, więc zadała jeszcze raz pytanie:

– Nie najlepiej?

– Nie, nie... w porządku! Zresztą i tak się nigdy nie widujemy...

– Ach?

– Powiedzmy, że to nie do końca zamek Anet!

Roześmiała się.

– Pracuje?

– Tylko to robi. Pracuje, śpi, pracuje, śpi. A jak nie pracuje, to sprowadza dziewczyny. To jest dziwna osoba, która potrafi jedynie wysławiać się, szczekając. Z trudem pojmuję, co one w nim widzą. Owszem, mam swoje domysły, ale cóż...

– A co on robi?

– Jest kucharzem.

– Ach? A czy przynajmniej przygotowuje panu jakieś dobre dania?

– Nigdy. Nigdy nie widziałem go w kuchni. Oprócz poranków, gdy psuje mój biedny ekspres do kawy...

– Czy to któryś z pana znajomych?

– Och nie! Znalazłem go z ogłoszenia. Na ladzie w piekarni naprzeciwko domu przylepiona była karteczka: *Młody
kucharz z Vert Galant szuka pokoju, gdzie mógłby się przespać podczas przerwy obiadowej.* Z początku przychodził tylko na kilka godzin dziennie, a teraz, proszę...

– Przeszkadza to panu?

– Skądże! Sam mu to zaproponowałem... Jak pani zobaczy, mieszkanie jest trochę za duże na mnie jednego... A poza
tym on wszystko potrafi zrobić. Mnie to jest bardzo na rękę,
bo ja nawet nie umiem żarówki zmienić... Wszystko robi sam
i w sumie to straszny kutwa... Od kiedy ze mną mieszka, moje
rachunki za prąd stopniały jak śnieg na słońcu...

– Majstrował przy liczniku?

– Odnoszę wrażenie, że on majstruje przy wszystkim, czego się dotknie... Nie wiem, jaki z niego kucharz, ale majster-
kowicz pierwsza klasa. A ponieważ u mnie wszystko popada
w ruinę... Nie... jednak go lubię... Nigdy nie miałem okazji
z nim porozmawiać, ale mam wrażenie, że on... No, nie
wiem... Czasem mam odczucie, że mieszkam pod tym samym
dachem z mutantem...

– Jak w *Alien*?

– Słucham?

– Nie. Nic.

Sigourney Weaver nigdy nie paktowała z królem, wolała
więc odpuścić...

Razem posprzątali. Widząc jej mikroskopijny zlew, Philibert uprosił ją, by pozwoliła mu pozmywać. Jego muzeum
było zamknięte w poniedziałki i nie miał nic zaplanowanego
na następny dzień...

Pożegnali się uroczyście.

– Następnym razem to pani do mnie przyjdzie...

– Z przyjemnością.

– Niestety, nie mam kominka...

– Och! Nie wszyscy mają szczęście posiadać domek let-
niskowy w środku Paryża...

- Camille?
- Tak.
- Będzie pani na siebie uważać, dobrze?
- Spróbuję. Ale pan również, Philibercie...
- Ja... J...
- Co?
- Muszę coś wyznać... Tak naprawdę nie pracuję w muzeum, wie pani... Raczej na zewnątrz... No, w kiosku... Ja... Ja sprzedaję kartki pocztowe...
- A ja nie pracuję tak naprawdę w biurze, wie pan... Raczej również na zewnątrz... Sprzątam...

Wymienili fatalistyczne uśmiechy i rozstali się zawstydzeni...
Zawstydzeni, ale ze spokojnym sumieniem.

Rosyjska kolacja okazała się bardzo udana.

12

- Co to za odgłosy?
- Spokojnie, to tylko Wielki Książę...
- Ale co on wyprawia? Zupełnie jakby zalewał kuchnię...
- Olej to, mamy to w dupie... Chodź tu raczej do mnie...
- Nie, zostaw mnie.
- No, chodź... chodź... Dlaczego nie zdejmujesz T-shirta?
- Zimno mi.
- Chodź tu bliżej, mówię ci.
- Dziwny ten koleś jest, nie?
- Zupełnie kopnięty... Szkoda, że nie widziałaś go, jak wychodził z laską i kapeluszem klauna... Myślałem, że idzie na bal kostiumowy...
- A gdzie szedł?
- Chyba do jakiejś panny...
- Panny?

– Taa, chyba, zresztą nie wiem... Mam to gdzieś... No już odwróć się, cholera...

– Zostaw mnie.

– Hej, Aurélie, nie wkurwiaj mnie...

– Aurélia, nie Aurélie.

– Aurélia, Aurélie, to przecież jest to samo. Dobra... Ale chyba nie będziesz też spać w skarpetkach?

13

Choć to było wyraźnie zakazane, *strictly forbidden*, Camille kładła ubrania na pokrywie kominka, zostawała jak najdłużej w łóżku, ubierała się pod kołdrą i przed włożeniem dżinsów rozgrzewała w dłoniach ich guziki.

Uszczelka z PCW okazała się niespecjalnie skuteczna i musiała przemieścić materac, aby nie czuć przejmujących powiewów, które przelatywały jej po czole. Teraz miała łóżko dokładnie pod drzwiami i trzeba się było nieźle nagimnastykować, żeby wejść lub wyjść. Wciąż musiała wyciągać się w jedną lub w drugą stronę, by zrobić kilka kroków. „Co za rozpacz – powtarzała w myślach. – Co za rozpacz..." No i w końcu stało się, zaczęła siusiać do umywalki, trzymając się ściany, aby nie upaść. Jeśli chodzi o prysznic, lepiej już nie mówić...

Była więc brudna. No, może nie brudna, ale mniej czysta niż zazwyczaj. Raz lub dwa razy w tygodniu udawała się do Kesslerów, kiedy miała pewność, że ich nie zastanie. Wiedziała, kiedy przychodziła ich sprzątaczka, a ta, ciężko wzdychając, wręczała jej wielki ręcznik kąpielowy. Wszyscy wiedzieli, co się dzieje. Zawsze wychodziła z jakimś żarciem lub dodatkowym kocem... Pewnego dnia Mathilde udało się ją w końcu przyłapać, gdy suszyła włosy:

– Nie chciałabyś na trochę tu wrócić? Mogłabyś pomieszkać w swoim pokoju.

– Nie, dziękuję wam, dziękuję wam obojgu, ale wszystko w porządku. Jest mi dobrze...

– Pracujesz?

Camille zamknęła oczy.

– Tak, tak...

– Na jakim jesteś etapie? Potrzebujesz pieniędzy? Daj nam coś. Wiesz, Pierre mógłby ci wypłacić zaliczkę...

– Nie. Nie mam teraz nic gotowego...

– A te wszystkie płótna u twojej matki?

– Nie wiem... Trzeba stamtąd zabrać... Nie mam ochoty...

– A twoje autoportrety?

– Nie są na sprzedaż.

– A co konkretnie teraz robisz?

– Takie drobiazgi...

– Byłaś na Quai Voltaire?

– Jeszcze nie.

– Camille?

– Tak.

– Czy mogłabyś wyłączyć tę suszarkę, żebyśmy mogły spokojnie porozmawiać?

– Spieszę się.

– A co dokładnie porabiasz?

– Słucham?

– Co teraz robisz w życiu... Jak ono wygląda?

Aby już nigdy więcej nie odpowiadać na tego typu pytania, Camille zbiegła po schodach ich budynku po kilka stopni naraz i wpadła do pierwszego lepszego zakładu fryzjerskiego.

14

– Proszę mnie ogolić – powiedziała do młodego mężczyzny, który odbijał się w lustrze za nią.

– Słucham?

– Chciałabym, żeby ogolił mi pan głowę, proszę.

- Na zero?
- Tak.
- Nie. Nie mogę tego zrobić...
- Ależ może pan. Proszę wziąć maszynkę do golenia i już.
- Nie, tu nie armia. Mogę panią ostrzyc bardzo krótko, ale nigdy na łyso. To nie tego typu zakład... Co nie, Carlo?

Carlo czytał „Tiercé Magazine" za kasą.

- Że co?
- Ta pani chce, by ją ogolić na łyso...

Tamten wykonał ruch, który oznaczał „mam to gdzieś, właśnie przegrałem dziesięć euro w siódmej gonitwie, więc nie zawracaj mi głowy..."

- Pięć milimetrów...
- Słucham?
- Ostrzygę panią na pięć milimetrów, inaczej nie ośmieli się pani stąd wyjść...
- Mam czapkę.
- A ja swoje zasady.

Camille uśmiechnęła się do niego, kiwnęła głową na znak zgody i poczuła zgrzyt nożyc na karku. Kosmyki włosów spływały na ziemię, podczas gdy ona przyglądała się dziwnej postaci, którą miała przed sobą. Nie rozpoznawała się, już nie pamiętała, jak wyglądała chwilę przedtem. Miała to gdzieś. Od teraz branie prysznica w końcu korytarza nie będzie już takim koszmarem i tylko to się liczyło.

Zwróciła się w myślach do swojego odbicia: „I co? Taki masz program? Oszpecić się nawet, żeby sobie ułatwić życie, zapomnieć o sobie i nigdy już niczego od nikogo nie chcieć?"

No, a tak serio? Czy o to chodziło?

Przejechała dłonią po szorstkiej głowie i zebrało jej się na płacz.

- Podoba się pani?
- Nie.
- Ostrzegałem...

– Wiem.

– Odrośnie...

– Sądzi pan?

– Jestem pewien.

– Kolejna pana zasada...

– Czy mogę prosić o długopis?

– Carlo?

– Mhm...

– Długopis dla panienki...

– Nie przyjmujemy czeków na mniej niż piętnaście euro...

– Nie, nie, to nie w tym celu...

Camille wyciągnęła swój blok rysunkowy i naszkicowała to, co widziała w lustrze.

Łysą dziewczynę o twardym spojrzeniu, trzymającą w dłoni ołówek wściekłego amatora wyścigów konnych, a za nią wspartego na miotle chłopaka o rozbawionej minie. Zapisała swój wiek i wstała, aby zapłacić.

– To ja?

– Tak.

– Kurczę, znakomicie pani rysuje!

– Staram się...

15

Tym razem przyjechał inny strażak. Yvonne by go rozpoznała. Niestrudzenie mieszał łyżeczką w filiżance:

– Za gorąca?

– Słucham?

– Kawa? Czy jest za gorąca?

– Nie, w porządku, dziękuję. No dobrze, muszę się w końcu zabrać do mojego raportu...

Paulette siedziała wyprostowana po drugiej stronie stołu. Miała dość.

16

– Miałaś wszy? – spytała Mamadou.
Camille wkładała właśnie fartuch. Nie miała ochoty na
rozmowę. Zbyt dużo kamieni w żołądku, zbyt zimno, zbyt
słabo.

– Gniewasz się?
Pokręciła głową, wyciągnęła swój wózek ze schowka na
śmieci i skierowała się do wind.

– Wjeżdżasz na piąte?
– Mhm... hm...
– Zaczekaj, dlaczego to zawsze ty robisz piąte piętro? To
nie jest normalne! Nie możesz się tak dawać! Chcesz, bym
porozmawiała z szefową? Ja tam mam gdzieś, mogę z nią pogadać, wiesz! No tak! Mam ją równo gdzieś!

– Nie, dzięki. Piąte czy inne, dla mnie żadna różnica...

Dziewczyny nie lubiły tego piętra, bo tam znajdowały się
gabinety szefów i pokoje biurowe. Pozostałe „ołpen spesis",
jak mówiła Bredart, były o wiele łatwiejsze, a zwłaszcza
szybsze do sprzątnięcia. Wystarczyło opróżnić kosze na śmieci, przystawić fotele do ściany i przelecieć odkurzaczem.
Nie zaszkodziło nawet poszaleć i pozwolić sobie na walenie
w nogi od mebli, ponieważ to był jakiś chłam, o który i tak
nikt nie dbał.

Na piątym piętrze każde pomieszczenie wymagało prze-
strzegania dość męczącego ceremoniału: opróżnianie koszy,
popielniczek, wyciąganie strzępów papierów z niszczarek,
czyszczenie biurek; należało też pamiętać, żeby niczego nie
dotykać, niczego nie przemieszczać, nawet spinacza. I na dodatek sprzątanie przylegających saloników i biurek sekreta-
rek. Te krowy naklejały wszędzie karteczki, zupełnie jakby
się zwracały do swoich własnych sprzątaczek, na które z pewnością nie mogły sobie pozwolić w domu... *I zrobi pani to
i tamto, a ostatnim razem przemieściła pani tę lampę i zepsuła coś tam i blebleble...* Tego typu dyrektywy wyprowadzały

z równowagi Carine czy Samię. W Camille nie wzbudzały najmniejszych emocji. Gdy karteczka była zbyt upierdliwa, pisała na niej: *Ja nie rozumieć francuski*, i przyklejała na samym środku ekranu komputera.

Na niższych piętrach białe kołnierzyki sprzątały mniej lub bardziej po sobie, ale tu zadanie szyku polegało na zostawieniu całego bałaganu na wierzchu. Pewnie chodziło o to, by pokazać, jak bardzo jest się zapracowanym, że wyszło się z pracy z żalem, ale w każdym momencie można wrócić i znów chwycić za stery tego świata. „Okay, dlaczego by nie..." – westchnęła Camille. Przyjmijmy takie wytłumaczenie. Każdy ma swoje urojenia... Ale trafił się taki jeden na końcu korytarza, który zaczynał jej grać na nerwach. Wielki szef czy nie, ten facet to brudas i było coraz gorzej. Poza tym w jego gabinecie czuło się pogardę.

Dziesięć, sto razy może zbierała po gabinecie i wyrzucała niezliczone kubeczki, w których pływały zawsze pety, zeskrobywała resztki zeschniętych kanapek i nie zastanawiała się nad tym, ale tego wieczoru koniec. Tego wieczoru nie miała ochoty. Zebrała więc wszystkie tego typu odpadki, stare, spleśniałe resztki jedzenia, przyklejone do popielniczek gumy do żucia, zapałki i zmięte papiery, po czym ułożyła w mały stosik na jego pięknej podkładce ze skóry zebu i opatrzyła liścikiem: *Szanowny Panie, jest Pan wieprzem, i proszę, by od dziś zostawiał Pan to miejsce możliwie jak najczystsze. PS. Proszę spojrzeć pod biurko, stoi tam bardzo użyteczny przedmiot zwany koszem na śmieci...* Ubarwiła swój wywód złośliwym rysunkiem, na którym widniała mała świnka w trzyczęściowym garniturze, pochylająca się, aby zobaczyć tę dziwną rzecz pod biurkiem. Następnie dołączyła do swoich koleżanek, by pomóc im wysprzątać hol.

– Co cię tak śmieszy? – zdziwiła się Carine.
– Nic.
– Dziwna jesteś...
– Co potem robimy?

– Schody B...
– Znowu? Przecież dopiero co je sprzątałyśmy!
Carine wzruszyła ramionami.
– Idziemy?
– Nie. Czekamy na Super-Josy z raportem...
– Jakim raportem?
– Nie wiem. Podobno zużywamy za dużo środków czysz-
czących...
– Co za paranoja... Poprzednim razem miała pretensje, że
za mało... Idę zakurzyć na chodnik, idziesz?
– Za zimno dla mnie.

Camille wyszła więc sama i oparła się o latarnię.
„...02.12.03... 00.34... –4°C...” – przelatywały świetliste
napisy na wystawie sklepu optycznego.

Wtedy doszło do niej, co powinna odpowiedzieć Mathilde
Kessler, gdy ją kilka godzin wcześniej z nutką rozdrażnienia
w głosie zapytała, jak teraz wygląda jej życie.

„...02.12.03... 00.34... –4°C...”

O, właśnie.
Tak wyglądało.

17

– Wiem, wiem, ale dlaczego pani tak dramatyzuje? Przecież to bzdury!
– Słuchaj, mój drogi Francku, po pierwsze nie mów do
mnie takim tonem, po drugie nie masz moralnego prawa mnie
pouczać. To ja prawie dwanaście lat się nią zajmuję, odwie-
dzam ją parę razy w tygodniu, zabieram na zakupy i dbam
o nią. Ponad dwanaście lat, słyszysz? I jak dotąd nie można
powiedzieć, żebyś ty specjalnie się zajmował... Nigdy z two-

jej strony słowa podziękowania, oznaki wdzięczności, nic. Nawet wtedy, gdy towarzyszyłam jej w drodze do szpitala i przychodziłam ją odwiedzać codziennie rano, nie przyszło ci do głowy, by zadzwonić do mnie albo przysłać jakiś kwiatek. Dobra, to nie problem, bo nie robię tego dla ciebie, tylko dla niej. Bo twoja babcia jest dobrym człowiekiem... Dobrym, rozumiesz? Ja cię nie winię, chłopaku, jesteś młody, mieszkasz daleko i masz swoje życie, ale, widzisz, czasami jest mi ciężko. Ciężko... Ja też mam swoją rodzinę, swoje troski i drobne kłopoty zdrowotne, więc mówię ci jasno: musisz od teraz wziąć na siebie odpowiedzialność...

– Chce pani powiedzieć, że mam jej rozwalić życie i wsadzić ją do schroniska tylko dlatego, że zapomniała o garnku na gazie?

– Proszę! Mówisz o niej, jakby była psem!

– Nie, to nie o niej mówię! I dobrze pani wie, o czym mówię! Doskonale pani wie, że jeśli umieszczę ją w umieralni, nie wytrzyma! Kurwa! Widziała pani szopkę, jaką nam odstawiła ostatnim razem!

– Nie musisz być wulgarny, wiesz?

– Przepraszam, pani Carminot, przepraszam... Ale nie wiem już, na czym stoję... Ja... Ja nie mogę jej tego zrobić, rozumie pani? Dla mnie to tak, jakbym ją uśmiercić...

– Jeśli zostanie tu, to sama się zabije...

– No i co z tego? Czy tak nie byłoby lepiej?

– To jest jakiś punkt widzenia, ale ja się na to nie piszę. Gdyby wtedy nie przyszedł listonosz, to cały dom by spłonął, a problem polega na tym, że listonosz nie zawsze będzie akurat w pobliżu... Ja też nie, Franck... Ja też nie... To zrobiło się zbyt ciężkie... Zbyt wielka odpowiedzialność... Za każdym razem, kiedy do was przychodzę, zastanawiam się, co zastanę, a w dni, kiedy nie wpadam, nie mogę zasnąć. Gdy dzwonię do niej i nie odbiera, słabo mi się robi i zawsze w końcu jadę zobaczyć, co się z nią dzieje. Ten wypadek ją rozstroił, to już nie ta sama kobieta co wcześniej. Snuje się cały dzień w koszuli nocnej, nie je, nie odzywa się, nie czyta już poczty... Nie dalej jak wczoraj znowu ją znalazłam w kombinezonie roboczym w ogrodzie... Biedaczka, była całkowicie zmarznięta... Nie, ja już tak dalej nie mogę żyć, wciąż wyobrażam sobie najgorsze... Nie można jej tak zostawić... Nie można. Musisz coś zrobić...

   – ...

– Franck? Halo? Franck, jesteś tam?

– Tak...

– Musisz to zrozumieć, mój mały...

– Nie. Mogę ją wsadzić do hospicjum, skoro nie mam wyjścia, ale nie jestem w stanie tego zrozumieć, to niemożliwe.

– Schronisko, umieralnia, hospicjum... Dlaczego nie powiesz po prostu „dom spokojnej starości"?

– Ponieważ dobrze wiem, jak to się skończy...

– Nie mów tak, są zupełnie niezłe placówki. Matka mojego męża na przykład...

– A pani, Yvonne? Czy pani nie mogłaby się nią zająć na stałe? Zapłaciłbym... Dałbym pani wszystko, czego pani by sobie życzyła...

– Nie, to miłe, ale nie, jestem za stara. Nie mogę się tego podjąć, już mam swojego Gilberta... A poza tym ona potrzebuje opieki medycznej...

– Myślałem, że to pani przyjaciółka.

– Bo tak jest.

– Przyjaciółka, ale nie przeszkadza pani wepchnięcie jej do grobu...

– Franck, wypluj natychmiast to, co powiedziałeś!

– Wszystkie jesteście takie same... Pani, moja matka, inne, wszystkie! Mówicie, że kochacie ludzi, ale gdy trzeba zakasać rękawy, to nie ma już nikogo...

– Proszę cię, nie wkładaj mnie do jednego worka z twoją matką! Co to, to nie! Jaki ty jesteś niewdzięczny, chłopcze... Niewdzięczny i złośliwy!

Odłożyła słuchawkę.

Dopiero dochodziła piętnasta, ale wiedział, że już nie zaśnie.

Był wykończony.

Walnął w stół, walnął w ścianę, uderzał we wszystko, co miał pod ręką.

Ubrał się w strój do biegania i opadł na pierwszą napotkaną ławkę.

Najpierw był to słaby jęk, jakby ktoś go uszczypnął, potem już całe ciało puściło. Zaczął się trząść od stóp do głów, pierś rozdarła się na dwoje i wyzwoliła wielki szloch. Nie chciał, kurwa, nie chciał. Ale nie mógł już się kontrolować. Płakał jak dziecko, jak dupek, jak facet, który ma właśnie zabić jedyną osobę na świecie, która kiedykolwiek go kochała. I jedyną, którą kochał.

Siedział pochylony, zdruzgotany z rozpaczy i cały zasmarkany.

Gdy już wreszcie przyznał, że nic nie można uczynić, aby to zatrzymać, zawinął sweter wokół głowy i skrzyżował ręce.

Źle się czuł, było mu zimno i wstyd.

Pozostał pod prysznicem, z zamkniętymi oczami, napiętą twarzą, dopóki nie skończyła się ciepła woda. Zaciął się przy goleniu, bo nie miał odwagi spojrzeć w lustro. Nie chciał o tym myśleć. Nie w tej chwili. Już nie. Rany były jeszcze świeże i jeśli popuści sobie, tysiące obrazów zaleją mu mózg. Nigdy nie widział swojej babci gdzie indziej niż w tym domu. W ogrodzie rano, w kuchni przez resztę dnia i gdy siedziała na brzegu jego łóżka wieczorem...

W dzieciństwie cierpiał na bezsenność, miał koszmary, wrzeszczał, wołał ją i utrzymywał, że gdy tylko zamykała za sobą drzwi, nogi zapadały mu się do jakieś dziury i musiał kurczowo się trzymać łóżka, żeby nie polecieć za nimi. Wszystkie nauczycielki sugerowały konsultację z psychologiem, sąsiadki z powagą kiwały głowami i radziły raczej wizytę u znachora, żeby zapanować nad jego nerwami. Natomiast mąż chciał ją powstrzymać od chodzenia do niego. „To ty nam go rozpieszczasz! – mawiał. – To ty gówniarza psujesz! Do licha, po prostu mniej go kochaj! Daj mu się chwilę wypłakać, będzie mniej się moczył, a poza tym zobaczysz, że jednak zaśnie..."

Mówiła wszystkim grzecznie: tak, tak, i nie słuchała nikogo. Przygotowywała mu kubek słodkiego, gorącego mleka z dodatkiem kwiatu pomarańczy, podtrzymywała mu głowę, kiedy pił, i siadała na krześle. Tu, widzisz? Zaraz obok. Krzyżowała ramiona, wzdychała i przysypiała razem z nim. Często jeszcze przed nim. To nie było istotne. Póki siedziała tuż obok, nie było problemu. Mógł rozprostować nogi...

– Ostrzegam cię, nie ma już ciepłej wody... – rzucił Franck.

– Ach, to przykre... Jestem zmieszany, ty...

– Ale przestań, cholera, przepraszać! To ja opróżniłem baniak, okay? Ja. Więc nie ma za co ci być przykro!

– Przepraszam, sądziłem...

– Och, ale ty jesteś wkurzający. Jeśli na zawsze chcesz być popychadłem, to już twój problem...

Wyszedł z pokoju i poszedł przeprasować swój strój. Koniecznie musiał dokupić sobie fartuchy, ponieważ nie nadążał z praniem. Nie miał czasu. Nigdy nie miał czasu. Nigdy na nic czasu, kurwa!

Jeden, jedyny dzień wolny w tygodniu będzie chyba odtąd spędzał w domu starców w jakiejś pipidówce, patrząc, jak jego babcia ryczy!

Jego współlokator już rozsiadł się w fotelu ze swoimi zwojami papieru i całym tym heraldycznym badziewiem.

– Philibert...

– Tak?

– Słuchaj... hm... Przepraszam za to, co powiedziałem, ja... Mam ostatnio ciężki okres i jestem u kresu sił, rozumiesz... I na dodatek fatalnie się czuję...

– To bez znaczenia...

– Owszem, to ważne.

– To, co jest ważne, widzisz, to powiedzieć „przepraszam cię", a nie „przepraszam". Nie możesz samego siebie przepraszać, lingwistycznie to nie jest poprawne...

Franck przyglądał mu się przez chwilę, potem pokręcił głową:

– Naprawdę dziwny z ciebie koleś...

Przechodząc przez drzwi, dodał:

– Zajrzyj do lodówki, coś ci przyniosłem. Nie pamiętam już co... chyba kaczkę...

Philibert podziękował zamkniętym drzwiom.

Nasz kucharz już był na dole, przeklinając na czym świat stoi, bo nie mógł odnaleźć swoich kluczy.

Przepracował całą zmianę, nie wypowiadając ani słowa; nie zareagował, gdy szef przyszedł, żeby zabrać mu z rąk garnek i pokazać, jak się gotuje; zacisnął zęby, gdy podesłano mu niedopieczoną pierś z kaczki, i tak mocno szorował swoją płytę grzewczą, jakby chciał ją zedrzeć do żywego stopu.

Kuchnia się wyludniła, a on czekał w kącie, aż jego kumpel Kermadec skończy segregowanie obrusów i liczenie serwetek. Gdy ten go zobaczył, jak siedzi w rogu, kartkując „Moto Journal", zapytał, wskazując brodą:

– Co tobie, kucharzyku?

Lestafier przechylił głowę do tyłu i przyłożył kciuk do ust.

– Już idę. Jeszcze tylko trzy drobiazgi i jestem twój...

Mieli zamiar zrobić rundkę po barach, ale Franck już po wyjściu z drugiego był zalany w trupa.

Wpadł tej nocy w dziurę, ale nie taką jak w dzieciństwie. Inną.

18

– No więc chciałem przeprosić... No, powiedzieć pani, że...

– Co powiedzieć, chłopcze?

– No, że mi przykro...

– Już ci przebaczyłam... Wiem, że nie zastanawiałeś się nad tym, co mówisz, ale jednak musisz na przyszłość uważać... Wiesz, trzeba dbać o ludzi, którzy są w porządku wobec ciebie... Zobaczysz, że jak się zestarzejesz, tak wielu ich nie będzie...

– Zastanowiłem się nad tym, co mi pani wczoraj powiedziała, i nawet jeśli ciężko mi to przez usta przechodzi, wiem, że pani ma rację...

– Oczywiście, że mam rację... Znam dobrze starszych ludzi, codziennie ich widuję...

– Więc... hm...

– Co?

– Problem polega na tym, że nie mam czasu się tym zająć, to znaczy znalezieniem jakiejś placówki i całą resztą...

– Chcesz, żebym się tym zajęła?

– Wie pani, mogę zapłacić pani za trud...

– Nie zaczynaj ze swoim grubiaństwem, chłopczyku, chętnie ci pomogę, ale to ty jej powiesz. To ty musisz jej wytłumaczyć, jaka jest sytuacja...

– Ale pójdzie pani ze mną?

– Chętnie, jeśli chcesz. Ale wiesz, jeżeli chodzi o mnie, to ona doskonale wie, co o tym sądzę... Już od dłuższego czasu ciosam jej kołki na głowie...

– Trzeba jej coś znaleźć z klasą, dobra? Z pięknym pokojem, a zwłaszcza z wielkim parkiem...

– To jest bardzo drogie, wiesz o tym?

– Jak drogie?

– Ponad milion miesięcznie...

– Hola... Moment, Yvonne, o czym pani mówi? Teraz są euro...

– Ach, euro... Ja tam liczę po staremu, a na dobrą placówkę trzeba przeznaczyć ponad milion starych franków mie-sięcznie...

    – ...

    – Franck?

    – To jest... To jest tyle, ile ja zarabiam...

    – Musisz iść do opieki społecznej i poprosić o zasiłek, zo-baczyć, ile wynosi emerytura po twoim dziadku, i złożyć wniosek o rentę inwalidzką.

    – Co?

    – To jest pomoc dla niepełnosprawnych lub osób opie-kujących się nimi.

    – Ale... Ona nie jest niepełnosprawna, prawda?

    – Nie, ale będzie musiała taką zagrać, jak jej przyślą leka-rza orzecznika. Nie może być zbyt wojowniczo nastawiona, inaczej niewiele dostaniecie...

    – Kurwa, ale kaszana... Przepraszam.

    – Zatykam sobie uszy.

    – Nigdy nie będę miał czasu wypełnić wszystkich tych pa-pierów... Czy mogłaby pani trochę przetrzeć dla mnie szlaki?

    – Nie martw się, poruszę ten temat w piątek w klubie. Je-stem pewna, że się tym zajmiemy!

    – Dziękuje pani, pani Carminot...

    – No już... Nie ma za co...

    – Dobra, więc ja idę do roboty...

    – Podobno gotujesz już jak szef kuchni?

    – A kto to pani powiedział?

    – Pani Mandel...

    – Ach...

    – Olala, gdybyś wiedział... Jeszcze to wspomina! Upiek-łeś im tamtego wieczoru zająca po królewsku...

    – Nie pamiętam już.

    – Ale ona pamięta, bądź tego pewien! Powiedz no, Franck...

    – Tak?

    – Wiem, że to nie moja sprawa, ale... Twoja matka?

    – Co moja matka?

– Nie wiem, ale tak sobie myślę, że może należy się z nią skontaktować... Mogłaby ci też pomóc płacić...

– Teraz to pani jest grubiańska, Yvonne, a przecież zna ją pani. Jednak...

– Wiesz, ludzie czasem się zmieniają...

– Nie ona.

– ...

– Nie. Nie ona... Dobra, lecę, dziś stoję przy piecu...

– Do widzenia, mój mały.

– Chwileczkę...

– Tak?

– Proszę jednak spróbować znaleźć coś tańszego...

– Postaram się, zadzwonię do ciebie...

– Dziękuję.

Tego dnia było tak zimno, że Franck z ochotą pracował w ciepłej kuchni i stał na swoim rozgrzanym stanowisku. Szef miał dobry humor. Znowu wszystkie stoliki były zajęte, dowiedział się też, że będzie miał dobrą recenzję w jakimś burżujskim pisemku.

– Dzięki takiej pogodzie, dzieci, możemy dziś wieczorem serwować pasztet z gęsich wątróbek i najlepsze roczniki! Ach, koniec z sałatkami, talerzami wędlin i tego typu bzdurami! Koniec! Chcę pięknego, porządnego jedzenia, i chcę, by klienci wyszli stąd o dziesięć stopni cieplejsi! No, dalej! Rozpalamy ogień, chłopaki!

19

Camille z trudem zeszła po schodach. Łamało ją w kościach i cierpiała na straszną migrenę. Zupełnie jakby ktoś wsadził jej nóż w prawe oko i bawił się w delikatne przekręcanie go przy najmniejszym jej ruchu. Gdy doszła do holu, musiała się podeprzeć o ścianę, aby utrzymać pion. Trzęsła się, brakowało jej powietrza. Przez chwilę zastanawiała się nad powrotem do łóżka, ale pójście do pracy wydało jej się bardziej wykonalne niż wdrapanie się na siódme piętro. Przynajmniej w metrze będzie mogła usiąść...

Gdy przechodziła przez drzwi, zderzyła się z niedźwiedziem. To był jej sąsiad ubrany w długie futro.

– Och, przepraszam pana – zaczęła. – Ja...

Podniósł oczy.

– Camille, to pani?

Nie mając odwagi rozmawiać, prześliznęła się pod jego ramieniem.

– Camille! Camille!

Schowała nos w szaliku i przyspieszyła kroku. Ten wysiłek zmusił ją niebawem do zatrzymania się. Oparła się o słup, by nie upaść.

– Camille, wszystko w porządku? Mój Boże, ale... Co pani zrobiła z włosami? Och, jak pani wygląda, ma pani... Źle się pani czuje? I pani włosy? Takie piękne włosy...

– Muszę iść, jestem już spóźniona...

– Ale jest straszny ziąb, moja droga! Proszę nie chodzić z gołą głową, umrze pani... Proszę przynajmniej wziąć moją czapkę uszatkę...

Camille uśmiechnęła się z wysiłkiem.

– Też należała do pańskiego wuja?

– Do diaska, nie! Raczej do mojego dalekiego przodka, który towarzyszył małemu generałowi w kampanii rosyjskiej...

Zaciągnął jej czapkę prawie aż na oczy.

– Chce pan powiedzieć, że to coś było pod Austerlitz? – zmusiła się do żartu.

– Dokładnie! Pod Berezyną również, niestety... Ale jest pani cała blada... Na pewno się pani dobrze czuje?

– Trochę zmęczona...

– Proszę mi powiedzieć, Camille, czy tam u pani na górze nie jest trochę za zimno?

– Nie wiem... Dobra, ja... idę... Dziękuję za nakrycie głowy.

Otumaniona ciepłem w wagonie, zasnęła i obudziła się dopiero na końcowym przystanku. Wsiadła do metra w powrotną stronę i zaciągnęła czapkę z misia na oczy, aby móc spokojnie rozpłakać się z wyczerpania. Och, jak to starocie strasznie śmierdziało...

Gdy wreszcie wysiadła na odpowiedniej stacji, uderzył ją tak lodowaty wiatr, że musiała usiąść na osłoniętym przystanku autobusowym. Położyła się na ławce i poprosiła przechodzącego obok młodego człowieka, aby jej złapał taksówkę.

Wdrapała się do siebie na górę na kolanach i upadła jak długa na materac. Nie miała odwagi się rozebrać i pomyślała przez ułamek sekundy, czyby nie umrzeć. Któż by zauważył? Któż by się zmartwił? Kto by ją opłakiwał? Trzęsła się z gorączki i zalewał ją zimny pot.

20

Philibert wstał około drugiej nad ranem, żeby napić się wody. Kafelki w kuchni były lodowate, a wiatr gniewnie walił w okna kuchenne. Przez chwilę wpatrywał się w pustą ulicę, mrucząc pod nosem piosenkę z dzieciństwa... *Oto nadeszła zima, morderca ubogich ludzi...* Termometr na zewnątrz wskazywał minus sześć. Nie mógł się powstrzymać od myśli o tej małej kobietce na górze. Czy spała? I co uczyniła z włosami, nieszczęsna?

Postanowił coś zrobić. Nie mógł jej tak zostawić. Tak, ale jego wykształcenie, dobre maniery, dyskrecja – wszystko to stwarzało wielkie komplikacje i zmuszało do niekończących się rozważań....

Czy uchodzi przeszkadzać młodej dziewczynie w środku nocy? Jak ona to przyjmie? Zresztą, być może, miała jakiegoś gościa. A jeśli była naga? Och, nie... Wolał nawet o tym nie myśleć... I jak w kreskówce diabeł i anioł kłócili się na poduszce obok.

Cóż... Postacie trochę się różniły...

Zmarznięty anioł mówił: „Ale przecież ona tam zamarza z zimna, biedaczka...", a drugi ze złożonymi skrzydłami odpowiadał: „Wiem, przyjacielu, ale to nie uchodzi. Pójdziesz jutro rano sprawdzić, jak się czuje. Teraz, proszę, śpij, mój drogi".

Przyglądał się ich małej kłótni, nie biorąc w niej udziału, z dziesięć, dwadzieścia razy poprzewracał się z jednego boku na drugi, poprosił, aby umilkli, i w końcu zwalił na podłogę poduszkę, nie chcąc więcej ich słyszeć.

O trzeciej pięćdziesiąt cztery zabrał się do szukania w ciemnościach skarpetek.

Smuga światła pod drzwiami dodała mu odwagi.
– Panno Camille?
I troszkę głośniej:
– Camille? Camille? To ja, Philibert...
Brak odpowiedzi. Spróbował jeszcze raz i zawrócił. Gdy był już na końcu korytarza, usłyszał jakiś stłumiony głos.
– Camille, jest pani tam? Martwiłem się o panią i... ja...
– ...drzwi... otwarte... – jęknęła.

Na poddaszu poczuł lodowaty ziąb. Miał problemy z wejściem do środka z powodu materaca i potknął się o jakąś stertę szmat. Ukląkł. Podniósł jeden koc, potem drugi, później kołdrę i wreszcie natrafił na jej twarz. Była mokra.
Położył dłoń na jej czole:
– Ale pani ma bardzo silną gorączkę! Nie może pani tak tu zostać... Nie tutaj... Nie sama... A pani kominek?
– ...nie miałam siły go ruszyć...
– Czy mogę panią ze sobą zabrać?
– Gdzie?
– Do mnie.

91

– Nie mam ochoty się ruszać...

– Zaniosę panią.

– Jak książę z bajki?

Uśmiechnął się do niej:

– No, proszę, aż taką ma pani gorączkę, że bredzi, teraz...

Przepchnął materac na środek pomieszczenia, rozwiązał grube buciory Camille i podniósł ją, jak mógł najostrożniej.

– Niestety, nie jestem tak silny jak prawdziwy książę... Uff... Czy może pani spróbować objąć rękoma moją szyję?

Głowa opadła jej ciężko na ramię Philiberta i poczuła kwaśny zapach na jego karku.

Porwanie było klęską. Poobijał swoją brankę na zakrętach i potykał się na każdym stopniu. Na szczęście pomyślał o wzięciu klucza do drzwi dla służby i miał do pokonania tylko trzy piętra. Przeszedł przez przedsionek, kuchnię, dziesięć razy niemal upuścił ją w korytarzu i w końcu położył w łóżku swojej ciotki Edmée.

– Proszę posłuchać, muszę panią trochę rozebrać, tak sądzę... Ja... Pani... Cóż, to jest wielce krępujące...

Zamknęła oczy.

Dobra.

Philibert Marquet de La Durbellière znajdował się w krytycznej sytuacji.

Pomyślał o wyczynach swoich przodków, ale Konwent z 1793 roku, wzięcie Cholet, bohaterstwo La Rochejaquelein wydały mu się nagle niczym wielkim...

Rozgniewany anioł usadowił się teraz na jego ramieniu z poradnikiem baronowej Staffe pod pachą i używał sobie: „I co, przyjacielu, zadowolony jesteś teraz z siebie, nieprawdaż? Ach! I do czego doszedł nasz cnotliwy rycerz? Moje gratulacje, naprawdę... A teraz? Co teraz zrobimy?" Philibert był całkiem zdezorientowany. Camille wyszeptała:

– ...pić...

Jej wybawca pomknął do kuchni, ale anioł nie dawał za wygraną i czekał już na niego na brzegu zlewu: „No tak! Postępuj tak dalej... A smok? Ze smokiem nie będziesz walczył?" „Och, stul pysk!" – odparł Philibert. Nie mógł uwierzyć w to, co zrobił, i wrócił do łóżka chorej z lżejszym sercem. W sumie to wcale nie było takie skomplikowane. Franck miał rację: czasami dobre przekleństwo okazywało się lepsze od długich wywodów. Pokrzepiony tą myślą napoił dziewczynę, a potem zebrał się na odwagę – rozebrał ją.

Sprawiło mu to sporo problemów, gdyż ubrała się na cebulkę. Najpierw zdjął jej płaszcz, potem kurtkę dżinsową. Potem jeden sweter, drugi, golf, a wreszcie koszulkę z długim rękawem. „Dobra – pomyślał – nie mogę jej w tym zostawić, jest tak mokra, że można by ją wyżymać... No dobra, trudno, zobaczę jej... No, jej stanik... Och Boże! I wszyscy święci! Nie ma stanika!". Szybko przykrył ją kołdrą. Dobrze. Teraz dół... Było mu łatwiej, bo manewrował po omacku przez kołdrę. Pociągnął z całej siły za nogawki od spodni. Dzięki Bogu majtki nie zsunęły się razem z nimi...

– Camille? Zdoła pani wziąć prysznic?
Brak odpowiedzi.

Pokręcił głową z dezaprobatą, poszedł do łazienki, nalał do miednicy ciepłej wody, do której dodał kilka kropel wody kolońskiej, i chwycił za rękawicę do kąpieli.

Odwagi, żołnierzu!

Odkrył ją i odświeżył najpierw brzegiem myjki, potem już bardziej odważnie.

Przetarł jej głowę, szyję, twarz, plecy, pachy, piersi – skoro już trzeba – zresztą czy można to w ogóle nazwać piersiami? Brzuch i nogi. Jeśli chodzi o resztę, to już sama będzie musiała sobie później poradzić... Wyżął myjkę i położył na jej czole.

Teraz trzeba znaleźć aspirynę... Tak ostro pociągnął za rączkę od szuflady kuchennej, że wysypał całą zawartość na podłogę. Kurczę. Aspiryna, aspiryna...

Franck stał w drzwiach z ręką pod koszulką i drapał się po podbrzuszu:

– Oaaaa... – ziewnął. – Co tu się dzieje? Co to za pierdzielnik?

– Szukam aspiryny...

– W szafce...

– Dzięki.

– Boli cię głowa?

– Nie, to dla przyjaciółki...

– Tej z siódmego?

– Tak.

Franck wybuchnął śmiechem.

– Czekaj, byłeś tam z nią? Byłeś tam na górze?

– Tak. Posuń się, dobrze?

– Przestań, nie wierzę... Więc nie jesteś już prawiczkiem!

Słyszał jego docinki jeszcze w korytarzu:

– Co, wywinęła ci numer z bólem głowy już pierwszego wieczoru, tak? No, kurwa, źle to wróży, stary...

Philibert zamknął za sobą drzwi i wyraźnie szepnął: „Ty też stul pysk...”

Zaczekał, aż tabletka do końca się rozpuści, i obudził ją ostatni raz. Wydawało mu się, że słyszy, jak mamrocze „tato”. Chyba że mruknęła „nie... nie to...”, ponieważ prawdopodobnie nie chciało już jej się pić. Nie wiedział.

Zwilżył ponownie myjkę, poprawił pościel i poczekał chwilę.

Nieruchomy, przestraszony i dumny z siebie.

Tak, był dumny z siebie.

21

Camille obudziła muzyka U2. Z początku myślała, że jest u Kesslerów, i znów przysnęła. Nie – rozbudziła się nagle – nie, to niemożliwe... Ani Pierre, ani Mathilde, ani ich sprzątaczka nie mogli słuchać Bona na pełny regulator. Coś tu nie pasowało... Powoli otworzyła oczy, jęknęła z powodu bólu głowy, i zaczekała chwilę, żeby cokolwiek zobaczyć w ciemnościach.

Ale gdzie była? Co to...?

Obróciła głowę. Całe jej ciało się opierało. Mięśnie, stawy, resztka skóry, która jej pozostała – wszystko odmawiało posłuszeństwa. Zacisnęła zęby i uniosła się o kilka centymetrów. Miała dreszcze i znów była mokra od potu.

Krew dudniła w skroniach. Zaczekała chwilę nieruchomo z zamkniętymi oczami, aż osłabnie ból.

Delikatnie uniosła powieki i stwierdziła, że leży w przedziwnym łożu. Światło dzienne ledwo przechodziło przez szpary w zewnętrznych roletach i olbrzymie aksamitne zasłony, częściowo zerwane z karniszy, smętnie zwisały po obu stronach okna. Naprzeciwko zauważyła marmurowy kominek, a nad nim poplamione lustro. Cały pokój został wytapetowany tkaniną w kwiaty, ale nie mogła dostrzec jej kolorów. Wszędzie wisiały obrazy. Portrety mężczyzn i kobiet ubranych na czarno, którzy wydawali się równie zdziwieni jak ona swoją obecnością w tym miejscu. Przekręciła się w kierunku nocnego stolika, na którym ujrzała prześliczną kryształową karafkę wypełnioną wodą oraz musztardówkę. Ale nie odważyła się jej dotknąć: kto wie, w którym wieku została napełniona?

Gdzież, do diabła, była i kto ją przyprowadził do tego muzeum?

Znalazła złożoną wpół kartkę opartą o świecznik: *Nie ośmieliłem się Pani budzić dziś rano. Poszedłem do pracy. Wrócę około siódmej. Pani ubrania są złożone na fotelu. W lodówce jest kaczka, a przy łóżku ma pani butelkę wody mineralnej. Philibert.*

Philibert? Ale co robiła w łóżku tego chłopaka? Ratunku!

Skupiła się na przywoływaniu w pamięci jakichś śladów nieprawdopodobnej zabawy, ale jej wspomnienia nie sięgały dalej niż do bulwaru Brune... Siedziała pochylona na przystanku i błagała jakiegoś wysokiego kolesia w ciemnym płaszczu o wezwanie taksówki... Czy to był Philibert? Nie, jednak... Nie, to nie on, pamiętałaby...

Ktoś wyłączył muzykę. Usłyszała jeszcze kroki, pomruki, kolejne trzaśnięcia drzwiami, a potem już nic. Cisza.

Czuła wielką potrzebę, ale zaczekała jeszcze chwilę, nasłuchując. Już czuła się zmęczona na myśl o ruszeniu swojego biednego ciała.

Rozsunęła pościel i uniosła kołdrę puchową, która wydała się jej równie ciężka jak ołów.

Po dotknięciu podłogi palce się jej skurczyły z zimna. Czekały na nią na brzegu dywanu kapcie z koźlej skórki. Wstała, zauważyła, że ma na sobie górę męskiej piżamy, wsunęła na nogi kapcie i zarzuciła na ramiona swoją dżinsową kurtkę.

Przekręciła delikatnie klamkę i znalazła się w długim, co najmniej piętnastometrowym, bardzo ciemnym korytarzu.

Szukała toalety...

Nie, tu była szafa, a tu pokój dziecinny z dwoma łóżeczkami i koniem na biegunach, całym zjedzonym przez mole. Tutaj... Trudno powiedzieć... Może gabinet? Na parapecie leżało tyle książek, że światło dzienne z trudem wpadało. Na ścianie wisiały szabla i biała chusta oraz koński ogon na mosiężnej obręczy. Prawdziwy ogon prawdziwego konia. Dosyć specyficzna pamiątka...

Tu! Jest toaleta!

Deska była drewniana, jak również spłuczka. Muszla musiała pamiętać czasy strojniś w krynolinach... Z początku Camille miała opory, lecz nie, wszystko doskonale działało. Spływ wody ją zadziwił. Zupełnie jakby spadł jej na głowę wodospad Niagara...

Miała zawroty głowy, ale kontynuowała wyprawę w poszukiwaniu opakowania aspiryny. Weszła do pokoju, gdzie był nieprawdopodobny bałagan. Ubrania walały się wszędzie wśród czasopism, pustych puszek i kartek papieru: pasków płacowych, przepisów kucharskich, instrukcji obsługi do GSXR i różnych formularzy podatkowych. Na ślicznym łóżku w stylu Ludwika XVI położono obrzydliwą kołdrę w krzykliwych kolorach, a zestaw do robienia skrętów czekał na swoją godzinę na delikatnej mozaice nocnej szafki. Dobra, czuć tu samca...

Kuchnia znajdowała się na końcu korytarza. Było to zimne, szare i smutne pomieszczenie. Podłogę wyłożono startymi kafelkami, poprzetykanymi gdzieniegdzie czarnym kamieniem. Blaty wykonano z czarnego marmuru, a prawie wszystkie szafki stały puste. Gdyby nie obecność hałaśliwej antycznej lodówki, nic nie wskazywałoby, że ktokolwiek tu mieszka... Znalazła fiolkę tabletek, wzięła szklankę ze zlewu i usiadła na metalowym krześle. Wysokość sufitu była zawrotna, a biel ściany przykuła jej uwagę. Musiała to być bardzo stara farba, na bazie ołowiu, a lata nadały jej jedwabistej patyny. Ani to biel złamana, ani odcień skorupki jajka. To coś w rodzaju barwy ryżu lub mdłych potraw ze stołówki... W myślach przeprowadziła kilka mieszanek i obiecała sobie, że kiedyś tu wróci z paroma tubkami, żeby się lepiej zorientować. Zgubiła się w mieszkaniu i sądziła, że już nigdy nie odnajdzie swojego pokoju. Runęła na łóżko, przez chwilę przemknęło jej przez myśl, aby zadzwonić do tego babsztyla z Touclean, i natychmiast zasnęła.

22

– Jak tam?
– To pan, Philibercie?
– Tak...
– Jestem w pana łóżku?
– Moim łóżku? Ależ, ależ... Ależ nie... Nigdy bym nie...
– Gdzie jestem?
– W apartamentach mojej ciotki Edmée, ciotki Mée dla najbliższych... Jak się czujesz, moja droga?
– Wyczerpana. Mam wrażenie, że walec po mnie przejechał...
– Wezwałem lekarza...
– Och, ależ nie, nie trzeba było!
– Jak to nie trzeba było?
– Och... W sumie... Dobrze pan zrobił... I tak będę potrzebować zwolnienia...
– Wstawiłem zupę...
– Nie jestem głodna...
– Zmusi się pani. Powinna się pani wzmocnić, inaczej pani organizm nie będzie na tyle silny, żeby pokonać wirusa i przepędzić... Dlaczego się pani uśmiecha?
– Ponieważ mówi pan, jakby to była wojna stuletnia...
– Mam nadzieję, że to będzie trwało krócej! O proszę, słyszy pani? To pewnie lekarz...
– Philibercie?
– Tak?
– Nic tu ze sobą nie mam... Ani książeczki czekowej, ani kasy, nic...
– Proszę się nie martwić. Potem się rozliczymy... Przy traktacie pokojowym...

23

– I co?

– Teraz śpi.

– Ach?

– Czy jest pana krewną?

– Przyjaciółką...

– Jak bliską?

– A więc to jest... sąsiadka, no... zaprzyjaźniona sąsiad-ka... – kręcił Philibert.

– Dobrze ją pan zna?

– Nie. Nie najlepiej.

Lekarz się skrzywił.

– Coś pana martwi?

– Można tak powiedzieć... Ma pan stół? I miejsce, gdzie mogę usiąść?

Philibert zaprowadził go do kuchni. Lekarz wyciągnął blo-czek z receptami.

– Zna pan jej nazwisko?

– Fauque, tak sądzę...

– Tak pan sądzi czy jest pan pewien?

– Jej wiek?

– Dwadzieścia sześć lat.

– Na pewno?

– Tak.

– Pracuje?

– Tak, w firmie sprzątającej.

– Słucham?

– Sprząta biura...

– Mówimy o tej samej osobie? O młodej kobiecie, która odpoczywa w wielkim królewskim łożu na końcu korytarza?

– Tak.

– Zna pan jej rozkład pracy?

– Pracuje w nocy.

– W nocy?

– No, wieczorami... Gdy biura są puste...

– Wydaje się pan zmartwiony? – ośmielił się zapytać Philibert.

– I jestem. Pańska koleżanka jest u kresu sił... Naprawdę... Czy zdawał pan sobie z tego sprawę?

– Nie, choć w sumie tak... Widziałem, że jest zmizerowana, ale... Cóż, nie znam jej zbyt dobrze, rozumie pan, ja... Ja tylko poszedłem po nią wczoraj w nocy, bo wiedziałem, że nie ma ogrzewania, i...

– Proszę posłuchać, powiem panu wprost: biorąc pod uwagę jej anemię, wagę oraz ciśnienie, mógłbym ją od razu hospitalizować, tylko że kiedy o tym wspomniałem, wydała się tak przerażona, że... Cóż, nie mam jej karty zdrowia, rozumie pan? Nie znam ani jej przeszłości, ani historii choroby, nie chcę nic narzucać, ale gdy tylko się lepiej poczuje, musi przejść gruntowne badania, to jasne...

Philibert łamał sobie palce u rąk.

– Na razie jedno jest pewne – musi ją pan podkurować. Zmusić do jedzenia i spania, inaczej... Dobra, na tę chwilę daję jej zwolnienie na dziesięć dni. Ma tu pan też dolipran i witaminę C, ale, powtarzam panu, to wszystko nie zastąpi krwistego steku, dobrego spaghetti, warzyw i świeżych owoców, rozumie pan?

– Tak.

– Czy ona ma rodzinę w Paryżu?

– Nie wiem. A co z gorączką?

– Ciężka grypa. Nic nie da się zrobić... Czekać, aż przejdzie... Proszę pilnować, żeby za bardzo się nie przegrzała, unikać przeciągów i zmusić ją do pozostania w łóżku przez kilka dni...

– Dobrze...

– Teraz to pan wygląda na zmartwionego! No dobrze, przedstawiłem sytuację w nieco czarnych barwach, ale nie za bardzo przesadziłem... Będzie pan czuwał?

– Tak.

– Proszę mi powiedzieć, czy to pańskie mieszkanie.

– No cóż, tak...

– Ile jest tu w sumie metrów?

– Trochę ponad trzysta...

– No proszę! – gwizdnął. – Może wydam się panu wścibski, ale co pan robi w życiu?

– Arche de Noé.

– Słucham?

– Nie, nic. Ile jestem panu winien?

24

– Camille, śpi pani?

– Nie.

– Proszę spojrzeć, mam dla pani niespodziankę...

Otworzył drzwi i wepchnął sztuczny kominek.

– Pomyślałem, że sprawi to pani przyjemność...

– Och... To miłe, ale nie zostanę tu, rozumie pan... Jutro wracam na górę...

– Nie.

– Jak to nie?

– Wróci pani, kiedy słupek rtęci pójdzie w górę, tymczasem zostanie pani tutaj i będzie odpoczywać. Tak nakazał lekarz. Ma pani zwolnienie na dziesięć dni...

– Aż tyle?

– No tak...

– Muszę je wysłać.

– Co takiego?

– Zwolnienie...

– Przyniosę pani kopertę.

– Nie, ale... Nie chcę tak długo zostać, ja... Nie chcę.

– Woli pani szpital?

– Proszę sobie nie żartować.

– Ja nie żartuję, Camille.

Rozpłakała się.

– Nie pozwoli im pan, prawda?

– Pamięta pani wojnę w Wandei?

– Słucham... nie za bardzo...

– Pożyczę pani książki... Tymczasem niech pani pamięta, że znajduje się pani u Marqueta de La Durbellière'a i nie boimy się tu niebieskich!

– Niebieskich?

– Republikanów. Chcą panią umieścić w państwowym szpitalu, nieprawdaż?

– Zapewne...

– Więc nie musi się pani niczego obawiać. Wyleję gorący olej na noszowych ze szczytu klatki schodowej!

– Jest pan totalnie szurnięty...

– Wszyscy po trochu jesteśmy, nie? A dlaczego zgoliła pani włosy?

– Nie miałam już siły myć ich na korytarzu...

– Pamięta pani, co jej opowiadałem o Diane de Poitiers?

– Tak.

– A więc znalazłem właśnie coś w mojej bibliotece. Proszę chwilę poczekać...

Powrócił z mocno zużytą książką w formacie kieszonkowym, usiadł na brzegu łóżka i odchrząknął:

– *Cały dwór – prócz pani d'Étampes oczywiście* (powiem pani za chwilę dlaczego) *– zgodny był, że jest wyjątkowo piękna. Naśladowano jej sposób chodzenia, gesty, fryzury. Posłużyła zresztą do stworzenia kanonów urody, do których wszystkie kobiety przez najbliższe stulecia zawzięcie próbowały się dostosować:*

Trzy biele: skóra, zęby, dłonie.

Trzy czernie: oczy, brwi, rzęsy.

Trzy czerwienie: usta, policzki, paznokcie.

Trzy długości: ciało, włosy, dłonie.

Trzy krótkości: zęby, uszy, stopy.

Trzy wąskości: usta, talia, kostki.

Trzy grubości: ramiona, uda, łydki.

Trzy małości: sutki, nos, głowa.

Ładnie powiedziane, nieprawdaż?

- I pan sądzi, że jestem do niej podobna?
- Tak, pod pewnymi względami...
Był czerwony jak burak.
- Ni... nie wszystko, oczywiście, ale roz... rozumie pani, to kwestia ogólnego wrażenia, wdzię... wdzięku, i...
- To pan mnie rozebrał?

Okulary spadły mu na kolana i zaczął się jąkać bardziej niż kiedykolwiek.
- Ja... ja... Tak, no więc ja... ja... Bardzo niewinnie, gwa... gwarantuję pani, naj... najpierw panią okr... okryłem i...
Podała mu okulary.
- Och, proszę się tak nie przejmować! Chciałam tylko wiedzieć, to wszystko... Hm... A ten drugi przy tym był?
- Kkk... kto taki?
- Kucharz?
- Nie. Oczywiście, że nie...
- No, tak lepiej... Ooooch... Tak mnie boli głowa...
- Idę do apteki... Potrzebuje pani czegoś?
- Nie. Dziękuję.
- Dobrze. Ach tak, zapomniałem... Nie mamy tu telefonu... Ale jeśli chce pani do kogoś zadzwonić, to Franck ma komórkę w pokoju i...
- W porządku, dziękuję. Ja też mam komórkę... Trzeba tylko pójść na górę po ładowarkę...
- Jeśli pani sobie życzy, to pójdę...
- Nie, nie, to może poczekać...
- No dobrze.
- Philibercie?
- Tak?
- Dziękuję.
- Ależ...

Stał przed nią w zbyt krótkich spodniach i dopasowanej marynarce z za długimi ramionami.
- Po raz pierwszy od wielu lat ktoś się mną tak zajmuje...
- Proszę...

– Naprawdę! Chcę powiedzieć... nie oczekując nic w zamian... Ponieważ pan... Nie oczekuje pan nic w zamian, prawda?

Był urażony:

– Nie, ale cóż pani... cóż pani sobie wyobrażała?

Przymknęła oczy.

– Nic sobie nie wyobrażam. Tylko mówię, że nie mam nic do zaoferowania.

25

Nie wiedziała już, jaki to dzień tygodnia. Sobota? Niedziela? Nie sypiała tyle od lat.

Philibert wpadł do niej, by zaproponować zupę.

– Wstanę. Pójdę z panem do kuchni...

– Jest pani pewna?

– Ależ tak! Nie ulepiono mnie przecież z cukru!

– Zgoda, ale proszę nie iść do kuchni, jest tam zbyt zimno. Proszę na mnie zaczekać w niebieskim salonie...

– Słucham?

– Ach tak, to prawda... Ale głupi jestem! Trudno go już nazwać niebieskim, skoro stoi pusty... To pomieszczenie zaraz przy wejściu, wie pani, o które chodzi?

– To ten pokój z kanapą?

– Och, kanapa to za dużo powiedziane... To Franck znalazł ją na ulicy i wniósł z jednym kolegą... Jest strasznie brzydka, ale za to wygodna, przyznam...

– Niech mi pan powie, Philibercie, co to za miejsce. Do kogo należy to mieszkanie? Dlaczego żyje tu pan jak dziki lokator?

– Słucham?

– Jakby pan mieszkał na kempingu?

– Och, to niestety ohydna historia spadkowa... Jak to się wszędzie może zdarzyć... Nawet w najlepszych rodzinach, wie pani...

Wydawał się szczerze zmartwiony.

– Jesteśmy u mojej babci od strony matki, która zmarła w zeszłym roku, i w oczekiwaniu na uregulowanie spraw spadkowych mój ojciec poprosił mnie, żebym tu zamieszkał, aby uniknąć... Jak pani ich nazywa?

– Dzikich lokatorów?

– No właśnie, dzikich lokatorów! Ale nie tych naćpanych chłopaków z agrafkami w nosie, nie, chodzi o ludzi zdecydowanie lepiej ubranych, lecz o wiele mniej eleganckich, moich kuzynów...

– Pańscy kuzyni mają oko na to mieszkanie?

– Wydaje mi się, że nawet wydali już pieniądze, które, jak sądzą, dostaną za jego sprzedaż! Odbyła się rodzinna narada u notariusza, podczas której wyznaczono mnie na portiera i stróża. Oczywiście, były na początku pewne próby zastraszania... Zresztą wiele mebli się ulotniło, jak pani mogła zauważyć, i często musiałem otwierać drzwi komornikom, ale teraz wydaje się, że wszystko powróciło do normy... Obecnie notariusz i adwokaci muszą uregulować tę przygnębiającą sprawę...

– Jak długo pan tu będzie?

– Nie wiem.

– A pańscy rodzice nie mają nic przeciwko temu, że przyjmuje tu pan nieznajomych, takich jak kucharz czy ja?

– Jeśli chodzi o panią, to nie muszą wiedzieć, sądzę... Jeśli chodzi o Francka, to raczej odetchnęli... Dobrze wiedzą, jaki jestem nieporadny... No, ale dobrze, wątpię, aby domyślali się, jaki on jest i... Na szczęście! Oni sądzą, że znalazłem go za pośrednictwem parafii!

Śmiał się.

– Okłamał ich pan?

– Powiedzmy, że nie byłem zbyt wylewny...

Tak zmizerniała, że mogła wsadzić koszulę w dżinsy, nie rozpinając ich.

Wyglądała jak cień. Skrzywiła się przed wielkim lustrem w swoim pokoju; by sobie udowodnić, że tak nie jest, zawiązała na szyi jedwabną apaszkę, włożyła kurtkę i wyruszyła w ten niewiarygodny labirynt.

W końcu znalazła paskudną, rozwalającą się kanapę i okrążyła pokój, żeby dojść do okna i popatrzeć na pokryte szronem drzewa na Polach Marsowych.

Odwróciła się spokojnie, jeszcze zamyślona, z rękoma w kieszeniach. Podskoczyła nagle i nie mogła się powstrzymać od wydania głupiego okrzyku.

Tuż za nią stał wysoki facet, ubrany w czarną skórę, w wysokich butach i kasku.

– Och, dzień dobry – udało się jej w końcu wykrztusić.

Tamten nie odpowiedział i odwrócił się na pięcie.

Zdjął kask w korytarzu i wszedł do kuchni, mierzwiąc sobie włosy.

– Hej, Philou, powiedz no, co to za pijawka tam w salonie. To jakiś twój kumpel skaut czy co?

– Słucham?

– Ten pedzio za moją kanapą...

Philibert, który był już podenerwowany swoim brakiem zdolności kulinarnych, zapomniał trochę o arystokratycznej nonszalancji:

– Ten pedzio, jak mówisz, nazywa się Camille – poprawił matowym głosem. – To moja przyjaciółka i proszę cię, żebyś zachowywał się jak dżentelmen, ponieważ mam zamiar ją tu gościć przez pewien okres...

– Och, dobra... Nie denerwuj się tak... Mówisz, że to dziewczyna? Mówimy o tym samym szczurku? Tym chudzielcu bez włosów?

– To jest rzeczywiście młoda kobieta...

– Na pewno?

Philibert przymknął oczy.

– To ona, ta twoja koleżanka? To ona? Powiedz, co ty tu pichcisz.

– Zupę, wyobraź sobie.

– To? Zupa?

– Tak. Zupa z porów i ziemniaków Leibig...
– To jakieś gówno. Poza tym przypaliłeś ją, będzie obrzydliwa... Co tam dodałeś? – spytał, podnosząc pokrywkę.
– Hm... Serki Kiri i kawałki bułki...
– Dlaczego to zrobiłeś? – zaniepokoił się.
– To przez lekarza... Kazał ją podkarmić...
– No więc jeśli się lepiej poczuje po tym świństwie, to chylę czoło! Moim zdaniem ją raczej otrujesz...
Wziął sobie piwo z lodówki i zamknął się w swoim pokoju.

Gdy Philibert dołączył do swojej protegowanej, była jeszcze trochę zbita z tropu:
– To on?
– Tak – mruknął, stawiając wielką tacę na kartonie.
– Nigdy nie zdejmuje kasku?
– Owszem, ale zawsze kiedy wraca w poniedziałki wieczorem, jest nie do zniesienia... Zazwyczaj staram się go unikać tego dnia...
– Ma za dużo pracy?
– Właśnie nie, w poniedziałki nie pracuje... Nie wiem, co robi... Wyrusza dość wcześnie rano i wraca zawsze w parszywym humorze... Problemy rodzinne, jak sądzę... Proszę, proszę sobie nalać, póki gorące...
– Hm... Co to jest?
– Zupa.
– Aha. – Zdziwiła się, próbując wymieszać dziwną maź.
– Zupa według mojego przepisu... Coś w rodzaju kleiku, jeśli pani woli...
– Aaaach... Doskonale... – powtórzyła, śmiejąc się.

I znów był to śmiech nerwowy.

CZĘŚĆ II

1

– Masz chwilę? Musimy pomówić...

Philibert zawsze pił na śniadanie gorącą czekoladę i od-
czuwał wielkie zadowolenie, gdy udawało mu się zgasić gaz
tuż przed wykipieniem mleka. To było więcej niż rytuał czy
mania, raczej małe poranne zwycięstwo. Jego wyczyn, niewi-
dzialny triumf. Mleko opadało i dzień mógł się zacząć: opanował sytuację.

Ale tego poranka zdekoncentrował go, wręcz rozstroił
ostry ton współlokatora i przekręcił zły kurek. Mleko wyki-
piało i po kuchni rozszedł się nieprzyjemny zapach spale-
nizny.

– Słucham?
– Mówię, że musimy pogadać.
– Porozmawiajmy – odparł spokojnie Philibert, zalewając
garnek wodą. – Słucham cię...
– Ile ona tu zostanie?
– Słucham?
– Och, nie wygłupiaj się, dobra! Ta twoja myszka? Jak
długo tu zostanie?
– Tak długo, jak będzie sobie tego życzyć...
– Lecisz na nią, tak?
– Nie.

– Kłamczuch. Widzę twoje podchody... Te twoje dobre maniery, to wielkopańskie zachowanie i tak dalej...

– Zazdrosny jesteś?

– Kurwa, nie! Jeszcze tego brakowało! Zazdrosny o kupę kości? Też coś, nie gustuję w szkieletach!

– Nie o mnie zazdrosny, tylko o nią. Być może jest tu ci trochę ciasno i nie masz ochoty przepchnąć o kilka centymetrów w prawo swojego kubeczka ze szczoteczką do zębów?

– No i od razu... Te wielkie słowa... Za każdym razem, kiedy otwierasz usta, to jakbyś chciał zapisać gdzieś twoje wywody, tak ładnie brzmią...

– ...

– Czekaj, wiem, że jesteś u siebie, wiem, wiem, no już... To nie o to chodzi. Zapraszasz, kogo chcesz, możesz nawet założyć jadłodajnię dla ubogich, ale, kurna, nie wiem... Dobrze nam tu było we dwóch, nie?

– Tak uważasz?

– Taaa, tak uważam. Po pierwsze ja mam swój charakterek, a ty masz te wszystkie twoje debilne obsesje, jakieś tam różne dziwactwa, aż do dziś dobrze nam szło...

– A dlaczego miałoby się to zmienić?

– Pff... Od razu widać, że nie znasz panienek... Uwaga, nie mówię tego, żeby ci zrobić przykrość, okay! Ale tak jest... Wprowadzasz gdzieś pannę i od razu, stary, masz burdel... Wszystko się komplikuje, wszystko się robi wkurzające i nawet najlepsi kumple zaczynają się w końcu kłócić, wiesz... Dlaczego się śmiejesz?

– Ponieważ wysławiasz się jak... jak kowboj... Nie wiedziałem, że jestem twoim... twoim kumplem.

– Okay, daj se siana. Wydaje mi się tylko, że powinieneś wcześniej ze mną na ten temat pogadać, to wszystko.

– Miałem taki zamiar.

– Kiedy?

– Przed chwilą, nad kubkiem mojej czekolady, gdybyś mi tylko dał czas się przygotować...

– Przepraszam... to znaczy, kurwa, nie mogę sam siebie przepraszać, tak?

- Właśnie.
- Idziesz teraz do roboty?
- Tak.
- Ja też. No to chodź. Postawię ci czekoladę w kawiarni, na dole...

Gdy już byli na podwórzu, Franck wytoczył ostatni argument:
- Poza tym nie wiemy nawet, kim ona jest... Nawet nie wiemy, skąd ta dziewczyna się wzięła...
- Zaraz ci pokażę, skąd... Chodź.
- Tsstss... Nie licz na to, że wejdę siedem pięter na piechtę...
- Akurat liczę. Chodź.
Po raz pierwszy od początku ich znajomości Philibert o coś go poprosił. Pozrzędził, ile mógł, i wszedł za nim po schodach dla służby.

- Kurwa, ale tu ziąb!
- To jeszcze nic... Zaczekaj, aż dojdziemy na poddasze...

Philibert otworzył kłódkę i popchnął drzwi.
Franck przez chwilę milczał.
- To tu ona mieszka?
- Tak.
- Jesteś pewien?
- Chodź, jeszcze coś ci pokażę...
Zaprowadził go na koniec korytarza, kopnął z całej siły w rozwalające się drzwi i oznajmił:
- Jej łazienka... Na dole WC, a na górze prysznic... Przyznaj, że pomysłowe...

Zeszli po schodach w milczeniu.

Franck odzyskał mowę dopiero po trzeciej kawie:
- Dobra, już tylko jedna sprawa... Wytłumaczysz jej w moim imieniu, jak jest dla mnie ważne, abym się przespał całe popołudnie, i tak dalej...

– Tak, powiem jej. Obaj jej to powiemy. Ale moim zdaniem nie będzie to żaden problem, bo ona też wtedy śpi...
– Dlaczego?
– Pracuje w nocy.
– Co ona robi?
– Sprząta.
– Słucham?
– Jest sprzątaczką.
– Na pewno?
– Dlaczego miałaby mnie okłamywać?
– Nie wiem... A może jest call-girl...
– Miałaby.... bujniejsze kształty, nie?
– Taaa, masz rację... Hej, ty niegłupi jesteś! – dodał, klepiąc go mocno w plecy.
– U... uważaj, przez ciebie upuściłem rogalik, i... idioto... Zobacz, wygląda teraz jak stara m... meduza...
Franck miał to gdzieś, czytał główne tytuły rozłożonej na barze gazety „Le Parisien".

Ubierali się przy wyjściu.
– Powiedz no...
– Co?
– Ta panna nie ma rodziny?
– Widzisz – odpowiedział Philibert, wiążąc szalik – to jest pytanie, którego jakoś nigdy nie zadałem tobie...
Franck spojrzał na niego z uśmiechem.

Gdy stał już przy garach, poprosił pomocnika, aby odstawił mu na bok trochę bulionu.
– Ej?
– Co?
– Tylko dobrego!

2

Camille zdecydowała się nie brać już drugiej połowy lexomilu, który lekarz przepisał jej na każdy wieczór. Po pierwsze nie znosiła tego stanu półsnu, w jaki wpadała, po drugie nie chciała ryzykować najmniejszego uzależnienia. Przez całe dzieciństwo obserwowała, jak matka wpadała w histerię na myśl, że może pójść na noc do łóżka bez swoich tabletek, i te ataki pozostawiły trwały ślad w jej psychice.

Obudziła się po którejś z niezliczonych drzemek. Nie miała zielonego pojęcia, która mogła być godzina, ale zdecydowała się wstać, trochę się otrząsnąć, ubrać i pójść do siebie na górę, żeby sprawdzić, czy jest gotowa powrócić do dawnego życia.

Przechodząc przez kuchnię, by dojść do schodów dla służby, ujrzała karteczkę wsadzoną pod butelkę wypełnioną żółtawym płynem.

Odgrzać w garnku, tylko nie gotować. Dodać makaron, jak zacznie wrzeć, i delikatnie mieszając, zostawić na ogniu przez 4 minuty.

To nie było pismo Philiberta...

Kłódka została zerwana i tych niewiele rzeczy, które posiadała na tym padole łez, ostatnich rzeczy, które ją tu trzymały, jej mikroskopijne królestwo – wszystko zostało zdewastowane.

Instynktownie rzuciła się do rozbebeszonej na podłodze czerwonej walizeczki. Nie, wszystko w porządku, nic nie zabrali, jej blok rysunkowy też był...

Złożyła usta w podkówkę i z ciężkim sercem zabrała się do porządkowania, żeby sprawdzić, co jej zniknęło.

Nie brakowało niczego i nic w tym dziwnego, bo niczego nie miała. Ach, radio z budzikiem... Ot co... Wszystko zdewastowali dla badziewia, które kupiła od Chińczyka za pięć dych...

Odnalazła swoje ubrania i wrzuciła je do kartonu, schyliła się, aby wziąć walizeczkę, i wyszła, nie patrząc wstecz. Dopiero gdy dotarła do schodów, puściły jej nerwy.

Przed drzwiami do klatki wydmuchała nos, postawiła cały swój dobytek na podłodze i usiadła na stopniu, by skręcić sobie papierosa. Pierwszego od tak dawna... Światło zgasło, ale to nie było istotne, wręcz przeciwnie.
„Wręcz przeciwnie – wyszeptała – wręcz przeciwnie..."

Pomyślała o tej mętnej teorii, według której tonący człowiek nic nie powinien robić, dopóki tonie, i trzeba poczekać, aż dosięgnie się dna, by można było się odbić, i to jedynie pozwalało powrócić na powierzchnię...
„Dobra.
To już było to, prawda?"

Spojrzała na swój karton, przejechała dłonią po kanciastej twarzy i przesunęła się kawałek, żeby przepuścić jakąś straszną bestię, która przebiegała w szparze pod nią.

„Nooo... Proszę mnie pocieszyć... To już było to?"

Gdy weszła do kuchni, tym razem on się przestraszył.
– Ach! Tu pani jest? Myślałem, że pani śpi...
– Dzień dobry.
– Franck Lestafier.
– Camille.
– Czy... czy widziała pani moją kartkę?
– Tak, ale...
– Przenosi pani swoje rzeczy? Może pani pomóc?
– Nie, ja... Nic już w zasadzie nie mam... Okradziono mnie.
– O kurwa!

– No właśnie... też nie znajduję innego określenia... Dobra, idę się położyć, bo kręci mi się w głowie i...
– Czy chce pani, żebym przygotował bulion?
– Słucham?
– Bulion?
– Jaki bulion?
– No, rosół! – zdenerwował się.
– Och, przepraszam... Nie. Dziękuję. Najpierw pójdę chwilę się przespać...

– Chwilę! – krzyknął do niej, ponieważ już była na korytarzu. – Kręci się pani w głowie, bo za mało pani je!

Westchnęła. Dyplomacja, dyplomacja... Koleś nie wyglądał na wyjątkowo bystrego, lepiej nie psuć pierwszego spotkania. Wróciła więc do kuchni i usiadła przy stole.
– Ma pan rację.

Mamrotał do siebie: No pewnie... Oczywiście, że miał rację... I kurwa... teraz będzie stał przy garach...
Odwrócił się do niej plecami, aby się zabrać do roboty.

Wlał zawartość garnka do głębokiego talerza i wyciągnął z lodówki kawałek czegoś zawiniętego w papierowy ręcznik. Delikatnie to rozwinął. I coś zielonego kruszył nad dymiącą zupą.
– Co to jest?
– Kolendra.
– A ten mały makaron jak się nazywa?
– Japońskie perły.
– Och, naprawdę? Ładna nazwa...

Złapał kurtkę i trzasnął wejściowymi drzwiami, kręcąc głową:
„Och, naprawdę? Ładna nazwa...”
Ale durna panna!

3

Camille westchnęła i chwyciła odruchowo talerz, myśląc o złodzieju. Kto to mógł zrobić? Duch z korytarza? Zabłąkany wędrowiec? Przeszedł dachem? Czy powróci? Czy powinna powiedzieć o tym Pierre'owi?

Zapach, a raczej woń rosołu nie pozwoliła na dalsze przemyślenia. Mmm, to było cudowne i prawie miała ochotę nałożyć sobie serwetkę na głowę i zrobić z niego inhalację. Ale cóż w nim takiego było? Specyficzny kolor. Gorący, tłusty, złotawobrązowy jak żółć kadmowa... z przezroczystymi perłami i strużkami szmaragdowej zieleni przyprawy, prawdziwa radość dla oczu... Przez kilka sekund siedziała jak zauroczona z łyżką w powietrzu, potem ostrożnie upiła pierwszy łyk, gdyż było to bardzo gorące.

Poczuła się jak Marcel Proust opisujący odczucia z dzieciństwa: „uważna na wszystko, co cudownego w niej się odgrywało", i skończyła talerz z nabożnością, przymykając oczy przy każdej łyżce.

Być może to dlatego, że po prostu, nie wiedząc o tym, umierała z głodu albo że od trzech dni zmuszała się, krzywiąc, do przełknięcia zupek z proszku Philiberta, lub może dlatego, że mniej ostatnio paliła, w każdym razie jedna rzecz była pewna – nigdy w życiu jedzenie w samotności nie sprawiło jej takiej przyjemności. Wstała, żeby sprawdzić, czy nic nie zostało na dnie garnka. Niestety, nie... Podniosła talerz do ust, by nie uronić kropelki; wylizała go, zmyła po sobie i złapała paczkę napoczętego makaronu. Napisała na karteczce od Francka za pomocą kilku perełek: *Extra!*, i wróciła do łóżka, głaszcząc się po wypełnionym wreszcie brzuchu.

Dziękuję Ci, słodki Jezu.

4

Końcówka jej rekonwalescencji minęła zbyt szybko. Nigdy nie widywała Francka, ale wiedziała, kiedy jest w domu – trzaskające drzwi, wieża stereo, ożywione rozmowy przez telefon, rubaszny śmiech i soczyste przekleństwa. Czuła, że nic z tego nie było naturalne. Kręcił się i chciał być słyszany w każdym kącie mieszkania trochę jak pies, który sika wszędzie, żeby zaznaczyć terytorium. Czasami miała wielką ochotę wrócić do siebie na górę i odnaleźć swoją niezależność, nic nikomu nie zawdzięczając. Innym razem przechodził ją dreszcz na myśl o powrocie do materaca na podłodze i wchodzeniu na siódme piętro, z czepianiem się poręczy, aby nie upaść.

To było skomplikowane.

Nie wiedziała już, gdzie jest jej miejsce, a poza tym lubiła Philiberta... Dlaczego miała zawsze się umęczać i bić w piersi, zaciskając zęby? Dla swojej niezależności? Też mi zwycięstwo... Miała tylko to słowo na ustach od wielu lat i co jej to w końcu dało? Dokąd ją zaprowadziło? Do tej nory na górze, gdzie spędzała popołudnia na paleniu papierosa za papierosem, użalając się nad swoim losem? To było żałosne. Ona sama była żałosna. Zaraz skończy dwadzieścia siedem lat i niczego w życiu rozsądnego nie przedsięwzięła. Nie ma ani przyjaciół, ani wspomnień, ani nawet najmniejszego powodu, żeby być dla siebie życzliwą. Cóż takiego się stało? Dlaczego nigdy nie udało się jej zacisnąć dłoni, by przytrzymać w nich dwie czy trzy choć trochę wartościowe rzeczy? Dlaczego?

Oddawała się marzeniom. Była wypoczęta. A gdy ten niezdarny facet przychodził jej poczytać i zamykał ostrożnie drzwi, wznosząc oczy do nieba, bo ten drugi typek słuchał akurat murzyńskiej muzyki, uśmiechała się do niego i na chwilę uciekała od rzeczywistości...

Zabrała się znów do rysowania.
Ot tak.
Tak po prostu. Dla siebie samej. Dla przyjemności.

Napoczęła nowy blok, ostatni już, i rozdziewiczyła go, rysując na dobry początek wszystko, co ją otaczało. Kominek, motywy obicia na ścianach, rygiel w oknie, głupawe uśmiechy postaci z kreskówek Sammy i Scoubidou z musztardówki, ramy, obrazy, kameę damy i elegancki surdut dżentelmena. Martwą naturę z jej ubrań wraz z klamrą od paska walającego się po podłodze, chmury, białawy ślad samolotu, czubki drzew za kutą balustradą balkonu i swój portret na łóżku.

Z powodu plam na lustrze i krótkich włosów wyglądała na chłopaczka, który przechodzi ospę...

Znów rysowała z taką samą łatwością, jak oddychała. Przewracała kartki bezwiednie i zatrzymywała się jedynie, aby wlać trochę tuszu do miseczki i nabić pióro. Nie czuła się tak spokojna, tak żywotna, po prostu żywotna już od wielu lat...

Ale najbardziej lubiła pozy Philiberta. Potrafił bardzo przeżywać swoje historie, jego twarz stawała się nagle tak pełna wyrazu, żaru lub przygnębienia (ach, biedna Maria Antonina...), że poprosiła o zgodę na szkicowanie go.

Oczywiście wyjąkał słabe „tak" raczej z grzeczności, ale szybko zapomniał o szmerze piórka biegającego po papierze.

Czasem czytał taki fragment:
Ale pani d'Étampes nie była zwykłą kochanką w stylu pani de Châteaubriant, nie wystarczyły jej miłostki. Marzyła przede wszystkim o względach dla siebie i swojej rodziny. A miała trzydzieścioro braci i sióstr... Dzielnie zabrała się do dzieła.

Zręcznie potrafiła wykorzystać wszystkie momenty dla złapania oddechu między jednym a drugim uściskiem, aby wyrwać królowi, spełnionemu i mile zmęczonemu, nominacje lub awanse, których pożądała.

Ostatecznie wszyscy Pisseleu zostali szczodrze obdarowa-

ni, zwłaszcza stanowiskami kościelnymi, gdyż królewska metresa lubowała się w religii...

Antoine Seguin, jej wuj, został opatem Fleury-sur-Loire, biskupem Orleanu, kardynałem i wreszcie arcybiskupem Tuluzy. Charles de Pisseleu, jej drugi brat, otrzymał opactwo Bourgueil i biskupstwo Condom...

Podniósł głowę:
– Condom... Przyzna pani, że to udane...

Camille spiesznie posyłała mu uśmiech, widząc rozbawienie chłopca, który wyłuskiwał co smaczniejsze kąski z historii Francji, jak inni kartkują świerszczyki.

Albo taki:
...więzienia były przepełnione, Carrier, wszechpotężny autokrata, otoczony godnymi siebie współpracownikami, otwierał kolejne i rekwirował okręty w porcie. Niebawem tyfus pochłonął tysiące istnień ludzkich uwięzionych w przerażających warunkach. Gilotyna nie działa wystarczająco szybko, prokonsul rozkazał więc rozstrzelać tysiące więźniów i przydzielił plutonom egzekucyjnym „ekipy grzebiące umarłych". Następnie, wraz z napływem kolejnych więźniów, wymyślił topienie ofiar.

Ze swojej strony generał brygady Westermann pisze: „Nie ma już Wandei, obywatele republikanie. Zginęła pod naszym wolnym mieczem wraz ze swoimi kobietami i dziećmi. Pochowałem ją właśnie w bagnach i lasach Savenay. Wedle waszego rozkazu rozgniotłem dzieci końskimi kopytami i zmasakrowałem kobiety. Przynajmniej nie wydadzą już na świat bandytów. Nie mam ani jednego więźnia na moim sumieniu".

Można było jedynie namalować cień na jego ściągniętej twarzy.

– Rysuje mnie pani czy słucha?
– Słucham, rysując...

– Ten Westermann... Ten potwór, który służył swojej pięknej nowej ojczyźnie z taką werwą, proszę sobie wyobrazić, że kilka miesięcy później został pojmany wraz z Dantonem i również skrócony o głowę...

– Dlaczego?

– Został oskarżony o tchórzostwo... Był umiarkowany...

Czasami prosił ją o pozwolenie, aby usiąść na fotelu u stóp łóżka, i oboje czytali w ciszy.

– Philibercie?

– Mhm...

– Pocztówki?

– Tak...

– To jeszcze długo będzie trwało?

– Słucham?

– Dlaczego nie robi pan tego, co lubi? Dlaczego nie próbuje pan zostać historykiem lub nauczycielem? Miałby pan prawo zagłębiać się w tych wszystkich książkach w godzinach pracy i nawet płacono by panu za to!

Położył książkę na zniszczony sztruks oblekający kościste kolana i zdjął okulary, żeby potrzeć oczy:

– Próbowałem... Mam magisterium z historii i trzy razy podchodziłem do egzaminu wstępnego de École des Chartes, ale za każdym razem oblewałem...

– Nie był pan wystarczająco dobry?

– Och nie! To znaczy... – zaczerwienił się. – To znaczy, sądzę... Sądzę skromnie, że byłem... Nigdy nie udało mi się przejść egzaminu... Zbyt panikowałem... Za każdym razem nie mogę spać, tracę wzrok, włosy, nawet zęby! I głowę. Czytam tematy, znam odpowiedzi, ale nie jestem w stanie napisać jednej linijki. Siedzę skamieniały przed kartką papieru...

– Ale zdał pan maturę? I zrobił magistra?

– Tak, ale za jaką cenę... I nigdy za pierwszym podejściem... A poza tym to nie było jednak takie trudne... Studia skończyłem, nie pojawiając się w ogóle na Sorbonie lub przychodząc tylko na wykłady wielkich profesorów, których podziwiałem, a poruszana przez nich tematyka nie miała nic wspólnego z moim programem...

– Ile ma pan lat?

– Trzydzieści sześć.

– Ale przecież z tytułem magistra mógł pan w tamtych czasach uczyć, nie?

– Czy wyobraża pani sobie mnie w sali z trzydziestką dzieciaków?

– Tak.

– Nie. Na samą myśl, że mógłbym zwracać się do jakiegoś audytorium, nawet niewielkiego, oblewają mnie zimne poty. Ja... Mam problemy z ... z socjalizacją, chyba...

– Ale w szkole? W dzieciństwie?

– Poszedłem do szkoły dopiero do szóstej klasy. Do szkoły z internatem, poza tym... to był straszny rok. Najgorszy w moim życiu... Zupełnie jakby wrzucono mnie do wielkiej balii, a ja nie umiałem pływać...

– No i?

– I nic. Wciąż nie potrafię pływać...

– W jakim znaczeniu? W wodzie czy w życiu?

– I w jednym, i w drugim, mój generale.

– Nigdy nie nauczono pana pływać?

– Nie. A po co?

– Hm... no, żeby pływać...

– Kulturowo wywodzimy się raczej z rodziny wojskowych, artylerzystów, piechoty, wie pani...

– Co mi tu pan wygaduje? Nie mówię o dowodzeniu w bitwie, tylko o wyjeździe nad morze! A tak w ogóle, to dlaczego nie poszedł pan wcześniej do szkoły?

– Matka uczyła nas w domu...

– Jak matka świętego Ludwika?

– Właśnie.

– Jak ona się nazywała?

– Blanche de Castille...

– O właśnie. A dlaczego? Za daleko mieszkaliście?

– W sąsiedniej wiosce była szkoła państwowa, ale chodziłem do niej tylko kilka dni...

120

– Dlaczego?

– No, bo właśnie była państwowa...

– Ach! Wciąż te arystokratyczne historie, tak?

– Tak...

– No tak, ale to już stare dzieje! Wszystko ewoluowało!

– Zmieniło się z pewnością. Ewoluowało... Nie... nie jestem taki pewien...

– ...

– Szokuję panią?

– Nie, nie, szanuję pańskie... pańskie...

– Moje wartości?

– Tak, jeśli pan chce i to określenie panu odpowiada, ale jak pan sobie radzi w życiu?

– Sprzedaję pocztówki!

– To wszystko jakieś wariactwo... Zupełnie porąbane...

– Wie pani, w porównaniu z moimi rodzicami jestem bardzo... ewoluowany, jak pani to określa, nabrałem jednak trochę dystansu...

– A jacy są pańscy rodzice?

– No więc...

– Wypchani, zabalsamowani? Zanurzeni w słojach z formaliną i królewskimi liliami?

– Coś w tym jest... – uśmiechnął się.

– Ale chyba jednak nie przemieszczają się w lektykach?!

– Nie, ale tylko dlatego, że nie mogą już znaleźć noszowych!

– Co robią?

– Słucham?

– Gdzie pracują?

– Są właścicielami ziemskimi.

– To wszystko?

– To jest bardzo dużo pracy, wie pani...

– Ale hm... Jesteście bardzo zamożni?

– Nie. Zupełnie nie. Wręcz przeciwnie...

– Cóż za niewiarygodna historia... A jak sobie pan radził w szkole z internatem?

– Dzięki *Gaffiotowi*.

– Kto to?

– To nie osoba, tylko bardzo ciężki słownik do łaciny, który wkładałem do plecaka i posługiwałem się nim jak młotem. Chwytałem plecak za ramiączko, kręciłem i... bach! Rozwalałem przeciwnika...

– I co?

– Co?

– A dziś?

– A więc, moja droga, dziś to bardzo proste. Ma pani przed sobą wspaniały egzemplarz *homo degeneraris*, czyli istotę zupełnie nieprzystosowaną do życia w społeczeństwie, oderwaną od rzeczywistości, dziwaczną i zupełnie anachroniczną!

Śmiał się.

– Jak pan będzie sobie radził?

– Nie wiem.

– Chodzi pan do psychologa?

– Nie, ale spotkałem dziewczynę, tam gdzie pracuję, taką lekko zwariowaną śmieszkę, trochę męczącą, która namawia mnie usilnie, abym poszedł z nią kiedyś wieczorem na warsztaty teatralne. Ona już sprawdziła wszystkich możliwych psychologów i uparcie twierdzi, że nie ma nic bardziej skutecznego niż teatr...

– Ach tak?

– Tak ona mówi...

– Ale tak poza tym nigdy pan nie imprezuje? Nie ma pan przyjaciół? Żadnych znajomych? Żadnych... kontaktów z dwudziestym pierwszym wiekiem?

– Nie. W zasadzie nie... A pani?

5

Życie wróciło do normalności. Camille stawiała czoło wieczornemu zimnu, jechała metrem w odwrotnym kierunku niż pracowite tłumy ludzi i obserwowała ich zmęczone twarze.

Te mamusie jadące po swoje pociechy na przedmieścia,

które zasypiały z otwartymi ustami przyklejone do zaparowanych szyb, te panie obwieszone sztuczną biżuterią, które kartkowały „Teletydzień", zwilżając palce wskazujące ze zbyt szpiczastymi paznokciami, ci panowie w miękkich mokasynach i fantazyjnych skarpetkach, którzy, ciężko wzdychając, podkreślali cyferki w niekończących się raportach, i ci młodzi urzędnicy o przetłuszczonej skórze, którzy zabawiali się grami w telefonach na kartę...

I wszyscy inni, którzy nie mieli nic lepszego do roboty, jak instynktownie trzymać się kurczowo poręczy, żeby nie stracić równowagi... Ci, którzy nie widzieli nic ani nikogo. Ani świątecznych reklam – złote dni, złote prezenty, łosoś za bezcen i pasztet z gęsich wątróbek po cenach hurtowych – ani gazety sąsiada, ani pociągającego co chwila nosem dupka z wyciągniętą ręką, ani nawet młodej dziewczyny siedzącej akurat naprzeciw i próbującej unikać ich smętnych spojrzeń i szarawych płaszczy...

Potem zamieniała kilka zdawkowych słów ze strażnikiem budynku, przebierała się, opierając się o swój wózek, i wkładała bezkształtne spodnie od dresu oraz turkusowy fartuch z nylonu z napisem *Touclean – Profesjonaliści na państwa usługach*... Rozgrzewała się powoli, pracując jak opętana, nim wychodziła znów na ziąb, na entego papierosa i ostatnie metro.

Gdy ją ujrzała, Super-Josy mocno wcisnęła ręce w kieszenie i posłała jej grymas trochę podobny do czułego uśmiechu:
– O kurczę... Oto powstała z martwych... Mam z głowy dziesięć euro – burczała.
– Słucham?
– Zakład z dziewczynami... Sądziłam, że pani nie wróci...
– Dlaczego?
– Nie wiem, przeczucie... Ale dobra, nie ma sprawy, zapłacę, ha! No cóż, nie zawsze jest święto, trzeba do roboty. Przy tej parszywej pogodzie wszystko nam zapaskudzą. Człowiek zaczyna sobie zadawać pytanie, czy ci ludzie kiedykol-

wiek nauczą się używać wycieraczki... Proszę popatrzeć, widziała pani hol?

Mamadou szurała nogami:

– Och, ty to spałaś jak niemowlę przez ten cały tydzień, co?

– A skąd to wiesz?

– Po twoich włosach. Za szybko urosły...

– A ty jak tam? Nie wyglądasz najlepiej.

– Jakoś leci...

– Masz kłopoty?

– Och, kłopoty... Mam chore dzieciaki, męża, który przegrywa pensję, bratową, która działa mi na nerwy, sąsiada, który sra do windy, i odcięty telefon, ale poza tym jakoś leci...

– Dlaczego to robi?

– Kto?

– Sąsiad.

– Dlaczego? Nie mam pojęcia, ale ostrzegłam go i następnym razem każę mu zjeść własne gówno! Uwierz mi! A ciebie to śmieszy...

– A co jest dzieciakom?

– Jeden kaszle, drugi ma coś z żołądkiem... No, dobra... Nie mówmy już o tym, bo mnie to martwi, a jak się martwię, do niczego się nie nadaję...

– A twój brat? Nie może ich uzdrowić tymi swoimi gusłami?

– A konie? Nie uważasz, że mógłby również wytypować zwycięzców? Och, nie, nie mów mi już o tym nic niewartym...

Brudas z piątego piętra musiał być chyba dotknięty do żywego. Jego gabinet został mniej więcej uporządkowany. Camille narysowała odwróconego plecami anioła ze skrzydłami wychodzącymi z garnituru i piękną aureolą.

W mieszkaniu również wszyscy zaczęli się przyzwyczajać. Początkowe niezręczne ruchy i skrępowanie przemieniły się pomału w dyskretną i rutynową choreografię.

Camille wstawała przed południem, ale starała się być w swoim pokoju około piętnastej, gdy wracał Franck. Wychodził około osiemnastej trzydzieści i czasem mijał się z Philibertem na schodach. Piła z nim herbatę lub jadła lekki posiłek, nim sama wyruszała do pracy. Nigdy nie wracała przed pierwszą w nocy.

Franck nie spał o tej godzinie, słuchał muzyki lub oglądał telewizję. Spod jego drzwi przenikały opary trawki. Zastanawiała się, jak on może wytrzymać takie szaleńcze tempo, i szybko otrzymała odpowiedź: nie mógł.

A więc czasami musiała wybuchnąć afera. Darł ryja po otwarciu lodówki, ponieważ jedzenie było źle ułożone lub źle zapakowane. Kładł je na stole, rozlewając przy okazji herbatę i wyzywając ich od najgorszych:

– Kurwa! Ile razy mam wam powtarzać? Masło wkłada się do maselniczki, inaczej łapie wszystkie zapachy! I ser też! Folia do żywności nie jest, kurwa, dla psów! A to, co to jest? Sałata?!!! Dlaczego zostawiliście ją w folii? Plastik wszystko niszczy! Już ci to mówiłem, Philibercie! Gdzie są te wszystkie pojemniki, które przyniosłem? Dobra, a to co znowu? Cytryna, tu... A co ona robi w przegródkach na jajka? Napoczętą cytrynę się pakuje lub odwraca na talerzu, *capito*?

Potem odchodził ze swoim piwem, a naszych dwoje kryminalistów czekało na wypadnięcie drzwi z zawiasów, nim powracali do przerwanej rozmowy:

– Ale ona naprawdę powiedziała: „Skoro nie ma chleba, dajcie im ciastka...”

– Oczywiście, że nie... Nigdy nie mogłaby powiedzieć takiej niedorzeczności... To była bardzo inteligentna kobieta, wie pani...

Mogli oczywiście odstawić swoje filiżanki, ciężko wzdychając, i odpowiedzieć mu, że jak na kogoś, kto nigdy w domu nie jada i korzysta z tego urządzenia wyłącznie do składowania sześciopaków piwa, jest za bardzo nerwowy... Ale nie, nie warto strzępić języka.

Skoro to był typ, który musi się powydzierać, to niech się powydziera.

Niech się powydziera...

Ponadto on tylko na to czekał. Na najmniejszą okazję, żeby rzucić się im do gardła. Zwłaszcza jej. Miał Camille na celowniku i za każdym razem, gdy ją mijał, przybierał urażoną minę. Choć większość czasu spędzała w swoim pokoju, zdarzało im się czasem przejść obok siebie. Uginała się wtedy pod atakiem niesamowicie morderczych prądów, które w zależności od jej samopoczucia wprawiały ją w wyjątkowo zły humor lub powodowały rozbawienie.

– Co jest? Z czego się śmiejesz? Ze mnie?

– Nie, nie. Z niczego. Tak po prostu...

I szybko szła zająć się czymś innym.

We wspólnych pomieszczeniach zachowywała się przykładnie. Zostawiała je po wyjściu czystsze niż przed wejściem, zamykała się w łazience, gdy Francka nie było, chowała wszystkie swoje przybory toaletowe, dwa razy zamiast raz przecierała ścierką blaty kuchenne, opróżniała popielniczkę do torebki plastikowej, którą zawiązywała przed wrzuceniem do kosza, próbowała być jak najmniej widoczna, przemykała się wzdłuż ścian, unikała zaczepek i wreszcie zaczęła się zastanawiać, czy się wcześniej, niż planowała, nie wyprowadzić...

Na pewno zmarznie tam na kość, trudno, ale nie będzie musiała oglądać tego prostaka.

Philibert lamentował:

– Ależ, Ca... Camille... Jest pani o w... wiele inteligentniejsza od niego, by tak się da... dawać zastraszyć przez tego... tego wielkiego cwaniaka, proszę... Po... powinna być pani ponad to wszystko.

– No właśnie nie. Jestem dokładnie na tym samym poziomie. Dlatego ciągle obrywam w twarz...

– Ależ skąd! Oczywiście, że nie! Nie pływacie przecież po tych samych wodach! Pa... pani widziała, jak on pisze? Słyszała pani, jak się śmieje z obrzydliwych żartów tego... tego debilnego prezentera? Czy widziała pani, żeby czytał coś innego niż oferty sprzedaży używanych motorów? M... moment, ten chłopak mentalnie nie ma więcej niż dwa lata! I to nie jest jego wina, bie... biedak... Pod... podejrzewam, że jak wszedł do kuchni jako dziecko, to nie wyszedł do tej pory... Proszę, nie... niech pani nabierze trochę dystansu... Proszę być trochę bardziej tolerancyjna, ba... bardziej *cool*, jak to pani mówi...

– ...

– Wie pani, co mi matka odpowiadała, gdy ośmielałem się jej wspomnieć – pół... półgębkiem – jedną setną z tego, co mi kazali robić koledzy z internatu?

– Nie.

– „Wiedz, mój synu, że ślina ropuchy nie dosięgnie białej gołębicy". Właśnie tak mi mówiła...

– I to pana pocieszało?

– Skądże! Wręcz przeciwnie!

– No, widzi pan...

– Tak, ale z panią to nie to sa... samo. Nie ma pani dwunastu lat... A poza tym nie chodzi o picie sików jakiegoś gnojka...

– Zmusili pana do tego?

– Niestety...

– No więc tak, rozumiem, że biała gołębica, hmm...

– No właśnie, biała go... gołębica nigdy nie przy... przyleciała. Zresztą nadal... nadal czuję to tu – zażartował, wskazując jabłko Adama.

– Taaa... Zobaczymy...

– A poza tym prawda jest bardzo prosta i zna ją pani równie dobrze jak ja – on jest zaz... zazdrosny. Zazdrosny jak tygrys. Proszę się postawić na jego miejscu... Miał mieszkanie dla siebie sam... samego, spacerował sobie po nim, jak chciał, najczęściej w gaciach, lub ganiał za... za jakąś przestraszoną kurką. Mógł się wydzierać, przeklinać, bekać do woli, a nasze kontakty ograniczały się do spraw czysto pra... praktycznych, jak stan kanalizacji czy zaopatrzenie w papier toaletowy...

Praktycznie nie wychodziłem z pokoju i wkładałem zatyczki do uszu, gdy musiałem się skoncentrować. Czuł się tu jak król... Do tego stopnia, że pewnie odnosił nawet wra... wrażenie, iż jest u siebie... I nagle pojawiła się pani. Nie tylko musi zapinać rozporek, ale na dodatek także znosić naszą przyjaźń, słyszeć czasem, jak się śmiejemy, i chw... chwytać fragmenty rozmów, których zapewne nie rozumie... To musi być dla niego bardzo cię... ciężkie, nie sądzi pani?

– Nie wiedziałam, że zajmuję aż tyle miejsca...

– Nie, pani... pani, wręcz przeciwnie, jest bardzo mało widoczna, ale chce pani... chce pani coś wiedzieć? Moim zdaniem pani mu imponuje...

– No to już przesada! – wykrzyknęła. – Ja? Imponuję jemu? Pan chyba żartuje? Nigdy dotąd nie miałam równie silnego wrażenia, że ktoś mną aż tak pogardza...

– Tst... Nie jest może wykształcony, to pewne, ale chyba nie jest i... idiotą, a pani nie gra w tej samej lidze co jego przyjaciółki, wie pani... Czy spotkała pani jakąś, od kiedy tu pani mieszka?

– Nie.

– A więc wszystko przed panią, zrozumie pani... To... to niesamowite wrażenie, naprawdę... Cokolwiek by było, proszę, niech... niech pani pozostanie ponad to wszystko. Niech to pani uczyni dla mnie, Camille...

– Ale i tak długo tu nie zostanę, doskonale pan wie...

– Ja też nie. On też nie, ale do tego czasu spróbujmy żyć w zgodzie... Świat już i tak jest wystarczająco groźny i bez tego, nieprawdaż? A poza tym zaczynam się jąkać, gdy pani mówi takie głu... głupoty...

Wstała, żeby wyłączyć czajnik.

– Nie wydaje się pani zbyt przekonana...

– Nie, nie, spróbuję. Ale powiedzmy sobie, że nie jestem zbyt dobra w momentach konfliktowych... Zazwyczaj opuszczam ring, nim znajdę argumenty...

– Dlaczego?

– Dlatego.
– Bo to mniej męczące?
– Tak.
– To nie jest dobra strategia, pro... proszę mi wierzyć. Na dłuższą metę zgubi panią.
– Już mnie zgubiła.

– *À propos* strategii, jadę w przyszłym tygodniu na pasjonującą konferencję na temat sztuki wojennej Napoleona Bonapartego, nie chciałaby pani ze mną pojechać?
– Nie, ale skoro już jesteśmy przy tym temacie – proszę mi poopowiadać o Napoleonie...
– Ach! To temat rzeka... Chce pani plasterek cytryny?
– Hola, mój drogi! Ja się już do cytryny nie dotykam! Nie dotykam się zresztą już do niczego...
Popatrzył jej prosto w oczy:
– Trzeba być ponad to wszystko, mówiłem.

6

„Odnaleziony Czas", cóż za nazwa dla miejsca, gdzie wszyscy poumierają... Co za idiotyzm...
Franck był w złym humorze. Babcia przestała się do niego odzywać, od kiedy się tam przeniosła. Musiał się mocno nagłówkować, jadąc autostradą, żeby wymyślić, co mógłby jej opowiedzieć. Za pierwszym razem to go zaskoczyło i siedzieli w milczeniu naprzeciw siebie przez całe popołudnie... W końcu stanął przy oknie i zaczął półgłosem komentować to, co się działo na parkingu: staruszków, których pakowano i wypakowywano z samochodów, kłócące się pary, dzieci biegające między samochodami, któreś z nich oberwało w twarz, płacząca dziewczynka, roadster porsche, ducati, piękne nowiutkie bmw serii 5 i nieustające kursowanie w tę i z powrotem karetek. Naprawdę pasjonujący dzień.

Pani Carminot zajęła się przeprowadzką, a on przyjechał z głupia frant w pierwszy poniedziałek, nie przeczuwając ani przez sekundę, co go czeka...

Po pierwsze: miejsce... Z powodów finansowych musiał się zgodzić na państwowy dom dla starców zbudowany naprędce na obrzeżach miasta między Buffalo Grill a spalarnią śmieci przemysłowych. Jakieś gówno. Wielkie gówno umiejscowione na zadupiu. Zabłądził i przez ponad godzinę jeździł wśród okolicznych gigantycznych hangarów, szukając nazwy ulicy, której nie było, i zatrzymując się na każdym rondzie, aby wypatrzyć ją wśród szutrowych dróg. Gdy w końcu zatrzymał się i zdjął kask, silny powiew wiatru niemal go przewrócił. „No nie, co to jest, śnię czy co? Od kiedy staruszków umieszcza się w przeciągach? Zawsze słyszałem, że wiatr wyżera mózg... Och, kurwa... Powiedzcie, że to nieprawda... Że to nie tutaj... Litości... Powiedzcie, że się pomyliłem..."

W środku panował gorący zaduch. Im bardziej zbliżał się do jej pokoju, tym bardziej czuł, jak rośnie mu w gardle gula, coraz większa i większa, tak wielka, że nie był w stanie przez pierwsze minuty wypowiedzieć słowa.

Wszystkie te staruchy, brzydkie, smutne, przygnębiające, jęczące. Te odgłosy szurania kapciami, sztucznych szczęk, siorbania, ich wielkie brzuchy i wychudłe ramiona. Ten z rurką w nosie, tamten kwiczący samotnie w kącie, tamta zwinięta w fotelu na kółkach, zupełnie jakby przeszła atak tężyczki... Widać było jej rajstopy i nawet pieluchę...

I ten ukrop, cholera! Dlaczego nigdy nie otwierają okien? Żeby ich szybciej wykończyć?

Gdy przyjechał kolejny raz, doszedł w kasku aż do pokoju osiemdziesiątego siódmego, żeby tego wszystkiego nie widzieć, ale złapała go pielęgniarka i nakazała natychmiast zdjąć, bo straszy pensjonariuszy.

130

Babcia nie odzywała się do niego, ale szukała oczu wnuka, by w nie prosto popatrzeć, podtrzymać spojrzenie chłopaka i zawstydzić go: „I co? Dumny jesteś z siebie, mój mały? Odpowiedz mi. Dumny jesteś z siebie?" Oto co mu powtarzała w ciszy, podczas gdy on podnosił zasłony i szukał wzrokiem swojego motoru.

Był zbyt zdenerwowany, żeby zasnąć. Nadal podciągał fotel pod jej łóżko, szukał słów, zdań, anegdot, głupot, a potem dawał spokój i włączał telewizor. Nie oglądał programu, patrzył na zegar za odbiornikiem i liczył czas – za dwie godziny spadam, za godzinę spadam, za dwadzieścia minut...

W tym tygodniu wyjątkowo przyjechał w niedzielę, ponieważ Potelain go nie potrzebował. Przeleciał przez hol jak wicher, lekko tylko wzruszył ramionami, widząc nową, zbyt krzykliwą dekorację i tych wszystkich biednych staruszków ubranych w szpiczaste kapelusiki.

– Co się dzieje, co to za szopka? – zapytał panią w fartuchu, z którą jechał windą.

– Robimy próbę przed spektaklem gwiazdkowym... Jest pan wnukiem pani Lestafier, prawda?

– Tak.

– Pańska babcia nie jest specjalnie kooperatywna...

– Ach?

– Nie. To i tak jest delikatnie powiedziane... Uparta jak osioł...

– Sądziłem, że ona tak tylko w stosunku do mnie. Myślałem, że z wami jest ...hm... w kontaktach łatwiejsza...

– Och, w stosunku do nas jest urocza. Prawdziwa perła. Przeurocza. Ale jeśli chodzi o innych pensjonariuszy, to zdecydowanie gorzej... Nie chce ich widzieć i woli nie jeść, niż zejść do jadalni...

– I co? W ogóle nie je?

– No cóż, w końcu byliśmy zmuszeni ustąpić... Zostaje w swoim pokoju...

Spodziewała się go dopiero następnego dnia, więc była tak zaskoczona, że nie zdążyła przybrać postawy urażonej starszej pani. Choć raz nie zastał jej w łóżku, w złym humorze i wyprostowanej jak patyk. Siedziała przy oknie i coś szyła.

– Babciu?

Chciała mieć nadąsaną minę, ale nie mogła się powstrzymać od uśmiechu na jego widok.

– Oglądasz widoki?

Prawie miała ochotę powiedzieć mu prawdę: „Chyba sobie ze mnie żartujesz? Jakie widoki? Nie. Wyczekuję przyjazdu mojego wnuczka. Całe dnie tak spędzam... Nawet kiedy wiem, że nie przyjedzie, jestem na posterunku. Cały czas... Wiesz, teraz rozpoznaję z daleka odgłos motoru i czekam, aż ujrzę, jak zdejmujesz kask, aby wskoczyć do łóżka i przybrać niezadowoloną minę..." Ale powstrzymała się i tylko chrząknęła.

Usiadł na podłodze przy jej nogach i oparł się o kaloryfer.

– Jak tam?

– Mmm...

– Co robisz?

– ...

– Jesteś obrażona?

– ...

Patrzyli na siebie przez dobry kwadrans. W końcu Franck podrapał się w głowę, zamknął oczy, westchnął, trochę się przesunął, żeby mieć ją dokładnie naprzeciw siebie, i zaczął spokojnym głosem:

– Posłuchaj mnie, Paulette Lastafier, posłuchaj mnie dobrze. Żyłaś sama w domu, który uwielbiałaś i który ja również uwielbiałem. Rano wstawałaś o świcie, przygotowywałaś sobie swoją kawę zbożową i piłaś ją, przyglądając się kolorom chmur, by ocenić, jaka będzie pogoda. Następnie karmiłaś wszystkich swoich podopiecznych, prawda? Twojego kota, koty sąsiadów, rudziki, sikorki i wszelkie inne boże ptaszki. Brałaś do ręki sekator i zajmowałaś się kwiatami jeszcze przed poranną toaletą. Ubierałaś się i wypatrywałaś przyjazdu listonosza lub rzeźnika. Tego grubego Michela, oszusta, który zawsze ci szykował kotlety trzystugramowe, gdy prosiłaś o sto gramów, choć doskonale wiedział, że nie miałaś już zębów... Och! Ale nic nie mówiłaś. Za bardzo się bałaś, że nie zatrąbi w następny wtorek... Resztę dusiłaś, żeby mieć smak do zupy. Około jedenastej brałaś swój koszyk na zakupy i szłaś aż do kawiarni ojca Grivauda, by kupić gazetę i dwufuntowy chleb. Od dawna już go nie jadałaś, ale i tak kupowałaś... Z przyzwyczajenia... I dla ptaszków... Często spotykałaś starą znajomą, która zdążyła przeczytać przed tobą nekrologi, i wzdychając, rozmawiałyście o znajomych umarłych. Następnie opowiadałaś jej, co u mnie słychać. Nawet jeśli nie wiedziałaś... Dla tych ludzi byłem równie sławny jak Bocuse[*], prawda? Żyłaś sama od przeszło dwudziestu lat, ale nadal nakrywałaś do stołu na czystym obrusie, z kieliszkiem i kwiatami w wazonie. Jeśli dobrze pamiętam, na wiosnę były to anemony, w lecie margerytki, a w zimie kupowałaś bukiet na targu, powtarzając sobie przy każdym posiłku, że jest naprawdę brzydki, i przepłacałaś za niego... Po południu odbywałaś małą sjestę na kanapie, a twój gruby kocur zgadzał się przez chwilę leżeć na twoich kolanach. Kończyłaś potem to, co zaczęłaś rano w ogrodzie lub warzywniaku. Och, ten warzywniak... Niewiele już przy nim robiłaś, ale wciąż miałaś z niego trochę warzyw i nadal się w to bawiłaś, podczas gdy Yvonne kupowała marchewki w supermarkecie. Dla ciebie to był szczyt dyshonoru...

Wieczory były dłuższe, prawda? Miałaś nadzieję, że do ciebie zadzwonię, ale nie dzwoniłem, więc włączałaś telewizor i oglądałaś te wszystkie głupoty, które cię w końcu usypiały. Reklamy wyrywały cię ze snu. Obchodziłaś dom, otulając się szalem, i zamykałaś okiennice. Ten odgłos, odgłos okiennic skrzypiących w półmroku, do dziś jeszcze słyszysz, wiem o tym, ponieważ i ja go słyszę. Mieszkam teraz w tak męczącym mieście, że nic już nie słychać, ale ten odgłos za-

---

[*] Wybitny francuski szef kuchni, właściciel kilku restauracji.

133

mykania drewnianych okiennic i drzwi do komórki pozostał we mnie; wystarczy, że wytężę słuch, żeby go usłyszeć...

To prawda, że nie dzwoniłem, ale myślałem o tobie, wiesz... I za każdym razem, kiedy przyjeżdżałem do ciebie, nie potrzebowałem raportów świętej Yvonne, która odciągała mnie na bok, by zdać sobie sprawę, że wszystko zaczyna się psuć... Nie ośmielałem się tego powiedzieć, ale doskonale widziałem, że twój ogród nie był już tak zadbany, a twój warzywniak odpowiednio utrzymany... Widziałem, że już tak o siebie nie dbasz, że twoje włosy mają dziwny kolor, a spódnicę nosisz na lewą stronę. Zauważałem, że twoja bluzka była brudna, a te superbrzydkie swetry, które mi robiłaś na drutach – pełne dziur. Wkładałaś pończochy nie do pary i o wszystko się obijałaś... Tak, babciu, nie patrz tak na mnie... Zawsze widziałem te twoje olbrzymie siniaki, które próbowałaś ukryć pod sweterkami...

Mogłem już wcześniej suszyć ci tym głowę... Zmusić cię do wizyty u lekarza i opieprzać, żebyś się nie męczyła z tą starą motyką, której już nie byłaś w stanie unieść, prosić Yvonne, by cię pilnowała, nadzorowała i wysyłała wyniki analizy... Ale nie. Mówiłem sobie, że lepiej cię zostawić w spokoju, a kiedy pewnego dnia będzie fatalnie, nie będziesz miała wyrzutów, ani ja... Przynajmniej dobrze żyłaś. Szczęśliwa. Farciara. Aż do końca.

Teraz nadszedł ten dzień. Właśnie teraz... i musisz się, stara, z tym pogodzić. Zamiast się na mnie obrażać, pomyśl raczej o szczęściu, które miałaś, że przeżyłaś ponad osiemdziesiąt lat w tak pięknym domu i...

Płakała.

– ...i poza tym jesteś niesprawiedliwa w stosunku do mnie. Czy to moja wina, że jestem daleko i w dodatku zupełnie sam? Czy to moja wina, że jesteś wdową? Czy to moja wina, że nie masz innych dzieci poza moją kopniętą matką, które mogłyby się tobą dziś zająć? Czy to moja wina, że nie ma rodzeństwa, które mogłoby odwiedzać cię w pozostałe dni?

Nie, to nie moja wina. Moją jedyną winą jest to, że wybrałem taki parszywy zawód. Poza harowaniem jak wół nie mogę nic innego robić, a najgorsze jest to, wiesz, że nie umiałbym nic innego robić... Nie wiem, czy sobie z tego zdajesz sprawę, ale pracuję we wszystkie dni oprócz poniedziałków, a w poniedziałki przyjeżdżam do ciebie. No, proszę, nie rób takiej zdziwionej miny... Mówiłem ci, że w niedzielę mam chałturę, żeby spłacić motor, no więc widzisz, że nie mam ani jednego dnia, kiedy mogę sobie pospać... Codziennie rano zaczynam o ósmej trzydzieści i nie wracam przed północą... Z tego powodu muszę sypiać popołudniami, bo inaczej bym się nie wyrobił.

A więc zobacz. Tak wygląda moje życie. Wielkie nic. Nic nie robię. Nic nie oglądam. Nic nie znam i najgorsze jest to, że nic nie rozumiem... W tym całym bagnie była jedna pozytywna rzecz, chata, którą dzielę z tym dziwnym kolesiem, o którym ci często opowiadam. Wiesz, tym arystokratą. No więc i to teraz szlag trafił... Sprowadził do nas jakąś dziewczynę, która mieszka z nami i wkurza mnie. Nie jesteś sobie w stanie wyobrazić, jak bardzo... Poza tym to nawet nie jest jego panienka! Nie wiem, czy temu facetowi uda się ją kiedykolwiek... hm... przepraszam, czy zrobi pierwszy krok... Nie, to jest jakaś biedna panna, którą przygarnął, i teraz atmosfera w mieszkaniu zrobiła się ciężkawa, więc będę musiał sobie czegoś poszukać... Ale to nieważne, już tyle razy się przeprowadzałem, że kolejna zmiana adresu nie zrobi mi różnicy... Jakoś sobie dam radę... Natomiast jeśli chodzi o ciebie, nic nie poradzę, rozumiesz? Po raz pierwszy mam dobrego szefa. Często ci opowiadam, jak drze ryja, ale to nie przeszkadza mu być porządnym facetem. Nie tylko nie mam z nim zatargów, ale jest dobry... Mam wrażenie, że robię z nim postępy, rozumiesz? Więc nie mogę go tak po prostu zostawić na lodzie, na pewno nie przed końcem lipca. Mówiłem mu o tobie, wiesz... Mówiłem mu, że chciałbym wrócić i pracować w rodzinnych stronach, aby być bliżej ciebie, i wiem, że on mi pomoże. Ale z tym poziomem, który dziś mam, nie mogę przyjąć byle czego. Jeśli tu wrócę, to po to, żeby być zastępcą szefa lub właścicielem lokalu. Nie chcę już robić na zmywaku, już za wiele pracy w to włożyłem... Musisz być więc cierpliwa i przestać się tak na mnie gapić, ponieważ mówię to jasno: nie będę więcej do ciebie przyjeżdżał.

Powtarzam ci, mam jeden wolny dzień w tygodniu i jeśli mam go spędzać na zamartwianiu się, to koniec takiej zabawy... Poza tym zaraz będą święta i będę musiał pracować jeszcze więcej, więc ty też musisz mi, cholera, pomóc...

Czekaj, jeszcze jedna sprawa... Jakaś babka powiedziała mi, że nie chcesz widywać innych. Tu akurat cię rozumiem, bo nie są zbyt przyjemni do oglądania, ale mogłabyś przynajmniej spróbować... A może jest tam gdzieś, w którymś z pokoi, inna Paulette, równie zagubiona jak ty... Być może ona również chciałaby porozmawiać o swoim ogródku i wspaniałym wnuczku, ale jak możesz ją poznać, skoro siedzisz tu obrażona jak mała dziewczynka?

Patrzyła na niego osłupiała.

– No, dobra. Powiedziałem wszystko, co mi na sercu leżało, a teraz nie mogę wstać, bo boli mnie du... tyłek. No więc? Powiesz mi, co szyjesz?

– To ty Franck? To na pewno ty? Po raz pierwszy w życiu słyszałam cię tak długo mówiącego... Nie jesteś chyba chory?
– Nie, nie jestem chory, tylko zmęczony. Mam za dużo na karku, rozumiesz?

Długo mu się przyglądała, potem pokręciła głową, jakby wyszła z jakiegoś letargu. Podniosła swoją robótkę:
– Och, to nic... To dla Nadege, takiej miłej pielęgniarki, która pracuje rano. Ceruję jej sweter... Zresztą czy możesz mi przewlec nitkę przez igłę, bo nie mogę znaleźć okularów?
– Może chcesz wrócić do łóżka, a ja usiądę w fotelu?

Gdy tylko się w nim zapadł, zasnął.
Snem sprawiedliwych.

Obudził go szczęk tacy.

– A to co?
– Kolacja.
– Dlaczego nie schodzisz?
– Wieczorem zawsze podają nam w pokojach...
– Ale która jest godzina?
– Wpół do szóstej.
– Co to za pomysł? Każą wam jeść kolację o wpół do szóstej?
– Tak jest w niedzielę. Żeby mogli szybciej pójść do domu...
– Pff... Ale co to jest? To śmierdzi, nie?
– Nie wiem i wolę nie wiedzieć...
– Co to? Ryba?
– Nie, raczej zapiekanka z ziemniaków, nie sądzisz?
– Przestań, czuć rybę... A co to ta brązowa ciecz?
– Kompot...
– Nie?
– Tak sądzę...
– Jesteś pewna?
– Och, sama już nie wiem...
Byli dopiero na tym etapie dochodzenia, gdy pojawiła się młoda kobieta:
– Już? Dobre było? Skończyła pani?
– Moment – przerwał Franck. – Dopiero co pani przyniosła, raptem dwie minuty temu... Niech jej pani da chociaż zjeść spokojnie!
Zamknęła drzwi bez słowa.
– Codziennie jest tak, ale najgorzej w niedzielę... Spieszy się im do wyjścia... Nie można mieć do nich pretensji, co?
Starsza pani posmutniała.
– Och, moja biedna babciu... Co za bagno... Co za bagno...

Złożyła serwetkę.
– Franck?
– Taaa.

137

– Przepraszam cię...
– Nie, to ja ciebie. Nic nie dzieje się tak, jak bym sobie życzył. Ale nieważne, zaczynam się z czasem przyzwyczajać...
– Czy mogę już to teraz zabrać?
– Tak, tak, proszę...
– I proszę pogratulować szefowi kuchni, proszę pani – dodał Franck. – Naprawdę było pyszne...

– No dobra... będę jechał, co?
– Poczekaj, aż przebiorę się w koszulę nocną, dobrze?
– Dawaj.
– Pomóż mi wstać...

Usłyszał szum wody w łazience i odwrócił się uprzejmie, gdy wślizgiwała się pod kołdrę.
– Zgaś światło, mój kochany...
Zapaliła lampkę nocną.
– Chodź, usiądź tu, dwie minuty...
– Dwie minuty, tak? Nie mieszkam za rogiem, wiesz...
– Dwie minuty.
Położyła dłoń na jego kolanie i zadała ostatnie z pytań, jakich by się spodziewał:
– Powiedz mi, ta młoda dziewczyna, o której mi opowiadałeś... Ta, która mieszka z wami... Jaka ona jest?
– Jest durna, pretensjonalna, chuda i równie kopnięta jak ten drugi...
– Kurczę...
– Ona...
– Co?
– Można powiedzieć, że to chyba typ intelektualistki... Nie, to na pewno typ intelektualistki. Siedzą z Philibertem wciąż w książkach jak mole i są w stanie gadać godzinami o rzeczach, które każdy ma gdzieś, ale poza tym, co najdziwniejsze, ona jest sprzątaczką...
– Ach tak?
– W nocy...

– W nocy?

– Taaa... Mówię ci, ona jest dziwna... A gdybyś widziała, jaka chuda... Aż serce ściska...

– Nie je?

– Nie wiem. Mam to gdzieś.

– Jak się nazywa?

– Camille.

– Jaka jest?

– Już ci mówiłem.

– Jej twarz?

– Hej, po co mnie o to wszystko pytasz?

– Żeby cię dłużej zatrzymać... Nie, dlatego, że mnie to interesuje.

– A więc ma zupełnie krótkie włosy, prawie na jeża, brązowawe... Niebieskie oczy, chyba. Nie wiem... Jasne w każdym razie. Ona... Och, a poza tym mam to gdzieś, mówię ci!

– Jaki ma nos?

– Normalny.

– ...

– Myślę, że chyba ma też piegi... Ona... Dlaczego się uśmiechasz?

– Tak sobie, słucham cię...

– Nie, jadę, wkurzyłaś mnie...

7

– Nienawidzę grudnia. Wszystkie te święta mnie deprymują...

– Wiem, mamo. Już czwarty raz mi to powtarzasz, od kiedy tu siedzimy...

– A ciebie to nie deprymuje?

– A nawet jeśli? Byłaś w kinie?

– Co chcesz, żebym robiła w kinie?

– Jedziesz na święta do Lyonu?

– Nie mam wyjścia... Wiesz, jaki jest twój wuj... Ma w nosie, co się ze mną dzieje, ale jeśli nie przyjadę na jego indyka, znów będzie afera... Jedziesz w tym roku ze mną?

– Nie.

– Dlaczego?

– Pracuję.

– Zamiatasz igły spod choinek? – spytała sarkastycznie.

– Właśnie.

– Kpisz sobie ze mnie?

– Nie.

– Z drugiej strony rozumiem cię... Oglądać tych wszystkich durniów przy stole to nic przyjemnego, prawda?

– Przesadzasz. Są jednak mili...

– Pff... mili, to też mnie deprymuje...

– Ja płacę – powiedziała Camille, przechwytując rachunek. – Muszę lecieć...

– Powiedz no, obcięłaś włosy? – spytała matka przed wejściem do metra.

– Zastanawiałam się, czy zauważysz...

– To naprawdę okropne. Dlaczego to zrobiłaś?

Camille wbiegła pędem po ruchomych schodach.
Powietrza, szybko!

8

Wiedziała, że tam była, nim ją jeszcze ujrzała. Po zapachu.

Jakieś duszące słodkie perfumy, które powodowały mdłości. Pospiesznie ruszyła w kierunku swojego pokoju i zobaczyła ich w salonie. Franck leżał rozwalony na ziemi i głupkowato się śmiał, patrząc na kołyszącą się dziewczynę. Puścił muzykę na full.

– ...branoc – rzuciła im w locie.

Gdy zamykała drzwi, usłyszała, jak mamrocze: „Nie twoja sprawa. Nie zajmuj się tym, mówię ci... No już, ruszaj się jeszcze..."

To nie była muzyka, tylko hałas. Coś strasznego. Ściany, obrazy i parkiet się trzęsły. Camille zaczekała jeszcze chwilę i przyszła im przerwać:

– Musisz ściszyć... Będziemy mieć problemy z sąsiadami...

Dziewczyna znieruchomiała i zaczęła chichotać:

– Franck, to ona? To ona? To ty, ta Conchita?

Camille długo się w nią wpatrywała. Philibert miał rację – zadziwiające zjawisko.

Połączenie głupoty i wulgarności. Buty na koturnach, postrzępione dżinsy, czarny biustonosz, sweter w dziurki, balejaż domowej roboty i mocno umalowane usta. Niczego nie brakowało.

– Tak, to ja. – I zwróciła się do Francka: – Ścisz, proszę...

– Och! Wkurwiasz mnie... No już... do budy...

– Nie ma Philiberta?

– Nie, jest z Napoleonem. No już, kładź się spać.

Panienka śmiała się do rozpuku.

– Gdzie jest kibel? No, gdzie jest kibel?

– Ścisz głos albo dzwonię na policję.

– Dobra, dzwoń se i przestań nam dupę zawracać. No już! Spadaj!

Co za pech, Camille spędziła właśnie kilka godzin ze swoją matką.

Ale tego Franck nie mógł wiedzieć...

Co za pech!

Obróciła się na pięcie, weszła do jego pokoju, podeptała pierdzielnik na podłodze, otworzyła okno, wyrwała kabel wieży z kontaktu i wywaliła ją z czwartego piętra.

Wróciła do salonu i spokojnie oświadczyła:

– Już w porządku. Nie muszę nigdzie dzwonić...

Potem się odwróciła:

– Ty... zamknij usta, bo jeszcze połkniesz muchę...

Zamknęła się na klucz. Walił do drzwi, darł się, wrzeszczał, groził najgorszymi reperkusjami. Tymczasem ona popatrzyła z uśmiechem w lustro i ujrzała ciekawy autoportret. Niestety, nie była w stanie niczego narysować – zbyt miękkie dłonie...

Zaczekała, aż trzasną drzwi wejściowe, żeby przemknąć do kuchni. Zjadła coś i poszła się położyć.

Odegrał się na niej w środku nocy.
Około czwartej nad ranem Camille została obudzona przez miłosne zabawy z sąsiedniego pokoju. On stękał, ona jęczała. On jęczał, ona stękała.
Obudzona, siedziała przez chwilę w ciemnościach, zastanawiając się, czy nie lepiej od razu spakować wszystkie swoje rzeczy i wrócić do pokoju na strychu.
„Nie – mruknęła – nie, miałby z tego zbyt wielką satysfakcję... Co za harmider, Boże, co za harmider... Muszą się chyba zmuszać, bo to wręcz niemożliwe... Pewnie ją jeszcze dopinguje... Czy ta flądra jest na jakichś dopalaczach, czy puszcza te odgłosy z płyty?"

Wygrał.
Podjęła decyzję.
Nie mogła już zasnąć.

Następnego dnia wstała wcześnie rano i po cichu zaczęła się pakować. Ściągnęła pościel z łóżka, poskładała ją i poszukała jakiejś dużej torby, żeby zanieść to do pralni. Zebrała na kupę wszystkie swoje rzeczy i włożyła do tego samego kartonu, w którym je przyniosła z góry. Była w podłym nastroju. Nie tyle sam powrót na górę ją niepokoił, co raczej opuszczenie tego pokoju... Zapach kurzu, światło, suchy odgłos jedwabnych zasłon, trzeszczenie posadzki, abażury i kojący spokój lustra. To przedziwne wrażenie odnajdowania się w innej epoce... Przodkowie Philiberta w końcu ją zaakceptowali, a ona zabawiała się, rysując ich w inny sposób lub w innych sytuacjach. Zwłaszcza stary markiz okazał się o wiele zabawniejszy, niż się na pozór wydawało. Weselszy... Młodszy... Odłączyła swój elektryczny kominek, zakłopotana, że nie ma jak zwinąć sznura. Nie ośmieliła się wytoczyć go z pokoju na korytarz i zostawiła po prostu pod drzwiami.

Następnie wzięła swój blok rysunkowy, przygotowała sobie kubek herbaty i poszła się rozsiąść do łazienki. Obiecała sobie zabrać jej wspomnienie ze sobą. To było najpiękniejsze pomieszczenie w mieszkaniu.

Uprzątnęła wszystkie przybory toaletowe Francka, dezodorant X Mennen tylko dla mężczyzny, zasyfioną, starą szczoteczkę do zębów, maszynki do golenia BIC, żel dla skóry wrażliwej – to było najlepsze – i śmierdzące garami ubrania. Wszystko wrzuciła do wanny.

Gdy po raz pierwszy tam weszła, nie mogła się powstrzymać od wydania cichego: „Och!” z podziwu. Philibert natychmiast ją poinformował, że jest to model pokoju kąpielowego Porcher z roku 1894. Był to kaprys jego prababki, największej kokietki wśród paryżanek *belle époque*. Chyba zresztą do przesady, sądząc po uniesionych brwiach jego dziadka, gdy wspominał i opowiadał o jej wybrykach... Offenbach się kłania...

Gdy łazienkę już zainstalowano, wszyscy sąsiedzi się zebrali, aby złożyć zażalenie, ponieważ się obawiali, że przeleci przez podłogę, oraz po to, by podziwiać i wychwalać. Nie znalazłoby się piękniejszej w całej kamienicy i prawdopodobnie na całej ulicy...

Teraz jej wygląd niewiele się zmienił. Była może troszeczkę podstarzała, ale nienaruszona.

Camille usiadła na koszu na brudną bieliznę i rysowała kształt kafelków, fryzy, arabeski, wielką porcelanową wannę na czterech nogach o kształcie lwich łap, zużyte, chromowane krany, wielką baterię prysznicową, z której nic nie leciało od czasu pierwszej wojny, mydelniczki rozszerzające się u góry jak chrzcielnice i podniszczone wieszaki na ręczniki. Puste flakony, „Shocking" – Schiaparelli, „Transparent" – Houbigant albo „Chic" – Molyneux, pudełka po pudrze „La Diaphane", błękitne irysy namalowane na bidecie i umywalkach tak idealnie wykończonych, tak przesadnie, tak przeładowane kwiatami i ptakami, że zawsze miała opory przed położeniem swojej obrzydliwej kosmetyczki na pożółkłym stoliczku. Muszla klozetowa znikła, ale rezerwuar nadal wisiał na ścianie. Zakończyła pracę, malując jaskółki, które latały to tu, to tam od ponad stu lat.

Blok był prawie cały zapełniony. Jeszcze tylko dwie czy trzy strony...

Nie miała odwagi go przejrzeć i uznała to za znak. Koniec bloku, koniec wakacji.

Umyła kubek i opuściła lokal, zamykając po cichutku drzwi. Czekając, aż skończy się prać pościel, poszła do sklepu Darty przy Madeleine i kupiła Franckowi wieżę stereo. Nie chciała mu być nic dłużna. Nie zdążyła zobaczyć marki modelu i dała sprzedawcy wolną rękę.

To właśnie lubiła, pozostawiać wolną rękę...

Gdy wróciła, mieszkanie było puste. Albo ciche. Nie próbowała tego sprawdzić. Postawiła karton Sony przed drzwiami sąsiedniego pokoju, położyła upraną pościel na swoim dawnym łóżku, pozdrowiła galerię przodków, zamknęła okiennice i przetoczyła kominek do drzwi dla służby. Nie mogła znaleźć klucza. Dobra, postawiła na nim karton z rzeczami, czajnik i poszła do pracy.

W miarę jak zapadał zmierzch i zimno zaczynało być coraz dotkliwsze, czuła, jak robi się jej sucho w ustach, a brzuch coraz twardszy – kamienie powróciły. Musiała włożyć dużo wysiłku, aby się nie rozpłakać, i w końcu doszła do wniosku, że tak jak jej matka czuje się poirytowana zbliżającymi się świętami.

Pracowała w samotności i ciszy.

Nie miała ochoty dalej tego ciągnąć. Musiała się co do tego sama przed sobą przyznać. Nie dawała już rady.

Teraz wróci na górę do pokoiku pokojówki Louise Leduc i postawi walizki.

Nareszcie.

Liścik na biurku pana Dawnegobrudasa wyrwał ją z ponurych myśli:

Kim pani jest? – pytało czarne i wąskie pismo.

Odstawiła swój spryskiwacz i ścierki, usiadła w olbrzymim skórzanym fotelu i rozejrzała się za dwiema kartkami papieru.

Na pierwszej narysowała okropnego babsztyla, potarganego i z brakami w uzębieniu, który opierał się o mopa, uśmiechając się złośliwie. Butelka wina wystawała z fartucha *Touclean, profesjonaliści, etc.*, a pod spodem napisała: „Oto właśnie ja..."

Na drugiej narysowała pin-up z lat pięćdziesiątych. Z ręką na biodrze, usta w ciup, nóżka zgięta w kolanie i piersi opięte w ładnym koronkowym fartuszku. Trzymała zmiotkę i odpowiadała: „Ależ skądże... to ja..."

Użyła czerwonego długopisu stabilo, aby domalować róż na policzkach...

Przez te głupoty nie zdążyła na ostatnie metro i wróciła na piechotę. Ba, dobrze i tak... Kolejny znak... Prawie dosięgnęła dna, ale niezupełnie, tak?

Jeszcze jeden mały wysiłek.

Jeszcze kilka godzin na zimnie i będzie dobrze.

Gdy popchnęła furtkę, przypomniała sobie, że nie oddała kluczy, i musiała przepchnąć rzeczy na służbowe schody.

I może napisać liścik do gospodarza?

Skierowała się do kuchni i z niezadowoleniem zobaczyła światło. Na pewno czekał na nią jaśnie pan Marquet de La Durbellière, rycerz o smutnej twarzy i kluskach w gębie, przygotowany do przedstawienia wszelkich możliwych argumentów, aby ją zatrzymać. Przez ułamek sekundy pomyślała, by zawrócić. Nie miała ochoty wysłuchiwać jego wywodów. Ale dobra, na wypadek, gdyby nie miała umrzeć tej nocy, grzejnik będzie jej potrzebny...

9

Siedział na drugim końcu stołu i bawił się zamknięciem od puszki.

Camille zacisnęła pięść i poczuła, jak paznokcie wbijają się w jej dłoń.

– Czekałem na ciebie – powiedział.

– Ach?

– Taaa...

– ...

– Nie chcesz usiąść?

– Nie.

Milczeli przez dłuższą chwilę.

– Nie widziałeś klucza od tylnych schodów? – zapytała w końcu.

– W mojej kieszeni...

Westchnęła:

– Daj mi go.

– Nie.

– Dlaczego?

– Bo nie chcę, żebyś się wyprowadzała. Ja się stąd zabiorę... Jeśli ciebie nie będzie, Philibert nie zapomni mi tego do końca życia... Już dziś, jak zobaczył twój karton, zrobił aferę i zamknął się w swoim pokoju. Do tej pory nie wyszedł... Więc ja się wyprowadzę. Nie dla ciebie, dla niego. Nie mogę mu tego zrobić. Znów się zrobi taki jak przedtem, a ja tego nie chcę. Nie zasługuje na to. On mi pomógł, jak byłem w gównie, i nie chcę mu wyrządzać krzywdy. Nie chcę widzieć, jak cierpi i wije się niczym dżdżownica za każdym razem, gdy ktoś mu zadaje jakieś pytanie. To nie może wrócić... Już było z nim lepiej przed twoim przybyciem, ale teraz, od

146

kiedy z nami zamieszkałaś, jest prawie normalny i wiem, że bierze mniej lekarstw, więc... Nie musisz odchodzić... Mam kumpla, który może mnie przygarnąć po świętach...

Cisza.

– Mogę wziąć piwo?

– Proszę.

Camille obsłużyła się i usiadła naprzeciw niego.

– Mogę zapalić fajkę?

– Proszę. Czuj się, jakby mnie tu już nie było...

– Nie, tak nie potrafię. To niemożliwe... Gdy przebywamy w tym samym pomieszczeniu, jest tyle napięcia w powietrzu, tyle agresji, że nie potrafię zachowywać się naturalnie i...

– I co?

– I tak jak ty, wyobraź sobie, jestem zmęczona. Nie z tych samych powodów, jak sądzę... Mniej pracuję, ale wychodzi na to samo. Inna sytuacja, ale to samo gówno. Moja głowa jest zmęczona, rozumiesz? Poza tym chcę odejść. Zdaję sobie dokładnie sprawę, że nie jestem już w stanie żyć w społeczeństwie i ja...

– Ty...

– Nie, nic. Odczuwam ogromne zmęczenie. A ty nie potrafisz zwracać się normalnie do ludzi. Musisz się wydzierać, napadać na nich... Myślę, że to z powodu twojej pracy, że atmosfera w kuchni musi być napięta... Zresztą nie wiem... A poza tym, prawdę mówiąc, mam to gdzieś... Ale jedno jest pewne – chcę wam zwrócić wasze życie.

– Nie, to ja was opuszczę, nie mam wyboru, już ci mówiłem... Dla Philou liczysz się bardziej ode mnie, jesteś ważniejsza...

– Takie jest życie – dodał ze śmiechem.

I po raz pierwszy spojrzeli sobie w oczy.

– Na pewno lepiej go karmiłem! Ale miałem w dupie siwe włosy Marii Antoniny... i to równo... i to mnie zgubiło... Ach, właśnie! Dzięki za wieżę...

Camille wstała:

– Czy mniej więcej podobna?

– Pewnie...

– Super – skwitowała matowym głosem. – Dobra, gdzie klucz?

– Jaki klucz?

– No już...

– Twoje rzeczy są znów w twoim pokoju i posłałem ci łóżko.

– Podwinąłeś prześcieradło pod materac?

– Kurwa, ty jesteś naprawdę upierdliwa!

Już miała wyjść z kuchni, gdy wskazał brodą na jej blok rysunkowy:

– To twoje rysunki?

– Gdzie je znalazłeś?

– Czekaj... Spokojnie... Blok leżał tu na stole... Tylko go przejrzałem, czekając na ciebie...

Wyciągnęła już po niego rękę.

– Jeśli powiem ci coś miłego, nie ugryziesz mnie?

– Spróbuj, spróbuj...

Wziął go, przerzucił kilka stron, odłożył i zaczekał chwilę, żeby się odwróciła:

– To jest super, wiesz... Superpiękne... Świetnie narysowane... To jest... W sumie, mówię, to... Ja się tam na tym nie znam, wiesz? W ogóle. Ale już prawie dwie godziny tu na ciebie czekam, w tej lodowatej kuchni, i nawet nie zauważyłem, jak czas leci. Ani przez minutę się nie nudziłem. Patrzyłem na te wszystkie twarze... Philou i ci inni... Jak ty wspaniale ich uchwyciłaś, jak oni wypięknieli... A mieszkanie... Ja tu mieszkam ponad rok i myślałem, że jest puste, no, nic nie widziałem... A ty, ty... Po prostu super...

– ...

– Ale dlaczego teraz płaczesz?

– Chyba nerwy...

– To coś nowego... chcesz jeszcze piwo?

– Nie. Dzięki. Pójdę spać...

Gdy była w łazience, słyszała, jak łomocze do drzwi pokoju Philiberta i drze się:

– No, stary! Już dobrze. Nie uciekła! Możesz już iść
szczać!

Gdy gasiła lampę, zdawało jej się, że widzi uśmiech markiza między bokobrodami, i natychmiast zasnęła.

10

Mróz trochę zelżał. W powietrzu czuć było radość, lek-
kość, *something in the air*. Ludzie biegali wszędzie w poszukiwaniu prezentów i Josy B. zrobiła sobie włosy. Piękny odcień kasztanowy nadawał charakteru oprawkom jej okularów.
Mamadou też kupiła sobie wspaniałą perukę. Pewnego wieczoru zorganizowała im lekcję czesania. Siedziały między
dwoma piętrami i popijały we cztery butelkę musującego
wina, zakupioną za pieniądze z wygranego zakładu.

– Ale ile czasu spędzasz u fryzjera, żeby tak sobie wyde-
pilować czoło?

– Och... Niedługo... Może ze dwie lub trzy godziny... Są
o wiele dłuższe fryzury, wiesz... Moją Sissi robił ponad cztery
godziny...

– Ponad cztery godziny! A co ona robiła przez ten czas?
Grzeczna była?

– Oczywiście, że nie! Zachowuje się tak jak dorośli, śmieje się, je, słucha naszych opowieści... My dużo opowiadamy
historii... O wiele więcej niż wy...

– A ty, Carine? Co robisz w święta?

– Tyję dwa kilo. A ty, Camille, co robisz w święta?

– Chudnę dwa kilo... Nie, żartuję...

– Spędzasz z rodziną?

– Tak – skłamała.

– Dobra, już czas – odezwała się Super-Josy, stukając
w swój zegarek.

Jak się pani nazywa? – przeczytała na biurku.

Zapewne był to czysty przypadek, ale zdjęcie żony i dzieci zniknęło. Tss, tss, jacy ci mężczyźni są przewidywalni... Wyrzuciła kartkę i przeleciała odkurzaczem podłogi.

W mieszkaniu atmosfera też się znacznie poprawiła. Już nie była tak gęsta. Franck już nie nocował i wpadał tylko piorunem, żeby się położyć po południu. Nawet nie rozpakował swojej nowej wieży.

Philibert nie wspomniał ani słowem o tym, co się wydarzyło za jego plecami, gdy uczestniczył w konferencji. Był typem osoby, która nie znosiła nawet najmniejszych zmian. Jego równowaga psychiczna wisiała na włosku i Camille dopiero co zdała sobie sprawę, jak wielkiego dokonał czynu, idąc po nią tamtej nocy... To musiało być zupełnie wbrew jego zasadom... Myślała również o tym, co Franck jej powiedział o lekarstwach.

Oznajmił jej, że bierze sobie wolne i wróci dopiero w połowie stycznia.

– Jedzie pan do pańskiego zamku?

– Tak.

– Cieszy się pan?

– Cóż, jestem szczęśliwy, że ujrzę moje siostry...

– Jak się nazywają?

– Anne, Marie, Catherine, Isabelle, Aliénor i Blanche.

– A pański brat?

– Louis.

– Same imiona królów i królowych...

– No tak...

– A pańskie?

– Och, ja... Jestem brzydkim kaczątkiem...

– Proszę tak nie mówić, Philibercie... Wie pan, nie pojmuję tych wszystkich waszych arystokratycznych historii i nigdy nie byłam mocna w nazwiskach rodowych. Szczerze mówiąc, uważam nawet, że to trochę śmieszne, trochę... przestarzałe, ale jedno nie ulega wątpliwości – pan jest księciem. Prawdziwym księciem.

– Och – zaczerwienił się – ledwie drobnym szlachcicem, ziemianinem co najwyżej....

– Szlachcicem, to jest dokładnie to... Proszę mi powiedzieć, nie sądzi pan, że moglibyśmy się od nowego roku zwracać do siebie na ty?

– Ach, znowu odzywa się moja mała sufrażystka! Wciąż jakieś rewolucje... Będę miał problemy z przejściem na ty...

– A ja nie. Chciałabym móc panu powiedzieć: Philibercie, dziękuję ci za wszystko, co dla mnie uczyniłeś. Choć tego nie wiesz – w pewnym stopniu uratowałeś mi życie...

Nic nie odpowiedział. Znów spuścił oczy.

11

Wstała wcześnie rano, aby go odprowadzić na dworzec. Był tak zdenerwowany, że musiała mu wyrwać z rąk bilet, by za niego skasować. Poszli na gorącą czekoladę, ale on swojej nawet nie tknął. Im bardziej zbliżała się godzina wyjazdu, tym bardziej jego twarz tężała. Powróciły nerwowe tiki i znów miała przed sobą tę biedną sierotę z supermarketu. Wielki niezdarny i zagubiony chłopak, który musiał trzymać dłonie w kieszeniach, żeby się nie podrapać, próbując poprawić okulary.

Położyła mu rękę na ramieniu.

– W porządku?

– Tt... tak, zu... zupełnie, pi... pil... pilnuje pani godziny, pra.... prawda?

– Cichoooo – odparła. – Głowa do góry... Wszystko będzie dobrze... Wszystko będzie dobrze...

Próbował przytaknąć.

– Aż tak stresuje się pan spotkaniem z rodziną?

– Nnn... nie – odparł, kiwając głową na tak.

– Proszę myśleć o siostrach...

Uśmiechnął się.

– Która jest pańską ulubienicą?
– Naj... najmłodsza.
– Blanche?
– Tak.
– Ładna jest?
– Jest... Jest jeszcze bardziej niż ładna... Jest dla mnie taka
miła...

Nie byli w stanie się objąć, ale na peronie Philibert chwycił ją za ramię:
– Bę... będzie pani na siebie uważać, prawda?
– Tak.
– Jedzie pani do rodziny?
– Nie...
– Ach? – zmarszczył brew.
– Nie mam młodszej siostry, która pozwoliłaby mi znieść
całą resztę...
– Ach...

I przez okno ją upominał:
– Ty... tylko niech się pani nie da naszemu Lestafierowi,
dobrze?
– Tak, tak – uspokoiła go.
Jeszcze coś dodał, ale wszystko zagłuszył głos zapowiadający odjazd, i nic nie usłyszała. Nie wiedząc, jak odpowiedzieć, kiwnęła głową i pociąg ruszył.

Postanowiła wrócić na piechotę i bezwiednie pomyliła drogę. Zamiast iść w lewo, a następnie w dół bulwarem Montparnasse, by dojść do Szkoły Wojskowej, poszła prosto i wylądowała na ulicy Rennes. Wszystko przez te butiki, sklepy, girlandy, ruch...
Czuła się jak owad przyciągany przez światło, czuła ciepłą krew tłumów.

Miała ochotę być tak jak oni zabiegana, zaaferowana, podniecona. Miała ochotę wejść do sklepów i kupić jakieś drobiazgi, aby sprawić przyjemność lubianym osobom. Już zwolniła kroku; kogo tak naprawdę lubiła? „No już, już, przestań – upomniała się, podnosząc kołnierz płaszcza. – Nie zaczynaj, proszę, znowu. Jest Mathilde i Pierre, i Philibert, i twoje koleżanki od ścierki... Tu, w tym sklepie z biżuterią, na pewno znajdziesz jakiś naszyjnik dla Mamadou, to taka strojnisia..." Po raz pierwszy od bardzo dawna uczyniła to samo, co wszyscy ludzie w tym czasie: szła, licząc, ile wyniesie jej trzynastka... Po raz pierwszy od tak dawna nie myślała o jutrze. I to wcale nie chodziło o powiedzenie, tylko naprawdę o następny dzień.

Po raz pierwszy od bardzo dawna następny dzień wydawał się jej... możliwy do przeżycia. Tak, to jest dokładnie to: możliwy do przeżycia. Miała miejsce, gdzie dobrze się jej żyło. Dziwne miejsce i nietypowe, zupełnie jak ludzie, którzy tam mieszkali. Ścisnęła w kieszeni klucze i pomyślała o minionych tygodniach. Poznała człowieka nie z tej ziemi. Osobę szlachetną, oderwaną od rzeczywistości, która żyła tu, choć unosiła się tysiąc stóp nad tym bagnem i nie czerpała z tego żadnej dumy. Był jeszcze ten drugi. Cóż... z nim to trochę bardziej skomplikowana historia. Poza tymi motorami i garnkami nie widziała, co można z niego wyciągnąć, no, ale przynajmniej był poruszony... Może bez przesady nawet ujęty, powiedzmy, jej rysunkami. To było bardziej skomplikowane, a mogło być o wiele łatwiejsze – przecież instrukcja obsługi wydawała się niespecjalnie obszerna...

„Tak, zmieniło się" – rozmyślała, próbując wyprzedzić spacerowiczów.

W zeszłym roku o tej samej porze była w tak opłakanym stanie, że nie umiała podać nazwiska facetom z karetki, która ją zabrała z ulicy, a rok wcześniej pracowała tak intensywnie, że nie zdała sobie sprawy, iż jest Gwiazdka. Jej „dobroczyńca" specjalnie jej nie przypomniał, aby nie wypadła z toku... No więc czy może teraz to powiedzieć? Czy może wymówić te kilka słów, których jeszcze ostatnio nikt nie wyrwałby z jej ust: wszystko się układało, dobrze się czuła i życie było piękne. Uff, wypowiedziała je. „No już, nie czerwień się, idiotko. Nie odwracaj się. Nikt nie usłyszał, jak szepczesz te niedorzeczności, nie martw się".

Poczuła się głodna. Weszła do cukierni i kupiła kilka ptysiów. Nieduże, idealne przysmaki, lekkie i słodkie. Długo oblizywała sobie palce, nim ośmieliła się wejść ponownie do jakiegoś sklepu, żeby poszukać drobiazgów dla wszystkich. Perfumy dla Mathilde, biżuteria dla dziewczyn, rękawiczki dla Philiberta i cygara dla Pierre'a. Czy można być przyzwoitym, a zarazem mniej konwencjonalnym? Nie. To były najgłupsze na świecie prezenty gwiazdkowe, a przy tym idealne.

Zakończyła swoje zakupy na placu Saint-Sulpice i weszła do księgarni. Tam też znalazła się pierwszy raz od długiego czasu... Nie ośmielała się zapuszczać w takie miejsca. To trudne do wytłumaczenia, ale zbyt ją to bolało, było... Nie, nie mogła tego wypowiedzieć... To przygnębienie, to tchórzostwo, to ryzyko, którego się bała... Wejść do księgarni, pójść do kina, obejrzeć wystawę lub rzucić okiem na witryny galerii sztuki – to było wytknięcie palcem jej mierności, tchórzliwości i przypomnienie, że pewnego dnia odpuściła sobie wszystko z rozpaczy i później nie mogła się podnieść...
Wejść do któregoś z tych miejsc, istniejących dzięki wrażliwości ich założycieli, byłoby równoznaczne z uświadomieniem sobie, że jej życie jest puste...
Wolała alejki supermarketu.

Któż to mógł zrozumieć? Nikt.
To była wewnętrzna walka. Najmniej widzialna ze wszystkich, jakie toczyła. I najbardziej rozdzierająca. Ile jeszcze nocy sprzątania, samotności, harówy w kiblach musiała sobie narzucić, żeby ją zakończyć?

Ominęła półki ze sztuką piękną, które znała na pamięć, gdyż bywała tam częstym gościem, gdy studiowała w szkole o tej samej nazwie, a potem już z mniej chwalebnych przyczyn... Zresztą nie miała zamiaru tam się kierować. Było na to za wcześnie. Albo właśnie za późno. To tak jak ta historia z odbijaniem się od dna... Być może znalazła się na takim etapie życia, kiedy nie powinna oczekiwać pomocy od wielkich mistrzów?

Od czasu gdy osiągnęła wiek, w którym mogła trzymać ołówek, powtarzano jej, że jest uzdolniona. Bardzo uzdolniona. Zbyt uzdolniona. Zbyt obiecująca, zbyt cwana lub zbyt rozpieszczona. Te komplementy, często szczere, a niekiedy dwuznaczne, zaprowadziły ją donikąd. A teraz, kiedy nie nadawała się do niczego innego, tylko do zapełniania jak opętana bloków rysunkowych szkicami, myślała sobie, że chętnie zamieniłaby swój nadmiar zręczności w dłoniach na trochę słodyczy. Albo na magiczną tabliczkę do rysowania, proszę... Hop! I już nic nie ma. Żadnej techniki, żadnych odniesień, żadnych nabytych umiejętności, nic. Zaczynamy od zera.

„A więc długopis, widzisz... trzymasz między kciukiem a palcem wskazującym... Zresztą nie, możesz go trzymać, jak chcesz. Potem już jest łatwiej, bo nie myślisz o tym. Twoje dłonie nie istnieją. To się dzieje poza tobą, gdzie indziej. Nie, tak jest niedobrze, to jeszcze zbyt ładne. Nikt cię nie prosi, abyś rysowała coś ładnego, wiesz... Te ładne to mamy gdzieś. Po to są dziecięce rysunki i kredowy papier w kolorowych czasopismach. Włóż rękawiczki z jednym palcem, mały geniuszu, pusta muszelko, tak, tak, włóż je, mówię ci, a być może pewnego dnia zobaczysz, że zdołasz narysować prawie idealne, nieudane kółko..."

Snuła się więc między regałami z książkami. Czuła się zagubiona. Było ich tyle i od tak dawna wypadła z obiegu, że wszystkie te czerwone przepaski polecające pozycję przyprawiały ją o zawroty głowy. Oglądała okładki, czytała streszczenia, sprawdzała wiek autorów i krzywiła się, gdy urodzili się po niej. To jednak nie najmądrzejsza metoda selekcji... Skierowała się do działu z książkami kieszonkowymi. Papier gorszej jakości i drobny druk mniej ją onieśmielały. Okładka jednej z chłopakiem w okularach przeciwsłonecznych była naprawdę brzydka, ale początek się jej spodobał:

Gdybym musiał sprowadzić życie do jednego wydarzenia, oto co bym powiedział: gdy miałem siedem lat, listonosz przejechał mi po głowie. Żadne inne wydarzenie nie mogło być równie kształcące. Moja chaotyczna i zawiła egzystencja, mój chory umysł i wiara w Boga, moje walki z radościami i troskami – wszystko to, w taki lub inny sposób, wynika z tej chwili, gdy pewnego letniego poranka tylne koło pocztowego dżipa rozgniotło moją dziecięcą głowę na rozgrzanym żwirze rezerwatu Apaczów w San Carlos.

Tak, to całkiem niezłe... Poza tym książka była ładna, kwadratowa, gruba i obszerna. Znalazły sie w niej dialogi, kawałki przepisanych listów i ładne podtytuły. Kartkowała dalej i mniej więcej w jednej trzeciej przeczytała:

„Glorio – powiedział Barry, przyjmując poważny ton. – Oto twój syn Edgar. Od dawna czekał, by cię zobaczyć".

Moja matka rozglądała się, ale nie patrzyła w moją stronę.

„Czy jeszcze jest?" – spytała Barry'ego cienkim głosem, który poruszył mnie wewnątrz.

Barry westchnął i poszedł po kolejną puszkę piwa do lodówki. „To już ostatnia, pójdziemy później po więcej". Postawił ją na stole przed moją matką, następnie lekko potrząsnął oparciem swojego krzesła. „Glorio, to jest twój syn – powiedział. – Jest tutaj".

„Potrząsnął oparciem krzesła..." To może tylko taka technika narracji?

Gdy pod koniec trafiła na ten kawałek, zadowolona zamknęła książkę:

Szczerze mówiąc, nie ma w tym żadnej mojej zasługi. Wychodzę z domu z notesikiem i ludzie się otwierają. Pukam do ich drzwi, a oni opowiadają mi o swoim życiu, drobnych suk-

156

cesach, złości i ukrytych pragnieniach. Notes noszę tak na-
prawdę tylko dla pozoru, zazwyczaj wkładam go do kieszeni
i cierpliwie słucham, aż wszystko mi powiedzą, co mieli do
wyjawienia. Potem już jest łatwiej. Wracam do domu, siadam
przed moim Hermès Jubilé i robię to, co mam w zwyczaju
od prawie dwudziestu lat: wklepuję wszystkie interesujące
detale.

Głowa rozwalona w dzieciństwie, matka wariatka i notesik
w głębi kieszeni...

Cóż za wyobraźnia...

Trochę dalej zobaczyła ostatni album Sempégo. Zdjęła szalik i płaszcz, po czym wsadziła je sobie między nogi, by móc
się wygodniej pozachwycać rysunkami. Przewracała powoli
kartki i jak za każdym razem dostała wypieków. Niczego tak
bardzo nie uwielbiała jak jego akuratności kreski, światka wielkich marzycieli, wyrazów twarzy, markiz pawilonów z przedmieścia, parasoli starszych pań i nieskończonej poezji sytuacji. Jak on to robił? Gdzie wynajdywał te wszystkie pomysły?
Odnalazła świece, kadzielnice i wielki barokowy ołtarz swojej
ulubionej bigotki. Tym razem siedziała w głębi kościoła z te-
lefonem komórkowym, lekko odwrócona, z dłonią zakrywa-
jącą usta: „Halo, Marta? Tu Suzanne. Jestem u Świętej Eula-
lii, czy chcesz, żebym poprosiła o coś dla ciebie?".

Miodzio.

Gdy przerzuciła kilka stron, jakiś pan się odwrócił, sły-
sząc, jak się śmieje sama do siebie. A przecież to nie było nic
takiego, tylko otyła pani zwracająca się do uwijającego się cukiernika. Miał na głowie pomarszczoną wysoką czapkę kucharską, lekko zawiedzioną minę i rozkoszny mały brzuszek.
Dama mówiła: „Czas minął, udało mi się rozpocząć życie od
nowa, ale wiedz, Roberto, że nigdy cię nie zapomniałam..."
Na głowie miała kapelusz w kształcie tortu z kremem, przy-
pominający idealnie wypieki tego pana...

Prawie nic nie było na tym rysunku, tylko dwa lub trzy
drapnięcia tuszem, a jednak artysta potrafił oddać, jak trzepo-

157

cze rzęsami z pewną nostalgiczną tęsknotą, okrutną nonszalancją kobiet, które wiedzą, że są jeszcze pożądane... Małe Avy Gardner z Bois-Colombes, małe *femmes fatales* płukane w wybielince...

Sześć maciupeńkich kreseczek, żeby przekazać to wszystko... Jak on to robił?

Camille odstawiła na półkę to cudo, myśląc sobie, że świat podzielony jest na dwie kategorie ludzi: tych, którzy rozumieją rysunki Sempégo, i tych, którzy ich nie rozumieją. Choć ta teoria mogła się wydawać naiwna i złośliwa, uważała ją za wyjątkowo trafną. Weźmy jeden przykład: znała osobę, która za każdym razem, gdy kartkowała „Paris-Match" i dostrzegała któryś z jego satyrycznych rysunków, musiała się ośmieszyć: „Naprawdę nie widzę, co w tym może być zabawnego... Ktoś musi mi kiedyś wytłumaczyć, z czego tu się trzeba śmiać..." Co za pech, tą osobą była jej matka. Zdecydowanie... co za pech...

Poszła do kas i kątem oka zauważyła Vuillarda. Patrzył na nią z obrazu. Łagodnie.

Autoportret z laską w słomkowym kapeluszu... Znała ten obraz, ale nigdy nie widziała tak dużej reprodukcji. To była okładka olbrzymiego katalogu. A więc gdzieś w tym momencie musiała być jego wystawa? Tylko gdzie?

– W Grand Palais – potwierdził jej domysły jeden ze sprzedawców.

– Ach?

Cóż za dziwny zbieg okoliczności... Nie mogła przestać o nim myśleć przez ostatnie kilka tygodni... Jej przeładowany tapetami pokój, szal na kozetce, haftowane poduszki, stopy plączące się w dywanach i przytłumiane światło lamp... Niejednokrotnie nachodziła ją myśl, że znajduje się pośrodku płótna Vuillarda... Takie samo uczucie przebywania w ciepłym brzuchu, owinięcia watą, ponadczasowe, uspokajające, duszące, przygniatające nawet...

Przekartkowała egzemplarz pokazowy i dopadł ją ostry atak zachwytu. To było takie piękne... Ta kobieta od tyłu otwierająca drzwi... Jej różowy gorset, czarna długa, obcisła suknia i to idealne ustawienie bioder... Jak udało mu się oddać ten ruch? To lekkie wychylenie bioder eleganckiej kobiety widzianej od tyłu?

I to używając tylko i wyłącznie odrobiny czarnego koloru? Jak taki cud był możliwy?

Im bardziej wykorzystywane elementy były czyste, tym bardziej dzieło było czyste. W malarstwie są dwa sposoby wyrazu, forma i kolor, im bardziej kolory są czyste, tym piękno dzieła jest pełniejsze...

Fragmenty jego pamiętnika wzbogacały komentarze.

Śpiąca siostra, kark Misi Sert, niańki na skwerkach, motywy sukni dziewczynek, portret Mallarmégo z grobową miną, badanie Yvonne Printemps, ten śliczny mięsożerny pyszczek, nagryzmolone kartki z jego notesu, uśmiech jego przyjaciółki Lucie Belin... Uchwycić uśmiech jest zupełnie niemożliwe, a jednak jemu się to udało... Od prawie stulecia, od chwili, gdy jej przerwaliśmy czytanie, ta młoda kobieta uśmiecha się do nas czule i zdaje się mówić: „Ach, to ty?" leniwym trochę ruchem karku...

A tego małego obrazu nie znała... To zresztą nawet nie obraz, tylko miniatura... *Gęś*... To jest genialne... Czterech facetów, w tym dwóch w cylindrach i eleganckich strojach wieczorowych, próbuje złapać kpiącą sobie z nich gęś... Ten nawał barw, brutalność kontrastów, niespójność perspektyw... Och! Jak on musiał się tego dnia dobrze bawić!

Dobrą godzinę później z uczuciem skrętu karku wyciągnęła w końcu nos z katalogu, spojrzała na cenę: oj, pięćdziesiąt dziewięć euro... Nie. To nie było rozsądne. Może w przyszłym miesiącu... Dla siebie miała już inny pomysł: fragment utworu muzycznego, który usłyszała w radiu FIP poprzedniego ranka, zamiatając kuchnię.

Powolne ruchy, przedpotopowa miotła i zniszczone kafelki, narzekała właśnie na przerywnik między utworami, gdy dobiegł do niej sopran i każdy włosek na jej przedramieniu jeden po drugim się najeżył. Zbliżyła się do odbiornika i wstrzymała oddech: *Nisi Dominus* Vivaldiego, *Vespri Solenni per la Festa dell'Assunzione di Maria Vergine...*

Dobra, koniec marzenia, ślinienia się, wydawania pieniędzy, czas iść do pracy...

Tego wieczoru trzeba było dłużej zostać z powodu wigilii zorganizowanej przez jedną z firm, której biurami się zajmowały. Josy z dezaprobatą pokręciła głową, widząc cały ten burdel, a Mamadou zebrała dziesiątki mandarynek i cukierków czekoladowych dla swoich dzieci. Nie zdążyły na ostatnie metro, ale to nieważne: Touclean płaciło każdej za taksówkę! Luksus! Każda wybrała, chichocząc, swojego kierowcę i życzyły już sobie wesołych świąt, gdyż jedynie Camille i Samia zapisały się na 24 grudnia.

12

Następnego dnia, w niedzielę, Camille poszła na obiad do Kesslerów. Nie mogła się wymigać. Byli tylko we troje i rozmowa przebiegała raczej radośnie. Żadnych delikatnych pytań, żadnych dwuznacznych odpowiedzi, żadnego milczącego zażenowania. Prawdziwe świąteczne zawieszenie broni. Ach, jednak! W pewnym momencie Mathilde zaniepokoiła się o warunki bytowe w pokoiku służącej i Camille musiała trochę skłamać. Nie chciała wspominać o przeprowadzce. Jeszcze nie... Ostrożność... Mały wredny kundelek nie odszedł jeszcze na dobre, a jedna psychodrama mogła pociągnąć za sobą drugą...

Ważąc w dłoniach swój prezent, zapewniła:
– Wiem, co to jest...

– Nie.
– Tak!
– No to powiedz... Co?

Paczka była zapakowana w papier. Camille rozsupłała sznurek, położyła prezent na płask i zaczęła rysować.

Pierre czekał w napięciu. Gdyby tylko mogła przemówić do rozumu temu upartemu osłu...

Gdy skończyła, odwróciła do niego swój rysunek: słomkowy kapelusz, ruda broda, oczy wielkie jak koła młyńskie, ciemna marynarka, framuga drzwi i rzeźbiona rączka laski, zupełnie jakby przekalkowała to wszystko z okładki.

Pierre'owi zabrało chwilę, nim zrozumiał:
– Jak ty to zrobiłaś?
– Wczoraj spędziłam ponad godzinę na oglądaniu tego...
– Masz już to?
– Nie.
– Uff...

Potem:
– Doszłaś już do siebie?
– Trochę...
– W taki sposób? – powiedział, wskazując na portret Édouarda Vuillarda. – Znowu jak papuga?
– Nie, nie... Ja... zapełniam bloki... to prawie nic. Takie małe rzeczy...
– Przynajmniej bawi cię to?
– Tak.

Już trząsł się z podniecenia:
– Aaaach, cudownie... Pokażesz mi?
– Nie.
– A jak twoja mama? – wtrąciła się, jak zawsze dyplomatycznie, Mathilde. – Wciąż na skraju depresji?
– Raczej w jej pełni...
– Czyli wszystko w porządku, tak?
– Idealnie – uśmiechnęła się Camille.

Spędzili resztę wieczoru na rozważaniach o malarstwie. Pierre komentował dzieła Vuillarda, wyszukiwał podobieństw, tworzył porównania i gubił się w niekończących się dygresjach. Wielokrotnie wstawał, aby pójść do swojej biblioteki po dowody własnej przenikliwości, i po pewnym czasie Camille musiała usiąść na drugim końcu kanapy, by zostawić miejsce dla Maurice'a (Denis), Pierre'a (Bonnard), Félixa (Valloton) i Henriego (de Toulouse-Lautrec).

Jako marszand był uciążliwy, lecz jako oświecony amator – prawdziwy skarb. Oczywiście mówił głupoty – ale któż ich nie wygaduje, mówiąc o sztuce? – robił to jednak pięknie. Mathilde ziewała, a Camille kończyła butelkę szampana. *Piano ma sano.*

Gdy jego twarz prawie znikła w oparach dymu cygara, zaproponował, że odwiezie ją samochodem. Odmówiła. Za dużo zjadła i postanowiła zafundować sobie długi spacer.

Mieszkanie było puste i wydało się jej o wiele za duże. Zamknęła się w swoim pokoju i spędziła resztę nocy z nosem w swoim prezencie.

Rano przespała się kilka godzin i dołączyła do koleżanki wcześniej niż zazwyczaj; to był wieczór wigilijny i biura pustoszały już o piątej. Pracowały szybko i w milczeniu.

Samia wyszła pierwsza, a Camille została chwilę, żeby pożartować ze stróżem:

– Ale naprawdę musiałeś włożyć brodę i czapkę?

– No nie, to była moja własna inicjatywa, aby poprawić atmosferę!

– I co, zadziałało?

– Pff, akurat... Wszyscy mieli w dupie... Tylko na moim psie wywarło wrażenie... Zdurniał i zaczął, głupek, na mnie warczeć... Przysięgam, psy są głupie i głupsze, ale ten jest mistrzem głupoty...

– Jak się wabi?

– Matrix.

– To suczka?
– Nie, dlaczego?
– Hm.. Nic... tak po prostu... No dobra, to cześć... Wesołych świąt, Matrix – powiedziała do wielkiego dobermana leżącego u jego stóp.
– Nie licz na to, że ci odpowie, nic nie kapuje, mówię ci...
– Nie, nie – ze śmiechem odparła Camille. – Nie liczyłam na to...
Ten koleś to Laurel i Hardy w jednym.

Dochodziła dwudziesta druga. Ubrani elegancko ludzie tuptali we wszystkie strony, objuczeni pakunkami. Panie miały już obolałe nogi w lakierowanych pantoflach, dzieci uganiały się pomiędzy słupami, a panowie konsultowali swoje kalendarze, stojąc przed domofonami.

Camille śledziła to wszystko z rozbawieniem. Nie spieszyło jej się i stanęła w kolejce do wejścia do eleganckiego sklepu, żeby zrobić sobie prezent z dobrej kolacji – lub raczej z dobrej butelki. Jeśli chodzi o resztę, to miała problem... W końcu wskazała sprzedawcy kawałek koziego sera i dwie małe orzechowe bułeczki. Bach... w sumie to tylko dodatek do wina...

Odkorkowała butelkę i postawiła daleko od kaloryfera, by się odstała. Następnie przyszła kolej na nią. Nalała sobie gorącej wody do wanny i spędziła w niej ponad godzinę, wystawiając na powierzchnię jedynie czubek nosa. Wskoczyła w piżamę, włożyła grube skarpetki i wybrała ulubiony sweter. Bajońsko drogi kaszmir... Wspomnienie minionej epoki... Rozpakowała wieżę Francka, ustawiła w salonie, poszła przygotować sobie przekąski, zgasiła wszystkie światła i umościła się pod kołdrą na wysłużonej kanapie.

Obejrzała opis, *Nisi Dominus*, to było na drugiej płycie. Dobra, nieszpory na Wniebowstąpienie to niedokładnie ta msza, o którą jej chodziło, a poza tym psalmy będą nie w tej kolejności, co trzeba, to bez sensu...

Och, w sumie co za różnica?

Co za różnica?

Nacisnęła guzik pilota i zamknęła oczy: była w raju...

Sama, w tym olbrzymim mieszkaniu, z kieliszkiem nektaru w dłoni słyszała głosy aniołów.

Nawet kryształki żyrandola drżały z rozkoszy.

Cum dederit dilactis suis sommum.

Ecce, haereditas Domini filii: merces fructus ventris.

To był utwór numer pięć i tego właśnie kawałka musiała wysłuchać czternaście razy.

Przy czternastym jej klatka piersiowa rozpadła się na tysiąc kawałków.

Pewnego dnia, gdy jechali sami samochodem i spytała ojca, dlaczego zawsze słucha tej samej muzyki, odpowiedział jej: „Głos ludzki jest najpiękniejszym ze wszystkich instrumentów, najbardziej wzruszającym... I nawet największy wirtuoz świata nie będzie w stanie oddać cząsteczki emocji wywołanej pięknym głosem... To nasza cząstka boskości... To jest coś, co się rozumie, starzejąc się, tak mi się zdaje... Mnie w każdym razie zabrało dużo czasu, żeby to pojąć, ale powiedz mi... Może chcesz posłuchać czegoś innego? Chcesz *La Maman des poissons**?”

Wypiła już połowę butelki i dopiero co włączyła drugą płytę, gdy ktoś zapalił światło.

To było straszne, zakryła dłońmi oczy i muzyka wydała się jej nagle nie na miejscu, głosy niewłaściwe, wręcz nosowe. W dwie sekundy wszystko wylądowało w czyśćcu.

– Co ty tu robisz?

– ...

– Nie jesteś u siebie?

– Na górze?

---

* Piosenka dziecięca – *Rybia mama.*

- Nie, u rodziców...
- Jak widzisz, nie...
- Byłaś dziś w pracy?
- Tak.
- Ach, no to sorry... Myślałem, że nie ma nikogo...
- Nie ma sprawy...
- Czego słuchasz? Opery?
- Nie, to msza...
- Ach tak? Jesteś wierząca?

Musiała go koniecznie przedstawić swojemu stróżowi... Razem mogliby dać niezłe przedstawienie... Byliby lepsi od tych staruszków w *Muppet Show*...

- Nie, nie za bardzo... Czy mógłbyś, proszę, zgasić?

Posłuchał i opuścił pokój, ale to już nie było to samo. Czar prysnął. Wytrzeźwiała i nawet kanapa nie miała już kształtu chmury. Spróbowała się jednak skoncentrować, sięgnęła po książeczkę z opisem i poszukała, gdzie teraz jest:

Deus in adiutorium meum intende.

Boże, przyjdź mi z pomocą!

Tak, to właśnie to.

Najwyraźniej tamten głupek szukał czegoś w kuchni i wrzeszczał, trzaskając wszystkimi możliwymi drzwiczkami od szafek:

- Nie widziałaś tych dwóch żółtych tupperware'ów?

Och, litości...

- Tych dużych?
- Taaa...
- Nie. Nie dotykałam ich...
- Ach, wkurwia... Nic nigdy nie można w tej chałupie znaleźć... Co wy wyprawiacie z talerzami? Żrecie je, czy co?

Camille wcisnęła pauzę, ciężko wzdychając:

- Czy mogę ci zadać niedyskretne pytanie? Dlaczego szukasz żółtego tupperware'a o drugiej nad ranem w noc wigilijną?
- Bo tak. Potrzebuję go.

No i tak. Przechlapane. Wstała i wyłączyła muzykę.
- To moja wieża?
- Tak... Pozwoliłam sobie...
- Kurwa, jest superpiękna... Zaszalałaś, kobieto, nie poża-
łowałaś mi!
- Ano zaszalałam, nie pożałowałam ci...
Otworzył szeroko oczy ze zdziwienia:
- Dlaczego po mnie powtarzasz?
- Tak sobie. Wesołych Świąt, Franck. No chodź, pójdzie-
my poszukać twojego garnka... Tu zajrzyj, do mikrofalówki...

Usiadła ponownie na kanapie, podczas gdy on przewalał
lodówkę. Następnie przemaszerował bez słowa przez pokój
i poszedł wziąć prysznic. Camille ukryła się za kieliszkiem.
Prawdopodobnie wykorzystała cały bojler ciepłej wody...
- Kurwa, ale kto mi zużył całą ciepłą wodę, do jasnej cholery?!

Wrócił pół godziny później w dżinsach i z gołą klatką.
Niedbale zaczekał chwilę, nim włożył sweter... Camille
uśmiechała się: już większej demonstracji nie dałby rady zro-
bić...
- Mogę? – spytał, pokazując dywan.
- Czuj się jak u siebie...
- Nie wierzę własnym oczom, ty jesz?
- Ser i winogrona...
- A przedtem?
- Nic...
Pokręcił głową:
- To jest bardzo dobry ser, wiesz... I bardzo dobre wino-
grona... I bardzo dobre wino też... Zresztą chcesz?
- Nie, nie. Dzięki.
„Uff" – odetchnęła. Serce by ją bolało, gdyby musiała się
z nim podzielić swoim Mouton-Rothschildem...

- Wszystko w porządku?
- Słucham?

166

- Pytam, czy wszystko w porządku – powtórzył.
- Hm... tak... A u ciebie?
- Zmęczony jestem...
- Pracujesz jutro?
- Nie.
- To dobrze, będziesz mógł się wyspać...
- Nie.
Superrozmowa...

Podszedł do stołu, chwycił pudełko od CD i wyciągnął trawkę:
- Skręcić ci jednego?
- Nie, dzięki.
- Ależ ty jesteś poważna...
- Wybrałam coś innego – odparła, unosząc kieliszek.
- Żałuj.
- Dlaczego? Alkohol jest gorszy od narkotyków?
- Taaa. I możesz mi wierzyć, naoglądałem się pijaczków w swoim życiu, wiesz... A poza tym to nie jest narkotyk... To sama słodycz, to jak Quality Street dla dorosłych...
- Skoro tak twierdzisz...
- Nie chcesz spróbować?
- Nie, znam się... Jestem pewna, że mi się spodoba!
- No i?
- No i nic... Po prostu mam problem z regulacją głośności... Nie wiem, jak to powiedzieć... Często odnoszę wrażenie, że brakuje mi jakiegoś przycisku... Wiesz, czegoś do regulowania głośności... Zawsze przeginam w jedną lub w drugą stronę... Nigdy nie jestem w stanie wypośrodkować i w efekcie wszystkie moje nałogi kończą się zawsze fatalnie...
Zaskoczyła samą siebie. Dlaczego aż tak się zwierzała? Lekkie upojenie alkoholowe?
- Gdy piję, to na umór; gdy palę, kopcę jak smok; gdy kocham, tracę rozum, a gdy pracuję, zabijam się... Nic nie robię normalnie, spokojnie, ja...
- A gdy nienawidzisz?
- Tego nie wiem...

– Myślałem, że mnie nienawidzisz.

– Jeszcze nie – uśmiechnęła się. – Jeszcze nie... Zrozumiesz, jak nadejdzie ten moment... Zobaczysz różnicę...

– Dobra... No i co? Skończyła się ta twoja msza?

– Tak.

– No to czego teraz słuchamy?

– Hm... Nie jestem pewna, prawdę mówiąc, czy lubimy te same rzeczy...

– Może jednak coś tam mamy wspólnego... Czekaj... Daj mi pomyśleć... Jestem pewien, że znajdę piosenkarza, który też ci się spodoba...

– No to szukaj.

Skoncentrował się na skręcaniu jointa. Gdy był już gotowy, poszedł do pokoju, a gdy wrócił, kucnął przed wieżą.

– Co to?

– Lep na dziewczyny...

– Richard Cocciante?

– Nie, skądże...

– Julio Iglesias? Luis Mariano? Frédéric François?

– Nie.

– Herbert Léonard?

– Ciiii...

– Ach, już wiem! Roch Voisine!

I guess I'll have to say... This album is dedicated to you...

– Nieeeee....

– Taaaaak....

– Marvin*?

– No! – oznajmił, rozwierając ramiona. – Lep na dziewczyny... Mówiłem...

– Uwielbiam.

– Wiem...

---

* Marvin Gay.

168

– Aż takie jesteśmy przewidywalne?

– Nie, niestety, w ogóle nie jesteście przewidywalne, ale Marvin działa za każdym razem. Nie spotkałem dotąd panny, która by mu nie uległa...

– Żadnej?

– Żadnej, żadnej, żadnej... Na pewno jakaś była! Ale nie pamiętam. Nie liczyły się... Albo nie mieliśmy okazji zajść tak daleko...

– Znałeś dużo dziewczyn?

– Co to znaczy znałem?

– Zaczekaj! Dlaczego ją wyjmujesz?

– Pomyliłem się, to nie tę chciałem wsadzić...

– Ależ nie, zostaw go! To mój ulubiony! Chciałeś *Sexual Healing*, tak? Pff, wy to dopiero jesteście przewidywalni... A znasz przynajmniej historię tego albumu?

– Którego?

– *Here my dear.*

– Nie, nie za często go słucham...

– Chcesz, żebym ci opowiedziała?

– Czekaj... Ułożę się... Rzuć mi poduszkę...

Zapalił skręta i położył się na boku, z głową podpartą dłonią.

– Zamieniam się w słuch...

– No więc, hm... Ja nie jestem jak Philibert, dobra? Będzie to w wielkim skrócie... A więc *Here my dear* znaczy mniej więcej: *Proszę, moja droga*...

– Moja droga, jak ulica?

– Nie, moja droga, jak moja kochana... – poprawiła. – Pierwszą wielką miłością Marvina była kobieta imieniem Anna Gordy. Mówi się, że pierwsza miłość jest zawsze ostatnią. Nie wiem, czy to prawda, ale jeśli chodzi o niego, na pewno nigdy nie zostałby tym, kim jest, gdyby jej nie spotkał... To była siostra jakiejś wielkiej szychy z Motown, założyciela chyba – Berry'ego Gordy'ego. Ją już szeroko znano w tym środowisku, a on dopiero stawiał pierwsze kroki jako śpiewak, który mozolnie próbował piąć się do góry. Kiedy się spotkali, miał dopiero dwadzieścia lat, a ona prawie

169

dwa razy tyle. A tu miłość od pierwszego wejrzenia, namiętność, romans, finanse i cała reszta... To ona go wylansowała, ustawiła, pomogła, pokierowała, zachęcała itd. Coś w rodzaju Pigmaliona, jeśli wolisz...

– Czego?

– Guru, coach, akumulator... Długo się starali, lecz nie mogli mieć dzieci, i w końcu adoptowali. Potem, przyśpieszam, jesteśmy już w tysiąc dziewięćset siedemdziesiątym siódmym i ich związek zaczyna się sypać. On nie wytrzymał, stał się już gwiazdą, wręcz bogiem... A ich rozwód, jak wszystkie rozwody, okazał się totalną gnojówką. Pomyśl sobie, jakie sumy wchodziły w grę... Była jatka i żeby uspokoić wszystkich i wyrównać rachunki, adwokat Marvina zaproponował, że wszystkie tantiemy z następnego albumu wpadną do kieszeni jego byłej żony. Sędzia się zgodził, a nasz idol tylko zatarł ręce: postanowił skomponować po łebkach jakieś gówno i pozbyć się kłopotu... Tylko, widzisz, nie potrafił... Nie można po prostu zapomnieć tak wielkiej historii miłosnej. Oczywiście są tacy, którzy potrafią, ale nie on... Im dłużej się nad tym zastanawiał, tym bardziej dochodził do wniosku, że to zbyt dobra okazja... lub zbyt podła... A więc zamknął się na trochę i skomponował to małe cudeńko, które opowiada całą ich historię: spotkanie, namiętność, pierwsze rysy, dziecko, zazdrość, nienawiść, złość... Słyszysz teraz? *Anger*, gdy wszystko się rozwaliło? Potem uspokojenie i początek nowej miłości... To jest superpiękny prezent, nie sądzisz? Dał z siebie wszystko, wszystko, co miał w sobie najlepszego, żeby stworzyć album, z którego i tak nie miał ani grosza...

– Spodobało się jej?

– Co, jej?

– Tak.

– Nie, absolutnie nie. Szalała z wściekłości i długo nie mogła mu wybaczyć, że wyprał na forum ich prywatne brudy... Teraz słuchaj: *This is Anna's Song*... Słyszysz, jakie to piękne... Przyznaj, że nie czuć tu chęci odegrania się... Że to jeszcze miłość...

- Taaa...
- Jesteś zamyślony...
- Wierzysz w to?
- W co?
- Że pierwsza miłość jest zawsze ostatnią?
- Nie wiem... Mam nadzieję, że nie...
Wysłuchali płyty do końca, nie odzywając się już do siebie.

- No, dobra... Już prawie czwarta, kurwa... Będę jutro ledwo żywy...
Wstał.
- Jedziesz do rodziny?
- Do tego, co mi jeszcze z niej pozostało, taaa...
- Niewiele ci pozostało?
- Tyle – odparł, trzymając równolegle kciuk i palec wskazujący przed okiem...
- A ty?
- Tyle – odpowiedziała, machając dłonią nad głową.
- Aha... No to witaj w klubie... No, dobra... Dobranoc...
- Śpisz tu?
- Przeszkadza ci to?
- Nie, nie, tylko pytam...

Odwrócił się:
- Śpisz ze mną?
- Słucham?
- Nie, nie, tylko pytam...
Wygłupiał się.

13

Gdy wstała około jedenastej, już go nie było. Przygotowała sobie pełen dzbanek herbaty i wróciła do łóżka.
Gdybym musiał sprowadzić życie do jednego wydarzenia, oto co bym powiedział: gdy miałem siedem lat, listonosz przejechał mi po głowie...

Oderwała się od książki późnym popołudniem, aby kupić tytoń. Odłożenie jej na cały dzień mogłoby okazać się trudne, ale nieważne. To był przede wszystkim pretekst, aby opowieść trochę okrzepła i żeby mieć przyjemność powrócić po pewnym czasie do swojego nowego przyjaciela. Wyszła na opustoszałe szerokie aleje VII dzielnicy. Musiała sporo przejść, nim znalazła otwartą kawiarnię i skorzystała z okazji, by zadzwonić do wuja. Narzekania matki (za dużo zjadłam itd.) zostały trochę złagodzone przez życzliwość odległej rodziny.

Na chodnikach było już dużo choinek...

Stała przez chwilę i obserwowała akrobatów na rolkach na Trocadéro. Żałowała, że nie wzięła ze sobą bloku rysunkowego. Bardziej od ich wyczynów, zazwyczaj trudnych technicznie i mało ciekawych, lubiła ich przemyślne konstrukcje: chwiejne skocznie, małe fluoryzujące stożki, puszki ustawione jedna przy drugiej, odwrócone palety i tysiąc innych sposobów, żeby wywalić się na pysk, gubiąc przy tym spodnie...

Pomyślała o Philibercie... Ciekawe, co teraz robi.

Niebawem słońce zaszło i nagle zapanował ziąb. Zamówiła sobie kanapkę w jednej z tych wielkich, drogich piwiarni okalających plac i narysowała na obrusie zblazowane twarze lalusiów z bogatej dzielnicy, którzy porównywali między sobą czeki od swoich kochanych mamuś, obejmując wpół śliczne i wypielęgnowane, jak lalki Barbie, dziewczyny.

Przeczytała jeszcze pięć milimetrów Edgara Minta i wróciła na drugi brzeg Sekwany, trzęsąc się z zimna. Umierała z samotności.

„Umieram z samotności – powtarzała po cichutku. – Umieram z samotności..."

Może by tak pójść do kina? Pff... I z kim porozmawiać potem o filmie? Po co komu emocje, jak nie można się nimi podzielić? Z impetem otworzyła drzwi i przeżyła wielkie rozczarowanie, że mieszkanie zastała puste.

Trochę posprzątała, tak dla odmiany, i sięgnęła z powrotem po książkę. „Nie ma takiego smutku, na który nie byłaby dobra książka" – mawiał Montaigne, i jak zwykle miał rację.

Gdy usłyszała odgłos przekręcanego klucza w drzwiach, przybrała obojętną pozę i podciągnęła nogi pod siebie, moszcząc się na kanapie.

Był z dziewczyną. Inną. Mniej rzucającą się w oczy.

Szybko przeszli korytarzem i zamknęli się w pokoju.

Camille włączyła muzykę, żeby zagłuszyć ich zapasy.
Hm...
Działały na nerwy.
W końcu wzięła książkę i wyemigrowała do kuchni, na drugi koniec mieszkania.

Trochę później usłyszała ich rozmowę w drzwiach:
– Co, nie idziesz ze mną? – zdziwiła się dziewczyna.
– Nie, jestem padnięty, nie mam ochoty wychodzić...
– Nie wkurzaj mnie... Zostawiłam całą swoją rodzinkę, aby być z tobą... Obiecałeś, że pójdziemy na kolację...
– Jestem wykończony, mówię ci...
– No to chodź przynajmniej na drinka...
– Chcesz się napić? Mam piwo.
– Nie tutaj...
– Och... ale wszystko dziś pozamykane... A poza tym jutro idę do roboty!
– Nie wierzę... Czyli mam spadać, tak?
– No już – dodał czulej. – Nie rób scen... Wpadnij jutro do restauracji...

– Kiedy...
– Około północy...
– Około północy... Zgłupiałeś?... No to cześć...
– Jesteś obrażona?
– Cześć.

Nie spodziewał się zastać jej w kuchni opatulonej w kołdrę:
– Cały czas tu byłaś?
Bez słowa podniosła oczy znad książki.
– Dlaczego się tak na mnie gapisz?
– Słucham?
– Jak na gówno.
– Co ty wygadujesz?!
– Dobrze to widzę – zdenerwował się. – O co ci chodzi?
Coś ci przeszkadza?
– Słuchaj, zejdź ze mnie, dobrze?... Nic nie mówiłam.
Mam gdzieś twoje życie. Rób, co chcesz! Przecież nie jestem
twoją matką!
– Dobra. Tak jest lepiej...

– Co jemy? – spytał, zaglądając do lodówki. – Nic oczywiście... Nigdy tu nic nie ma... Czym wy się żywicie z Philibertem? Książkami? Muchami, które złapaliście?
Camille westchnęła i poprawiła gruby szal na szyi.
– Spadasz? Już jadłaś?
– Tak.
– Ach tak, to prawda, trochę przytyłaś, z tego co widzę...
– Och! – odwróciła się do niego. – Ja nie oceniam twojego życia, a ty nie oceniaj mojego, okay? A tak w ogóle to nie
miałeś przeprowadzić się po świętach do kumpla? Tak, tak
miało być. Dobra, więc został nam już tylko tydzień... Jakoś
wytrzymamy, nie? Najłatwiej będzie, jeśli w ogóle nie będziesz się do mnie odzywał...

Trochę później zapukał do drzwi.
– Tak?
Rzucił paczkę na jej łóżko.

– Co to takiego?
Już wyszedł.

Podniosła miękki kwadratowy pakunek. Papier był okropny, cały zmiętoszony, zupełnie jakby służył już kilkakrotnie. Poza tym miał dziwny zapach. Stęchły. Jak w stołówce...
Camille ostrożnie go otworzyła i z początku myślała, że to szmata. Żałosny dowcip tego debila z pokoju obok. Ale nie, to był szalik, bardzo długi, z bardzo luźnymi oczkami i raczej źle zrobiony na drutach: tu dziura, dwa oczka, nitka, supeł itd. Nowa moda, czy co? Kolory były hm... specjalne...

Zauważyła dołączoną karteczkę.
Pismo nauczycielki z początku wieku, jasnoniebieskie, drżące i pełne zawijasów:
Szanowna Pani,
Franck nie potrafił mi powiedzieć, jakiego koloru są Pani oczy, więc dodałam każdego po trochu. Życzę Wesołych Świąt.
                                                            Paulette Lestafier

Camille przygryzła wargę. Jeśli nie liczyć książki od Kesslerów, która była diabła warta, ponieważ miała podtekst w stylu: „Tak, tak, niektórzy tworzą dzieła...", to był jedyny prezent, jaki otrzymała.
Och, jaki on brzydki... Och, jaki on piękny...
Stanęła na łóżku i udrapowała go na szyi jak boa, żeby rozbawić markiza.
Pu, pu, pi, du, wuaaaach...

Kto to jest Paulette? Jego mama?

Skończyła książkę w środku nocy.

Dobra. Gwiazdka minęła.

14

I znów ten sam rytm: spanie, metro, robota. Franck już się do niej nie odzywał, a ona unikała go, jak mogła. W nocy bywał rzadko.

Camille zaczęła trochę wychodzić. Poszła zobaczyć Botticellego do Ogrodów Luxemburskich, Zao Wou-Ki w Jeu de Paume, i tylko wzniosła oczy do nieba, kiedy ujrzała kolejkę do Vuillarda. A poza tym naprzeciwko wystawiano Gauguina! Co za dylemat! Vuillard jest fajny, ale Gauguin... Gigant! Czuła się jak osiołek, któremu w żłoby dano, z jednej strony Pont-Avent, Marquises i plac Vintimille... To było straszne...

Ostatecznie narysowała ludzi czekających w kolejce, dach Grand Palais i schody Petit Palais. Jakaś Japonka podeszła do Camille, błagając, żeby kupiła jej torebkę Vuittona. Wręczyła dziewczynie cztery banknoty po pięćset euro i gorączkowała się, jakby to była kwestia życia lub śmierci. Camille bezradnie rozłożyła ręce:
– *Look... Look at me... I am too dirty...* – Pokazała jej swoje traktory, szerokie dżinsy, gruby powyciągany sweter, komiczny szalik i wojskową kurtkę pożyczoną od Philiberta... – *They won't let me in the shop...* – Kobieta skrzywiła się, zabrała banknoty i poszła męczyć kogoś kilka metrów dalej.

Postanowiła się przejść aleją Montaigne'a. Tak, żeby sobie popatrzeć.

Ochroniarze byli imponujący... Nienawidziła tej dzielnicy, gdzie za pieniądze dostawało się to, co najgorsze: zły smak, władzę i arogancję. Przyspieszyła kroku przed wystawą Malo – zbyt wiele wspomnień, i wróciła nadbrzeżem.

176

W robocie nic ciekawego. Zimno wciąż było najbardziej uciążliwą rzeczą, z jaką musiała się zmagać, wracając w nocy.

Wracała sama, jadła sama, spała sama i słuchała Vivaldiego, obejmując ramionami kolana.

Carine wybierała się na sylwestra. Wcale nie miała ochoty tam iść, ale zapłaciła już za niego trzydzieści euro, żeby mieć święty spokój i dłużej nie zastanawiać się nad wyborem.

– Trzeba się ruszyć – namawiała Carine.
– Ale kiedy ja nie lubię...
– Dlaczego nie lubisz?
– Nie wiem...
– Boisz się?
– Tak.
– Czego?
– Boję się, że ktoś na mnie naskoczy... A poza tym... Mam też wrażenie, że się ruszam, gdy gubię się wewnątrz siebie... Spaceruję sobie... To jednak zbyt duże...
– Żartujesz? To jest zupełnie małe! No, chodź, bo zgrzybiejesz...

Tego typu rozmowy między nimi i jej biedne sumienie gryzły ją przed długie godziny...

Gdy wróciła tego wieczoru, znalazła go na schodach:
– Zapomniałeś kluczy?
– ...
– Długo tu siedzisz?
Rozdrażniony machnął ręką i przyłożył ją sobie do ust, pokazując, że nie może mówić. Wzruszyła ramionami. To już nie te czasy, kiedy bawiły ją takie gierki.

Poszedł spać bez prysznica, bez palenia, bez wkurzania jej. Był wykończony.

Wyszedł z pokoju około dziesiątej trzydzieści następnego dnia rano. Nie usłyszał budzika i nawet nie miał siły narzekać.

Była w kuchni, usiadł naprzeciw niej, zrobił sobie litr kawy i nie mógł się przez dłuższą chwilę zmusić do wypicia.

– Wszystko gra?

– Jestem zmęczony.

– Nigdy nie bierzesz wolnego?

– Owszem. W pierwszych dniach stycznia... Na przeprowadzkę...

Spojrzała przez okno.

– Będziesz w domu około trzeciej?

– Żeby ci otworzyć?

– Tak.

– Będę.

– Nigdy nie wychodzisz?

– Czasem mi się zdarza, ale teraz nie wyjdę, skoro nie możesz wejść...

Kiwnął głową jak zombi:

– Dobra, muszę już spadać, inaczej mi się oberwie...

Wstał, żeby przepłukać filiżankę.

– Jaki jest adres twojej matki?

Znieruchomiał przy zlewie.

– Dlaczego o to pytasz?

– Żeby jej podziękować...

– Podz... – prawie się zadławił – podziękować za co?

– No... za szalik.

– Aaach... Ale to nie moja matka go zrobiła, to babcia – poprawił z wyraźną ulgą. – Tylko babcia umie tak dobrze robić na drutach!

Camille uśmiechała się.

– Wiesz, wcale nie musisz go nosić...

– Lubię go...

– Wstrząsnęło mną, gdy mi go pokazała, nie mogłem się powstrzymać...

Śmiał się.

– Czekaj, twój to jeszcze nic... Zobaczysz ten Philiberta...

– Jaki jest?

– Pomarańczowo-zielony.

– Jestem pewna, iż będzie go nosił... żałując, że nie może ucałować jej dłoni w podzięce...

– Taaa, też tak pomyślałem, gdy je brałem... To szczęście, że akurat na was padło... Jesteście jedynymi dwoma osobami na świecie, jakie znam, które mogą nosić te paskudztwa i nie wyglądać śmiesznie...

Spojrzała na niego:

– Słuchaj, zdajesz sobie sprawę, że właśnie powiedziałeś coś miłego?

– To miłe uważać was za klownów?

– Ach, przepraszam... Sądziłam, że mówisz o naszej wrodzonej klasie...

Odpowiedział jej dopiero po dłuższej chwili:

– Nie, mówiłem o... o waszej wolności, chyba... Tym szczęściu, że żyjecie, mając wszystkich równo gdzieś...

W tym momencie zadzwoniła jego komórka. Co za pech, chociaż raz chciał powiedzieć coś filozoficznego...

– Już jadę, szefie, zaraz będę... Ale już jestem gotowy... No to niech Jean Luc je zrobi... Czekaj, szefie, próbuję poderwać właśnie pannę, która jest o wiele inteligentniejsza ode mnie, więc zabiera to więcej czasu... Co? Nie, jeszcze nie dzwoniłem... Zresztą już mówiłem panu, że nie będzie mógł... Wiem, że wszyscy mają kupę roboty, wiem... Okay, zajmę się tym... Zaraz zadzwonię... Co?... Dać sobie spokój z dziewczyną? Pewnie ma pan rację, szefie...

– To był mój szef – oznajmił jej z głupkowatym uśmiechem.

– Naprawdę? – zdziwiła się.

Wytarł filiżankę, opuścił mieszkanie i w ostatnim momencie przytrzymał drzwi, by nie trzasnęły.

Dobra, może ta panna była durna, ale na pewno trudno ją uznać za głupią, i to jest u niej super.

Przy każdej innej panience po prostu by się rozłączył. A tu powiedział jej, że to szef, żeby ją rozśmieszyć, a ona była tak cwana, że udawała zdziwioną, by kontynuować zabawę. Rozmawiać z nią to jak grać w ping-ponga; to ona podtrzymywała rytm i odbijała piłki tam, gdzie się najmniej spodziewałeś, i przez to miałeś wrażenie, że jesteś mniej głupi.

Schodził po schodach, trzymając się poręczy i słuchając, jak gdzieś nad głową przeskakują koło zębate i przekładnie windy. Z Philibertem było tak samo, właśnie z tego powodu lubił z nim gadać...
Wiedział, że sam nie jest taki tępy, na jakiego wyglądał, ale jego problemem były właśnie słowa... Wciąż mu ich brakowało i musiał się wkurzać, żeby go zrozumiano... To prawda, w końcu to jest naprawdę wkurwiające!

Z powodu tego wszystkiego wcale nie chciał się wyprowadzać... Co on będzie robił u Kermadeca? Pił, palił, oglądał DVD i kartkował w kiblu czasopisma o tuningu?
Super.
Powrót do czasów, kiedy miał kilkanaście lat.

Pracował w skupieniu.
Jedyna dziewczyna na świecie, która mogła nosić szalik zrobiony na drutach przez babcię i pozostać ładna, nigdy nie będzie dla niego.
Durne to życie...

Wracając, wpadł do cukierni, dostał opieprz, ponieważ wciąż nie zadzwonił do swojego byłego ucznia, i wrócił, aby się położyć.

Przespał się tylko godzinę, ponieważ musiał pójść do pralni. Zebrał wszystkie ciuchy i wsadził do poszewki od kołdry.

15

No, proszę...

Tu też była. Siedziała przed pralką numer siedem z siatką wilgotnego prania pomiędzy nogami. Czytała.

Nie zauważyła, jak usiadł naprzeciwko niej. Zawsze go to fascynowało... Jakże ona i Philibert potrafili się skoncentrować... Przypominało mu to reklamę, w której koleś jadł spokojnie swój serek, a cały świat wokół niego się walił. Wiele rzeczy przypominało mu zresztą reklamy... Pewnie dlatego, że za dużo się ich naoglądał, gdy był mały...

Zabawił się w grę: „Wyobraź sobie, że właśnie wszedłeś do tej zapyziałej pralni Lavomatic w alei La Bourdonnais dwudziestego dziewiątego grudnia o piątej po południu i widzisz tę postać po raz pierwszy w życiu, co byś powiedział?"

Rozsiadł się wygodniej na plastikowym krześle, wsadził dłonie w kieszenie bluzy i zmrużył oczy.

„Na początku pomyślałbyś, że to facet. Tak jak za pierwszym razem. Może nie ciota, ale jednak strasznie spedalony... Więc przestałbyś się gapić. Chociaż... Miałbyś jednak wątpliwości... Z powodu dłoni, szyi, sposobu pocierania paznokciem kciuka po dolnej wardze... Tak, wahałbyś się... A może to w sumie jednak dziewczyna? Ubrana w worek. Jakby chciała ukryć swoje ciało. Próbowałbyś patrzeć gdzieś indziej, ale twój wzrok wciąż by się kierował na nią. Bo coś w niej było... Jakaś specjalna aura wokół jej osoby. Może światło?

O, to właśnie to.

Gdybyś więc wszedł do tej zatęchłej Lavomatic w alei La Bourdonnais dwudziestego dziewiątego grudnia o piątej po południu i zobaczyłbyś tę postać w smutnym świetle jarzeniówki, pomyślałbyś dokładnie to: o cholera... Anioł..."

W tym momencie podniosła głowę, ujrzała Francka, przez chwilę nie reagowała, jakby go nie rozpoznając, i w końcu się uśmiechnęła. Och, tak leciutko, mały znak rozpoznania się wśród znajomych...

– To twoje skrzydła? – spytał, wskazując siatkę.
– Słucham?
– Nieee, nic...
Jedna z suszarek skończyła się kręcić. Westchnęła, patrząc na zegar. Jakiś kloszard podszedł do maszyny i wyciągnął kurtkę oraz całkiem porozrywany śpiwór.
Ciekawe... Jego teoria właśnie zostanie sprawdzona... Żadna zwyczajna dziewczyna nie wsadziłaby swoich rzeczy do suszenia po bezdomnym i Franck wiedział, co mówi – już prawie piętnaście lat korzystał z bezobsługowych pralni...
Wpatrywał się w jej twarz.

Żadnego odruchu obrzydzenia czy wahania, cienia skrzywienia. Wstała, szybko wrzuciła do bębna ubrania i spytała, czy może jej rozmienić pieniądze na drobne.
Potem wróciła na swoje miejsce i otworzyła książkę.
Był trochę rozczarowany.
Upierdliwi są ci idealni ludzie...

Nim zatopiła się w lekturze, zwróciła się do niego:
– Powiedz mi...
– Tak.
– Jeśli kupię na Gwiazdkę Philibertowi pralkosuszarkę, to zdążysz ją zainstalować przed odejściem?
– ...
– Dlaczego się uśmiechasz? Powiedziałam coś głupiego?
– Nie, nie...
Machnął ręką.
– Nie zrozumiesz...
– Przepraszam – powiedziała, klepiąc palcami wskazującym i środkowym po wargach – czy ty aby za dużo nie palisz?

– W sumie to jesteś normalną dziewczyną...

– Dlaczego mi to mówisz? Oczywiście, że jestem normalną dziewczyną...

– ...

– Jesteś zawiedziony?

– Nie.

– Co czytasz?

– Dziennik podróży...

– Fajne?

– Super...

– O czym to jest?

– Och... Nie wiem, czy cię to zainteresuje...

– Nie, mówię ci to prosto z mostu, w ogóle mnie to nie interesuje – odparł kpiąco – ale lubię, jak opowiadasz... Wiesz, przesłuchałem wczoraj tę płytę Marvina...

– Ach tak?

– No.

– I co?

– Problem polega na tym, że nic nie rozumiem... To głównie dlatego jadę popracować do Londynu... Żeby się nauczyć angielskiego...

– Kiedy wyjeżdżasz?

– Normalnie miałem załatwioną robotę od lata, ale mam tu teraz syf... Właśnie z powodu mojej babci... z powodu Paulette...

– Co jej jest?

– Pff... nie mam specjalnie ochoty o tym gadać... Opowiedz mi raczej o twojej książce...

Przysunął krzesło.

– Znasz Albrechta Dürera?

– Pisarza?

– Nie. Malarza.

– Nigdy nie słyszałem...

– Na pewno widziałeś jakieś jego rysunki... Niektóre są bardzo znane... *Zając... Dzikie trawy... Dmuchawce...*

- ...
- Dla mnie to bóg. Mam ich co prawda kilku, ale ten to mój numer jeden... A ty masz jakichś bogów?
- Hm...
- W pracy? Nie wiem, na przykład... Escoffier, Carême, Curnonsky?
- Hm...
- Bocuse, Robuchon, Ducasse?
- Ach, chcesz powiedzieć: modeli! Tak, mam, ale nie są specjalnie znani... no, mniej znani... Mniej głośni... Znasz Chapel?
- Nie.
- Pacauda?
- Nie.
- Senderensa?
- Koleś z Lucas Carton?
- Tak... Kurczę, niezła jesteś... Skąd ty wiesz tyle rzeczy?
- Czekaj, znam go tylko z nazwiska, ale nigdy tam nie byłam...
- On jest naprawdę dobry... Mam nawet jego książkę w pokoju... Pokażę ci... On albo Pacaud to dla mnie mistrzowie... Są mniej znani niż inni, ponieważ siedzą w kuchni... Choć w sumie mówię tak, ale nie wiem, jak jest w rzeczywistości... Tak sobie wyobrażam... Być może walę się na całej linii...
- Ale wśród kucharzy czasem rozmawiacie? Dzielicie się swoimi doświadczeniami?
- Nie za bardzo... Nie jesteśmy zbyt gadatliwi, wiesz... To zbyt męcząca praca, żeby gadać. Pokazujemy sobie jakieś triki, wymieniamy się pomysłami, przepisami, które podpatrzyliśmy to tu, to tam, ale rzadko posuwamy się dalej...
- Szkoda...
- Gdybyśmy umieli się wysławiać, tworzyć piękne zdania i tak dalej, nie wykonywalibyśmy tej roboty, to jasne. Ja przynajmniej od razu bym przestał.
- Dlaczego?
- Dlatego... Że to do dupy... To niewolnictwo... Widziałaś

moje życie? Nic niewarte. No, ale... hm... Nie lubię gadać o sobie... I co z tą twoją książką?

– Tak, moja książka... A więc jest to dziennik, który pisał Dürer podczas swojej podróży do Holandii między rokiem tysiąc pięćset dwudziestym a tysiąc pięćset dwudziestym pierwszym... Coś w rodzaju notesu czy kalendarza... To też dowód, że niepotrzebnie go uważam za boga. Dowód, że to też był normalny facet, który liczył się z każdym groszem, który się wściekał, gdy rozumiał, że został oszukany przez celników, który wciąż olewał żonę, nie mógł się powstrzymać od hazardu, który był naiwny, łakomy, macho i trochę pyszałkowaty... Ale dobra, to wszystko nieistotne, wręcz przeciwnie, staje się przez to bardziej ludzki... I... Hm... Mam kontynuować?

– Tak.

– Powodem tej podróży była bardzo poważna sprawa, chodziło wręcz o przeżycie samego Dürera, jego rodziny i ludzi, którzy pracowali z nim w pracowni... Jak dotąd był protegowanym cesarza Maksymiliana I. Totalnego megalomana, który zamówił u niego coś, co zakrawało na zupełne szaleństwo: żeby przedstawił go na czele nieprawdopodobnego orszaku, tak by został uwieczniony na wieki... Dzieło to w końcu zostało ukończone kilka lat później i ma pięćdziesiąt cztery metry długości... Wyobrażasz sobie coś takiego?

Dla Dürera to była kura znosząca złote jajka... Praca zapewniona na lata... A tu nagle pechowo Maksymilian niebawem umiera i roczna pensja Dürera jest zagrożona... Dramat... No więc nasz bohater zabiera w trasę żonę ze służącą i jedzie umizgiwać się do przyszłego cesarza Karola V i Małgorzaty Austriackiej, córki swojego byłego protektora. Musi koniecznie uzyskać znowu oficjalną rentę...

Takie były okoliczności... Jest więc na początku z lekka zestresowany, ale nie przeszkadza mu to zachowywać się jak idealny turysta. Zachwyca się wszystkim: twarzami, strojami, kostiumami, odwiedza równych sobie, rzemieślników, których pracę podziwia, zwiedza wszystkie kościoły, kupuje mnóstwo bzdur świeżo przywiezionych z Nowego Świata: papugę, małpę, skorupę żółwia, ramię koralowca, cynamon, kopyto łosia itp. Zachowuje się jak smarkacz... Nadrabia nawet drogi, żeby obejrzeć wieloryba, który osiadł na mieliźnie Morza Północnego i rozkładał się... No i oczywiście rysuje. Jak wariat. Ma pięćdziesiąt lat, jest u szczytu swoich możliwości artystycznych i wszystko, do czego się zabrał: papuga, lew, mors, świecznik lub portret oberżysty, to jest... To jest...

– To jest jakie?

– Sam spójrz...

– Nie, nie, nie znam się na tym!

– Ale nie musisz się wcale znać! Popatrz na tego starca, jaką ma posturę... A ten młody mężczyzna, widzisz, jaki jest z siebie dumny? Jaki się czuje pewny siebie? Podobny do ciebie... Ta sama arogancja, te same rozszerzone dziurki od nosa...

– Ach tak? Uważasz, że jest przystojny?

– Trochę ma tępy wyraz twarzy, nie?

– To przez ten kapelusz...

– Ach, no tak... Masz rację – uśmiechnęła się – to musi być przez ten kapelusz...

– ...

– A ta czaszka? Czyż nie jest niesamowita? Można wręcz powiedzieć, że się z nas nabija i prowokuje: „Ech... Ale was też... Was też to czeka...”

– Pokaż.

– Tu. Ale to, co najbardziej lubię, to jego portrety, a to, co mnie rozwala, to swoboda, z jaką je tworzy. Podczas tej podróży to była ich główna moneta przetargowa, zwyczajny handel wymienny: twoje umiejętności za moje, twój portret za kolację, różaniec, wisiorek dla żony lub płaszcz z futra królika... Chciałabym żyć w tamtych czasach... Uważam, że handel wymienny to genialny sposób...

– A jak się to kończy? Odzyskuje swoją kasę?

– Tak, ale za jaką cenę... Gruba Małgorzata go odprawia, posuwa się nawet do odmowy przyjęcia portretu jej ojca, który wykonał specjalnie dla niej, co ją za idiotka... Wymienił go więc na pościel! A poza tym rozchorował się, złapał jakieś gówno, jak pojechał oglądać tego wieloryba... Chyba gorączkę bagienną... O zobacz, zwolniła się pralka, o tam...

Wstał, wzdychając.

– Odwróć się, nie mam ochoty, żebyś oglądała moją bieliznę...

– Och, nie muszę jej oglądać, by ją sobie wyobrazić... Philibert musi nosić bokserki w paski, ale ty, jestem pewna, że takie krótkie, obcisłe bokserki Hom, z napisami na pasie...

– Jesteś naprawdę niezła... Ale i tak spuść wzrok...

Krzątał się, poszedł po swój proszek, i oparł się o pralkę:

– W sumie to jesteś całkiem niezła... Inaczej byś nie sprzątała, tylko robiła jak ten koleś... Rysowałabyś...

Cisza.

– Masz rację... Jestem niezła tylko w gaciach...

– Ech, ale to już coś! Może to jakaś luka do wykorzystania?... A tak w ogóle, jesteś wolna trzydziestego pierwszego?

– Masz mi imprezę do zaproponowania?

– Nie. Robotę.

16

– Dlaczego nie?

– Bo jestem do dupy!

– Czekaj, nikt nie każe ci gotować! Będziesz musiała tylko pomóc w przygotowaniu...

– W przygotowaniu czego?

– Tego, co można zrobić wcześniej, żeby zyskać na czasie, kiedy wybija godzina zero...

– I co będę musiała robić?

– Obierać kasztany, myć kurki, odrywać szypułki i wyjmować pestki z rodzynek, myć sałatę... Mnóstwo takich mało interesujących rzeczy...

– Wcale nie jestem pewna, czy dam radę...

– Wszystko ci pokażę, dobrze wytłumaczę...

– Nie będziesz miał czasu...

– Nie. Dlatego poinstruuję cię wcześniej. Przyniosę jutro do domu żarcie i będę cię uczył podczas mojej przerwy...

– ...

– No już... Dobrze ci zrobi, zobaczysz trochę ludzi... Żyjesz tylko ze zmarłymi, gadasz do facetów, których już nie ma na tym świecie, żeby ci mogli odpowiedzieć... Jesteś cały czas sama... To normalne, że nie masz równo pod sufitem...

– Ja nie mam równo pod sufitem?

– Tak.

– Słuchaj. Proszę cię o przysługę... Obiecałem mojemu szefowi, że kogoś znajdę do pomocy... Jestem w kiszce...

– ...

– No... Ostatni wysiłek... Potem spadam i już nigdy mnie w życiu nie zobaczysz...

– Miałam zaplanowaną imprezę...

– O której masz tam być?

– Nie wiem, o jakiejś dziesiątej...

– Nie ma sprawy. Zdążysz. Zapłacę za taryfę...

– Dobra...

– Dzięki. Odwróć się jeszcze raz, już mi się wysuszyła bielizna.

– I tak muszę iść... Jestem już spóźniona...

– Okay, do jutra...

– Śpisz u nas dzisiaj?

– Nie.

– Jesteś rozczarowana?

– Och, jaki ty jesteś beznadziejny jako facet...

– Czekaj, mówię to ze względu na ciebie! Ponieważ z tymi gatkami to może wcale nie masz racji, wiesz?

– Wiesz, gdzie ja mam twoje gatki?

– Trudno, twoja strata...

17

– Jedziemy z tym koksem?
– Słucham cię. Co to jest?
– Co?
– Ta walizka?
– Ach to? Mój kuferek na noże. Moje pędzelki, jak wolisz... Gdybym ich nie miał, nic już bym nie był wart – westchnął. – Widzisz, na czym trzyma się moje życie? Na starym, niedomykającym się pudle...
– Od kiedy go masz?
– Pff... Od kiedy byłem małym gnojkiem... To babcia mi go kupiła, gdy szedłem do szkoły...
– Mogę zajrzeć?
– Proszę.
– Opowiedz mi...
– Co?
– Do czego służą... Lubię się uczyć nowych rzeczy...
– A więc... Ten wielki to nóż kuchenny lub nóż szefa, służy do wszystkiego, kwadratowy jest do kości, chrząstek lub do rozbijania mięsa, ten malutki to taki poręczny nożyk, jakie są w każdej kuchni, weź go zresztą, będzie ci potrzebny... Długi jest do cienkiego obierania i krojenia warzyw, ten mały służy do żyłowania i oczyszczania z tłuszczu ochłapów, jego bliźniak ze sztywnym ostrzem do luzowania mięsa, ten bardzo cienki jest do filetowania ryb, a ostatni do krojenia szynki...
– A to jest do ostrzenia...
– *Yes*.
– A to?
– Ach, to nic... To do dekoracji, ale używam go od dawna...
– Co się nim robi?
– Cudeńka... Pokażę ci kiedyś... Dobra, jesteś gotowa?
– Tak.
– Przyglądaj się dobrze, okay? Kasztany są upierdliwe, ostrzegam... Te tutaj zostały już sparzone wrzątkiem, więc łatwiej je obierać... No, przynajmniej tak być powinno... Nie

możesz ich pod żadnym pozorem uszkodzić... Ich drobne żyłki muszą być nietknięte i dobrze widoczne... Pod skorupą masz to waciaste coś, tutaj, i musisz je jak najdelikatniej wyciągnąć...
– Ale to cholernie długo trwa!
– No tak! Dlatego właśnie cię potrzebujemy...

Był cierpliwy. Wytłumaczył jej następnie, jak czyścić kurki wilgotną szmatką i jak wydrapywać resztki ziemi, nie uszkadzając grzybów.
Dobrze się bawiła. Miała zdolności manualne. Wkurzało ją, że jest taka powolna w porównaniu z nim, ale w sumie to było zabawne. Rodzynki przelatywały jej przez dłonie i szybko załapała, w czym rzecz, jak je drylować czubkiem noża.

– Dobra, a jeśli chodzi o resztę, zobaczymy jutro... Z sałatą i tym podobnymi rzeczami powinnaś dać sobie radę...
– Twój szef od razu zauważy, że jestem do niczego...
– Na pewno! Ale i tak za bardzo nie ma wyjścia... Jaki nosisz rozmiar?
– Nie wiem.
– Znajdę ci jakąś czapkę i bluzę... A rozmiar obuwia?
– Czterdzieści.
– Masz adidasy?
– Tak.
– Nie są idealne, ale na jeden raz mogą być...

Skręciła sobie papierosa, podczas gdy on sprzątał kuchnię.
– Gdzie masz tę imprezę?
– Bobigny.... U dziewczyny, która ze mną pracuje...
– Nie przeraża cię rozpoczęcie pracy jutro o dziewiątej rano?
– Nie.
– Ostrzegam, będzie tylko mała przerwa... Godzinka, maks... Nie ma przedpołudniowej zmiany, ale wieczorem pojawi się siedemdziesięciu gości. Menu degustacyjne dla wszystkich... To będzie coś... Dwieście dwadzieścia euro od

łebka, chyba... Spróbuję cię zwolnić najwcześniej, jak to będzie możliwe, ale moim zdaniem zostaniesz co najmniej do dwudziestej...

– A ty?

– Pff... Wolę nawet o tym nie myśleć... Sylwestry to zawsze harówa... No, ale dobrze płatne... Zresztą dla ciebie też poproszę o ładny banknot...

– Och, to nie jest problem...

– Ależ tak. Sama zobaczysz jutro wieczorem...

18

– Musimy iść... Wypijemy kawę na miejscu.

– Ale ja pływam w tych spodniach!

– Nie szkodzi.

Przelecieli galopem przez Pola Marsowe.

Camille zaskoczył ruch i ogromne skupienie panujące już w kuchni.

Nagle poczuła, że jest strasznie gorąco...

– Proszę, szefie. Oto nasz świeżutki pomocnik...

Ten coś wymamrotał i odprawił ich machnięciem dłoni. Franck przedstawił ją wysokiemu, niedobudzonemu jeszcze facetowi:

– Oto Sébastien. Zajmuje się zaopatrzeniem. Jest też dziś szefem twojej zmiany i twoim *big bossem*, okay?

– Bardzo mi miło.

– Mhm...

– Ale to nie z nim będziesz pracować, tylko z jego pomocnikiem...

I zwracając się do chłopaka:

– Jak on tam się nazywa?

– Marc.

– Już jest?

– W chłodni...

– Dobra, zostawiam ci ją...
– Co potrafi?
– Nic. Ale zobaczysz, robi to świetnie.
I poszedł przebrać się do szatni.

– Pokazał ci, co się robi z kasztanami?
– Tak.
– A więc oto one – dodał, wskazując olbrzymią stertę.
– Czy mogę usiąść?
– Nie.
– Dlaczego?
– W kuchni nie zadaje się pytań, mówi się „tak, proszę pana" lub „tak, szefie".
– Tak, szefie.
„Tak, durna pało". Po jaką cholerę zgodziła się na tę pracę? Szybciej by jej poszło, gdyby usiadła...
Na szczęście ekspres do kawy już się zapełniał. Odstawiła swój kubek na jedną z półek i zabrała się do pracy.

Piętnaście minut później – już ją bolały ręce – ktoś się do niej zwrócił:
– Jak tam?
Podniosła głowę i oniemiała.
Nie rozpoznała go. Nieskazitelne spodnie, wyprasowana idealnie bluza z podwójnym rzędem okrągłych guzików i wyszytym na niebiesko nazwiskiem, mała chusteczka zawiązana w klin, nieskazitelnie białe fartuch i ścierka, dobrze dopasowana czapka kucharska. Nigdy nie widziała go inaczej ubranego niż w wyświechtane ciuchy i teraz uznała, że wygląda pięknie.
– Co jest?
– Nic. Wyglądasz pięknie.

I on, ten wielki kretyn, tchórz, szpaner, mały matador z prowincji z niewyparzoną gębą, z wielkim motorem i tysiącem zaliczonych panienek, tak, właśnie on, nie mógł się powstrzymać i zaczerwienił się.

– To zapewne prestiż stroju – dodała z uśmiechem, chcąc go wybawić z zakłopotania.

– Taaa, to... to na pewno to...

Oddalił się szybko, potrącając po drodze jakiegoś typa i obrażając go.

Nikt się nie odzywał. Słychać było tylko siekanie noży, mieszanie łyżek, trzaskanie drzwiczek i telefon dzwoniący co pięć minut w biurze szefa.

Camille, zafascynowana, czuła się rozdarta między przymusem koncentracji, żeby nie dostać opieprzu, i chęcią podniesienia głowy, aby nie stracić ani okruszka tego widowiska. W oddali widziała odwróconego plecami Francka. Wydawał się jej wyższy i o wiele spokojniejszy niż zazwyczaj. Zdawało jej się, że go nie zna.

Szeptem zapytała towarzysza od obierania kasztanów:

– Co robi Franck?

– Jaki Franck?

– Lestafier.

– Jest od sosów i nadzoruje mięsa...

– To trudne?

Pryszczaty wzniósł oczy do nieba:

– No pewnie. To najtrudniejsze. Po szefie i drugim to numer trzy w zespole...

– Dobry jest?

– Taaa. Durny, ale dobry. Powiedziałbym nawet, że superdobry. Zresztą zobaczysz, szef zawsze zwraca się do niego, a nie do drugiego... Drugiego musi pilnować, a na Lestafiera patrzy...

– Ale...

– Ciii...

Gdy szef klasnął w dłonie, żeby ogłosić przerwę, podniosła głowę, krzywiąc się. Bolał ją kark, plecy, nadgarstki, ręce, nogi, stopy i jeszcze coś, ale już nie mogła sobie przypomnieć co.

– Jesz z nami? – spytał Franck.

– Muszę?

– Nie.

– To wolę wyjść i trochę się przespacerować...

– Jak chcesz... Wszystko dobrze?

– Tak. Jednak gorąco... Ciężko zasuwacie...

– Żartujesz? Teraz nic nie robimy! Nawet klientów nie ma!

– A więc...

– Wrócisz za godzinę?

– Okay.

– Nie wychodź od razu, zaczekaj, aż się trochę ostudzisz, bo złapiesz jakąś francę...

– Dobra.

– Chcesz, żebym poszedł z tobą?

– Nie, nie. Chcę pobyć trochę sama...

– Musisz coś zjeść, dobrze?

– Tak, tato.

Wzruszył ramionami:

– Tsss...

Zamówiła obrzydliwe panini w budce dla turystów i usiadła na ławce pod wieżą Eiffla.

Brakowało jej Philiberta.

Wybrała numer zamku na swojej komórce.

– Dzień dobry, Aliénor de La Durbellière przy telefonie – odezwał się dziecięcy głos. – Z kim mam przyjemność?

Camille była zbita z tropu.

– Och...Czy... Czy mogłabym prosić Philiberta?

– Siedzimy przy stole. Czy mogę mu coś przekazać?

– Nie ma go?

– Jest, ale siedzimy przy stole. Już mówiłam...

– Ach... Dobrze, więc... Nie, nic, proszę mu przekazać, że go całuję i życzę szczęśliwego Nowego Roku...

– Czy mogłaby pani przypomnieć mi swoje nazwisko?

- Camille.
- Tak po prostu Camille?
- Tak.
- Dobrze. Do widzenia, pani Camille Takpoprostu.
Do widzenia, głupia gąsko.
Ale co to wszystko miało oznaczać? Co to za towarzystwo?
Biedny Philibert...

- Pięć płukań?
- Tak.
- Ale będzie czysta!
- Tak to jest...
Camille zajęło mnóstwo czasu selekcjonowanie i mycie sałaty. Każdy listek musiał być odwrócony, zweryfikowany i zbadany pod lupą. Nigdy nie widziała takich liści; miały wszystkie możliwe kształty, rozmiary i kolory.
- Co to jest?
- Portulaka.
- A to?
- Liście szpinaku.
- A to?
- Rukiew.
- A to?
- Przypołudnik.
- Och, jaka ładna nazwa...
- Skąd ty się urwałaś? - spytał sąsiad.
Nie zadawała więcej pytań.
Następnie myła świeże zioła i suszyła źdźbło po źdźble w papierowym ręczniku. Musiała je włożyć do pojemników ze stali nierdzewnej i dokładnie przykryć plastikową folią, a potem porozkładać po różnych szafkach chłodniczych. Łupała orzechy włoskie, laskowe, obierała figi, wyczyściła wielką ilość kurek i robiła małe kulki z masła specjalnymi żłobiącymi łopatkami. Na każdym spodeczku należało ułożyć kuleczkę z masła solonego i niesolonego. Nie można się było

pomylić. W pewnym momencie miała wątpliwości i musiała spróbować czubkiem noża. Ble! Zdecydowanie nie lubiła masła i na przyszłość postanowiła bardziej uważać. Kelnerzy nadal podawali espresso tym, którzy o nie prosili, i czuło się rosnące z każdą minutą napięcie.

Niektórzy nie otwierali ust, inni przeklinali pod nosem, a szef robił za zegarynkę:
– Siedemnasta dwadzieścia osiem, panowie... Osiemnasta trzy, panowie... Osiemnasta siedemnaście, panowie...
Zupełnie jakby mu zależało, żeby ich jeszcze bardziej ze- stresować.

Nie miała już nic do roboty i stała przy swoim stole, unosząc raz jedną stopę w górę, raz drugą, aby choć troszkę ulżyć nogom. Koleś obok niej ćwiczył arabeski z sosu wokół plastra pasztetu z gęsich wątróbek na prostokątnych talerzy- kach. Unosząc wysoko dłoń, potrząsał łyżeczką, a potem wzdy- chał, oceniając swoje dzieło. Znów coś poprawiał. A przecież było takie artystyczne...
– Co chcesz zrobić?
– Nie wiem... Coś bardziej oryginalnego...
– Mogę spróbować?
– Proszę.
– Boję się, że rozwalę...
– Nie, nie, nie krępuj się, to stary podkład, tylko na nim ćwiczę...
Cztery pierwsze próby były żałosne, przy piątej miała już wyczucie w palcach...
– Ach, jakie to piękne... Możesz powtórzyć?
– Nie – roześmiała się. – Obawiam się, że nie... Ale... Czy macie jakieś strzykawki albo coś w tym stylu?
– Hm...
– Coś do nakładania kremu?
– Owszem. Zajrzyj do szuflady...
– Wypełnisz mi to?
– Po co?

– Mam pewien pomysł...

Nachyliła się, wyciągnęła język i narysowała trzy małe gąski.

Tamten zawołał szefa, żeby mu to pokazać.

– Co to za głupoty? Proszę... Nie jesteśmy u Disneya, dzieci!

Oddalił się, kręcąc głową.

Camille wzruszyła ramionami, zmarkotniała i powróciła do swojej sałaty.

– To nie jest kuchnia... To gadżet... – mamrotał pod nosem szef w drugim końcu pomieszczenia. – A wiecie, co jest najgorsze? Wiecie, co mnie zabija? Te dupki zakochają się w tym... Tego właśnie dziś chcą ludzie – gadżetu! Och, a poza tym dziś jest święto... No, panienko, zrobi mi pani przyjemność i namaluje swój drób na sześćdziesięciu talerzach... No już, galopem!

– Odpowiedz: „tak, szefie" – szepnął sąsiad.
– Tak, szefie!

– Nigdy nie dam rady... – lamentowała Camille.
– Rób jedną zamiast trzech...
– Po prawej czy lewej stronie?
– Po lewej będzie bardziej logicznie...
– Trochę to smutno wygląda, nie?
– Skądże znowu, jest śmieszne... Zresztą i tak teraz nie masz wyjścia...
– Powinnam cicho siedzieć...
– Zasada numer jeden. Przynajmniej tego się nauczyłaś... Masz, to dobry sos...
– Dlaczego jest czerwony?
– Powstał na bazie buraków... Do roboty, będę ci podawał talerze...

Zamienili się miejscami. Ona rysowała, on kroił blok pasztetu z gęsich wątróbek, układał, posypywał solą i grubo miażdżonym pieprzem, a potem przekazywał kolejnemu, który po mistrzowsku dekorował sałatą.

– Co oni wszyscy teraz robią?

– Idą zjeść... My pójdziemy później... To my otwieramy bal, zejdziemy, jak przyjdzie ich kolej... Pomożesz mi przy ostrygach?

– Trzeba je pootwierać?!

– Nie, nie, tylko upiększyć... A tak w ogóle, czy to ty obierałaś zielone jabłka?

– Tak. Tam są... Och, cholera! Teraz to mi wyszedł raczej indyk...

– Przepraszam. Przestaję już gadać.

Franck przeszedł obok nich, marszcząc brew. Uznał, że są za bardzo roztrzepani. Albo rozbawieni.

Niezbyt mu się to spodobało...

– Dobrze się bawimy? – zapytał kpiąco.

– Robimy, co możemy...

– Ale pociesz mnie... nie grzeje za bardzo?

– Dlaczego tak ci powiedział?

– Zostaw, to takie nasze wewnętrzne sprawy... Ci, którzy zajmują się gorącymi potrawami, uważają, że mają nadrzędną misję nad nami tutaj; nawet jeśli harujemy jak dzikie woły, to i tak nami pogardzają. My się przecież nie dotykamy do ognia... Znasz dobrze Lestafiera?

– Nie.

– Ach tak, też mi się to wydawało dziwne...

– Dlaczego?

– Nie, nie, nic...

Podczas gdy tamci poszli jeść, dwaj czarni myli podłogę, wylewając całe kubły wody, i kilka razy przelecieli zbieraczkami, żeby szybciej wyschła. Szef dyskutował w swoim biurze z jakimś supereleganckim facetem.

– To już pierwszy klient?

– Nie, to szef sali...

- No proszę... Ale ma klasę...
- Na sali wszyscy pięknie wyglądają... Na początku zmiany to my jesteśmy czyści, a oni ganiają z odkurzaczami w T-shirtach. W miarę upływu czasu role się odwracają: my robimy się brudni i śmierdzimy, a oni defilują przed naszymi nosami świeżutcy, uczesani, w nieskazitelnych strojach...

Franck przyszedł do niej, gdy kończyła ostatni rządek talerzy:
- Jeśli chcesz, możesz już uciekać...
- Wiesz, nie... Nie mam jeszcze ochoty jechać... Miałabym wrażenie, że tracę całe przedstawienie...
- Masz jeszcze jakąś robotę dla niej?
- Mowa! Ile tylko zechce! Może stanąć przy salamandrze...
- Co to jest? – spytała Camille.
- To takie coś, taki rodzaj grilla, który idzie w górę i w dół... Chcesz się zająć grzankami?
- Nie ma sprawy... Och... tak *à propos*, mam czas, by sobie zapalić jednego?
- Leć na dół.
Franck jej towarzyszył.
- Jak tam?
- Super. W sumie miły jest ten Sébastien...
- Taaa...
- ...
- Dlaczego masz taką minę?
- Ponieważ... Chciałam pogadać z Philibertem i życzyć mu wszystkiego dobrego z okazji Nowego Roku, a zostałam spławioną przez tę małą glistę...
- Czekaj, ja zadzwonię...
- Nie. O tej porze pewnie znów będą przy stole...
- Spoko, zobaczysz...

- Halo... Przepraszam, że niepokoję, Franck de Lestafier przy telefonie, współlokator Philiberta... Tak... Dokładnie... Dzień dobry pani... Czy mógłbym z nim pomówić, bardzo proszę, chodzi o bojler... Tak... Właśnie... Do widzenia pani...

Puścił oko do Camille, która cała uśmiechnięta wypuszczała dym z ust.

– Philou! To ty, nasz króliczku! Wszystkiego najlepszego, skarbie! Nie całuję cię, ale daję ci twoją małą księżniczkę. Co? Ale w dupie mamy bojler! No już, dużo zdrowia i mnóstwo buziaków dla twoich sióstr. Ale... Tylko dla tych, które mają duże cycki, okay?

Camille wzięła aparat do ręki, mrużąc oczy. Nie, nic się nie stało z bojlerem. Tak, ja też pana ściskam. Nie, Franck nie zamknął jej w szafie. Tak, ona też często o nim myśli. Nie, jeszcze nie poszła na badania krwi. „Tak, ja też życzę panu, Philibercie, wszystkiego dobrego w Nowym Roku, dużo zdrowia...”
– Miał zupełnie dobry głos, prawda? – dodał Franck.
– Jąkał się tylko osiem razy.
– Właśnie to miałem na myśli.

Gdy wrócili na swoje stanowiska, atmosfera uległa zmianie. Ci, którzy jeszcze nie nałożyli czapek, pospiesznie je poprawiali, a szef oparł brzuch o blat i skrzyżował ręce. Cisza jak makiem zasiał.
– Panowie, do roboty...

Czuło się, jakby temperatura w pomieszczeniu z każdą sekundą rosła o jeden stopień. Każdy krzątał się, uważając, żeby nie przeszkadzać sąsiadowi. Na twarzach widać było napięcie. Raz po raz dawało się słyszeć ledwo stłumione przekleństwa. Niektórzy byli dość spokojni, inni, jak ten Japończyk, wyglądali, jakby mieli za chwilę eksplodować.

Kelnerzy czekali jeden za drugim przed blatem u wejścia do kuchni, podczas gdy szef uważnie przyglądał się każdemu talerzowi. Chłopak, który stał naprzeciw niego, używał maleńkiej gąbki, żeby wytrzeć ewentualne ślady palców lub sos na brzegach, i gdy grubas dawał znak skinieniem głowy, kelner podnosił, zaciskając zęby, wielki posrebrzany talerz.

Camille z Markiem zajmowała się przystawkami. Wysypywała na talerze coś w rodzaju chipsów, a może obierek czegoś rudawego. Wolała już nie zadawać pytań. Następnie zabrała się do układania talarków dymki.
 – Szybciej, dziś wieczorem nie mamy czasu na zabawy...
 Znalazła kawałek sznurka, aby podtrzymać spodnie, ale narzekała, bo papierowa czapka spadała jej cały czas na oczy. Sąsiad wyciągnął ze swojego pudełka na noże małą agrafkę i wręczył jej:
 – Masz...
 – Dzięki.
 Potem wysłuchała jednego z kelnerów, który wytłumaczył jej, jak formować kromki bułki w trójkąty, obcinając im brzegi:
 – A jak mam ci je przypiec?
 – No... Na złoto...
 – Dobra, zrób jedną na wzór. Pokaż mi dokładnie, jaki chcesz kolor...
 – Kolor, kolor... To nie kwestia koloru, ale wyczucia...
 – Ale ja myślę kolorami, więc zrób mi model, bo inaczej będę zbyt zestresowana.

Wzięła sobie swoje zadanie bardzo do serca i ani razu nie kazała na siebie czekać. Kelnerzy chwytali jej grzanki w poły serwetki. Marzyła się jej jakaś drobna pochwała w stylu: „Och! Camille, jakie piękne robisz grzanki!” No, ale dobra...

Dostrzegała Francka, stojącego cały czas tyłem, który krzątał się przy garach jak perkusista nad swoim instrumentem: tu jedno uderzenie pokrywką, tu drugie, tu łyżka czegoś, tam druga. Wysoki chudzielec – drugi po szefie, z tego, co zrozumiała – nie przestawał zadawać mu pytań, na które rzadko odpowiadał, i to mruknięciami. Wszystkie jego garnki były mosiężne i musiał używać ścierek, żeby ich dotknąć. Czasami pewnie się parzył, bo widziała, jak potrząsał dłonią i przykładał ją do ust.

Szef się denerwował. Tempo uważał za niewystarczające. Albo za szybkie. Potrawy nie były zbyt gorące. Lub za bardzo dogotowane. „Koncentrujemy się, panowie, koncentrujemy się!" – powtarzał nieustannie.

Im bardziej jej część zespołu się odprężała, tym bardziej wrzało po drugiej stronie kuchni. Wyglądało to niesamowicie. Widziała, jak się pocą i wycierają czoła o ramiona niczym koty. Zwłaszcza koleś, który stał przy ruszcie, był purpurowy i popijał z butelki za każdym razem, gdy podchodził do swojego drobiu. (Jakieś ptactwo ze skrzydłami, niektóre okazy o wiele mniejsze od kurczaka, inne dwa razy większe...).

– Udusić się można... Ile tu jest?
– Nie mam pojęcia... Tam nad palnikami musi być co najmniej czterdzieści stopni... Może pięćdziesiąt? Fizycznie mają najcięższe stanowiska... Masz, zanieś to do zmywaka... Uważaj, żeby nikomu nie przeszkadzać...

Oczy rozszerzyły jej się ze zdumienia, gdy ujrzała górę garnków, rondli, brytfann, form, misek ze stali nierdzewnej, durszlaków i patelni piętrzących się w olbrzymich zlewach. Na horyzoncie nie widziała ani jednego czystego. Jakiś mały facet odebrał od niej brudne rzeczy i skinął głową. Ewidentnie nie rozumiał ani słowa po francusku. Camille została chwilę, aby mu się przyjrzeć, i jak za każdym razem, gdy widziała rozbitka z drugiego końca świata, zaczęła się gorączkowo zastanawiać, z typowym dla niej podejściem Matki Teresy: skąd pochodził? Z Indii? Z Pakistanu? A jakie było jego dotychczasowe życie? Dlaczego się tu znalazł? Dziś? Przypłynął statkiem? Został przeszmuglowany? Jakie miał nadzieje? Za jaką cenę? Jakie wyrzeczenia i jakie lęki? Jaka przyszłość? Gdzie mieszkał? W ile osób? Gdzie były jego dzieci?

Gdy pojęła, że przez jej obecność zrobił się nerwowy, odeszła, kręcąc głową.

– Skąd pochodzi ten koleś przy zmywaku?
– Z Madagaskaru.
Pierwsza skucha.
– Mówi po francusku?
– Oczywiście! Dwadzieścia lat tu siedzi!
„Dobra, daj se siana, siostro miłosierdzia..."

Poczuła ogromne zmęczenie. Wciąż było coś nowego do obierania, krojenia, czyszczenia czy układania. Co za gówno... Ale jak oni to robili, by to wszystko zjeść? Jak można się do tego stopnia napychać? Można pęknąć! 220 euro, ile to wychodzi? Prawie 1500 franków... Pff... Ileż to można sobie rzeczy za to kupić... Jakby się tak dobrze zakręcić, to można i jakiś mały wyjazd zorganizować... Do Włoch na przykład... Rozsiąść się w ogródku kawiarnianym i dać się ukołysać rozmowami ślicznych dziewczyn, które zapewne opowiadały sobie te same bzdury, jakie opowiadają wszystkie dziewczyny świata, podnosząc do ust maleńkie filiżanki z grubego fajansu zawsze z nadmiernie słodką kawą...

Wszystkie te szkice, te place, te twarze, te wałęsające się koty, te cuda, które można było sobie zafundować za tę cenę... Książki, płyty, nawet ubrania, które można mieć do końca życia, a tu... Za kilka godzin wszystko będzie skończone, zjedzone, strawione i wydalone...

Niesłusznie tak myślała i zdawała sobie z tego sprawę. Była świadoma powodów. Przestało ją interesować jedzenie, gdy była jeszcze dzieckiem, ponieważ pora posiłku stała się synonimem zbyt wielu cierpień. Momentem zbyt ciężkim dla małej dziewczynki, wrażliwej jedynaczki. Małej dziewczynki, która została sama z matką palącą jak smok i rzucającą na stół ugotowaną potrawę bez cienia czułości. „Jedz! To dobre dla twojego zdrowia!" – mówiła, zapalając kolejnego papierosa. Albo gdy była wraz z rodzicami i pochylała jak najniżej głowę, żeby nie brać udziału w ich kłótniach: „Camille, prawda, że brakuje ci tatusia, gdy go nie ma? Prawda?".

Potem już było za późno... Straciła przyjemność w jedzeniu... Zresztą w pewnym momencie matka przestała przygotowywać cokolwiek... Inne nastolatki dostają trądziku, a ona jadła jak wróbelek. Wszyscy z tego powodu zatruwali Camille życie, ale zawsze udawało się jej jakoś z tego wybrnąć. Nikomu nie udało się jej zmusić, bo miała zbyt wiele rozumu... Nie chciała tego ich żałosnego świata, ale gdy była głodna, to jadła. Oczywiście, że jadła, inaczej by jej dziś tu nie było! Ale bez nich. W swoim pokoju. Jogurty, owoce lub batoniki z ziarnami zbóż, zajmując się czymś całkiem innym... Czytając, marząc, rysując konie lub przepisując słowa piosenek Jeana Jacques'a Goldmana.

Zabierz mnie.

Tak, dobrze znała swoje słabe punkty i głupia by była, gdyby osądzała tych, którzy mają to szczęście, że czują radość bycia przy stole. No, ale jednak... 220 euro za jeden posiłek, i to bez wina, to debilne, nie?

O północy przyszedł szef, by życzyć im wszystkiego najlepszego, i zaserwował każdemu kieliszek szampana:
— Wszystkiego najlepszego w Nowym Roku, młoda damo, i dziękuję za kaczki... Charles mówił mi, że klienci są zachwyceni... Wiedziałem, że tak będzie, niestety... Wszystkiego najlepszego, panie Lestafier... Niech się panu trochę poprawi ten pański świński charakter w dwa tysiące czwartym roku, to wzrośnie....
— Moja pensja? O ile, szefie?
— Ach! Ale się pan zagalopował! Mój szacunek do pana wzrośnie!

– Wszystkiego najlepszego w Nowym Roku, Camille...
My... Ty... Nie uściskamy się?
– Ależ tak, tak, oczywiście, że się uściskamy!
– A ja? – spytał Sébastien.
– I ja – dorzucił Marc. – Och, Lestafier! Leć do twojego
pianina, coś tam kipi!
– Dobra, dobra, Ducon. A więc, hm... Ona skończyła już,
nie? Może mogłaby na trochę usiąść?
– Bardzo dobry pomysł, chodź, kochana, do mojego biu-
ra – dodał szef.
– Nie, nie, chcę z wami zostać aż do końca. Dajcie mi coś
do roboty...
– Dobra, teraz czekamy na cukiernika... Pomożesz mu
przy dekorowaniu...

Układała płatki tak cienkie jak bibułki, zastygłe, pogniecio-
ne, pomarszczone na tysiąc sposobów, bawiła się strużynami
czekolady, skórką pomarańczową, kandyzowanymi owocami,
tworzyła wzory z sosów owocowych i mrożonych kasztanów. Pomocnik cukiernika przyglądał się, składając dłonie jak
do modlitwy: „Ależ z pani jest artystka! Ależ to prawdziwa
artystka!" Szef kuchni widział to inaczej: „Dobra, na dziś
wieczór może być, ale to nie tylko o to chodzi, by było
ładne... Nie gotuje się po to, żeby ładnie wyglądało, do jasnej
cholery!"

Camille uśmiechała się i polewała czerwonym sosem bu-
dyń.
Ach, nie... Nie tylko o to chodzi, żeby ładnie wyglądało!
Dobrze o tym wiedziała...

Około drugiej w nocy wzburzone morze trochę się uspo-
koiło. Szef nie wypuszczał już z ręki swojej dyżurnej butelki
i niektórzy kucharze zdjęli czapki. Wszyscy byli wykończeni,
ale ostatnimi siłami sprzątali swoje stanowiska, by jak naj-
szybciej się zwinąć. Kilometry folii do żywności poszły na
pakowanie tego, co zostało, i wszyscy przepychali się przy lo-

dówkach. Wielu komentowało dzień pracy i analizowało swoje wyczyny: co się nie udało i dlaczego, kto zawinił i jakiej jakości były produkty... Jak parujący jeszcze z wysiłku atleci nie byli w stanie oderwać się od roboty i zaciekle szorowali swoje stanowiska. Miała wrażenie, że jest to sposób na rozładowanie stresu i ostateczne dobicie się...

Camille pomagała im do końca. Kucnęła i wyczyściła środek szafy chłodzącej.

Następnie oparła się o ścianę i przyglądała krzątaninom chłopaków wokół maszynek do kawy. Jeden z nich pchał olbrzymi wózek pełen najróżniejszych łakoci, czekoladek, ciasteczek, konfitur, babeczek i to wszystko... hm... Miała ochotę na papierosa...

– Spóźnisz się na imprezę...

Odwróciła się i ujrzała starca.

Franck starał się zachować luzacką pozę, lecz widziała, że jest wykończony, mokry, zgarbiony, trupio blady, ma przekrwione oczy i zmęczoną twarz.

– Wyglądasz, jakbyś się postarzał o dziesięć lat...

– Możliwe. Jestem padnięty... Źle spałem, a poza tym nie lubię tego typu bankietów... Zawsze to samo... Chcesz, żebym cię zawiózł na Bobigny? Mam drugi kask... Tylko przygotuję zamówienia i możemy jechać.

– Nie... Nie mam teraz specjalnej ochoty... Będą już całkiem nawaleni, jak przyjadę... Zabawne jest upijanie się wspólnie z innymi, doganianie może być deprymujące...

– Dobra, ja też wracam do domu, ledwo trzymam się na nogach...

Sébastien wtrącił się do rozmowy:

– Czekamy na Marca i Kermadeca. Gdzie się potem ustawiamy?

– Nie, jestem wykończony... Wracam na chatę...

– A ty, Camille?

– Ona też jest wyk...

– Ale skądże – przerwała. – Jestem, owszem, ale i tak mam ochotę się zabawić!

– Jesteś pewna? – spytał Franck.

– No tak, przecież trzeba jakoś przywitać Nowy Rok... Aby był lepszy od poprzedniego, prawda?

– Wydawało mi się, że nie znosisz imprez...

– To prawda, ale to jest moje pierwsze postanowienie noworoczne, wyobraź sobie: „W dwa tysiące czwartym roku będę swawolna!"

– Gdzie idziecie? – westchnął Franck.

– Do Ketty...

– Och nie, nie tam... Przecież wiesz...

– Dobra, no to do La Vigie...

– Też nie.

– Och, wkurwiający jesteś, Lestafier... Tylko dlatego, że przeleciałeś wszystkie kelnerki w okolicy, nigdzie nie możemy iść! A która to była u Ketty? Ta gruba seplieniąca?

– Wcale nie sepleniła! – oburzył się Franck.

– Nie, po pijaku mówiła normalnie, ale na trzeźwo sepleniła, przypomnę ci... Dobra, i tak już tam nie pracuje...

– Jesteś pewien?

– Taa.

– A ruda?

– Ruda też nie. Och, ale co cię to obchodzi, przecież jesteś z nią, nie?

– Wcale ze mną nie jest! – oburzyła się Camille.

– Dobra... hm... Załatwiajcie to między sobą, ale spotykamy się tam, jak ci dwaj skończą...

– Chcesz iść?

– Tak. Ale chciałabym najpierw wziąć prysznic...

– Okay! Czekam na ciebie. Ja nie wracam do chaty, bo już nie wyjdę...

– Chwileczkę...

– Co?

– Nie pocałowałaś mnie w końcu przy składaniu życzeń...

– O, proszę... – cmoknęła go w czoło.

– To wszystko? Sądziłem, że w dwa tysiące czwartym jesteś swawolna.

– Czy dotrzymałeś kiedyś któregoś ze swoich noworocznych postanowień?

– Nie.

– Ja też nie.

19

Może była mniej zmęczona albo miała mocniejszą głowę, ale wkrótce musiała się przerzucić na coś mocniejszego niż piwo, żeby śmiać się wraz z innymi. Miała wrażenie, jakby cofnęła się o dziesięć lat, do czasów, gdy pewne rzeczy wydawały się jeszcze ewidentne... Sztuka, życie, przyszłość, jej talent, jej chłopak, jej miejsce na ziemi i tym podobne bzdury...

W sumie było to nawet przyjemne...

– Hej, Franck, nie pijesz dziś, czy co?

– Jestem nieżywy...

– Nie poznaję kolegi... Poza tym masz urlop, nie?

– Tak.

– No więc?

– Starzeję się...

– No, napij się... Jutro się wyśpisz...

Podał swoją szklankę bez większego przekonania: nie, jutro się nie wyśpi. Jutro pojedzie do „Odnalezionego Czasu", sanatorium dla starców, zjeść jakieś obrzydliwe czekoladki z dwiema czy trzema opuszczonymi babciami, które będą się męczyć ze swoimi sztucznymi szczękami, gdy tymczasem Paulette będzie spoglądać przez okno, ciężko wzdychając.

Teraz już przy wjeździe na autostradę zaczynało go skręcać w żołądku.

Wolał o tym nie myśleć i wypił jednym haustem.

Przyglądał się spokojnie Camille. Jej piegi pojawiały się lub znikały w zależności od pory dnia, przedziwne zjawisko...

Powiedziała mu chwilę temu, że pięknie wygląda, a teraz flirtuje z tym tępakiem. Pff... wszystkie takie same...

Franck Lestafier nie był w sosie.

Nawet miał lekką ochotę się rozpłakać...

„No i co? Coś nie tak, staruszku?"

Hm... Od czego tu zacząć?

Gówniana praca, gówniane życie, babcia hen daleko i widmo przeprowadzki. I znów spać na jakimś zdezelowanym łóżku polowym, tracić godzinę na dojazd podczas każdej przerwy. Nigdy więcej nie zobaczyć Philiberta. Nigdy więcej nie zaczepiać go, aby nauczyć chłopaka bronić się, odpowiadać, denerwować i wreszcie stawiać się. Nigdy więcej nie nazywać go słodkim króliczkiem. Nigdy więcej nie myśleć o przyniesieniu mu dobrego obiadu. Nigdy więcej nie epatować dziewczyn wielkim królewskim łożem i łazienką księżniczki. Nigdy więcej nie słuchać, jak on i Camille rozprawiają o pierwszej wojnie światowej, jakby ją przeżyli, lub o Ludwiku XI, jakby wpadał do nich na jednego. Nigdy więcej nie czekać na nią, nie pociągać nosem, otwierając drzwi, żeby sprawdzić po zapachu papierosów, czy jest już w mieszkaniu. Nigdy więcej nie rzucać się na jej blok z rysunkami, gdy tylko odwróci się, by zobaczyć najnowsze szkice. Nigdy więcej nie kłaść się do łóżka i mieć wieżę Eiffla jako lampkę nocną. A poza tym zostać we Francji, chudnąć kilogram podczas dnia pracy i przybierać na wadze dzięki piwku zaraz potem. Nadal być posłusznym. Zawsze. Cały czas. Tylko to robił: był posłuszny. I teraz utknął w tym stanie, aż do chwili... No już, wyrzuć to z siebie! Tak, właśnie tak... Aż do znużenia... Zupełnie jakby jego życie miało się ułożyć tylko pod warunkiem, że będzie jeszcze bardziej cierpiał...

„Kurwa, już wystarczy! Zajmijcie się teraz kim innym, dobra? Ja już swoją dawkę otrzymałem..."

„Jestem po pas w gównie, chłopaki, więc zejdźcie ze mnie... Ja już mam za swoje. Zapłaciłem".

Kopnęła go pod stołem:
– Obudź się... Wszystko gra?
– Szczęśliwego Nowego Roku – rzucił.
– Coś nie halo?
– Idę spać. Cześć.

20

Ona też długo nie została. Dla niej nie było to wyśnione towarzystwo... Cały czas narzekali na swoją pracę, że jest debilna... i w sumie racja... A poza tym Sébastien zaczął się do niej przystawiać. Gdyby ten kretyn był od samego rana dla niej miły, miałby większą szansę. Fajny numerek można zawczasu rozpoznać: gdy koleś jest miły, nim jeszcze pomyśli, żeby cię bzyknąć...

Znalazła go zwiniętego na kanapie.
– Śpisz?
– Nie.
– Coś nie tak?
– W dwa tysiące czwartym będę powolny – wyjęczał.
Uśmiechnęła się:
– Brawo...
– Mowa! Prawie godzinę się męczę, by znaleźć odpowiedni rym... Wymyśliłem: w dwa tysiące czwartym będę upojny, ale od razu byś pomyślała, że będę nawalony...
– Cóż za wspaniały poeta z ciebie...
Zamilkł. Był zbyt zmęczony na gierki.

– Włącz trochę tej ładnej muzyki, której słuchałaś wtedy...
– Nie. Jesteś już wystarczająco smutny, nie pomoże ci...
– Jeśli puścisz jakąś operę, zostaniesz jeszcze trochę?
– Na jednego papierosa...

– Zgoda.

I Camille po raz sto dwudziesty ósmy w tym tygodniu wrzuciła *Nisi Dominus* Vivaldiego...

– Co on opowiada?
– Czekaj, zaraz ci powiem... Pan obdarza swoich przyjaciół we śnie...
– Super.

– Piękne, prawda?
– Nie wieemm... – ziewnął. – Nie znam się na tym...
– Dziwne, to samo powiedziałeś mi wtedy przy Dürerze... Ale tego nie można się nauczyć! To jest piękne i już.
– A jednak. Czy tego chcesz, czy nie, można się tego nauczyć...
– ...
– Jesteś wierząca?
– Nie. Tak... Gdy słyszę taką muzykę lub wchodzę do bardzo pięknego kościoła albo widzę obraz, który mnie wzrusza, *Zwiastowanie* na przykład, moje serce rośnie tak, że mam wrażenie, iż wierzę w Boga, ale jestem w błędzie: wierzę w Vivaldiego... W Vivaldiego, Bacha, Haendla lub Fra Angelica... To oni są bogami... Tamten, ten Stary, jest tylko pretekstem... Zresztą to jedyny plus, jaki w Nim widzę: że był na tyle potężny, aby ich zainspirować do tych wszystkich dzieł...
– Lubię, jak do mnie mówisz... Mam wrażenie, że robię się mądrzejszy...
– Przestań...
– Nie, to prawda...
– Za dużo wypiłeś.
– Nie. Właśnie za mało...
– Teraz słuchaj... To też jest piękny kawałek... O wiele weselszy... Zresztą to właśnie najbardziej lubię w tych mszach: radosne momenty, takie jak *Gloria* i tym podobne, zawsze przychodzą po dołujących kawałkach... Jak w życiu...

Długa cisza.

– Śpisz?
– Nie, wyczekuję końca twojego papierosa...
– Wiesz co, ja...
– Co ja?
– Myślę, że powinieneś zostać. Jestem przekonana, że wszystko, co mi powiedziałeś o Philibercie *à propos* mojego odejścia, dotyczy również ciebie... Sądzę, że byłby bardzo nieszczęśliwy, gdybyś odszedł, i że jesteś gwarantem jego kruchej równowagi psychicznej na równi ze mną...

– Och... to ostatnie zdanie, czy mogłabyś je przełożyć na francuski?

– Zostań.

– Nie... Ja... Zbyt różnię się od waszej dwójki... „Nie miesza się ręczników ze ścierkami" – jak mawia moja babcia. Trzeba umieć oceniać odpowiednio ludzi...

– Różnimy się, to prawda, ale do jakiego stopnia? Ja, która nie potrafię ugotować sobie jajka, spędziłam cały dzień w kuchni, a ty, który słuchasz tylko techno, zasypiasz przy muzyce Vivaldiego... To wszystko głupstwa, te twoje historie z ręcznikami i szmatami... Ludzie nie mogą ze sobą żyć przez swoją głupotę, a nie różnice między nimi... Bez ciebie, na przykład, nigdy nie potrafiłabym rozpoznać liści portulaki...

– Nie wiem, do czego ci się to przyda...

– To też bzdura. Dlaczego ma mi się do czegoś przydać? Dlaczego zawsze to pojęcie opłacalności? Mam to gdzieś, czy mi się to przyda, czy nie, mnie bawi to, że wiem, iż coś takiego istnieje...

– No widzisz, że się różnimy... Ty albo Philou nie żyjecie w prawdziwym świecie, nie macie pojęcia o życiu, o tym, jak trzeba walczyć, żeby przeżyć... Ja nigdy przed wami nie spotkałem z bliska intelektualistów, ale dokładnie tak sobie was wyobrażałem...

– To znaczy jak?

Machnął ręką:

– To jest: piu, piu... Och jakie malutkie ptaszki i śliczne motylki... piu, piu, jakież one słodkie... Możesz, mój drogi, cofnąć się o jeden rozdział? Ależ tak, mój drogi, dwa nawet! Nie będę musiał schodzić... Och! Nie! Nie schodź, tam zbyt śmierdzi!

Wstała i wyłączyła muzykę.

– Masz rację, nie damy rady... Lepiej, żebyś spadał... Ale daj sobie coś powiedzieć, nim zacznę ci życzyć szczęśliwej drogi. Po pierwsze, to *à propos* intelektualistów, jak mówisz... łatwo się z nich nabijać... Tak, cholernie łatwo... Zazwyczaj nie są zbyt umięśnieni, a poza tym nie lubią się bić... Nie podnieca ich również przemarsz wojska, medale i wielkie limuzyny, a więc to nie takie trudne... Wystarczy im wyrwać z rąk książkę, gitarę, ołówek lub aparat fotograficzny, aby poczuli się totalnie niezdarni... Od tego właśnie zawsze zaczynali dyktatorzy: stłuc okulary, spalić książki lub zakazać koncertów. Niewiele ich to kosztuje, a można na przyszłość uniknąć problemów... Ale, widzisz, jeśli być intelektualistą to znaczy lubić się uczyć, być ciekawym, spostrzegawczym, podziwiać, wzruszać się, próbować rozumieć, na czym świat stoi, i starać się kłaść spać trochę mniej głupim niż poprzedniego wieczoru, to tak jest, ja się pod tym podpisuję: nie tylko uważam się za intelektualistkę, ale jeszcze jestem dumna z tego... Cholernie dumna nawet... I ponieważ jestem intelektualistką, jak mówisz, nie mogę się powstrzymać od czytania twoich gazetek motoryzacyjnych walających się po kiblu i wiem, że nowa beemka R tysiąc dwieście GS ma jakieś małe elektroniczne ustrojstwo, które pozwala jej jeździć na chrzczonej benzynie... Ach!

– Co ty mi tu opowiadasz?

– I jako intelektualistka podkradłam ci twoje komiksy *Joe Bar Team* i zaśmiewałam się całe popołudnie... Druga rzecz: ty akurat, kolego, nie masz prawa nikomu prawić morałów... Sądzisz, że ta twoja kuchnia to jest prawdziwy świat? Oczywiście, że nie. Wręcz przeciwnie. Nigdzie nie wychodzicie, kisicie się we własnym sosie. A co ty wiesz o świecie?

Nic. Od ponad piętnastu lat żyjesz zamknięty w ustalonych godzinach pracy, w operetkowej hierarchii i codziennej monotonii. Być może właśnie dlatego wybrałeś taką robotę? Żeby nie opuścić brzucha mamusi i mieć pewność, że zawsze będziesz miał ciepło i pełno żarcia wokół... Kto to wie... Pracujesz więcej i ciężej od nas, to pewne, ale my, intelektualiści, też musimy taszczyć swój los. Piu, piu, schodzimy co dzień rano. Philibert idzie do swojego kiosku, a ja do moich biur. I nie martw się, jeśli chodzi o ścieranie się z innymi, to się ścieramy. I to twoje *Life is a jungle, struggle for life* i całe to gówno znamy na pamięć... Moglibyśmy nawet ci dawać lekcje, gdybyś chciał... I na tym dobranoc i szczęśliwego Nowego Roku.

– Słucham?
– Nic. Mówiłem, że nie jesteś zbyt swawolna...
– Nie. Jestem zgryźliwa.
– Co to znaczy?
– Weź słownik i sprawdź sobie...
– Camille?
– Tak.
– Powiedz mi coś miłego...
– Dlaczego?
– Żeby dobrze zacząć rok...
– Nie. Nie jestem szafą grającą.
– No, powiedz...
Odwróciła się:
– Zostaw ręczniki i ścierki w jednej szufladzie, życie jest zabawniejsze przy odrobinie bałaganu...
– A ja? Nie chcesz, bym ci coś miłego powiedział na dobry początek roku?
– Nie. Tak... Dawaj.
– Wiesz... Twoje grzanki były wspaniałe...

CZĘŚĆ III

1

Minęła jedenasta następnego dnia rano, gdy wszedł do jej pokoju. Była odwrócona plecami. Siedziała przed oknem, nadal ubrana w kimono.

– Co robisz? Rysujesz?

– Tak.

– Co rysujesz?

– Pierwszy dzień roku...

– Pokaż.

Podniosła głowę i musiała przygryźć sobie policzki, żeby nie wybuchnąć śmiechem.

Ubrany był w supersztywniacki garnitur, w stylu Hugona Bossa z lat osiemdziesiątych, odrobinę na niego za duży i trochę zbyt błyszczący, z poduszkami na ramionach, w musztardowego koloru koszulę z wiskozy i pstrokaty krawat. Skarpetki pasowały do krawatu, a buty z karbowanej świńskiej skóry przeraźliwie go uwierały.

– No co? – burknął.

– Nie, nic, jesteś... Jesteś cholernie elegancki...

– Bardzo śmieszne... Zapraszam babcię na obiad do restauracji...

– A więc... – prychnęła śmiechem – będzie bardzo dumna, że może się pokazać z takim przystojnym kawalerem...

– Bardzo zabawne. Gdybyś wiedziała, jak mnie to wkurza... No, ale dobra, będzie z głowy...

– To Paulette? Ta od szalika?

– Tak. Zresztą dlatego przyszedłem... Chyba mówiłaś, że masz coś dla niej, nie?

– Tak. Rzeczywiście.

Wstała, przesunęła fotel i poszła pogrzebać w swojej walizeczce.

– Usiądź tutaj.

– Po co?

– Żeby zrobić prezent.

– Narysujesz mnie?

– Tak.

– Nie chcę.

– Dlaczego?

– Nie lubię, jak ktoś na mnie patrzy.

– Szybko pójdzie.

– Nie.

– Jak chcesz... Twoja sprawa... Po prostu pomyślałam sobie, że twój portrecik sprawi babci przyjemność... Bo widzisz, to wciąż ta sama historia z handlem wymiennym, wiesz? Ale nie nalegam. Nigdy nie nalegam. To nie jest w moim stylu...

– Ale szybko pójdzie, tak?

– Tak nie może być...

– Co znowu?

– Ten garnitur... Krawat i to wszystko, nie pasuje. To nie jesteś ty.

– Chcesz, bym się rozebrał do rosołu? – zaśmiał się.

– Och, tak, dobry pomysł! Piękny akt... – odparła bez zmrużenia oka.

– Żartujesz, prawda?

Był spanikowany.

– Oczywiście, że żartuję... Jesteś o wiele za stary! A poza tym pewnie zbyt owłosiony...

– Wcale że nie! Wcale że nie! Jestem odpowiednio owłosiony, i już!

Śmiała się.

216

– No już. Wyskocz przynajmniej z marynarki i poluzuj krawat...

– Pff, tyle czasu go wiązałem...

– Popatrz na mnie. Nie, nie tak... Zupełnie jakbyś kij połknął, odpręż się... Nie zjem cię, głupku, tylko uwiecznię...

– Och, tak... – poprosił błagalnie. – Zjedz mnie, Camille, uwiecznij mnie...

– Super. Zachowaj ten głupkowaty uśmiech. To cały ty...

– Już koniec?

– Prawie.

– Mam już dość. Mów coś do mnie. Opowiedz mi jakąś historyjkę, żeby czas szybciej zleciał...

– O czym tym razem mam ci opowiedzieć?

– O sobie.

– ...

– Co będziesz dzisiaj robiła?

– Porządki... Trochę prasowania również... A poza tym pójdę się przejść... Światło jest dziś wspaniałe... Na pewno wyląduję w jakiejś kawiarni lub herbaciarni... Zjem sobie ciastko z jagodową polewą... Mniam... I przy odrobinie szczęścia znajdzie się jakiś pies... Kolekcjonuję psy z pijalni herbat w tym momencie... Mam na nie specjalny notes, superpiękny, firmy Moleskine... Przedtem miałam tylko jeden, na gołębie... Jestem nie do pobicia, jeśli chodzi o gołębie. Te z Montmartre, te z Trafalgar Square w Londynie lub te z Wenecji z placu Świętego Marka, wszystkie je uchwyciłam...

– Powiedz mi...

– Tak...

– Dlaczego zawsze jesteś sama?

– Nie wiem.

– Nie lubisz facetów?

– No i jesteśmy przy tym... jak tylko panna nie daje się nabrać na twój nieodparty urok, to musi być lesbijką, tak?

– Nie, nie, tylko tak pytałem... Zawsze jesteś ubrana w jakieś worki, ostrzyżona na pałę, i w ogóle...

Cisza.
– Nie, nie, lubię facetów... Dziewczyny też, ale wolę facetów...
– Spałaś już z jakąś dziewczyną?
– Ojej... Mnóstwo razy!
– Żartujesz?
– No pewnie. Dobra. Możesz się ubrać.
– Pokaż mi.
– Nie rozpoznasz się. Ludzie nigdy się nie rozpoznają...
– Po co zrobiłaś taką wielką plamę, o tu?
– To jest cień.
– Ach?
– To się tak nazywa przy malowaniu tuszem...
– Ach? A to, co to jest?
– Twoje kosmyki włosów.
– Ach?
– Rozczarowany jesteś, co? Masz, weź jeszcze ten... To jest szkic, który wykonałam parę dni temu, jak grałeś na playstation...

Wielki uśmiech:
– No, tu zgoda! To jestem ja!
– Ja wolę pierwszy, ale dobra... Wsadź je do jakiegoś komiksu na drogę, żeby się nie pogniotły...
– Daj mi kartkę.
– Po co?
– Bo tak. Ja też mogę narysować twój portret, jak chcę...

Spoglądał na nią przez chwilę, nachylił się, wyciągając język, i wręczył jej swoje gryzmoły.
– No więc? – spytała z ciekawością.

Narysował spiralę. Skorupkę ślimaka z małym czarnym punkcikiem w środku.
Nie reagowała.
– Ten mały punkcik to ty.
– Ja... Zrozumiałam...

218

Usta jej drżały.

Wyrwał kartkę z jej dłoni:

– Ojej! Halo! Camille, to było dla żartów! To taka głupota! Byle co!

– Tak, tak – potwierdziła, dotykając dłonią czoła. – Byle co, mam tego świadomość... No jedź już, bo się spóźnisz...

Włożył kombinezon w korytarzu i wychodząc z mieszkania, walnął się z całej siły kaskiem w głowę.

„Ten mały punkcik to ty".

Co za bałwan!

2

Tym razem nie musiał ze sobą taszczyć plecaka pełnego żarcia, więc mógł się położyć na zbiorniku i dać się ponieść szybkości, która w magiczny sposób uwalniała od brudów. Nogi przylepione do motoru, ramiona napięte, klatka nisko i kask prujący powietrze. Na maksa przekręcał nadgarstek, by szybciej zostawić za sobą swoje problemy i o niczym już nie myśleć.

Jechał szybko. O wiele za szybko. Specjalnie. Aby się sprawdzić.

Od kiedy sięgał pamięcią, zawsze miał pod sobą motor i takie uczucie swędzenia w dłoni, i od kiedy sięgał pamięcią, nigdy nie traktował śmierci jako poważnej ewentualności. Może jako pewne utrudnienie? Chociaż może nawet i nie... Skoro i tak nie będzie cierpiał, to co za różnica?

Gdy tylko miał kilka groszy, zapożyczał się, żeby kupić sobie sprzęt o wiele za duży na jego mały móżdżek, a gdy tylko poznał kumpli z odpowiednich kręgów, wydawał jeszcze więcej, by podrasować silnik i uzyskać kilka koni więcej. Na światłach był spokojny, nie palił gum na asfalcie, nie ścigał się z innymi i nie widział powodu, żeby idiotycznie ryzykować. Tylko gdy miał okazję, to uciekał, wyruszał sam na podbój prędkości i zamęczał swojego anioła stróża.

Kochał szybkość. Naprawdę to kochał. Bardziej niż cokolwiek innego na świecie. Bardziej nawet od panienek. Ona dostarczała mu jedynych momentów szczęścia w życiu: spokój, wyciszenie, wolność... Gdy miał czternaście lat, szarżował na swojej motorynce jak ropucha na pudełku zapałek (tak się mówiło w tamtych czasach...), był królem dróg podmiejskich w departamencie Touraine. Gdy miał lat dwadzieścia, kupił sobie pierwszy używany motor. Harował jak dziki wół przez całe lato w spelunie pod Saumur, żeby sobie na niego odłożyć. A dziś stało się to jego jedyną pasją. Najpierw marzył o motorze, kupował, podrasowywał, zajeżdżał, śnił o innym, odwiedzał salony, sprzedawał poprzedni, kupował nowy, podrasowywał itd.

Gdyby nie miał motoru, pewnie dzwoniłby częściej do swojej starej i modlił się w duchu, aby nie opowiadała mu za każdym razem całego swojego życia...

Problem polegał na tym, że to już przestawało być takie proste... Nawet przy dwustu mózg nie stawał się lekki.

Nawet przy dwustu dziesięciu, nawet przy dwustu dwudziestu nadal pracował. Mógł sobie zygzakować, lawirować, przekrzywiać się, odrywać, niektóre fakty pozostawały przylepione do jego kurtki i wciąż zżerały mu mózg między kolejnymi przystankami na stacjach benzynowych.

I dziś, pierwszego stycznia, w taką piękną słoneczną i suchą pogodę, bez plecaka i reklamówek, gdy nie miał nic innego w planach jak dobrą wyżerkę z dwiema rozkosznymi staruszkami, udało mu się w końcu podnieść. Nie musiał już odchylać nogi, by dziękować kierowcom, którzy przezornie przed nim umykali.

Poddał się. Przemieszczał się już tylko z jednego miejsca na drugie, puszczając sobie w głowie tę samą zdartą płytę: Po co takie życie? Do kiedy? I co robić, żeby od niego uciec? Po co takie życie? Do kiedy? I co robić, żeby od niego uciec? Po co takie życie? Do...

Po przyjeździe był padnięty i raczej w dobrym humorze. Zaprosił Yvonne, by jej podziękować i, trzeba to przyznać, aby prowadziła rozmowę za niego. Dzięki niej będzie mógł włączyć automatycznego pilota. Jeden uśmieszek w prawo, jeden w lewo, kilka drobnych przekleństw, żeby sprawić im przyjemność, i już będzie pora deseru... I w nogi...

Ona miała podjechać po Paulette samochodem i byli w trójkę umówieni w Hôtel des Voyageurs, maleńkiej restauracji z ozdobnymi obrusikami i suszonymi kwiatami, gdzie niegdyś uczył się, a potem pracował i skąd wyniósł dobre wspomnienia... To było w 1990 roku. Czyli milion lat świetlnych temu...

Co wtedy miał? Fazer yamaha, tak?

Zygzakował między białymi liniami i podniósł osłonę kasku, aby poczuć szczypanie promieni słonecznych. Nie przeprowadzi się. Nie od razu. Może zostać tu, w tym zbyt dużym mieszkaniu, gdzie życie powróciło pewnego ranka wraz z dziewczyną z kosmosu w koszuli nocnej. Niewiele mówiła, a jednak od kiedy tu jest, znów w domu coś się dzieje. Philibert wychodzi nareszcie ze swojego pokoju i razem piją rano gorącą czekoladę. Już nie trzaska drzwiami, by jej nie obudzić, i łatwiej zasypia, gdy słyszy, jak się porusza w pokoju obok.

Na początku nie mógł jej znieść, ale teraz było dobrze. Ujarzmił ją...

„Co? Słyszysz samego siebie?"

„Że co?"

„Czekaj, nie udawaj niewiniątka... Serio, Lestafier, spójrz mi w oczy, czy naprawdę masz wrażenie, że ją ujarzmiłeś? Ją?"

„Hm... nie..."
„Ach, zgoda! Tak lepiej... Wiem, że nie jesteś specjalnym bystrzakiem, ale... Przestraszyłeś mnie!"

„Dobra, dobra... Nie można już nawet pożartować..."

3

Rozpiął kombinezon na przystanku autokarowym i przechodząc przez drzwi, poprawił krawat.
Szefowa rozłożyła szeroko ramiona:
– Ależ on jest piękny! Ach, widać, że ubierasz się w Paryżu! René cię całuje. Wpadnie, jak skończy zmianę...

Yvonne wstała, a babcia uśmiechnęła się czule.
– Jak tam, dziewczyny? Widzę, że spędziłyście dzień u fryzjera?
Zachichotały nad swoimi drinkami i przesunęły się, aby mógł podziwiać widok na Loarę.
Babcia wyciągnęła garsonkę na specjalne okazje, z futrzastym kołnierzem i z broszką ze sztucznego tworzywa. Fryzjer z domu starców poszedł na całość i włosy miała równie łososiowe jak serwetka na stole.
– No proszę, ten twój fryzjer dziwnie cię pofarbował...
– Dokładnie to samo powiedziałam – wcięła się Yvonne. – Niezły jest ten kolor, prawda, Paulette?
Paulette kiwała głową i rozpływała się z dumy. Wycierała kąciki ust adamaszkową serwetką, pożerała spojrzeniem swojego wnuka i krygowała się, zasłaniając twarz kartą z menu.

Wszystko odbyło się, jak przewidział: „tak", „nie", „ach tak?", „nie może być!", „o kurwa", „przepraszam...", „cholera", „ups..." to jedyne słowa, jakie wypowiedział. Yvonne spisywała się wyśmienicie, wypełniając potokiem słów resztę czasu...

Paulette niewiele mówiła.

Patrzyła przez okno.

Szef przyszedł do nich, aby się na chwilę dosiąść, i zaserwował paniom stary armaniak. Najpierw odmówiły, a potem żłopały jak wino mszalne. Opowiadał Franckowi kucharskie historie i zapytał, czyby nie wrócił tu pracować...

– Paryżanie nie umieją jeść... Kobiety odchudzają się, a mężczyźni myślą tylko, ile zapłacą... Jestem pewien, że nigdy nie obsługujesz zakochanych par... W południe masz tylko ludzi biznesu, którzy mają w nosie to, co jedzą, a wieczorami pary, które świętują swoje dwudzieste rocznice ślubu, patrząc na siebie wilkiem, bo źle zaparkowali samochód i boją się, że zostanie odholowany... Co, może się mylę?

– Och, wie pan, ja to mam gdzieś... Odwalam swoją robotę...

– A więc jest tak, jak mówiłem! Tutaj gotujesz dla swoich ziomków... Wróć w te okolice, pójdziemy sobie z kumplami na ryby...

– Chce pan sprzedać Renégo?

– Pff... Komu?

Yvonne poszła po samochód, a Franck pomagał babci włożyć płaszcz przeciwdeszczowy:

– Masz, dała mi to dla ciebie...

Cisza.

– Co jest? Nie podoba ci się?

– Ależ tak, tak...

Zaczęła płakać:

– Taki jesteś tu piękny...

Wskazała rysunek, którego nie lubił.

– Czy wiesz, że ona codziennie wkłada twój szalik...

– Kłamczuch...

– Przysięgam!

– A więc masz rację... Ta mała nie może być normalna – dodała, wycierając nos z uśmiechem.

– Babciu... Nie ma co płakać... Wyjdziemy z tego...

– Tak... Nogami do przodu...

– ...

– Wiesz, czasami myślę sobie, że jestem gotowa, i czasami... Ja...

– Och... kochana babciu...

I po raz pierwszy w życiu objął ją.

Pożegnali się na parkingu i poczuł ulgę, że nie musi sam jej odstawiać do tej dziury.

Gdy wsiadł, motor wydał mu się cięższy niż zwykle.

Był umówiony ze swoją dziewczyną, miał kasę, dach nad głową, robotę, nie musiał opuszczać dwójki współmieszkańców dziwaków, a jednak zdychał z samotności.

– „Co za gówno – szepnął, nakładając kask. Co za gówno..." – Nie powtórzył po raz trzeci dlatego, że nic to nie dawało, a poza tym szybka mu zaparowała.

Co za gówno...

4

– Znowu zapomniałeś klu...

Camille nie dokończyła zdania, bo zorientowała się, że to nie ta osoba. To nie był Franck, tylko dziewczyna. Ta, którą wywalił w Wigilię, kiedy już ją przeleciał...

– Nie ma Francka?

– Nie. Pojechał się spotkać z babcią...

– Która godzina?

– Hm... Jakaś siódma, myślę...

– Nie będzie ci przeszkadzać, jak tu na niego zaczekam?

– Oczywiście, że nie... Wejdź...

– Nie przeszkadzam?

– Skądże! Właśnie przysypiałam przed telewizorem...

– To ty oglądasz telewizję?

– No tak, dlaczego pytasz?

– Ostrzegam, wybrałam możliwie najbardziej kretyński program. Same panny ubrane jak dziwki i prezenterzy w dopasowanych ubrankach, którzy czytają pytania, rozchylając po męsku nogi... Myślę, że to rodzaj karaoke ze znanymi ludźmi, ale nikogo nie rozpoznaję...

– Tego musisz znać, to ten koleś ze *Star Academy**...

– Co to jest *Star Academy*?

– Ach tak, miałam rację... To właśnie mi mówił Franck, nigdy nie oglądasz telewizji...

– Nie za często, fakt... Ale teraz mi się podoba... Mam wrażenie, że się tarzam w cieplutkim barłogu... Mhm... Wszyscy są piękni, wciąż dają sobie buziaki, a dziewczyny uważają na tusz do rzęs, gdy beczą. Zobaczysz, to superwzruszające...

– Posuniesz się kawałek?

– Masz... – odparła Camille, przesuwając się i wręczając drugi koniec kołdry. – Chcesz się czegoś napić?

– A ty co opróżniasz?

– Czerwone winko...

– Czekaj, idę po kieliszek...

– Co się teraz dzieje?

– Nic nie rozumiem...

– Nalej, wytłumaczę ci.

Plotkowały w czasie reklam. Ona nazywała się Myriam, pochodziła z Chartres, pracowała w salonie fryzjerskim na ulicy Saint-Dominique i wynajmowała kawalerkę w XV dzielnicy. Zaczęły się martwić o Francka, zostawiły mu wiadomość na sekretarce i podgłośniły, gdy program się znowu zaczął. Po trzeciej przerwie były koleżankami.

– Od kiedy go znasz?

– Bo ja wiem... Od miesiąca może...

– To coś poważnego?

– Nie.

---

* Program podobny do Big Brothera.

– Dlaczego?

– Bo tylko o tobie mówi! Nie, żartuję... Powiedział mi, że świetnie rysujesz... Słuchaj, nie chcesz, żebym ci coś zrobiła z włosami, skoro już tu jestem?

– Co?

– Uczesać cię?

– Teraz?

– No tak, bo potem będę zbyt pijana i mogę ci niechcący obciąć ucho.

– Ale nic nie masz ze sobą, nawet nożyczek...

– Nie ma jakiejś maszynki do golenia w łazience?

– Hm... powinno coś być. Philibert używa czegoś w rodzaju przedpotopowej brzytwy...

– A co dokładnie chcesz zrobić?

– Trochę cię wyłagodzić...

– Nie będzie ci przeszkadzać, jak usiądziemy przed lustrem?

– Boisz się? Chcesz mnie pilnować?

– Nie, przyglądać się...

Myriam cieniowała jej włosy, a Camille rysowała je obie.

– Dasz mi?

– Nie, wszystko, co chcesz, ale nie to... Autoportrety, nawet takie niedorobione jak ten, zachowuję...

– Dlaczego?

– Bo ja wiem... Mam wrażenie, że po iluś tam rysunkach w końcu rozpoznam samą siebie...

– Kiedy patrzysz w lustro, to się nie rozpoznajesz?

– Uważam, że jestem brzydka.

– A na twoich rysunkach?

– Na moich rysunkach nie zawsze...

– Tak jest lepiej, prawda?

– Zrobiłaś mi pazurki, jak u Francka...

– Pasują do ciebie.

– Znasz Jean Seberg?

– Nie, kto to jest?

– Aktorka. Miała dokładnie taką samą fryzurę, tylko blond...

– Och, jeśli tylko o to chodzi, mogę cię następnym razem zrobić blondynką!

– To była superładna dziewczyna... Żyła z jednym z moich ulubionych pisarzy... A potem znaleziono ją pewnego ranka nieżywą w jej samochodzie... Jak tak śliczna dziewczyna znalazła w sobie odwagę, aby pozbawić się życia? To niesprawiedliwe, prawda?

– Powinnaś ją narysować przedtem... Żeby się zobaczyła...

– Miałam dwa lata...

– To też jest coś, co mi opowiadał Franck...

– Że popełniła samobójstwo?

– Nie, że opowiadasz mnóstwo historii...

– To dlatego, że lubię ludzi... Hm... ile jestem ci winna?

– Przestań...

– A więc w zamian dam ci prezent...

Wróciła z książką.

– *Lęki króla Salomona*... Dobre?

– Jeszcze lepsze... Mogłabyś spróbować do niego jeszcze raz zadzwonić, zaczynam się jednak martwić... Może miał wypadek?

– Pff... Niepotrzebnie się gnębisz... Po prostu zapomniał... Ja już się przyzwyczaiłam...

– Więc dlaczego z nim jesteś?

– Żeby nie być sama...

Zaczęły już drugą butelkę, gdy wparował i zdjął kask.

– Hej, co wy tu wyprawiacie?

– Oglądamy pornosa! – zaśmiały się. – Znalazłyśmy go w twoim pokoju... Miałyśmy problem z wyborem, co nie, Mimi? Jak ten się nazywa?

– *Zabierz język, bym pierdnął.*

– Ach tak, to ten... Jest super...

– Ale co wy wygadujecie? Ja nie mam żadnych pornosów!

– Ach tak? To dziwne... Może ktoś zostawił w twoim pokoju – zakpiła Camille.

– Albo się pomyliłeś – dodała Myriam. – Myślałeś, że bierzesz *Amelię*, i wylądowałeś z *Zabierz...*

– Ale co jest... – spojrzał na ekran, podczas gdy one turlały się ze śmiechu. – Jesteście totalnie narąbane!

– Tak... – przyznały zawstydzone.

– Zaczekaj! – zawołała Camille, gdy mrucząc coś pod nosem, opuszczał pokój.

– Co znowu?

– Nie pokażesz narzeczonej, jaki byłeś dziś ładny?

– Nie. Nie wkurwiajcie mnie.

– Och tak – poprosiła Myriam. – Pokaż mi, skarbie!

– Striptiz – dodała Camille.

– Do rosołu! – krzyknęła Myriam.

– Striptiz! Striptiz! Striptiz! – wołały chórem.

Pokręcił głową, wznosząc oczy do nieba. Próbował przybrać urażoną minę, ale mu się nie udało. Był wypompowany. Miał ochotę zwalić się na łóżko i spać przez tydzień.

– Striptiz! Striptiz! Striptiz!

– Dobrze. Same tego chciałyście... Zgaście telewizor i przygotujcie napiwki, dziewczynki...

Zapuścił *Sexual Healing* – nareszcie – i zaczął od rękawic.

A gdy nadszedł refren,

> *Get up, get up, let's make love tonight,*
> *Wake up, wake up, wake up, cause you do it right,*

zerwał jednym ruchem ostatnie trzy guziki żółtej koszuli i zakręcił nią nad głową, wspaniale i seksownie się wyginając.

Dziewczyny tupały i trzymały się pod boki.

Zostały mu już tylko spodnie. Odwrócił się i powoli spuścił je w dół, jeden ruch bioder w kierunku jednej dziewczyny, drugi w kierunku drugiej, i wreszcie pojawiła się góra jego bokserek, szeroka guma, na której można było odczytać: DIM DIM DIM, znowu się odwrócił i puścił oko do Camille. W tym momencie piosenka się skończyła i szybko wciągnął z powrotem gacie.

– Dobra, fajne są te wasze głupoty, ale idę do wyra...
– Och...
– Jaka szkoda...

– Głodna jestem – oświadczyła Camille.
– Ja też.
– Franck, jesteśmy głodne...
– Kuchnia jest tam, prosto, potem w lewo...

Pojawił się kilka minut później w szlafroku Philiberta w szkocką kratę.
– I co? Nie jecie?
– Nie, trudno. Teraz pozostaje nam tylko umrzeć... Chippendale, który się ubiera, kucharz, który nie gotuje, naprawdę nie mamy szczęścia dziś wieczorem...
– No dobra – westchnął. – Co chcecie? Słodkie czy słone?

– Mhm... Pycha...
– To tylko makaron... – wtrącił skromnie.
– Ale co tam wsadziłeś do środka?
– No cóż, różne rzeczy...
– Przepyszne – powtórzyła Camille. – A co na deser?
– Płonące banany... Panie wybaczą, ale musiałem sobie radzić z tym, co jest... Zresztą zobaczycie... Ten rum to nie old nick z Monoprix!
– Mmm... – powtórzyły jeszcze, wylizując talerze. – A co teraz?
– Teraz spać, a dla tych, które to interesuje, mój pokój jest tam, w głębi, po prawej.

Zamiast tego zaparzyły sobie herbaty ziołowej i zapaliły ostatniego papierosa. Franck zasypiał na siedząco na kanapie.

– Ach, jakiż on piękny, ten nasz Don Juan, z tym swoim *healingiem*, tą seksualną otoczką... – zażartowała Camille.

– Taaa, masz rację, niezły jest...

Uśmiechał się na wpół śnięty i przyłożył palec do ust, prosząc, żeby już nie gadały.

Gdy Camille weszła do łazienki, zastała tam już Francka i Myriam. Wszyscy byli zbyt zmęczeni, aby się krępować, i Camille chwyciła szczoteczkę do zębów, podczas gdy Myriam pakowała swoją, życząc jej dobrej nocy.

Franck pochylał się nad umywalką, plując pastą do zębów. Gdy podniósł wzrok, ich spojrzenia się spotkały.

– To ona ci to zrobiła?

– Tak.

– Fajne...

Uśmiechnęli się do swoich odbić i te pół sekundy trwało dłużej niż normalne pół sekundy.

– Czy mogę włożyć twój szary podkoszulek do spania? – spytała Myriam z pokoju.

Energicznie szczotkował zęby i ponownie zwrócił się do dziewczyny w lustrze, opluwając sobie całą brodę pastą:

– Szbległupieszpluczciejsjjheorlgdymnsniejslniemasieajppfwiodachummadmgłowaj...

– Słucham? – zapytała, marszcząc brwi.

Wypluł pastę:

– Mówiłem, że to głupie uczucie, gdy nie ma się dachu nad głową...

– Ach tak – uśmiechnęła się. – Tak, głupie. Naprawdę...

Odwróciła się do niego:

– Posłuchaj mnie, Franck, mam ci ważną rzecz do powiedzenia... Wczoraj wyznałam ci, że nie dotrzymuję postanowień noworocznych, ale teraz jest coś, co powinniśmy razem postanowić i trzymać się tego...

– Mamy przestać pić?!

– Nie.

– Palić?

– Nie.

– To czego chcesz?

– Chciałabym, żebyś zaprzestał tych gierek ze mną...

– Jakich gierek?

– Dobrze wiesz, o co chodzi... Ten twój *sexual planning*, te wszystkie ciężkawe aluzje... Ja... nie mam ochoty cię stracić, nie chcę, abyśmy się pogniewali. Chciałabym, by wszystko się teraz tu dobrze układało... Żeby to było miejsce... Rozumiesz, takie miejsce, gdzie będzie nam w trójkę dobrze... Spokojne, bez zgrzytów... Ja... Tu... My... nigdzie nie zajdziemy we dwójkę, zdajesz sobie z tego sprawę, nie? To znaczy, chciałam powiedzieć, my... Oczywiście, możemy się bzyknąć, tak, ale co potem? Między nami to nie zadziała i... To znaczy szkoda by było to wszystko zepsuć...

Był w lekkim szoku i upłynęła chwila, nim zareagował:

– Czekaj, co ty mi tu opowiadasz? Nigdy nie mówiłem, że chcę się z tobą przespać! Nawet gdybym chciał, nie mógłbym! Jesteś zbyt chuda! Jakim cudem jakiś facet miałby ochotę cię pieścić? Dotknij się, kobieto! Dotknij się! Masz zupełnego świra...

– Widzisz, że mam rację, ostrzegając cię? Widzisz, jak trzeźwo myślę? Nigdy byśmy nie mogli być razem... Próbuję ci wyłożyć coś z jak największym taktem, a ty nie masz mi nic innego do zaoferowania jak tę twoją gównianą agresję, głupotę, nieuczciwość i złośliwość. Na szczęście nie będziesz mógł mnie nigdy dotykać! Na szczęście! Nie chcę tych twoich czerwonych łapsk i obgryzionych paznokci! Zachowaj je dla swoich kelnerek!

Trzymała się za klamkę:

– Dobra, nie udało się... Powinnam była milczeć... Och!

Jaka jestem durna... Jaka durna... A poza tym zazwyczaj tak nie robię. W ogóle... Raczej chowam ogon pod siebie i zmykam gdzie pieprz rośnie...

Siedział na brzegu wanny.

– Tak, tak zazwyczaj postępuję... Ale teraz zachowałam się jak idiotka, zmusiłam się, żeby z tobą porozmawiać, bo...

Podniósł głowę.

– Bo co?

– Bo... już ci mówiłam, wydaje mi się ważne, by to mieszkanie pozostało spokojnym miejscem... Zaraz skończę dwadzieścia siedem lat i po raz pierwszy w życiu mieszkam gdzieś, gdzie czuję się dobrze, gdzie jestem szczęśliwa, że mogę wracać wieczorem, nawet jeśli to długo nie potrwa. Zrozum, że pomimo tych wszystkich okropieństw, które właśnie mi rzuciłeś w twarz, nadal tu jestem, chowam w kieszeń moją dumę, aby tego nie stracić... Ojej... czy rozumiesz, co do ciebie mówię, czy to zupełna chińszczyzna?

– ...

– No dobra... Idę muskać się... hm... to znaczy spać...

Nie mógł powstrzymać uśmiechu:

– Przepraszam, Camille... Kulawo się do ciebie zabieram...

– To prawda.

– Dlaczego tak jest?

– Dobre pytanie... No to jak? Zakopujemy ten topór?

– Okay. Ja już kopię...

– Super. Dobra, buziak na zgodę?

– Nie. Przespać się z tobą jeszcze ujdzie, ale całować cię w policzek – na pewno nie. Na tę chwilę to by było za wiele...

– Głupi jesteś...

Trochę czasu zabrało mu pozbieranie się. Skulił się i długo przyglądał się palcom u stóp, rąk, paznokciom, zgasił światło i z myślami gdzie indziej wszedł w Myriam, przygniatając ją do poduszki, żeby tamta druga nie usłyszała.

5

Nawet jeśli ta rozmowa dużo ją kosztowała, nawet jeśli rozbierając się tego wieczoru, dotknęła swojego ciała z jeszcze większą nieufnością, czując się bezsilna i zniechęcona przez te wszystkie kości wystające w strategicznych kobiecych miejscach, kolanach, biodrach, ramionach, nawet jeśli nie mogła zasnąć, oceniając swoje złe strony, to i tak nie żałowała, że ją rozpoczęła. Już następnego dnia zobaczyła to po sposobie, w jaki się poruszał, żartował. Był uważny, ale nie do przesady, i egoistyczny, nie zdając sobie nawet z tego sprawy, że zrozumiał, co chciała mu przekazać.

Obecność Myriam w jego życiu ułatwiała sprawę i nawet jeśli wciąż ją traktował *per* noga, to przynajmniej z nią sypiał i wracał bardziej rozluźniony.

Camille czasem brakowało ich małych przekomarzanek... „Co za pech – myślała sobie – to było nawet przyjemne...” Ale te ataki słabości nigdy nie trwały długo. Zbyt dużo w życiu przeszła i znała cenę spokoju – niewyobrażalną. A poza tym jak było naprawdę? Gdzie kończył się spokój, a zaczynała gierka z nim? Siedziała tak samotnie przy stole, nad źle rozmrożoną zapiekanką, pogrążona w rozważaniach, gdy nagle ujrzała coś dziwnego na parapecie...

To był portret, który narysował jej wczoraj.

Przed skorupą leżała świeża główka sałaty...

Usiadła z powrotem i zaczęła dziobać zimną cukinię, uśmiechając się głupkowato.

6

Razem wybrali się, by kupić supernowoczesną pralkę, i podzielili się kosztami. Francka rozbawiło, gdy sprzedawca odpowiedział mu: „Ale pani ma całkowitą rację...”, a sam zwracał się do niej z demonstracyjnym: „kochanie”.

– Plusem tego typu łączonych sprzętów – wykładał sprzedawca – tak zwanych dwóch w jednym, jeśli państwo wolą, jest oczywiście oszczędność przestrzeni... Niestety, wiemy, jakie dziś mają warunki młode pary...

– Powiemy mu, że mieszkamy w trójkę na czterystu metrach kwadratowych? – szepnęła Camille, łapiąc go za ramię.

– Kochanie, proszę... – odpowiedział poirytowany. – Daj mi posłuchać pana...

Nalegała, żeby podłączył pralkę przed przyjazdem Philiberta, „bo się chłopak zbyt zestresuje", i spędziła całe popołudnie na czyszczeniu małego pomieszczenia obok kuchni, które kiedyś nazywano pewnie pralnią...

Odkryła sterty pościeli, haftowanych serwetek, obrusów, fartuszków i ręczników... Zeschnięte kawałki mydła i resztki popękanych produktów w zachwycających pudełkach: soda krystaliczna, olejek lniany, biel cynkowa, alkohol do czyszczenia fajek, wosk Saint-Wandrille, krochmal Rémy, delikatny w dotyku jak kawałki jedwabnego puzzla... imponująca kolekcja szczotek z wszelkich rozmiarów i rodzajów włosiem, miotełka z piór równie piękna jak szykowna parasolka, bukszpanowa dłoń do przywracania kształtów rękawiczkom i coś w rodzaju wiklinowej rakiety do trzepania dywanów.

Ułożyła skrupulatnie wszystkie te skarby i narysowała w wielkim zeszycie.

Wbiła sobie do głowy, że musi wszystko uwiecznić, aby sprezentować Philibertowi w dniu, w którym będzie się musiał stąd wyprowadzić...

Za każdym razem, gdy zabierała się do jakichś drobnych porządków, kończyła je w kucki na przeglądaniu olbrzymich kartonów na kapelusze, wypełnionych listami i zdjęciami. Spędzała całe godziny z przystojnymi wąsaczami w mundurach, wielkimi damami prosto z obrazów Renoira i małymi chłopcami ubranymi jak dziewczynki, trzymającymi w wieku pięciu lat prawą dłoń na koniu na biegunach, w wieku siedmiu bawiących się w serso. W wieku dwunastu lat trzymali już dłoń na Biblii, ramię lekko przekrzywione, aby uwydatnić opaskę na rękawie – symbol pierwszej komunii...

Tak, uwielbiała to miejsce i nierzadko, z przerażeniem spoglądając na zegarek, pędziła korytarzami metra i dostawała opieprz od Super-Josy, która pokazywała jej godzinę na swoim... Ba...

– Gdzie tak lecisz?
– Do roboty, jestem bardzo spóźniona....
– Ubierz się, jest zimno...
– Tak, tato... A tak w ogóle... – dodała.
– Tak?
– Jutro wraca Philou...
– Ach?
– Wzięłam wolny wieczór... A ty jak?
– Nie wiem...
– Dobra...
– Włóż chociaż sza...
Drzwi już trzasnęły...

„Co za panna – mamrotał. – Gdy ją podrywam, niedobrze; gdy jej mówię, żeby się ciepło ubrała, kpi se ze mnie. Nie dojdziesz za nią..."

Nowy rok, taka sama harówa. Te same zbyt ciężkie maszyny do pastowania, te same, zawsze zapchane odkurzacze, te same ponumerowane wiadra („koniec pomyłek, dziewczyny!"), te same z trudem wynegocjowane produkty, te same zatkane umywalki, ta sama rozkoszna Mamadou, te same zmęczone koleżanki, ta sama podekscytowana Jojo... Wszystko takie samo.

Camille była w lepszej formie, stała się więc mniej gorliwa. Zostawiła swoje kamienie przed wejściem, zabrała się do roboty, wyczekiwała pierwszych brzasków i nie widziała już powodu, żeby żyć sobie na przekór... Przed południem była najbardziej wydajna, a jak tu wtedy pracować, gdy człowiek kładzie się codziennie o drugiej czy trzeciej nad ranem, wykończony przez tak ogłupiającą fizyczną pracę?

Czuła mrowienie w dłoniach, mózg pracował na pełnych obrotach: Philibert wraca, Franck stał się zupełnie znośny, plusy mieszkania są niepodważalne... Pewna myśl chodziła jej po głowie... Pewien fresk... Och, nie, nie fresk, to zbyt duże słowo... Ale ewokacja... Tak, właśnie, ewokacja. Kronika, wymyślona biografia miejsca, w którym mieszka... Było tam tyle tematów, tyle wspomnień... Nie tylko przedmiotów. Nie tylko zdjęć, ale przede wszystkim ta atmosfera. Atmosferrra – jak powiedziałby Philibert, rolując r... Szepty, lekkie drżenie jeszcze... Te książki, obrazy, te aroganckie gzymsy, porcelanowe wyłączniki, wystające przewody, metalowe termofory do pościeli, małe pojemniczki na kataplazmy, wszelkich rozmiarów prawidła do butów i te wszystkie pożółkłe etykietki...
Koniec pewnej epoki...

Philibert przestrzegł ich – pewnego dnia, być może jutro, trzeba będzie się wynieść, spakować szybko ubrania, książki, płyty, pamiątki, dwa żółte tupperware'y i wszystko zostawić za sobą.
A potem? Kto wie? W najlepszym wypadku będzie podział wszystkiego, w najgorszym te potwory, pchli targ lub sklepy z rzeczami dla biedoty... Oczywiście, na zegar ścienny i kapelusze znaleźliby się chętni, ale kto by się zatroszczył o alkohol do czyszczenia fajek, zasłony, koński ogon ze swoim małym ex-voto: *In memoriam Venus, 1889–1912, dumny kasztan o nakrapianym nosie*, i o resztę chininy w błękitnym flakonie ze stolika w łazience?

Czy też podczas rekonwalescencji czy majaczenia, a może w słodkiej demencji, Camille ubzdurała sobie, nie wiedząc kiedy ani dlaczego – a może sam stary markiz jej to podszepnął? – że to wszystko, cała ta elegancja, ten świat w ago-

236

nii, to małe muzeum sztuki i tradycji burżuazji, czekało tylko na jej przybycie, jej spojrzenie, jej delikatność i jej zauroczony pędzel, żeby móc w końcu w spokoju odejść...

Ten dziwaczny pomysł nachodził ją, potem przechodził, znikał w dzień, zazwyczaj pod wpływem tysięcy kpiących uśmieszków w stylu: „Moja biedna... Co ty sobie znowu wymyśliłaś? I kim ty w ogóle jesteś? A któż mógłby się tym wszystkim zainteresować, wytłumacz mi".

Ale w nocy... Ach, w nocy! Gdy wracała ze swoich okropnych biur, gdzie spędzała większość czasu w kucki przed wiadrem, wycierając nos w rękaw nylonowej koszuli, gdzie schylała się z dziesięć, ze sto razy, by podnosić plastikowe kubeczki i papiery bez znaczenia, gdy szła kilometrami blado oświetlonych podziemnych korytarzy, gdzie banalne graffiti nie były w stanie do niej przemówić: „A on? Co czuje, gdy jest w tobie?", gdy kładła klucze na półce przy wejściu i szła na paluszkach przez wielkie mieszkanie, nie mogła nie słyszeć tych głosów. „Camille... Camille" – skrzypiał parkiet, „Zachowaj nas..." – błagały starocie, „Do diabła, dlaczego tupperware'y, a nie my?" – oburzał się stary generał z fotografii na łożu śmierci. „To prawda! – chórem odpowiadały miedziane przyciski i zjedzona przez mole taśma do kapeluszy – dlaczego?"

Siadała więc w ciemnościach i powoli skręcała sobie papierosa na uspokojenie. Po pierwsze mam gdzieś tupperware'y, po drugie jestem tu, wystarczy, że mnie obudzicie, cwaniaki, przed południem...

I rozmyślała o księciu Salinie, wracającym samotnie, na piechotę, po balu... Książę właśnie bezsilnie przyglądał się upadkowi swojego świata i widząc krwawe truchło wołu oraz odpadki zalegające wzdłuż ulic, błagał Niebo, żeby było bardziej rychliwe...

Koleś z piątego piętra zostawił dla niej czekoladki Mon Chéri. „Co za wariat" – zaśmiała się Camille i sprezentowała je swojej ulubionej szefowej. Podziękowała mu rysunkiem z kobietą kocmołuchem: *Dzięki, ale nie miałby Pan przypadkiem nadziewanych likierem?*

„Jaka jestem zabawna – westchnęła, kładąc swoje dzieła – jaka jestem zabawna..."

I to właśnie z takim nastawieniem, zatopiona w myślach, kpiąca, jedną nogą w satyrze, drugą w błocie, otworzyła drzwi pomieszczenia usytuowanego za windami, gdzie trzymały baniaki z chlorem i cały sprzęt.

Wychodziła ostatnia i zaczęła się rozbierać w półmroku, gdy nagle pojęła, że nie jest sama...

Jej serce przestało bić i poczuła, jak coś ciepłego ciekanie jej wzdłuż ud – zsikała się.

– Czy... Czy ktoś tu jest? – wybełkotała, klepiąc ścianę w poszukiwaniu kontaktu.

Siedział tam, na ziemi, spanikowany, ze wzrokiem szaleńca, oczami wypalonymi przez prochy lub ich brak. Znała doskonale takie twarze. Nie ruszał się, nie oddychał i zatykał oburącz pysk swojego psa.

Przez kilka sekund patrzyli na siebie w milczeniu, bez ruchu. Tyle wystarczyło, by dotarło do nich, że żadne nie zginie. Chłopak zabrał prawą dłoń i położył palec na ustach, Camille zgasiła światło.

Serce zaczęło jej bić z powrotem. Byle jak. Złapała płaszcz i zaczęła wychodzić tyłem.

– Kod? – jęknął.

– C... co?

– Kod do budynku?

Nie mogła sobie przypomnieć, bełkotała, podała mu w końcu, poszukała wyjścia, trzymając się ścian, i znalazła się na ulicy zdyszana i mokra od potu.

Przeszła obok strażnika:

– Zimno dzisiaj, co?

– ...
– Co się stało? Wyglądasz, jakbyś zobaczyła ducha...
– Jestem zmęczona...

Było jej strasznie zimno. Okryła połami płaszcza mokre spodnie dresowe i poszła w złym kierunku. Gdy wreszcie zdała sobie sprawę, gdzie się znajduje, skierowała się na postój taksówek.

Był to luksus, na który sobie pozwalała przy dużej różnicy temperatur między pomieszczeniem a dworem (+21°, -3°). Rozchyliła uda, oparła czoło o szybę i przez resztę drogi obserwowała skulonych ludzi na kratkach odprowadzających ciepłe powietrze i w zakamarkach bram.

Uparci ludzie, nieustępliwi, ci, którzy odmawiali foliowych płacht, żeby nie być widocznymi w światłach każdego przejeżdżającego samochodu, i którzy woleli ledwo ciepły beton od talerzy w noclegowni.

Skrzywiła się.

Złe wspomnienia powróciły...

A ten duch czy zjawa? Wydawał się taki młody... I jego pies? Co za idiotyzm... Nigdzie nie mógł z nim pójść... Powinna z nim porozmawiać, przestrzec go przed wielkim Matriksem i zapytać, czy nie jest głodny... Nie, on chciał swoich prochów... A kundel? Ciekawe, kiedy on dostał swoją ostatnią porcję chappi? Westchnęła. Co za idiotka... Martwi się o jakiegoś ćpuna, gdy połowa ludzkości marzy o miejscu na kratce wentylacyjnej, co za idiotka... „No już, spadaj, ciotko, przynosisz mi wstyd. Do czego to wszystko podobne? Gasisz światło, żeby go więcej nie widzieć, a potem zamartwiasz się na tylnym siedzeniu wielkiego wozu, gniotąc koronkową chusteczkę"...

„Spadaj, już..."

Mieszkanie było puste, poszukała alkoholu, byle jakiego, wypiła wystarczająco, aby jeszcze odnaleźć drogę do swojego łóżka, i wstała w nocy, by zwymiotować.

7

Z dłońmi w kieszeniach i nosem w górze podskakiwała pod tablicą przyjazdów, gdy znajomy głos podał jej informację, której szukała:

– Pociąg z Nantes. Przyjazd na peron dziewiąty, godzina dwudziesta trzydzieści pięć. Spóźnienie około piętnastu minut... Jak zwykle...

– Ach, jesteś tu?

– No widzisz... – odparł Franck. – Przyszedłem na powitanie... No proszę, wystroiłaś się! A to co? Szminka, jeśli się nie mylę.

Ukryła uśmiech za dziurami szalika.

– Głupi jesteś...

– Nie, jestem zazdrosny. Nigdy nie malujesz ust dla mnie...

– To nie szminka, tylko pomadka na spierzchnięte wargi...

– Kłamczucha. Pokaż...

– Nie. Wciąż masz urlop?

– Jutro wieczorem wracam do roboty...

– Tak? Jak się czuje twoja babcia?

– Dobrze.

– Dałeś jej prezent ode mnie?

– Tak.

– No i?

– Powiedziała, że musisz szaleć za mną, skoro mnie tak ładnie narysowałaś...

– No wiesz...

– Idziemy się czegoś napić?

– Nie. Cały dzień spędziłam niestety w zamkniętym pomieszczeniu... Usiądę więc sobie tutaj i będę patrzeć na ludzi...

– Mogę się z tobą pogapić?

Wcisnęli się na ławkę między kioskiem z gazetami a kasownikiem i obserwowali nieprzerwane potoki biegających ludzi.

– No już! Biegnij, stary! Biegnij! Hop... Za póóźno...

– Jeden euro? Nie. Papierosa, jak chcesz...

– Czy możesz mi wytłumaczyć, dlaczego to zawsze naj-gorzej zbudowane panny ubierają się w spodnie biodrówki? Nie mogę tego pojąć...

– Jeden euro? Stary, już mnie o to pytałeś!

– Popatrz na tę babcię z wykręconą fryzurą, masz ze sobą zeszyt? Nie? Szkoda... A ten? Zobacz, jaki jest zadowolony ze spotkania ze swoją żoną...
– Coś tu śmierdzi – skrzywiła się Camille. – To musi być jego kochanka...
– Dlaczego tak twierdzisz?
– Facet, który wypada na miasto w takim stroju i rzuca się na kobietę w futrze, całując ją w szyję... Hm, uwierz mi, coś tu śmierdzi...
– Pff... Może to jego żona?
– Akurat! Jego żona jest w Quimper i o tej godzinie kła-dzie dzieci spać! Proszę, a tu masz małżeństwo – zaśmiała się szyderczo, pokazując mu kłócącą się parę przy rozkładzie jaz-dy pociągów.
Pokręcił głową:
– Jesteś beznadziejna...
– A ty zbyt sentymentalny...

Chwilę potem przeszło przed nimi powolutku dwoje sta-ruszków. Przygarbieni, czuli i uważni w stosunku do siebie, trzymali się pod rękę. Franck szturchnął ją łokciem:
– Ach!
– Chylę czoło...

– Uwielbiam dworce.
– Ja też – odparła Camille.
– Aby poznać jakiś kraj, nie musisz się wozić jak dupek

autokarem, wystarczy, że zwiedzisz dworce i bazary, i wszystko już wiesz...

– W pełni się z tobą zgadzam... A gdzie byłeś?
– Nigdzie...
– Nigdy nie wyjechałeś z Francji?
– Spędziłem dwa miesiące w Szwecji... Kucharzyłem w ambasadzie... Ale to było w zimie i nic nie widziałem. Nie można tam pić... Nie ma barów, nic nie ma...
– A... a dworzec? Bazary?
– Nie wychodziłem za dnia...
– Fajnie było? Z czego się śmiejesz?
– Tak sobie...
– Opowiedz.
– Nie.
– Dlaczego?
– Dlatego...
– Oho... Stoi za tym jakaś kobieta...
– Nie.
– Kłamca, widzę to po twojej... po twoim wydłużającym się nosie...
– Dobra, idziemy? – spytał, wskazując perony.
– Opowiedz mi najpierw...
– Nie ma nic ciekawego... Takie tam bzdury...
– Spałeś z żoną ambasadora, tak?
– Nie.
– Z córką?
– Tak! No już! Zadowolona?
– Bardzo – przytaknęła z uśmiechem. – Ładna była?
– Prawdziwy pasztet.
– Niiiie?
– Tak. Nawet Szwed po tankowaniu w Danii w sobotni wieczór, nawalony jak sto pięćdziesiąt, nie chciałby jej przelecieć...
– To co to było? Z łaski? Dla higieny?
– Z okrucieństwa...
– Opowiedz.

– Nie. Chyba że mi powiesz, iż się pomyliłaś wtedy i ta blondyna to była jego żona...

– Pomyliłam się. Dziwka w norkach to jego żona. Są małżeństwem od szesnastu lat, mają czwórkę bachorów, uwielbiają się, a w tej chwili właśnie ona się rzuca na jego rozporek w windzie parkingowej, zerkając na zegarek, ponieważ przed wyjściem wsadziła blachę do pieca, a chciałaby mu zrobić dobrze, nim pory się spalą ...

– Pff... Nie robi się porów na blasze!

– Ach tak?

– Mylisz z brytfanną...

– I co z tą Szwedką?

– Nie była Szwedką, tylko Francuzką... Tak naprawdę to jarała mnie jej siostra... Taka rozpieszczona księżniczka... Mała damusia ubrana na Spice Girl i rozpalona jak węgiel... Jej też się nudziło, jak sądzę... I żeby się czymś zająć, przychodziła posadzić swoją dupkę przy naszych garach. Podniecała wszystkich, maczała palec w mojej zupie i powoli go lizała, patrząc na mnie spod oka... Znasz mnie, nie jestem skomplikowanym facetem, więc pewnego dnia złapałem ją na antresoli, a ta idiotka zaczyna piszczeć. Że powie wszystko tacie i tak dalej... Olala, nie jestem skomplikowany, ale nie lubię takich panienek... A więc przeleciałem jej starszą siostrę, żeby się tamta trochę życia nauczyła...

– Ale chamstwo w stosunku do tej brzydkiej!

– Tak jest zawsze w stosunku do brzydkich, dobrze o tym wiesz...

– I co potem?

– Wyjechałem...

– Dlaczego?

– ...

– Incydent dyplomatyczny?

– Można to tak nazwać... No chodź, idziemy już...

– Ja też lubię, jak mi opowiadasz historie...

– Też mi historia...

– Dużo takich masz w zanadrzu?

– Nie. Zazwyczaj wolę się wysilić i zaliczyć ładne!

– Powinniśmy przejść dalej – jęczała. – Jeśli pójdzie tamtymi schodami i skieruje się do taksówek, nie zobaczymy go...

– Luzik... Znam mojego Philou... Zawsze idzie prosto przed siebie, dopóki nie wpadnie na słup, potem przeprosi go i dopiero wtedy uniesie głowę, żeby się rozejrzeć, gdzie jest wyjście...

– Jesteś pewien...

– Oczywiście... Spokojnie... Zakochałaś się, czy co?

– Nie, ale wiesz, jak to jest... Wychodzisz z wagonu ze wszystkimi tobołami. Jesteś trochę otumaniony, zniechęcony... Nikogo się nie spodziewasz, a tu ktoś stoi na końcu peronu, ktoś, kto na ciebie czeka... Nigdy nie marzyłeś o czymś takim?

– Ja nie marzę...

– Ja nie marzę – powtórzyła, parodiując głos wielkiego macho. – Nie marzę i nie lubię zaczepnych panienek. I już wiesz wszystko, dziewczynko...

Wyglądał na przybitego.

– Patrz, tam – dodała. – Wydaje mi się, że to chyba on...

Zobaczyli Philiberta na końcu peronu. Franck miał rację – był jedyną osobą nieubraną w dżinsy i adidasy, nie miał torby ani walizki na kółkach. Szedł powoli, wyprostowany jak drut, w jednej ręce trzymał wielką skórzaną walizkę, przewiązaną wojskowym pasem, w drugiej otwartą jeszcze książkę...

Camille się uśmiechała:

– Nie, nie jestem w nim zakochana, ale zrozum, on to tak jak starszy brat, którego zawsze chciałam mieć...

– Jesteś jedynaczką?

– Ja... Nie wiem już... – szepnęła i rzuciła się w kierunku zezowatego i ukochanego zombi.

Oczywiście był speszony, oczywiście jąkał się, oczywiście upuścił walizkę, która spadła na stopy Camille, oczywiście zaczął przepraszać i zgubił przy okazji okulary. Oczywiście.

– Och, ależ, Camille, pani przesadza... – Zupełnie jak mały piesek, ale, ale, ale...

– Nic nie mów, nie mogłem jej już utrzymać... – zrzędził Franck.

– Masz, weź jego walizkę – rozkazała mu, wieszając się tymczasem na szyi Philiberta. – Wiesz, mamy dla ciebie niespodziankę...

– Niespodziankę, o mój Boże, nie... Ja... Ja niespecjalnie lubię niespodzianki, nie trze... trzeba było...

– Hej, gołąbeczki! Może byście trochę zwolnili, co? Wasz tragarz jest zmęczony... Kurwa, coś tam do środka napchał? Zbroję, czy co?

– Och, kilka książek... Nic więcej...

– Kurwa, Philou, masz już ich tysiące, do cholery... A te to nie mogły pozostać w zamku?

– Ależ nasz przyjaciel jest w dobrej formie... – szepnął do ucha Camille. – A pani jak tam?

– Jaka pani?

– Nno... no... pani...

– Słucham?

– T... ty?

– Ja? – odparła z uśmiechem. – Bardzo dobrze. Jestem bardzo zadowolona, że wróciłeś...

– Ja też... Wszystko było dobrze? Nie ma zasieków w mieszkaniu? Drutów kolczastych? Worków z piaskiem?

– Żadnych problemów. Ma w tej chwili przyjaciółkę...

– Ach, bardzo dobrze... A jak święta?

– Jakie święta? Dziś wieczorem jest święto! Zresztą idziemy do restauracji... Zapraszam was!

– Gdzie? – marudził Franck.

– Do La Coupole!

– Och, nie... To nie restauracja, to fabryka, tam się nie je, ale żre...

Camille zmarszczyła brwi:

– Tak. Do La Coupole. Uwielbiam to miejsce... Nie idzie się tam po to, aby jeść, lecz dla wystroju, dla atmosfery, dla ludzi, i żeby być razem...

– Co to znaczy „nie idzie się tam po to, aby jeść"? To już szczyt!

– Skoro nie chcesz z nami iść, trudno, ale ja zapraszam Philiberta. Uznajcie to obaj za mój pierwszy kaprys w nowym roku!

– Nie będzie miejsc...

– Będą! Jakby coś, poczekamy przy barze...

– A biblioteka pana markiza? Mam ją taszczyć aż tam?

– Zostawimy w przechowalni bagaży i odbierzemy, wracając...

– No wiesz... Cholera, Philou! Powiedz coś!

– Franck?

– Tak.

– Mam sześć sióstr...

– No i?

– No i, mówię ci, daj spokój. Jak kobieta się uprze, to nie ma rady...

– Kto tak powiedział?

– Powiedzenie ludowe...

– No i proszę! Znowu się zaczyna! Jesteście wkurwiający z tymi waszymi cytatami...

Uspokoił się, gdy chwyciła go pod ramię. Na bulwarze Montparnasse przechodnie rozstępowali się, żeby usunąć się im z drogi.

Od tyłu wyglądali zupełnie słodko...

Po lewej wysoki chudzielec z czapką w stylu „Wycofanie się z Rosji", po prawej niski, krępy, w kurtce Lucky Strike, a w środku młoda dziewczyna, która ćwierkała, śmiała się, podskakiwała i w duchu marzyła, by ją podnieśli do góry, krzycząc: „Raz! Dwa! Trzy! Juuuu..."

Ściskała ich z całej siły. Cała jej równowaga oparta była teraz na tym. Ani z przodu, ani z tyłu, ale tu. Właśnie tu. Między tymi dwoma dobrotliwymi łokciami...

Wysoki chudzielec pochylał lekko głowę, a niski krępy wciskał ręce głęboko w wytarte kieszenie.

Obaj, nie zdając sobie z tego sprawy, myśleli dokładnie to samo – we troje tutaj, teraz, zgłodniali, razem, i niech się dzieje, co chce...

Przez pierwsze dziesięć minut Franck był nie do zniesienia, krytykował wszystko: menu, ceny, obsługę, hałas, turystów, paryżan, Amerykanów, palaczy, niepalących, obrazy, homary, sąsiadkę, nóż i ohydną rzeźbę, która na pewno odbierze mu apetyt.

Camille i Philibert nabijali się z niego.

Po kieliszku szampana, dwóch kieliszkach chablis i sześciu ostrygach w końcu się zamknął.

Philibert, który nie był przyzwyczajony do picia alkoholu, śmiał się głupkowato i bez powodu. Za każdym razem, kiedy odstawiał kieliszek, wycierał sobie usta, i parodiując wiejskiego proboszcza, wygłaszał mistyczne i zawiłe kazania, kończąc słowami: „Aaa-men, ach, jaki jestem szczęśliwy, że jestem z wami..." Naciskany przez dwójkę przyjaciół, zdał im relację ze swojego wyjazdu. Opowiedział o swoim malutkim wilgotnym królestwie, rodzinie, powodziach, Wigilii u staroświeckich kuzynów i przy okazji opisał liczne zwyczaje i niezwykłe tradycje z szyderczym humorem, który ich zachwycił.

Zwłaszcza Franck wytrzeszczał oczy ze zdumienia i powtarzał: „nie?", „nie!", „nie" co dziesięć sekund:

– Mówisz, że są zaręczeni od dwóch lat i nigdy nie... Przestań... Nie wierzę...

– Powinieneś grać w sztukach – naciskała Camille. – Jestem pewna, że byłbyś wspaniałym showmanem... Znasz tyle słów i opowiadasz tak dowcipnie... Z takim dystansem... Powinieneś opisywać pokręcony czar starej francuskiej arystokracji lub coś w tym stylu...

– Tak... tak sądzisz?

– Jestem nawet pewna! Co nie, Franck? Ale, ale, czy nie mówiłeś mi o jakiejś dziewczynie z muzeum, która chciała cię zabrać na warsztaty teatralne?

– Rze... rzeczywiście... ale za... za bardzo się ją... jąkam...

– Nie, kiedy opowiadasz, mówisz normalnie...

– Tak... tak sądzicie?

– Tak! No już! To postanowienie noworoczne! – wzniósł toast Franck. – Na deski teatralne, jaśnie panie! I nie narzekaj, dobra? Bo twoje nie jest trudne do urzeczywistnienia...

Camille rozbierała kraby, łamała odnóża, szczypce i skorupy, i przygotowywała cudowne kanapki. Od dziecka uwielbiała dania z owoców morza, ponieważ można było czymś się zająć, a przy tym mało do zjedzenia. Mając między sobą a rozmówcami górę lodu, mogła spokojnie dyskutować podczas posiłku i nikt się jej nie czepiał. I tego wieczoru również nie zjadła jeszcze swojej części, ale już wołała kelnera, żeby przyniósł kolejną butelkę. Opłukała palce, wzięła kromkę żytniego chleba, oparła się plecami o ławę i zamknęła oczy.

Klik klak.
Niech nikt się nie rusza.
Zatrzymany obraz.
Szczęście.

Franck opowiadał Philibertowi jakieś historie o gaźniku, a on cierpliwie słuchał, dając kolejny raz dowód doskonałego wychowania i wielkiej dobroduszności:

– Zapewne osiemdziesiąt dziewięć euro to już jest spora suma – przytakiwał z powagą. – A co... co o tym sądzi twój przyjaciel gruby...

– Gruby Titi?

– Tak!

– No więc, wiesz, Titi ma to w dupie... takich uszczelek do głowicy to ma na tony...

– No tak – odpowiedział szczerze zmartwiony – gruby Titi to gruby Titi...

248

Nie drwił sobie. Nie było w tym najmniejszej ironii. Gruby Titi to gruby Titi, i koniec.

Camille zapytała, kto chce zjeść z nią na spółkę płonące naleśniki. Philibert wolał sorbet, a Franck był ostrożny:
– Czekaj... Jakim jesteś typem panny? Takiej, która mówi: „dzielimy się", a potem zżera wszystko, trzepocząc rzęsami? Takiej, która mówi: „dzielimy" i tylko skubnie? Czy też takiej, która mówi „dzielimy" i naprawdę się dzieli?
– Zamów, to zobaczysz...

– Mmm, pycha...
– Nie, są podgrzewane, zbyt grube i za dużo na nich masła... Zrobię ci sam, to zobaczysz różnicę...
– Jak tylko zechcesz...
– Jak będziesz grzeczna.

Philibert czuł, że zaszły zmiany, ale nie potrafił wyczuć jakie.
Nie był sam.
I to go radowało.

Ponieważ Camille naciskała, a jak kobieta się uprze itd., więc pomówili o pieniądzach. Kto płaci za co? Kto robi zakupy? Ile w łapę dla dozorczyni? Jakie nazwiska na skrzynce na listy? Czy instalować linię telefoniczną i czy przejmować się upartymi listami z urzędu skarbowego dotyczącymi podatku? A sprzątanie? Każdy swój pokój, okay, ale dlaczego to zawsze ona albo Philou musieli zasuwać w łazience lub kuchni? „À propos łazienki, potrzebny jest kosz na śmieci, ale tym już się zajmę... Ty, Franck, pomyśl o recyklingu puszek i wietrz od czasu do czasu swój pokój, bo złapiemy jakąś francę... Kible też. Proszę opuszczać klapę, a jak skończy się papier, poinformujcie. A poza tym moglibyśmy sobie pozwolić na przenośny odkurzacz... Miotła z pierwszej wojny światowej była dobra na początek... Hm... Co jeszcze?"
– I widzisz, mój Philou, rozumiesz teraz, dlaczego mó-

wiłem ci, że nie należy pozwalać jakiejś dziewczynie zamieszkać z nami? Już wiesz, o co chodzi? Widzisz, co się dzieje? Czekaj, to dopiero początek...

Philibert Marquet de La Durbellière uśmiechał się. Nie, nie widział. Spędził dwa upokarzające tygodnie pod zrozpaczonym okiem ojca, który nie był w stanie ukryć rozczarowania. Pierworodny, który nie interesował się ani gospodarstwem, ani polowaniem, ani dziewczynami, ani dobrym jedzeniem i jeszcze mniej swoją pozycją społeczną. Nieudacznik, gapa, który sprzedaje pocztówki dla państwowej firmy i jąka się, gdy młodsza siostra prosi go o podanie soli. Jedyny spadkobierca rodowego nazwiska i nawet nie potrafi zachować odrobiny godności, rozmawiając z łowczym. Nie, on, jako ojciec, nie zasługiwał na to i zgrzytał zębami, gdy co dzień rano zaskakiwał syna na czworakach w pokoju Blanche, bawiącego się z nią w dom...

– Nie masz, synu, nic lepszego do roboty?

– Nie, ojcze, ale ja... ja... Niech ojciec mi powie, jeśli będzie mnie po... potrzebował, ja...

Ale nim zdążał dokończyć zdanie, drzwi już trzaskały.

– Ty będziesz udawał, że przygotowujesz jedzenie, a ja pójdę na zakupy, a później będziesz udawał, że robisz gofry, a potem pójdziemy do parku na spacer z dziećmi...

– Dobrze, skarbie, dobrze. Zrobimy wszystko, co zechcesz...

Blanche czy Camille, dla niego oznaczały to samo: malutkie dziewczynki, za którymi przepadał i które czasem przybiegały dać mu buziaka. I dlatego był gotów znieść pogardliwe spojrzenia ojca i kupić pięćdziesiąt odkurzaczy, jeśli zajdzie taka potrzeba.

Nie ma sprawy.

Jako że to właśnie on miał słabość do manuskryptów, przysiąg, pergaminów, kart i innych traktatów, przestawił filiżanki z kawą na sąsiedni stolik i wyciągnął z plecaka kartkę,

na której napisał ceremonialnie: „Karta z alei Émile'a Deschanela do użytku jej mieszkańców i innych goś..."
Przerwał:
– A kim był ten Émile Deschanel, moje dzieci?
– Prezydentem Republiki!
– Nie, to akurat Paul. Émile Deschanel był piasrzem, profesorem Sorbony odwołanym z powodu napisania dzieła *Catholicisme et socialisme*... Albo na odwrót, nie pamiętam... Zresztą moją babcię bardzo smuciło nazwisko tej kanalii na jej wizytówce... Dobra, hm... Na czym stanąłem?
Punkt po punkcie zapisał wszystko, co zostało postanowione, włącznie z papierem toaletowym i workami na śmieci, i podsunął im ich nowy protokół, żeby każdy mógł dodać warunki umowy.
– Czuję się jakobinem... – westchnął.

Franck i Camille niechętnie odstawili kieliszki i napisali mnóstwo bzdur...

Niewzruszony, wyciągnął lak oraz pieczęć i przyłożył ją u dołu nędznej kartki. Następnie złożył ją na trzy i nonszalancko wsunął do kieszeni marynarki. Przyjaciele przyglądali się temu z rozdziawionymi ze zdziwienia ustami.
– Ojej... Czy ty zawsze masz ze sobą przybory z okresu Ludwika XVI? – zapytał w końcu Franck, kręcąc głową.
– Mój lak, moja pieczęć, moje sole, moje złote monety, mój herb, moje trucizny... Naturalnie, mój drogi...

Franck rozpoznał któregoś z kelnerów i skorzystał z okazji, żeby odwiedzić kuchnię.
– Podtrzymuję to, co powiedziałem, fabryka żarcia. Ale za to piękna fabryka...

Camille zapłaciła rachunek: „tak, tak, nalegam, wy przelecicie odkurzaczem". Poszli odebrać walizkę, przeskakując przez dwóch czy trzech rozłożonych na ziemi kloszardów, Lucky Strike wsiadł na motor, a pozostała dwójka wzięła taksówkę.

8

Wypatrywała go na próżno następnego dnia i kolejnego, i przez kilka dni. Żadnych wiadomości. Strażnik, z którym zaczęła teraz dłużej i częściej rozmawiać (prawe jądro Matriksa nie zstąpiło, dramat...), niczego nowego jej nie powiedział. A jednak wiedziała, że jest gdzieś w pobliżu. Gdy zostawiała siatkę za baniakami z chlorem, wypełnioną chlebem, serem, sałatką w puszce, bananami, i puszki z karmą dla psa, zawartość systematycznie znikała. Nigdy nie było jednego psiego kłaka, okruszka, najmniejszego zapachu... „Jak na ćpuna – uznała – jest niesamowicie zorganizowany". Zaczęła się nawet zastanawiać, kto jest odbiorcą jej dobroczynności... A jak się okaże, że to ten głupek podkarmia swojego jednojajecznego psa? Wybadała trochę teren, ale jednak nie, Matrix jadał tylko chrupki wzbogacone witaminą B12 z łyżką oleju rycynowego na sierść. Puszki to gówno. Dlaczego dawać psu coś, czego się samemu nie zje?

No właśnie, dlaczego?

– A z chrupkami to nie to samo? Też ich byś nie zjadł...

– Oczywiście, że je jem!

– Akurat...

– Przysięgam!

Najgorsze, że mu wierzyła. Jednojajeczny i jednozwojowomózgowy przegryzający chrupki o smaku kurczaka przed pornolem w ich przegrzanej budce w środku nocy, dlaczego by nie?... Nawet zupełnie prawdopodobne.

Tak upłynęło parę dni. Czasami nie przychodził. Bagietka zsychała się i papierosy leżały nadal. Czasami przychodził, żeby wziąć tylko żarcie dla psa... Za dużo prochów lub za mało na jazdę... Czasami to ona niczego nie przynosiła... Camille niespecjalnie się tym przejmowała. Szybki rzut oka w kąt pomieszczenia, by zobaczyć, czy czegoś potrzeba, i na tym koniec.

Miała inne kłopoty...

W mieszkaniu żadnych problemów, wszystko dobrze się działo, karta praw i obowiązków czy nie, Myriam czy nie Myriam, każdy miał swoje życie i nie wchodził w drogę sąsiadowi. Witali się co dzień rano, a wieczorem grzecznie się narkotyzowali po powrocie z roboty. Shit, trawka, winko, inkunabuł, Maria Antonina czy heineken, każdy miał swoją jazdę, i Marvin dla wszystkich.

W ciągu dnia rysowała, a gdy Philibert był w domu, czytał jej lub komentował rodzinne albumy:
– Tutaj jest mój pradziadek... Młody człowiek obok niego to wuj Élie, a przed nimi ich foksteriery... Organizowali wyścigi psów, a zwycięzcę ogłaszał sam proboszcz, o tu go widzisz siedzącego przed linią mety.
– Nieźle się zabawiali...
– I mieli rację... Dwa lata później wyruszyli na front w Ardenach i sześć miesięcy potem obaj już nie żyli...

Nie, to w robocie było nie tak... Po pierwsze facet z piątego piętra zaczepił ją pewnego wieczoru, pytając, gdzie jej miotełka z pierza. Ha, ha, był superzachwycony ze swojego dowcipu i gonił ją po całym piętrze, powtarzając: „Jestem pewien, że to pani! Jestem pewien, że to pani!" „Z drogi, kretynie, przeszkadzasz mi w pracy".
„Nie, to moja koleżanka" – rzuciła w końcu, wskazując Super-Josy, która właśnie oglądała swoje pryszcze.
Game over.

Po drugie nie mogła już znieść właśnie tej Bredart...
Była głupia jak noga stołowa, miała trochę władzy i nadużywała jej bez opamiętania (szef zmiany w Touclean, a to przecież nie Pentagon!), pociła się, opluwała rozmówcę, podkradała skuwki od długopisów, żeby wydłubać resztki jedzenia z zębów, i rzucała jakimiś rasistowskimi dowcipami na każdym piętrze do Camille, jako że była jedyną białą w zespole.

Camille, która musiała trzymać mocno szmatę, żeby nie rzucić jej prosto w twarz, poprosiła ją któregoś dnia, by zachowała dla siebie te bzdury, bo zaczynała już przynudzać.

– No nie, co jest... Ale jak ty do mnie mówisz? Co ty w ogóle tu robisz, co? Co z nami tu wyprawiasz? Szpiegujesz nas, czy co? Ostatnio sobie zadałam takie pytanie... Może cię szefostwo wysłało, aby nas szpiegować lub coś w tym stylu... Widziałam listę płac i wiem, gdzie mieszkasz i jak mówisz, i w ogóle... Ty do nas nie pasujesz! Śmierdzisz burżujką, śmierdzisz kasą. Klawiszko jedna!

Pozostałe dziewczyny nie reagowały. Camille popchnęła swój wózek i się oddaliła.

Odwróciła się:
– To, co ona mi mówi, mam w dupie, bo nią gardzę... Ale wy jesteście naprawdę głupie... To w waszej sprawie otworzyłam usta, żeby przestała was upokarzać, i nie oczekuję od was podziękowań, bo to też mam gdzieś, ale przynajmniej mogłybyście ze mną zrobić kible... Zwróćcie uwagę, że choć jestem burżujką, to zawsze ja je robię...

Mamadou wydała dziwny odgłos i wypluła olbrzymiego gluta pod nogi Josy, coś naprawdę gigantycznego. Potem złapała swoje wiadro, rzuciła go przed siebie i klepnęła Camille w zadek:
– Jak dziewczyna z takim małym tyłkiem może mieć tak niewyparzoną gębę? Zawsze będziesz mnie zadziwiać...

Inne, mrucząc coś tam pod nosem, rozeszły się z wolna. Jeśli chodzi o Samię, miała to gdzieś. Jeśli chodzi o Carine, to już gorzej... Lubiła tę dziewczynę... Carine tak naprawdę nazywała się Rachida, ale nie lubiła swojego imienia, a teraz lizała tyłek tej faszystki. Daleko zajdzie ta mała...

Od tego dnia wszystko się zmieniło. Praca była nadal tak samo idiotyczna, ale atmosfera stała się obrzydliwa, wprost nie do zniesienia.

Camille straciła znajome w pracy, ale być może zyskała przyjaciółkę... Mamadou czekała na nią przed wejściem do metra i sprzątały razem. Dotrzymała jej towarzystwa, gdy ta pracowała za dwie. Nie dlatego, że wykazywała się złą wolą, naprawdę, szczerze i po prostu była zbyt gruba, żeby sprzątać wydajnie. To, co jej zajmowało kwadrans, Camille robiła w dwie minuty, a ponadto wszystko ją bolało. Bez żartów. Jej biedne ciało już tego nie wytrzymywało: monstrualne uda, olbrzymie piersi i jeszcze większe serce. Musiało tam w środku wszystko szwankować, to normalne.

– Musisz schudnąć, Mamadou...
– Tak, tak... A ty? Kiedy przyjdziesz do nas na potrawkę z kurczaka? – odpowiadała za każdym razem.

Camille zaproponowała jej umowę: ja pracuję, ale ty mi coś opowiadasz.

Nawet sobie nie zdawała sprawy, jak daleko może ją to krótkie zdanie zaprowadzić... Dzieciństwo w Senegalu, morze, nędza, dziewięcioro braci i sióstr, stary biały ojciec, który wyciągał szklane oko, aby ich rozśmieszać; przyjazd do Francji w 1972 roku z bratem Léopoldem, śmietniki, nieudane małżeństwo, jednak miły mąż, dzieciaki, bratowa, która spędzała każde popołudnie w Tati, gdy ona musiała zapieprzać w pracy; sąsiad, który znów zrobił kupę, ale tym razem na schodach; częste święta, kłótnie, kuzynka o imieniu Germaine, która się powiesiła w zeszłym roku, zostawiając dwie przesłodkie bliźniaczki; niedzielne poranki w budce telefonicznej, holenderskie sukna, przepisy kuchenne i milion innych obrazów, których Camille nigdy nie miała dość. Nie warto czytać „Courrier International" Senghor czy wydanie „Parisien" Seine-Saint-Denis, wystarczy trochę więcej powycierać i szeroko rozewrzeć uszy. A gdy przychodziła Josy, co się rzadko zdarzało, Mamadou schylała się, przecierała szmatą podłogę i czekała, kiedy smród się ulotni, by się podnieść.

Po jej kolejnych zwierzeniach Camille ośmieliła się zadać bardziej niedyskretne pytania. Koleżanka opowiadała straszne rzeczy lub takie, które jej się wydawały okropne, i to z rozbrajającą nonszalancją.

– Ale jak ty się organizujesz? Jak sobie dajesz radę? Jak to wytrzymujesz? Z takimi godzinami pracy to musi być koszmar...

– No, no... Nie mów o tym, czego nie znasz. Koszmar to coś o wiele gorszego... Koszmar – to kiedy nie możesz zobaczyć się z tymi, których kochasz... Wszystko inne się nie liczy... Powiedz, nie chcesz, żebym poszła po czyste ścierki?

– Na pewno możesz znaleźć jakąś robotę bliżej... Twoje dzieciaki nie powinny zostawać same wieczorem, nie wiadomo, co się może im przytrafić...

– Jest moja bratowa.

– Ale przecież mówisz, że nie można na nią liczyć...

– Czasami można...

– Touclean to duża firma, jestem pewna, że możesz znaleźć jakieś biura bliżej domu... Chcesz, żebym ci pomogła? Żebym poprosiła za ciebie? Żebym napisała do kierownika personelu? – dopytywała się Camille, prostując plecy.

– Nie. Niczego nie dotykaj, nieszczęsna dziewczyno! Josy jest taka, jaka jest, ale przymyka oczy na wiele spraw, wiesz... Taka gadatliwa i gruba baba, jaką jestem, i tak ma szczęście, że w ogóle pracuje... Pamiętasz o tej wizycie lekarskiej po wakacjach? Ten dureń, ten doktorek... Chciał mi tyłów narobić, bo moje serce jest zbyt pokryte tłuszczem, czy coś takiego... I widzisz, ona załatwiła sprawę, więc nie należy niczego dotykać, mówię ci...

– Czekaj... Mówimy o tej samej, tak? O tym głąbie, który zawsze traktuje cię jak ostatnie gówno?

– Ależ tak, mówimy o tej samej! – roześmiała się Mamadou. – Znam tylko jedną. I całe szczęście!

– Ale przecież splunęłaś na nią!

– Co ty opowiadasz? – zezłościła się. – Nie splunęłam na nią! Nie ośmieliłabym się...

Camille w milczeniu opróżniła niszczarkę do papieru. Życie jest jednak pełne niuansów...

– W każdym razie to miło z twojej strony. Ty jesteś miła... Musisz wpaść kiedyś wieczorem do mnie, aby mój brat przywołał ci piękne życie z wielką miłością i gromadką dzieci.

– Pff...

– Co „pff"? Nie chcesz mieć dzieci?

– Nie.

– Nie mów tak, Camille. Przywołasz licho...

– Już przyszło...

Spojrzała na nią złośliwie:

– Powinnaś się wstydzić, że tak mówisz... Masz pracę, dom, dwie ręce, dwie nogi, kraj, chłopaka...

– Słucham?

– Ach! Ach! – dumnie wykrzyknęła. – Sądzisz, że cię nie widziałam z Nourdine'em na dole? Zawsze chwalisz jego wielkiego psa... Myślisz, że moje oczy są także zatopione w tłuszczu?

Camille się zaczerwieniła.

Żeby sprawić jej przyjemność.

Nourdine był tego wieczoru podekscytowany i wyglądał na jeszcze bardziej otyłego w nowym kombinezonie stróża. Drażnił psa i uważał się za Brudnego Harry'ego...

– Co się dzieje? – spytała Mamadou. – Dlaczego twój cielak tak warczy?

– Nie wiem, ale coś jest nie halo... Idźcie stąd, dziewczyny. Idźcie stąd...

Ach! Był w swoim żywiole... Brakowało mu tylko okularów Ray-Ban i kałasznikowa...

– Idźcie stąd, mówię!

– Uspokój się – odpowiedziała. – Nie unoś się tak...

– Gruba, daj mi wykonywać moją robotę! Ja do ciebie nie przychodzę, żeby powiedzieć, jak trzymać miotłę!

Hm... Cóż za takt...

Camille udała, że też wsiada do metra, lecz potem zawróciła i wyszła drugim wyjściem. Okrążyła dwukrotnie kompleks budynków i w końcu ich znalazła wciśniętych w kąt drzwi sklepu z obuwiem. Siedział plecami do szyby, a pies spał mu na nogach.

– Jak tam? – spytała luźno.

Podniósł wzrok i minęła chwila, nim ją rozpoznał:

– To ty?

– Tak.

– Żarcie też?

– Tak.

– No to dzięki...

– ...

– Czy ten wariat jest uzbrojony?

– Nie mam pojęcia...

– No dobra... To cześć...

– Mogę ci pokazać miejsce, gdzie możesz spać?

– Squat?

– Coś w tym stylu...

– A kto tam jest?

– Nikt...

– To daleko?

– Przy wieży Eiffla...

– Nie.

– Jak chcesz...

Nie uszła trzech kroków, jak usłyszała syrenę i zobaczyła radiowóz zatrzymujący się przed podekscytowanym Nourdine'em. Chłopak dogonił ją na wysokości bulwaru:

– A co chcesz w zamian?

– Nic.

Nie było już metra. Poszli na przystanek autobusu nocnego.

– Idź przodem i zostaw mi psa... Tobie nie pozwoli z nim wejść... Jak się wabi?

– Barbès...

– Tam go znalazłem...

– Ach tak, to jak Paddington...

Wzięła go na ręce i szeroko uśmiechnęła się do kierowcy, który nic sobie z tego nie robił.

Dołączyli do siebie na końcu autobusu:
– Co to za rasa?
– Musimy ze sobą gadać?
– Nie.

– Założyłam kłódkę, ale to dla pozoru... Masz, weź klucz. Ale go nie zgub, mam tylko jeden...
Otworzyła drzwi i spokojnie dodała:
– Są jeszcze jakieś zapasy w kartonach... Ryż, sos pomidorowy i kruche ciasteczka, chyba... Tam znajdziesz koce... Tutaj grzejnik elektryczny... Nie ustawiaj na full, bo korki wysiadają... Na końcu korytarza jest kibel na narciarza. Normalnie jesteś jedynym użytkownikiem... Mówię normalnie, bo już słyszałam jakieś hałasy naprzeciwko, ale nikogo nie widziałam... Hm... Co jeszcze? Ach tak! Żyłam kiedyś z ćpunem i wiem dokładnie, jak to będzie. Wiem, że pewnego dnia, być może jutro, znikniesz i opróżnisz cały ten lokal. Wiem, że będziesz próbował wszystko opylić, żeby zdobyć kasę na towar. Grzejnik, kuchenkę, materac, paczkę cukru, ręczniki, wszystko... Dobra... To wiem. Jedyne, o co proszę, to żebyś był dyskretny. To w zasadzie też do mnie nie należy... Więc proszę cię, byś mnie nie wpędził w kłopoty... Jeśli będziesz tu jeszcze jutro, pójdę do dozorczyni, żebyś nie miał kichy. I już.
– Kto to namalował? – spytał, pokazując malowidło iluzjonistyczne. Olbrzymie okno z widokiem na Sekwanę i mewą siedzącą na balustradzie...
– Ja...
– Mieszkałaś tu?
– Tak.
Barbès nieufnie zbadał lokal, a następnie zwinął się w kłębek na materacu.
– Spadam...
– Zaczekaj!
– Co?

- Dlaczego?
- Ponieważ przytrafiło mi się dokładnie to samo. Byłam bez dachu i ktoś mnie tu sprowadził...
- Nie zostanę długo...
- Mam to gdzieś. Nic nie mów. Zresztą i tak nigdy nie mówicie prawdy...
- Jestem na odwyku...
- Akurat... No już... Słodkich snów...

9

Trzy dni później pani Perreira, podniósłszy swoje powiewne zasłonki, zawołała do niej:
- Panienko...
„Cholera, szybko się popsuło. Co za gówno... Przecież dali jej pięćdziesiąt euro..."
- Dzień dobry.
- Tak, dzień dobry. Proszę mi powiedzieć...
Skrzywiła się.
- To pani przyjaciel, ten brudas?
- Słucham?
- Ten motocyklista?
- Hm... Tak – odpowiedziała z ulgą. – Czy pojawił się jakiś problem?
- Nie jeden! Pięć! Ten chłopak mnie wkurza! Zdecydowanie! A już zaczynał mi się podobać! Niech pani ze mną pójdzie!
Poszła za nią na podwórze.
- No i?
- Nie... Nic nie widzę...
- Plamy z oleju...

Rzeczywiście, z dobrą lupą na kostce można było wyraźnie dostrzec pięć czarnych kropek...
- Mechanika to piękna sztuka, ale brudna, a więc powie mu pani ode mnie, żeby coś z tym zrobił, dobrze?

Gdy tylko uznała sprawę za załatwioną, zaczęła się uspokajać. Mały komentarz na temat pogody: „Bardzo dobrze, że tak zimno. Wymrozi robale". Na temat mosiężnych klamek: „Żeby porządnie błyszczały, trzeba je nieźle czyścić, co nie?" Na temat kół wózków pełnych psich gówien. Na temat pani z piątego, która właśnie straciła męża, biedaczka. I w końcu zupełnie się uspokoiła.

– Pani Perreira...
– To ja...
– Nie wiem, czy pani zauważyła, ale mieszka u mnie na siódmym przyjaciel...
– Och! Nie mieszam się do waszych spraw! Jedni przychodzą, drudzy wychodzą... Nie wszystko rozumiem, ale...
– Mówię o tym, który ma psa.
– Vincent?
– ...
– Tak, Vincent! Ten chory na AIDS z małym pieskiem?
Camille nie wiedziała już, co powiedzieć.

– Był u mnie wczoraj, ponieważ mój Pikou szczekał przy drzwiach jak opętany, więc przedstawiliśmy sobie nasze zwierzęta... Tak jest łatwiej... Wie pani, jak to się odbywa... Obwąchają sobie tyłki raz a dobrze, i już jest spokój... Ale dlaczego pani tak na mnie patrzy?
– Dlaczego mówi pani, że ma AIDS?
– Słodki Jezu, bo sam mi to powiedział! Wypiliśmy kieliszek porto... A może chce pani?
– Nie, nie... Dziękuję...
– No więc tak, to nieszczęście, ale tak jak mu już mówiłam, teraz się to leczy... Wynaleźli dobre lekarstwa...

Tak ją to zbiło z tropu, że zapomniała wsiąść do windy. Co za burdel? Dlaczego ścierki nie są ze ścierkami, a ręczniki z ręcznikami?

I dokąd to prowadziło?

Życie było mniej skomplikowane, gdy musiała jedynie ustawiać swoje kamienie... „No już, nie mów tego, idiotko..."

„Nie, masz rację. Nie mówię tego".

– Co się dzieje?

– Pff... Spójrz na mój sweter... – wściekał się Franck. – To ta głupia pralka! Kurwa, bardzo go lubiłem... Zobacz! No zobacz! Jest teraz mikroskopijny!

– Czekaj, obetnę rękawy i dasz go w prezencie dozorczyni dla jej szczura...

– Bardzo zabawne. Nowy Ralf Lauren...

– No właśnie, będzie zachwycona! A poza tym przepada za tobą...

– Tak?

– Znów mi ostatnio mówiła: „Jak ten pani przyjaciel pięknie wygląda na motorze!"

– Nie może być?

– Przysięgam.

– No dobra, to dawaj... Zaniosę jej przy okazji...

Camille zagryzła wargi i konfekcjonowała szykowny kubraczek dla Pikou.

– Wiesz, szczęściarzu, że dostaniesz pewnie buziaka?

– Przestań, boję się...

– A Philou?

– Chcesz powiedzieć: Cyrano? Na warsztatach teatralnych...

– Naprawdę?

– Szkoda, że nie widziałaś, jak wychodził... Znów przebrany w nie wiem co... Z taką obszerną kapą i w ogóle...

Śmiali się.

– Uwielbiam go...

– Ja też.

Poszła sobie przygotować herbatę.

– Chcesz?

– Nie, dzięki – odparł. – Muszę spadać. Powiedz no...

– Co?

– Nie masz ochoty się przewietrzyć?

– Słucham?

262

– Od jak dawna nie wyjeżdżałaś z Paryża?
– Wieki...
– W niedzielę ubijają świniaka, chcesz pojechać? Jestem pewien, że cię to zainteresuje... Mówię tak ze względu na rysunki, co?
– A gdzie to jest?
– U przyjaciół, w Cher...
– Bo ja wiem...
– Ależ tak! Chodź... Trzeba choć raz w życiu to zobaczyć... Kiedyś przestanie to istnieć, wiesz...
– Zastanowię się.
– Tak, zastanów się. To twoja specjalność. Gdzie mój sweter?
– Tam – odparła Camille, wskazując przepiękne jasnozielone tekturowe opakowanie.
– Kurwa... Na dodatek Ralf Lauren... Ale jazda, przysięgam....
– No idź... Będziesz miał dwoje oddanych przyjaciół...
– Niech ten kudłacz przestanie dla odmiany obsikiwać mój motor!
– Nie martw się, to zadziała – prychała śmiechem, przytrzymując mu drzwi i parodiując akcent dozorczyni: – Tak, tak, zapewniam panią, piękniesz wygląda na szwoim motosze, ten pani przyjaciel...

Pobiegła wyłączyć czajnik, wzięła blok rysunkowy i usiadła przed lustrem. W końcu wybuchnęła śmiechem. Śmiała się jak głupia. Jak smarkula. Miała przed oczyma scenę: ten szpaner, taki zawsze zadowolony z siebie, pukający nonszalancko w okno portierni z kawałkiem filcu i prezentem na srebrnej tacy... Ach, jak dobrze się pośmiać! Jak dobrze... Nie była uczesana, narysowała swoje sterczące kolce, doleczki, swoją głupotę i napisała: *Camille, styczeń 2004*, wzięła prysznic i zdecydowała, że przejedzie się z nim.

Była mu to winna...

Wiadomość na komórce. To jej matka... Och nie, nie dziś... Aby skasować wiadomość, naciśnij gwiazdkę.

A więc już. Hop. Gwiazdka.

W wyśmienitym humorze spędziła resztę dnia ze swoimi skarbami i paletą farb wodnych. Paliła, przegryzała coś, lizała włos leśnej kuny na pędzelku, śmiała się sama do siebie i marudziła, gdy nadszedł czas wyjścia do pracy.

„Uporządkowałaś już przedpole – rozmyślała, truchtając do stacji metra – ale jeszcze jest sporo do zrobienia, wiesz? Chyba się na tym etapie nie zatrzymasz, co?"

„Robię, co mogę, robię, co mogę..."

„Jazda, ufamy ci".

„Nie, nie, nie pokładajcie we mnie zaufania, to mnie stresuje".

„No, no... Pospiesz się. Już jesteś spóźniona..."

10

Philibert był nieszczęśliwy. Biegał za Franckiem po całym mieszkaniu:

– To nie jest rozsądne. Wyruszacie za późno... Za godzinę będzie ciemno... Mróz... Nie, to nie jest rozsądne... Jedźcie ju... jutro rano...

– Jutro rano biją świniaka.

– Ale co... co to w ogóle za pomysł! Ca... Camille – wykręcał sobie dłonie na wszystkie strony. – Zos... zostań ze mną, zabiorę cię do Palais des Thés...

– Już dobrze – uspokajał Franck, wkładając do skarpetki szczoteczkę do zębów. – To przecież nie jest na końcu świata... Dojedziemy za godzinę...

– Och, n... nie mów ta... tak... Zno... znowu... będziesz je... jechał ja... jak wariat...

– Skądże znowu...

– Z... znam cię...

– Philou, przestań! Nie uszkodzę jej, obiecuję... Idziesz, miss?

– Och... Ja... ja...

– Co ty? – zapytał zniecierpliwiony.

– Mam tylko wa... was na świecie...

Cisza.

– Olala... Nie wierzę... A teraz skrzypce, proszę...

Camille stanęła na czubkach palców, by go pocałować:

– Ja też mam tylko ciebie na świecie... Nie martw się...

Franck westchnął.

– I co ja robię z taką bandą tkliwusów! Taplamy się teraz w melodramacie! Nie idziemy, kurwa, na wojnę! Wyjeżdżamy na czterdzieści osiem godzin!

– Przywiozę ci dobry stek! – krzyknęła na pożegnanie Camille, wchodząc do windy.

Drzwi się za nimi zamknęły.

– Wiesz co?

– Co?

– Ze świni nie ma steków...

– Ach tak?

– No.

– To co jest?

Wzniósł oczy do nieba.

11

Nie dojechali nawet do Porte d'Orléans, a on już zjechał na pobocze i dał jej znać, żeby zsiadła:

– Czekaj, coś tu jest nie tak...

– Co?

– Jak ja się przechylam, ty musisz się przechylać wraz ze mną.

– Jesteś pewien?

– Oczywiście, że tak! Wylecimy z trasy przez te twoje głupie pomysły!

– Ale... Sądziłam, że przechylając się w drugą stronę, tworzę równowagę...

– Kurwa, Camille... Nie potrafię zrobić ci lekcji fizyki, ale to kwestia środka ciężkości, rozumiesz? Jeśli przechylamy się razem, koła lepiej przylegają...

– Jesteś pewien?

– Zupełnie. Przechyl się wraz ze mną. Zaufaj mi...

– Franck?

– Co znowu? Boisz się? Jest jeszcze czas, aby złapać metro, wiesz?

– Zimno mi.

– Już?

– Tak...

– Dobra... Puść rączki i przyklej się do mnie... Przyklej się jak najmocniej i obejmij mnie pod kurtką...

– Zgoda.

– Halo!

– Co?

– Nie wykorzystuj okazji, dobra? – dodał kpiąco, zamykając jednym ruchem jej szybkę w kasku.

Sto metrów dalej była znowu zmarznięta, na wjeździe na autostradę była zamarznięta, a na podwórzu gospodarstwa nie była w stanie z zimna wyprostować ramion.

Pomógł jej zsiąść i podtrzymywał aż do drzwi.

– No proszę, jesteś... Ale kogo nam tu sprowadzasz?

– Zamarzniętą dziewczynę.

– Wejdźcie, proszę, wejdźcie! Jeannine! Franck przyjechał z dziewczyną...

– Och, biedactwo... – lamentowała kobieta – coś ty jej zrobił najlepszego? Och... Niedobrze... Jest cała niebieska, maleństwo... Przesuńcie się... Jean Pierre! Postaw no krzesło przed kominkiem!

Franck ukląkł przed nią:

– Camille, musisz teraz zdjąć kurtkę...

Nie reagowała.

– Czekaj, pomogę ci... Chodź, daj mi nogi...

Zdjął jej buty i trzy pary skarpetek.

– Tak... tak jest lepiej... Dobra... A teraz górę...

Była tak skostniała, że miał olbrzymie trudności z wydo-staniem jej rąk z rękawów... I już... Daj się rozebrać, moja ko-steczko lodu...

– Mój Boże, dajcie jej coś ciepłego! – krzyknął ktoś z ze-branych...

Znów znalazła się w centrum zainteresowania.

Jak by tu rozmrozić paryżankę, nie tłukąc jej przy okazji...

– Mam gorące jeszcze cynaderki! – grzmiała Jeannine.

Popłoch przed kominkiem. Franck uratował sytuację:

– Nie, nie, ja się tym zajmę... Macie tu pewnie jakiś rosół...? – spytał, podnosząc po kolei pokrywki.

– To wczorajsza kura...

– Doskonale. Zajmę się tym... Nalejcie jej tymczasem coś do picia.

Po kilku łykach policzki znów zaczęły nabierać rumień-ców.

– Lepiej?

Przytaknęła.

– Co?

– Mówiłam, że już drugi raz przygotowujesz mi najlepszy bulion na świecie...

– Jeszcze ci będę robił, nie martw się... Przyjdziesz usiąść z nami przy stole?

– Czy mogę zostać jeszcze trochę przed kominkiem?

– No pewnie! – ryknęli zebrani. – Zostaw ją! Przywędzi-my ją jak szyneczkę!

Franck wstał z ociąganiem...

– Możesz ruszać palcami?

– Ojej... tak...

– Musisz rysować, wiesz? Ja mogę ci gotować, ale ty musisz rysować... Nie możesz nigdy przestać rysować, rozumiesz?

– Teraz?

– Nie, nie teraz, ale zawsze...

Zamknęła oczy.

– Zgoda.

– Dobra... Idę. Daj mi twoją szklankę, doleję ci...

Camille powoli odtajała. Gdy dołączyła do nich, jej policzki płonęły.

Przysłuchiwała się rozmowie, nic nie rozumiejąc, i przyglądała się ich niezwykłym twarzom z anielskim uśmiechem.

– Jazda... Ostatni łyczek nalewki i do pierza! Jutro wstajemy wcześnie, moje dzieci! Gaston będzie tu o siódmej...

Wszyscy wstali.

– Kim jest Gaston?

– To ten od uboju – szepnął Franck. – Zobaczysz chłopa... To dopiero ktoś...

– No więc to tu... – dodała Jeannine. – Łazienka jest naprzeciwko i położyłam wam czyste ręczniki na stole... Poradzicie sobie?

– Super – odparł Franck. – Super... Dzięki...

– Nie mów tak, dziecko, jesteśmy bardzo zadowoleni, że cię widzimy, myślę, że wiesz o tym dobrze... A jak Paulette?

Spuścił głowę.

– No już, no już... Nie mówmy o tym – powiedziała, ściskając jego ramię. – Ułoży się, zobaczysz...

– Nie poznałaby jej pani, Jeannine...

– Nie mówmy o tym teraz... Jesteś na wakacjach...

Gdy zamknęła drzwi, Camille się zaniepokoiła:

– Franck, tu jest tylko jedno łóżko...

- Oczywiście, że tylko łóżko. To wieś, a nie hotel Ibis!
- Powiedziałeś im, że jesteśmy razem? – wściekała się.
- Skądże! Powiedziałem tylko, że przyjeżdżam z koleżanką, to wszystko!
- No proszę...
- No proszę co? – zdenerwował się.
- Koleżanką to znaczy dziewczyną, którą bzykasz. Gdzież ja miałam głowę?
- Kurwa, ale ty jesteś na swój sposób durna...
Usiadł na brzegu łóżka, podczas gdy ona wypakowywała swoje rzeczy.

- Po raz pierwszy...
- Słucham?
- Po raz pierwszy kogoś tu przywożę.
- Nic dziwnego... Zabijanie świni nie jest najlepszym sposobem na podryw...
- To nie ma nic wspólnego ze świnią. To nie ma nic wspólnego z tobą. To jest...
- Co?

Franck położył się w poprzek łóżka i zaczął mówić do sufitu:
- Jeannine i Jean Pierre mieli syna... Frédérica... Superkoleś... To był mój kumpel... Jedyny, jakiego zresztą kiedykolwiek miałem... Razem kończyliśmy szkołę hotelarską i gdyby tam nie szedł, ja też bym nie szedł... Nie wiem, co bym robił, ale... W skrócie... Zginął dziesięć lat temu... W wypadku samochodowym... Nawet nie z jego winy... Jakiś chujek nie zatrzymał się przed znakiem stop... I widzisz, ja oczywiście nie jestem Fred, ale tak jakby... Przyjeżdżam co roku... Świnia to tylko pretekst... Patrzą na mnie i cóż widzą? Wspomnienia, słowa i twarz ich dziecka, gdy jeszcze nie miał dwudziestu lat... Jeannine zawsze mnie dotyka, przytula... Dlaczego według ciebie to robi? Bo jestem dowodem, że on jeszcze istnieje... Jestem przekonany, że dała nam naj-

lepszą pościel, a w tej chwili stoi na schodach, trzymając się balustrady...
- To jego pokój?
- Nie. Tamten jest zamknięty...
- Dlaczego więc mnie tu przywiozłeś?
- Mówię ci, żebyś rysowała, a poza tym...
- A poza tym co?
- Nie wiem, miałem ochotę...

Parsknął.

- Jeśli chodzi o wyro, nie ma problemu... Położymy jeden materac na ziemi i ja będę na nim spał... W porządku, księżniczko?
- W porządku.
- Widziałaś *Shreka*? Ten film rysunkowy?
- Nie, dlaczego?
- Bo przypominasz mi księżniczkę Fionę... Oczywiście trochę mniej kształtną...
- Oczywiście.
- Chodź... Pomożesz mi? Te materace ważą z tonę...
- Masz rację – jęknęła. – Co tam jest w środku?
- Generacje martwych ze zmęczenia wieśniaków.
- Jakie to radosne...

- Nie rozbierasz się?
- Owszem... Jestem już w piżamie!
- Nie zdejmujesz swetra i skarpetek?
- Nie.
- Mogę zgasić?
- No, pewnie!

- Śpisz? – spytała po chwili.
- Nie.
- O czym myślisz?
- O niczym.
- O swoim dzieciństwie?

270

- Może... Tak więc o niczym. Dobrze to ująłem...
- To było nic, twoje dzieciństwo?
- W każdym razie niewiele...
- Dlaczego?
- Kurwa... Jak zaczniemy o tym gadać, to nie skończymy do jutra rana...

- Franck?
- Tak.
- Co jest twojej babci?
- Stara jest... Sama... Całe swoje życie spała na takim dobrym wielkim łóżku jak to, z wełnianym materacem i krzyżem nad głową, a teraz powoli umiera na jakimś gównianym żelaznym pudle...
- Jest w szpitalu?
- Nie, w domu starców...

- Camille?
- Tak?
- Masz teraz otwarte oczy?
- Tak.
- Wyczuwasz, jaka tutaj noc jest czarna? Jaki piękny jest księżyc? Jak błyszczą gwiazdy? Słyszysz, jak chodzi dom? Rury, drewno, szafy, zegar, ogień na dole, ptaki, zwierzęta, wiatr... Słyszysz to wszystko?
- Tak.
- No widzisz, ona już tego nie słyszy... Jej pokój wychodzi na wiecznie oświetlony parking, wsłuchuje się w metaliczny odgłos wózków, rozmowy salowych, rzężących sąsiadów i ich jazgoczące całą noc telewizory. I... I ona zdycha z tego powodu...
- Ale twoi rodzice? Nie mogą się nią zająć?
- Och, Camille...
- Co?
- Nie każ mi o tym opowiadać... Śpij teraz.
- Nie jestem śpiąca.

– Franck?

– Co znowu?

– Gdzie są twoi rodzice?

– Nie mam pojęcia.

– Jak to nie masz pojęcia?

– Nie mam pojęcia.

– ...

– Mojego ojca nigdy nie znałem... To jakiś facet, który się spuścił na tylnym siedzeniu samochodu... A moja matka, szkoda gadać...

– Co?

– A więc moja matka nie była specjalnie zadowolona, że jakiś dupek, którego imienia nie mogła sobie nawet przypomnieć, tak po prostu się w nią spuścił... więc hm...

– Co?

– No nic...

– Jak to nic?

– Nie chciała go...

– Faceta?

– Nie, małego chłopca.

– I to twoja babcia cię wychowywała?

– Moja babcia i mój dziadek...

– A on już nie żyje?

– Tak.

– Nigdy jej już więcej nie zobaczyłeś?

– Camille, proszę, przestań. Inaczej będziesz czuła się w obowiązku potem mnie przytulić...

– Nie. Opowiadaj. Zgadzam się na takie ryzyko...

– Kłamczucha.

– Nigdy jej już więcej nie zobaczyłeś?

– ...

– Przepraszam. Już przestaję.

Usłyszała, jak się odwrócił:

– Ja... Do skończenia dziesięciu lat nie miałem od niej żadnych wiadomości... To znaczy dostawałem zawsze prezent

272

na urodziny i na Gwiazdkę, ale potem się dowiedziałem, że to pic na wodę. Kolejne kombinacje, żeby mi w głowie namotać... Miła kombinacja, ale jednak kombinacja... Nigdy do nas nie pisała, ale wiem, że babcia wysyłała jej co roku moje szkolne zdjęcia... I pewnego roku, nie wiadomo dlaczego... Może wyglądałem bardziej słodko... Może tego dnia nauczyciel mnie uczesał? Lub fotograf wyciągnął plastikową Myszkę Miki, by mnie rozśmieszyć? W każdym razie chłopiec z fotografii wzbudził u niej wyrzuty sumienia i oznajmiła, że przyjedzie mnie zabrać... Nawet nie będę ci opowiadał, jaki był burdel... Darłem się, że chcę zostać, babcia mnie pocieszała, powtarzając, że to wspaniale, że będę miał nareszcie prawdziwą rodzinę, ale nie mogła się sama powstrzymać od jeszcze większego płaczu i przyduszała mnie, przyciskając do swoich dużych piersi... Mój dziadek, który już nie mówił... Nie, nie będę ci tego opowiadał... Jesteś wystarczająco bystra, aby to wszystko zrozumieć, prawda? Ale wierz mi, było gorąco...

Po kilku zmianach planów w końcu przyjechała. Wsiadłem do jej samochodu. Pokazała mi swojego męża, drugie dziecko i moje nowe łóżko...

Na początku bardzo mi się to spodobało, spanie na piętrowym łóżku, ale potem wieczorem zacząłem płakać. Powiedziałem, że chcę wracać do domu. Odpowiedziała, że tutaj jest mój dom i żebym się zamknął, bo obudzę małego. Tej nocy i w każdą następną sikałem do łóżka. To ją denerwowało. Mówiła: „Jestem pewna, że robisz to specjalnie, będziesz mokry, trudno. To przez twoją babcię. Zepsuła cię". A potem dostałem szału.

Aż dotąd mieszkałem na wsi, codziennie po szkole szedłem łowić ryby, a dziadek często zabierał mnie na grzyby, na polowanie, do kawiarni... Wciąż byłem na dworze, zawsze w kaloszach, rzucałem rower w krzaki i leciałem uczyć się od kłusowników zakładać wnyki, a tu znalazłem się w zgniłym bloku w gównianej dzielnicy, zamknięty w czterech ścianach, z telewizorem i gnojkiem, który zbierał wszelkie czułości... A więc głupiałem... Ja... Nie... Nieważne... Trzy miesiące póź-

niej wsadziła mnie do pociągu, powtarzając, że wszystko ze-
psułem...

„Wszystko zepsułeś, wszystko zepsułeś..." Gdy wsiadałem
do simki mojego dziadka, wciąż to rozbrzmiewało w mojej małej główce. A najgorsze, widzisz, jest to, że...

– Że co?

– Że ta idiotka rozwaliła mnie na kawałki... Potem już się
zmieniłem... Nie byłem już dzieckiem, nie chciałem ich
czułości i całego tego gówna... Bo najgorsze, co zrobiła, to
niekoniecznie to, że po mnie przyjechała, ale wszystkie te
okropieństwa, które mi opowiedziała o mojej babci, nim mnie
ponownie odrzuciła. Wbijała mi do głowy te kłamstwa... Że to
jej matka zmusiła ją do zostawienia mnie, nim wyrzuciła
swą córkę za drzwi. Że ona robiła wszystko, co w jej mocy,
żeby mnie ze sobą zabrać, ale oni wyciągnęli strzelbę, i tym
podobne...

– To jakieś bzdury?

– No pewnie... Ale ja o tym wtedy nie wiedziałem... Nic
już nie rozumiałem, a może też nie chciałem zrozumieć. Być
może urządzało mnie, iż rozdzielono nas siłą i że gdyby
mój dziadek nie wyciągnął giwery, to miałbym takie samo
życie jak inni i nikt nie nazywałby mnie synem kurwy za
kościołem... „Twoja matka jest dziwką, a ty jesteś bękar-
tem" – tak mówili. Nawet nie rozumiałem tych słów... Dla
mnie bękart to był rodzaj pieczywa... Prawdziwy dureń, mówię ci...

– A potem?

– A potem stałem się prawdziwym chujem... Robiłem
wszystko, by się zemścić... Żeby zapłacili za to, że mnie po-
zbawili takiej miłej mamusi...

Zaśmiał się szyderczo.

– Udało mi się... Paliłem gauloisy mojego dziadka, pod-
kradałem pieniądze na zakupy, robiłem rozróby w gimnazjum,
skąd mnie wywalono, i spędzałem większość czasu na motorku lub w kawiarniach na planowaniu jakichś numerów lub
macaniu dziewczyn... Te świństwa... Nawet nie masz pojęcia... Byłem mistrzem. Najlepszym. Królem gówniarzy...

274

– A potem?

– Teraz śpimy. Dalszy ciąg nastąpi później...

– I co? Nie masz ochoty wziąć mnie teraz w ramiona?

– Waham się... Nie zostałeś jednak zgwałcony...

Pochylił się nad nią:

– I dobrze. Wcale nie chciałem twoich ramion. To znaczy nie w takiej sytuacji... Już nie... Długo grałem w te gierki, ale teraz już koniec... Już mnie to nie bawi. To nigdy nie działa... Czekaj, ile ty masz koców?

– Hm... Trzy plus kołdrę...

– To nie jest normalne... To nie jest normalne, że potrzebujesz dwóch godzin, żeby dojść do siebie po przejażdżce na motorze... Musisz utyć, Camille...

– ...

– Ty też... Nie odnoszę wrażenia, żebyś miała piękny album ze zdjęciami uśmiechniętej wokół ciebie rodzinki, prawda?

– Tak.

– Opowiesz mi kiedyś?

– Być może...

– Wiesz co... więcej nie będę ci dopiekał z tym...

– Z czym?

– Mówiłem ci przed chwilą o Fredzie, że to był mój jedyny kumpel, ale to nieprawda. Mam jeszcze jednego... Pascal Lechampy, najlepszy cukiernik na świecie... Zapamiętaj to nazwisko, zobaczysz... Ten koleś jest bogiem. Od prostej babki piaskowej, poprzez tarty, czekolady, ciasto francuskie, nugaty, ptysie, co tylko chcesz, czego się dotknie, zamienia w niezapomniane przeżycie. Jest dobre, piękne, finezyjne, zaskakujące i superudoskonalone. Spotkałem w życiu dobrych rzemieślników, ale on to coś innego... To chodząca perfekcja. I ekstrafacet poza tym. Miód, Jezus, prawdziwa słodycz... A więc tak się złożyło, że ten facet był ogromny. Olbrzymi. Jak dotąd nie ma sprawy... Nie takich się widywało... Problem polegał jednak na tym, że okropnie capił... Nie można było wytrzymać chwili obok niego, żeby ci się rzygać nie chciało. Dobra, pomijam detale, kpiny, gadanie, mydła podrzuca-

275

ne w jego rzeczy i całe kino... Pewnego dnia znaleźliśmy się w jednym pokoju hotelowym, ponieważ pojechałem z nim na konkurs jako asystent... Demonstracja odbyła się, oczywiście wygrał, ale wyobraź sobie, w jakim ja byłem stanie pod koniec dnia... Nie mogłem już nawet oddychać i wolałem spędzić raczej noc w barze niż zostać jeszcze minutę w jego towarzystwie... Zastanowiło mnie, że wziął rano prysznic, wiedziałem o tym, byłem przy tym. W końcu wracamy do hotelu, piję, żeby się znieczulić, i w końcu zbieram się, aby z nim pogadać... Słuchasz mnie?

— Tak, tak, cały czas...

— Mówię mu: kurwa, Pascal, śmierdzisz. Śmierdzisz strasznie, stary. O co tu chodzi? Nie myjesz się, czy co? I wtedy ten wielki miś, ten olbrzymi facet, ten geniusz o donośnym śmiechu i górze sadła, zaczyna płakać, płakać, płakać... Jak bóbr... Coś strasznego, wielki szloch dziecka... Ten matoł był niepocieszony... Kurwa, czułem się fatalnie... Po pewnym czasie on się rozbiera do naga, tak po prostu, bez ostrzeżenia... Odwracam się więc i kieruję do łazienki, a ten mnie łapie za ramię. Mówi mi: „Spójrz na mnie, Lestaf, spójrz na to gówno..." Kurwa, o mały włos fiknąłbym!

— Dlaczego?

— Po pierwsze jego ciało... To było totalnie niesmaczne. Ale zwłaszcza i to jest to, co chciał mi pokazać, to... ach... Nawet jak wspomnę, wszystko podchodzi mi do gardła... Zobaczyłem jakieś plamy, strupy, nie wiem co jeszcze, między fałdami skóry... A śmierdziała krwawa wydzielina... Kurwa, mówię ci, piłem całą noc, żeby się po tym otrząsnąć... A poza tym opowiedział mi, że go bardzo bolało, gdy się mył, ale szorował się jak głupi, aby zabić odór, i polewał się perfumami, zaciskając zęby, by nie płakać... Co za noc, co za przerażenie, jak o tym myślę...

— I co potem?

— Następnego dnia zaciągnąłem go do szpitala na ostry dyżur... To było w Lyonie, pamiętam... I nawet kolesia, który go oglądał, zatkało. Wyczyścił mu rany, dał pełno rzeczy, jakieś superrecepty na maści i pastylki wszelkich rodzajów.

Zrobił mu cały wykład o tym, że musi schudnąć, i na koniec jeszcze powiedział: „Ale dlaczego pan tak długo zwlekał?” Żadnej odpowiedzi. A ja na peronie dworca powróciłem do natarcia: „To prawda, do cholery, dlaczego tak długo z tym czekałeś?” „Ponieważ zbyt się wstydziłem...” – odparł, pochylając głowę. I wtedy poprzysiągłem sobie, że to było po raz ostatni.

– Co po raz ostatni?

– Ostatni raz przypieprzałem się do grubasów... Gardziłem nimi i... Rozumiesz, o co chodzi, oceniałem ludzi po wyglądzie... A więc wracam do ciebie... To samo jest przy chudych. I nawet jeśli nadal tak będę uważać, nawet jeśli jestem pewny, że z kilkoma kilogramami więcej byłoby ci mniej zimno i stałabyś się bardziej apetyczna, nie będę ci tego więcej mówić. Słowo pijaka.

– Franck?

– Słuchaj! Mieliśmy już spać!

– Pomożesz mi?

– W czym? Żeby było ci cieplej i byś się stała bardziej apetyczna?

– Tak...

– Mowy nie ma. Pierwszy lepszy cwaniaczek poderwie cię wtedy... tst... tst... Już cię wolę kościstą, ale z nami... I jestem pewien, że Philou się ze mną zgodzi...

Cisza.

– No dobrze, troszkę... Jak tylko zobaczę, że ci trochę urosną piersi, przestaję.

– Zgoda.

– Proszę, i oto stałem się siostrą miłosierdzia... Kurwa, ty tobyś mnie na wszystko namówiła... Jak to zrobimy? Po pierwsze nie robisz już zakupów, ponieważ kupujesz same gówna. Jakieś batoniki z ziarnami zbóż, suche ciasteczka, jogurty, koniec z tym wszystkim. Nie wiem, o której wstajesz rano, ale zapamiętaj, że od wtorku to ja cię karmię, jasne?!

Codziennie o trzeciej, kiedy wrócę, przyniosę ci obiad... Nie martw się, znam dziewczyny, nie dam ci kaczki w galaretce albo flaczków... Przygotuję ci dobrą wyżerkę, tylko dla ciebie... Ryby, mięso z grilla, dobre warzywka, tylko takie smaczne rzeczy... Będę ci przynosił małe ilości, ale musisz wszystko zjeść, inaczej przestanę. A że wieczorem mnie nie ma, to nie będę ci głowy zawracał, ale zakazuję ci podgryzać. Nadal będę robił duży garnek zupy na początku tygodnia dla Philou, tak jak do tej pory, i basta. Cel jest taki, byś uzależniła się od moich specjałów. Żebyś codziennie rano wstawała, myśląc już, co będzie w menu. Dobra... hm... Nie obiecuję ci superdań za każdym razem, ale będzie dobrze, zobaczysz... A gdy zaczniesz obrastać tłuszczykiem...

– Co wtedy?

– Wtedy cię zjem!

– Jak Baba Jaga z bajki o Jasiu i Małgosi?

– Właśnie. I nie dam się zwieść, jeśli zamiast rączki, którą będę chciał pomacać, dasz mi kość! Teraz już nie chcę cię więcej słyszeć... Jest prawie druga w nocy, a jutro mamy przed sobą długi dzień...

– W sumie to zachowujesz się, jakbyś był miły...

– Zamknij się.

12

– Pobudka!

Postawił tacę na końcu łóżka.

– Och! Śniadanie do ł...

– Nie nakręcaj się. To nie ja, to Jeannine. Tempo, jesteśmy spóźnieni... I zjedz przynajmniej jedną kanapkę, napchaj się choć troszeczkę, bo inaczej padniesz...

Ledwo wystawiła stopę na zewnątrz, jeszcze z wąsami od kawy z mlekiem wokół ust, a już ktoś jej wręczył szklaneczkę czystej.

– Jazda, panienko! To dla odwagi!

Wszyscy już byli, ci z wczoraj i reszta mieszkańców wioski. W sumie z piętnaście osób. Wyglądali tak, jak sobie wyobrażała, ubiory od tradycyjnych wiejskich po ich bardziej nowoczesne wersje. Najstarsze kobiety były w kubrakach, najmłodsi w dresach. Przestępowali z nogi na nogę, ściskali swoje szklanki, wołali na siebie, śmiali się i nagle umilkli; przybył Gaston ze swoim wielkim nożem.

Franck zajął się komentowaniem:

– To on ubija.

– Domyśliłabym się...

– Widziałaś jego dłonie?

– Niesamowite...

– Dziś ubijamy dwa świniaki. Nie są głupie, nie dostały rano jeść, więc wiedzą, co je czeka... Czują to... Oto i pierwszy... Masz blok rysunkowy?

– Tak, tak...

Camille aż podskoczyła. Nie spodziewała się, że zwierzę jest tak grube...

Zaciągnęli świniaka na podwórze, Gaston ogłuszył go obuchem, położyli go na ławie i błyskawicznie związali. Łeb mu zwisał. Jak dotąd jeszcze dało się wytrzymać, bo świniak był trochę otępiały, ale gdy mężczyzna wbił mu nóż w tętnicę szyjną, zaczął się horror. Cios, zamiast go zabić, jakby zupełnie go pobudził. Wszyscy faceci się na niego rzucili, krew sikała, jakaś babcia podstawiła żelazny rondel, podkasała rękaw i zaczęła mieszać. Bez łyżki, bez niczego, gołą ręką. Ble. Ale to jeszcze mogło ujść; to, co było nie do zniesienia, to jego kwik... Jak on strasznie kwiczał i kwiczał... Im bardziej się wykrwawiał, tym bardziej kwiczał i coraz mniej przypominało to charkot zwierzęcy... To było prawie ludzkie. Rzężenie, błaganie... Camille ściskała co sił swój notes, ale inni, przywykli już do takich widoków, też wcale nie wyglądali lepiej... Proszę, jeszcze szklaneczka dla kurażu...

– Bez ceregieli, dzięki.

– W porządku?

– Tak.
– Nie rysujesz?
– Nie.

Camille nie była pierwszą lepszą gówniarą, panowała nad sobą i nie wygłosiła żadnego durnego komentarza. Dla niej najgorsze miało dopiero nastąpić. To nie śmierć sama w sobie była straszna. Nie, takie w sumie jest życie. Ale to, co wydało się jej najokrutniejsze, nastąpiło wtedy, gdy przyprowadzono drugiego... Antropomorfizm czy nie, afektowanie czy nie, można myśleć, co się chce, miała to gdzieś, jednak bardzo trudno było jej powstrzymać emocje. Ten drugi wszystko słyszał i wiedział, co się stało jego kumplowi, i nie czekał na cios, by zacząć kwiczeć jak opętany. Jak zarzynane prosię, tak się mówi...
– Kurwa, mogli mu chociaż zatkać uszy!
– Czym? Pietruszką? – zażartował Franck.

I wtedy zabrała się do rysowania, żeby już się nie patrzeć. Skoncentrowała się na dłoniach Gastona, aby nie słyszeć.
Niedobrze. Ręce się jej trzęsły.

Gdy umilkła syrena, schowała notes do kieszeni i podeszła. Już koniec, była ciekawa i podała swoją szklankę.

Potraktowali je palnikiem do spawania, zapach grillowanego prosiaka. Następnie skrobali je przedziwną szczotką – deską, na której poprzybijano gwoździami odwrócone kapsle po piwie.
Camille ją narysowała.
Rzeźnik rozpoczął rozbieranie mięsa, a ona okrążyła ławę, żeby nie stracić ani jednego z jego ruchów.
Franck był zachwycony.
– Co to jest?
– Co?
– Taka przezroczysta kula, cała lepka, o tu?

– Pęcherz moczowy... Zresztą to nienormalne, aby był tak wypełniony... Przeszkadza mu to w pracy...
– Ale wcale mi to nie przeszkadza! Masz, oto on! – dodał, odcinając go nożem.
Camille kucnęła, by się mu przyjrzeć. Była zafascynowana.
Dzieciaki, zaopatrzone w tace, ganiały tam i z powrotem między parującą jeszcze świnią a kuchnią.
– Przestań pić.
– Tak jest.
– Jestem zadowolony. Dobrze się trzymałaś.
– Bałeś się?
– Byłem ciekaw... Dobra, na tym nie koniec, mam jeszcze robotę...
– Gdzie idziesz?
– Po mój sprzęt... Wejdź do środka, jak chcesz. Będzie ci cieplej...

Odnalazła je w kuchni. Cały rządek radosnych kucharek z deskami i nożami.
– Chodź tu do nas! – krzyknęła Jeannine. – Proszę, Lucienne, zrób jej miejsce przy ogniu... Drogie panie, przedstawiam paniom koleżankę Francka, wiecie, to ta dziewczyna, o której wam opowiadałam... Ta, którą wczoraj cuciliśmy... Chodź tu, usiądź razem z nami...

Zapach kawy mieszał się z zapachem gorących flaków, zewsząd śmiechy, gadanina... Jak w maglu.

Wszedł Franck. Ach! Oto i on! Nasz kucharz! I zaczęły chichotać jeszcze bardziej. Jeannine, gdy ujrzała go w białej kucharskiej bluzie, zmieszała się.

Przechodząc za nimi, aby dojść do pieca, zacisnął dłoń na jej ramieniu. Wydmuchała nos w swoją ścierkę i przyłączyła się do śmiechu sąsiadek.

Dokładnie w tym momencie Camille zaczęła się zastanawiać, czy przypadkiem nie zaczyna się w nim zakochiwać...

„Cholera. Tego nie było w planach... Nie, nie... – stwierdziła, łapiąc swoją deskę do krojenia. – Nie, nie, tylko dlatego, że tu się tak zachowuje..." Nie wpadnie w końcu w jego sidła...

– Czy mogę prosić o coś do roboty? – zapytała.
Wytłumaczyły jej, jak się kroi mięso w drobniutkie kawałki.
– A po co tak?
Odpowiedzi padały ze wszystkich stron:
– Na kiełbasy! Kiełbaski! Kiszki! Pasztety! Skwarki!
– A co pani robi ze szczoteczką do zębów? – spytała, zerkając na sąsiadkę.
– Czyszczę flaki...
Bleee.
– A Franck?
– Franck będzie piekł... kaszankę, wypychał kiszki i różne frykasy...
– Jakie frykasy?
– Głowę, ogon, uszy, racice...
„Fu. Eee... Jeśli chodzi o żywienie, to zaczynamy dopiero od wtorku, prawda?"

Gdy wrócił z piwnicy z ziemniakami i cebulami i zobaczył, jak obserwuje sąsiadki, żeby zrozumieć, jak trzyma się nóż, podszedł i wyrwał go jej z rąk:
– Ty się do tego nie dotykaj. Każdy ma swoją robotę. Gdybyś sobie obcięła palec, znalazłabyś się w niezłym gównie... Każdy ma się zajmować tym, w czym jest dobry, mówię ci. Gdzie jest twój notes?
Potem zwrócił się do kumoszek:
– Powiedzcie no, panie, nie będzie wam przeszkadzać, jak ona was narysuje?
– No nie.

– No tak, moja trwała jest już w fatalnym stanie...
– Proszę, Lucienne, nie udawaj kokietki! Wszystkie wiemy, że nosisz perukę!
I taka właśnie była atmosfera: wczasy na farmie...

Camille poszła umyć ręce i rysowała aż do wieczora. Na zewnątrz, w środku. Krew, akwarele. Psy, koty. Dzieciaki, staruszków. Ogień, butelki. Kurtki, kamizelki. Pod stołem ocieplane gumiaki. Na stole spracowane dłonie. Franck plecami i ona, w krzywym odbiciu stalowego garnka.

Sprezentowała każdej portret, przyjęty z dreszczem emocji. Potem poprosiła dzieci, aby jej pokazały farmę, bo chciała się trochę przewietrzyć. I wytrzeźwieć również...

Brzdące w bluzach z Batmanem i gumiakach biegały wszędzie, wygłupiały się, łapały kury i drażniły psy, ciągnąc przed nimi długie pasma flaków...
– Bradley, jesteś kopnięty! Nie ruszaj traktora, bo się zabijesz!
– To tylko, żeby jej pokazać...
– Nazywasz się Bradley?
– No tak!
Bradley był ewidentnie szefem bandy. Rozebrał się prawie do połowy, by jej zademonstrować swoje blizny.
– Gdyby je wszystkie ułożyć jedna za drugą – szpanował – byłoby osiemnaście centymetrów szycia...
Camille pokiwała z powagą głową i narysowała mu dwóch Batmanów: Batmana odlatującego i Batmana walczącego z gigantyczną ośmiornicą.
– Jak ty robisz, że tak świetnie rysujesz?
– Ty też dobrze rysujesz. Wszyscy dobrze rysują...

Wieczorem bankiet. Dwadzieścia dwie osoby wokół stołu i prosiak we wszystkich postaciach. Ogony i uszy piekły się na rożnie w kominku i przeprowadzono losowanie, na czyich talerzach wylądują. Franck dał z siebie wszystko, zaczął od

postawienia na stole czegoś w rodzaju pięknie pachnącej gala-
retowatej zupy. Camille zamoczyła w niej chleb, ale nie zagłębiała się dalej. Potem była kaszanka, golonka, ozory i kolejne
specjały... Odsunęła krzesło o kilka centymetrów i przerzuciła
się na płyny, podsuwając szklankę, gdy ktoś polewał. Potem
przyszła kolej na desery, każda z pań przyniosła tartę lub ciasto i wreszcie bimber.

– Ach... tego panienka musi spróbować... Sikorki, które
odmawiają, na zawsze zostają dziewicami...

– No to cóż... Kropeleczkę poproszę, więc...

Camille przeprowadziła swoje rozdziewiczenie pod chy-
trym okiem sąsiada, który miał tylko półtora zęba, i skorzystała z ogólnego zamieszania, żeby udać się na spoczynek.

Legła na łóżko jak kłoda i zasnęła kołysana do snu ra-
dosnym harmidrem dochodzącym z dołu przez deski podło-
gowe.

Spała mocno, gdy przyszedł się położyć przy niej. Mruknęła.

– Nie martw się, jestem zbyt pijany, nic ci nie zrobię –
szepnął.

Była odwrócona do niego plecami, oparł więc nos na jej
karku i wsadził pod nią jedną rękę, aby się mocnej przytulić.
Jej krótkie włosy łaskotały go w dziurki od nosa.

– Camille?

Spała? Czy tylko udawała? W każdym razie nie było żadnej odpowiedzi.

– Dobrze mi z tobą...

Uśmiech.

Coś jej się śniło? Spała? Nie wiadomo...

W południe, gdy się w końcu obudzili, każde było w swoim łóżku. Ani jedno, ani drugie nie wypowiedziało słowa komentarza.

Kac, zmieszanie, zmęczenie. Wsadzili materac na miejsce, złożyli pościel, weszli kolejno do łazienki i ubrali się w milczeniu.

Schody wydały im się wyjątkowo strome i Jeannine wręczyła obojgu bez słowa po wielkim kubku czarnej kawy. Dwie inne panie już siedziały na drugim końcu stołu, grzebiąc w mięsie na kiełbasy. Camille odwróciła krzesło w stronę kominka i wypiła kawę, nie myśląc o niczym. Bimber zdecydowanie był zbyt mocny i musiała zamykać oczy przy każdym łyku. Ba! Taką cenę należało zapłacić, aby nie pozostać na wieki panienką...

Kuchenne zapachy doprowadzały ją do mdłości. Wstała, nalała sobie kolejny kubek, wyjęła z kieszeni kurtki tabakę i usiadła na podwórzu na ławce od świń.

Po pewnym czasie dołączył Franck.
— Mogę?
Posunęła się.
— Czaszka napieprza?
Przytaknęła.
— Wiesz, ja... Muszę pojechać odwiedzić moją babcię... A więc są trzy rozwiązania: albo zostawiam cię tu i przyjadę po ciebie po południu, albo zabieram cię ze sobą i czekasz na mnie gdzieś, póki nie skończę trzymać ją za rękę, albo odstawiam cię po drodze na stację i wracasz sama do Paryża...
Nie odpowiedziała od razu. Postawiła kubek, skręciła sobie papierosa, zapaliła i wypuściła długi kojący dym.
— A co ty o tym sądzisz?
— Nie wiem – skłamał.
— Nie mam specjalnie ochoty zostać tu bez ciebie...
— Dobra, odstawię cię więc na stację... Sądząc po twoim stanie, chyba nie zniesiesz jazdy motorem... Jak człowiek jest zmęczony, to mu jeszcze bardziej zimno...
— Doskonale – odpowiedziała.
„Cholera".

Jeannine nalegała. Ależ jeden kawałek, zapakuję wam. Odprowadziła ich do końca ścieżki, wzięła w ramiona Francka i szepnęła mu do ucha kilka słów, których Camille nie usłyszała.

Gdy postawił nogę na ziemi na pierwszych światłach na drodze krajowej, podniosła ich szybki:
– Jadę z tobą...
– Jesteś pewna?
Kiwnęła kaskiem i poczuła, jak leci do tyłu. Ups. Życie nagle nabrało tempa. Dobra... Trudno.
Położyła się na nim, zaciskając zęby.

13

– Chcesz zaczekać na mnie w jakiejś kawiarni?
– Nie, nie, usiądę sobie na dole...

Nie zdążyli nawet przejść kilku kroków przez hol, gdy jakaś pani w błękitnym kitlu rzuciła się do niego. Spoglądała smutno, kręcąc głową:
– Znów zaczęła...
Franck westchnął.
– Jest w swoim pokoju?
– Tak, ale znów wszystko spakowała i nie pozwala się dotykać. Siedzi od wczoraj z płaszczem na kolanach...
– Jadła?
– Nie.
– Dziękuję.
Odwrócił się do Camille:
– Mogę ci zostawić moje rzeczy?
– Co się dzieje?
– To się dzieje, że Paulette zaczyna mnie wkurzać tymi swoimi akcjami!
Był blady jak ściana.

– Nie wiem nawet, czy to dobry pomysł, żeby tam iść...
Jestem zupełnie zagubiony, nie wiem, co robić...
– Dlaczego nie chce jeść?
– Bo myśli, że ją stąd zabiorę! Jest uparta jak osioł! Za
każdym razem mi to robi... Och, mam ochotę stąd się zmyć...
– Chcesz, żebym poszła z tobą?
– To nic nie zmieni.
– Nie, nic nie zmieni, ale będzie jakieś urozmaicenie...
– Tak myślisz?
– Ależ tak, chodź... Idziemy.

Franck wszedł pierwszy i oznajmił słodkim głosem:
– Babciu... To ja... Przywiozłem ci niespo...
Nie miał odwagi skończyć.
Starsza pani siedziała na łóżku i wpatrywała się w drzwi.
Włożyła płaszcz, buty, apaszkę i nawet czarny berecik. Źle
domknięta walizka stała u jej stóp.

„Serce mi się kraje..." – znów jakże trafnie pomyślała Camille, czując ucisk w piersiach.
Tak ślicznie wyglądała z tymi jasnymi oczami i szpiczastą
twarzą... Jak mała myszka... Mała myszka na czatach...

Franck zachowywał się, jakby nic się nie stało:
– No, proszę! Znowu zbyt grubo się ubrałaś! – zażartował, błyskawicznie ją rozbierając. – A przecież wcale tu nie
jest zimno... Ile może być stopni? Co najmniej dwadzieścia
pięć... Mówiłem im przecież tam na dole, że za bardzo grzeją,
ale nigdy nie słuchają... Wracamy właśnie z ubijania prosiaka
u Jeannine i mogę ci zagwarantować, że nawet w pomieszczeniu, gdzie wędzi się kiełbasy, było chłodniej niż tu... Jak tam?
No, proszę, widzę, że masz piękną narzutę na łóżko! Dostałaś
w końcu paczkę z Redoute, tak? Rychło w czas... A rajstopy
pasują? Nie pomyliłem się? Trzeba przyznać, że strasznie gryz-
molisz... Wyszedłem na durnia, gdy poprosiłem sprzedawczy-
nię o wodę toaletową Monsieur Michel... Kobieta spojrzała na
mnie krzywo, więc pokazałem jej tę twoją kartkę. Musiała

pójść po okulary i w ogóle... Och, nawet nie będę ci opowiadać, jakie były cyrki, ale w końcu udało się: chodziło o Mont Saint-Michel... Należało się domyślić, co? A właśnie, oto i ona... Cud, że się nie rozbiła...

Nałożył jej kapcie, opowiadał byle co, upajał się swoimi słowami, żeby tylko na nią nie patrzeć.

– To pani jest tą małą Camille? – spytała, obdarzając ją przepięknym uśmiechem.

– Hm... tak...

– Proszę tu podejść, niech się pani przyjrzę...

Camille usiadła przy niej.

Wzięła jej dłonie:

– Ależ jest pani zmarznięta...

– To przez motor...

– Franck?

– Tak.

– No, przygotuj nam herbatę! Trzeba rozgrzać tę biedną małą!

Odetchnął. Dzięki Bogu. Najgorsze minęło... Wrzucił swoje rzeczy do szafy i poszedł szukać czajnika.

– Weź kruche ciasteczka z mojej szafki nocnej... – I odwracając się: – A więc to pani... Pani, Camille... Och, jaka jestem szczęśliwa, że panią widzę...

– Ja również... Dziękuję za szalik...

– Ach właśnie, momencik...

Wstała i wróciła z siatką pełną starych katalogów Phildar.

– Moja przyjaciółka Yvonne przywiozła mi je dla pani... Proszę powiedzieć, co by sprawiło pani przyjemność... Tylko nie tym ściegiem, dobrze? Tego, nie umiem robić...

Marzec 1984. Okay...

Camille przewracała powoli zniszczone strony.

– Ten jest niebrzydki, prawda?

Wskazała przeokropny zapinany sweterek z warkoczami i złotymi guzikami.

– Nnieee... Wolałabym raczej jakiś gruby sweter...

– Gruby sweter?

– Tak.

– Ale jak bardzo gruby?

– No, wie pani, taki golf...

– Proszę więc przejść do działu męskiego!

– O taki...

– Franck, króliczku, moje okulary...

Jaki był szczęśliwy, gdy słyszał ją taką. „Tak jest, babciu, oby tak dalej. Wydawaj mi polecenia, ośmieszaj mnie przed nią, traktując jak małe dziecko, tylko nie płacz. Błagam. Tylko już nie płacz".

– Proszę... No dobra... To ja was zostawię... Idę się wyszczać...

– Tak jest, dobrze, zostaw nas same.

Uśmiechał się.

„Co za radość, co za radość..."

Zamknął drzwi i zaczął skakać z radości po korytarzu. Ucałowałby pierwszą napotkaną staruszkę. Co za szczęście, kurwa! Nie był już sam! „Zostaw nas same" – tak powiedziała. „Ależ oczywiście, dziewczyny, zostawiam was same! Kurwa, przecież mnie tylko o to chodziło! Tylko o to!"

„Dzięki, Camille, dzięki. Nawet jeśli więcej tu nie przyjedziesz, mamy dzięki twojemu pieprzonemu sweterkowi trzy miesiące spokoju! Wełna, kolory, przymiarki... Tematy do rozmów zapewnione na dłuższą chwilę... Dobra, a jak teraz dojść do kibla?"

Paulette usiadła w fotelu, a Camille oparła się plecami o kaloryfer.

– Wygodnie jest pani na podłodze?

– Tak.

– Franck też zawsze tam siada...

– Wzięła pani herbatnika?

– Cztery!

– To dobrze...

Przyglądały się sobie i powiedziały mnóstwo rzeczy bez słów. Rozmawiały oczywiście o Francku, o odległościach, o młodości, o niektórych pejzażach, o śmierci, o samotności, o przemijaniu, o szczęściu bycia razem i o kolejach życia, nie otwarłszy ani razu ust.

Camille miała wielką ochotę ją narysować. Jej twarz przypominała dziką trawę z nasypów, fiołki, niezapominajki, jaskry... Jej twarz była otwarta, spokojna, świetlista, cienka jak japoński papier. Zmarszczki ze zmęczenia znikały za wijącymi się wzorkami parującej herbaty, pozostawało tylko tysiące dobrotliwych kurzych łapek w kącikach oczu.
Dla niej była piękna.

Paulette myślała dokładnie to samo. Ileż ta mała ma wdzięku, jest taka spokojna, taka elegancka w stroju włóczęgi. Chciała, żeby zrobiła się wiosna, bo mogłaby jej pokazać swój ogród, obsypane kwieciem gałęzie pigwy i zapach jaśminu. Nie, nie jest taka jak inne.
Anioł, który spadł z nieba i musiał nosić wielkie buciory, aby nie ulecieć i zostać wśród nas...

– Poszła? – zaniepokoił się Franck.
– Nie, nie, tutaj jestem! – odpowiedziała Camille, machając ręką nad łóżkiem.

Paulette uśmiechnęła się. Nie ma potrzeby wkładać okularów, by widzieć pewne rzeczy... Ogarnął ją wielki spokój. Musiała się pogodzić z losem. Musiała w końcu go zaakceptować. Dla niego. Dla niej. Dla wszystkich.
Koniec pór roku, dobrze... No cóż... Tak musi być. Na każdego przychodzi kres. Nie będzie go już męczyć. A sama nie musi już myśleć codziennie rano o swoim ogrodzie... Postara się o niczym nie myśleć. Niech on teraz pożyje.
Niech on pożyje...

Franck opowiedział jej o wczorajszym wieczorze z jeszcze większą werwą, a Camille pokazała swoje szkice.

– A co to jest?

– To pęcherz świni.

– A to?

– Rewolucyjne gumiako-kapcio-chodaki!

– A ten chłopaczek?

– Hm... nie pamiętam już jego imienia...

– A to?

– To jest Spiderman... Tylko nie mylić z Batmanem!

– To wspaniale być tak uzdolnioną...

– Och, to nic takiego...

– Nie mówiłam o pani rysunkach, ale o pani spojrzeniu... Ach! Oto i moja kolacja! Musicie się, dzieci, powoli zbierać... Będzie zupełnie ciemno...

„Czekaj... To ona nam powiedziała, żebyśmy jechali?" – Francka zatkało. Był tak zmieszany, że musiał się przytrzymać zasłony, żeby wstać, i zerwał karnisz.

– Kurwa!

– Zostaw, już, i przestań wyrażać się jak opryszek!

– Już przestaję.

Pochylił głowę, uśmiechając się. Tak jest, Paulette. Dalej. Nie krępuj się. Opieprzaj mnie. Marudź. Narzekaj. Bądź taka jak dawniej.

– Camille?

– Tak?

– Czy mogę panią prosić o przysługę?

– Oczywiście!

– Proszę do mnie zadzwonić, jak dojedziecie, żebym się nie martwiła... On nigdy do mnie nie dzwoni i... Albo jak pani woli, proszę o jeden sygnał i odłożenie słuchawki, będę wiedziała, że to pani, i spokojnie zasnę...

– Obiecuję...

Byli jeszcze w korytarzu, gdy Camille zdała sobie sprawę, że zapomniała rękawiczek. Pobiegła do pokoju i zobaczyła, iż staruszka już stała przy oknie i ich wyczekiwała.

– Ja... moje rękawiczki...

Starsza pani o różowych włosach nie miała odwagi się odwrócić. Podniosła tylko rękę i kiwnęła głową.

– To strasznie... – rzuciła Camille, podczas gdy on odblokowywał zabezpieczenie motocykla.

– Nie, nie mów tak... Dziś była w bardzo dobrej formie! Dzięki tobie zresztą... Dziękuję...

– Nie, to jest straszne...

Pomachali maleńkiej postaci na trzecim piętrze i stanęli w kolejce do wyjazdu na szosę. Franckowi było lżej. Camille, wręcz przeciwnie, nie mogła zebrać myśli.

Zatrzymał się przed wejściem do ich budynku, nie gasząc silnika.

– Nie... nie wchodzisz?

– Nie – odparł jej kask.

– No to... cześć.

14

Minęła już chyba dziewiąta, a mieszkanie było całe pogrążone w ciemnościach.

– Philou? Jesteś tam?

Znalazła go siedzącego na łóżku. Całkowicie załamanego. Z kocem na ramionach i dłonią w książce.

– Wszystko w porządku?

– ...

– Chory jesteś?

– Strasznie się... się... o was martwiłem... Spo... spodziewałem się was o... o wiele... wcze... wcześniej.

Camille westchnęła. Kurwa, jak nie jeden, to drugi...

Oparła się łokciami o kominek, odwróciła się plecami i wsparła głowę na dłoniach:

– Philibercie, przestań, proszę. Przestań się jąkać. Nie rób mi tego. Nie psuj wszystkiego. Po raz pierwszy od wielu lat gdzieś wyjechałam... Wyprostuj się, ściągaj to poncho, odłóż książkę, przybierz normalny głos i spytaj: „I jak, Camille? Fajną miałaś wycieczkę?"

– I... i jak, Camille? Fajną miałaś wycieczkę?

– Świetną, dzięki! A ty? Jaką dziś przerabiasz bitwę?

– Pavia...

– Ach... bardzo dobrze...

– Nie, klęska.

– A między kim a kim?

– Walezjusze kontra Habsburgowie... Franciszek I przeciw Karolowi V...

– Ależ tak! Karol V, znam go! To ten, co nastał po Maksymilianie I w Cesarstwie Habsburgów!

– Do diaska, skąd ty to wiesz?

– Ach! Ach! Zatkało cię, co?

Zdjął okulary, żeby potrzeć oczy.

– No i jak ta wasza wycieczka?

– Bardzo malownicza...

– Pokażesz mi notes?

– Jak wstaniesz... Zostało jeszcze trochę zupy?

– Tak sądzę...

– Czekam na ciebie w kuchni.

– A Franck?

– Odfrunął...

– Wiedziałeś, że jest sierotą? No, prawie... bo matka go porzuciła?

– Tak zrozumiałem...

Camille była zbyt zmęczona, by zasnąć. Przeciągnęła swój kominek do salonu i paliła papierosy pod Schuberta. *Podróż zimowa.*

Zaczęła płakać i znów poczuła wstrętny smak kamieni w dole gardła.

Tatusiu...

„Camille, stop. Idź spać. Te romantyczne historie, zimno, zmęczenie, ten, tu, który działa ci na nerwy... Natychmiast przestań. To wszystko nie ma sensu".

„Och, cholera!

Co?

Zapomniałam o Paulette...

No to leć!

Ale jest już późno...

Tym bardziej! No już, tempo!"

– To ja. To Camille... Obudziłam panią?

– Nie, nie...

– Zapomniałam...

Cisza.

– Camille?

– Tak?

– Musisz, dziecko, na siebie uważać, dobrze?

– ...

– Camille?

– Zg... zgoda...

Następnego dnia została w łóżku aż do godziny sprzątania. Gdy wstała, zobaczyła na stole talerz, który Franck jej przygotował, wraz z liścikiem: *Wczorajsza polędwica wołowa, ze śliwkami, i świeże tagliatelle. Mikrofalówka trzy minuty.*

I bez błędów, no proszę...

Zjadła na stojąco i od razu poczuła się lepiej.

W milczeniu zarabiała na życie.

Wyżymała szmaty, opróżniała popielniczki i zawiązywała worki na śmieci.

Wróciła na piechotę.

Klaskała w dłonie, żeby je rozgrzać.

Podnosiła głowę.

Myślała.

A im intensywniej myślała, tym szybciej szła.

Prawie biegła.

Była druga w nocy, gdy potrząsnęła Philibertem i go zbudziła:

– Muszę z tobą pomówić.

15

– Teraz?
– Tak.
– A... ale która jest godzina?
– Nieważne, słuchaj mnie!
– Podaj mi, proszę, moje okulary...
– Nie potrzebujesz okularów, siedzimy po ciemku...
– Camille... Proszę.

– Ach, dziękuję... Czuję się z nimi znacznie lepiej... No więc, żołnierzu? Skąd to najście?

Camille nabrała powietrza i wyłożyła, co jej na sercu leżało. Mówiła przez bardzo długą chwilę.

– Koniec raportu, panie pułkowniku...

Philibert milczał.

– Nic nie mówisz?
– Cóż, jak na najście, jest to to prawdziwa ofensywa...
– Nie chcesz?
– Czekaj, daj mi się zastanowić...
– Kawy?
– Dobry pomysł. Idź sobie zrobić kawy, a ja zbiorę myśli...
– Też chcesz?

Zamknął oczy na znak, żeby zeszła mu z pola widzenia.

– I co?
– Po... powiem ci szczerze: nie sądzę, aby to był dobry pomysł...
– Ach? – Camille przygryzła wargę.

- Nie.
- Dlaczego?
- Za duża odpowiedzialność.
- Znajdź coś lepszego. Nie chcę takiej odpowiedzi. Jest do dupy. Mam dość ludzi, którzy nie chcą brać na siebie odpowiedzialności... Dość, Philibercie... Ty sobie nie zadawałeś takiego pytania, gdy poszedłeś po mnie na górę, wtedy kiedy nic nie jadłam od trzech dni...
- Wyobraź sobie, że zadałem sobie to pytanie...
- I co? Żałujesz?
- Nie. Ale nie porównuj. To nie jest zupełnie taka sama sytuacja...
- A właśnie, że tak! Dokładnie taka sama!
Cisza.
- Wiesz dobrze, że nie jestem tu u siebie... Żyjemy w odroczeniu... Mogę jutro dostać list polecony z nakazem opuszczenia lokalu w przeciągu tygodnia...
- Pff... Wiesz, jak się ciągną te historie spadkowe... Być może zostaniesz tu jeszcze dziesięć lat...
- Dziesięć lat lub miesiąc... Nikt nie wie... Gdy w grę wchodzą duże pieniądze, nawet najwięksi pieniacze znajdują w końcu wspólny język, wiesz...
- Philou...
- Nie patrz tak na mnie. O zbyt wiele mnie prosisz...
- Nie, nie proszę cię o nic. Pragnę jedynie, żebyś mi zaufał...
- Camille...
- Ja... Ja nigdy wam o tym nie opowiadałam, ale... Ja naprawdę miałam gówniane życie, dopóki was nie spotkałam. Oczywiście, w porównaniu z dzieciństwem Francka to być może nic takiego, ale jednak mam wrażenie, że było podobne... Być może bardziej podstępne... Jak kolejne krople drążące kamień... A potem... Nie wiem, jak to zrobiłam... Prawdopodobnie zabrałam się do tego jak idiotka, ale...
- Ale...
- Straciłam wszystkich ludzi, których w ciągu życia kochałam, i...

296

- I?
- I kiedy ci wtedy mówiłam, że mam tylko ciebie na świecie, to nie... Och... Kurwa! Widzisz, wczoraj były moje urodziny. Skończyłam dwadzieścia siedem lat i jedyna osoba, która o tym pamiętała, to niestety moja matka. I wiesz, co mi dała w prezencie? Poradnik, jak schudnąć. Śmieszne, nie? Powiedz mi, czy można być głupszym. Przykro mi, że ci tym dupę zawracam, ale musisz mi pomóc, Philibercie... Jeszcze jeden raz... Potem już o nic nie będę cię prosiła, obiecuję.
- Wczoraj były twoje urodziny? – lamentował. – Dlaczego nam nie powiedziałaś?
- Mam gdzieś moje urodziny! Opowiedziałam tę historyjkę, żeby zmiękczyć ci serce, ale tak naprawdę nie ma to większego znaczenia...
- Ależ ma! Ja też chętnie dałbym ci prezent...
- No to proszę: daj mi go teraz.
- Jeśli się zgodzę, dasz mi spać?
- Tak.
- No to zgadzam się...

Oczywiście nie udało mu się zasnąć.

16

O siódmej następnego dnia była już zwarta i gotowa. Poszła do piekarni i przyniosła bułki dla swojego ulubionego podoficera.

Gdy ten wszedł do kuchni, zastał ją w kucki pod zlewem.
- Buu... – jęknął – już zaczęły się wielkie manewry?
- Chciałam ci przynieść śniadanie do łóżka, ale nie ośmieliłam się...
- Dobrze zrobiłaś. Tylko ja wiem, ile nasypać sobie czekolady.

- Och, Camille... usiądź, przez ciebie dostanę kręćka...

– Jeśli usiądę, będę zmuszona znów zaanonsować ci coś poważnego...
– Litości... Stój więc...

Usiadła naprzeciw niego, położyła dłonie na stole i spojrzała mu prosto w oczy:
– Wracam do moich prac.
– Słucham?
– Schodząc, wysłałam moje wymówienie...
Cisza.
– Philibercie?
– Tak.
– Mów. Powiedz coś...
Odstawił kubek i oblizał czekoladowe wąsy:
– Nie, w tym wypadku nic nie mogę powiedzieć. Tutaj jesteś sama, moja piękna...

– Chciałabym się przenieść do pokoju w głębi korytarza...
– Ależ, Camille... To prawdziwa graciarnia!
– Z miliardem zdechłych much, wiem. Ale to też najlepiej oświetlone pomieszczenie, z jednym oknem wychodzącym na wschód, drugim na południe...
– A bałagan?
– Zajmę się tym...
Westchnął:
– Jak się kobieta uprze...
– Będziesz ze mnie dumny, zobaczysz...
– Liczę na to. A ja?
– Co?
– Czy też mam prawo cię o coś zapytać?
– No oczywiście...
Zaczął się czerwienić:
– W... wyobraź sobie, że... że chcesz of... ofiarować pre... prezent młodej dziewczynie, któ... której nie znasz, co.... co ro... robisz?
Camille spojrzała na niego spod oka:
– Słucham?

– Nie udawaj i... idiotki, do... dobrze wiesz, o co mi cho...
chodzi...
– Nie mam pojęcia, a z jakiej okazji?
– Be... bez szczególnej o... okazji...
– A na kiedy?
– Na so... sobotę.
– Daj jej guerlaina.
– Słu... słucham?
– Perfumy...
– Nie... nie potrafiłbym wy... wybrać...
– Chcesz, żebym poszła z tobą?
– Ba... bardzo proszę...
– Nie ma sprawy! Pójdziemy podczas twojej przerwy na
lunch...
– Dz... dzięki...

– Ca... Camille?
– Tak?
– To... to tylko znajoma...
Wstała, śmiejąc się.
– Oczywiście...
Zauważyła datę na pocztowym kalendarzu:
– Och! No proszę! W sobotę są walentynki. Wiedziałeś
o tym?
Zagłębił się w swoim kubku.

– No dobra, zostawiam cię, mam robotę... Wpadnę po ciebie do muzeum w południe...

Jeszcze nie wypłynął na powierzchnię i gulgotał, pijąc
swojego nesquicka, gdy ona opuszczała kuchnię, zaopatrzona
w ajax i komplet gąbek.

Gdy Franck przyszedł wczesnym popołudniem się przespać, zastał opuszczone i przewrócone do góry nogami mieszkanie:

– Co to za burdel?

Wstał o piątej. Camille mocowała się właśnie z nogą od lampy:

– Co tu się dzieje?

– Przeprowadzam się...

– Gdzie się wybierasz? – zbladł.

– Tutaj – odparła, wskazując górę połamanych mebli i dywan z martwych much, następnie rozłożyła ramiona: – Przedstawiam ci moje atelier...

– Nie?

– Tak!

– A twoja praca?

– Zobaczymy...

– A Philou?

– Och... Philou...

– Co?

– Buja w obłokach...

– Co?

– Nie, nic.

– Pomóc ci?

– No pewnie!

Z pomocą faceta było o wiele łatwiej. W godzinę przeniósł wszystkie rupiecie do sąsiedniego pokoju, gdzie okna były zabite z powodu „wadliwych gzymsów”...

Skorzystała z chwili przerwy – pił chłodne piwo, podziwiając rozmiar wykonanych prac – żeby wypuścić ostatnią salwę:

– W przyszły poniedziałek, w godzinach przerwy obiadowej, chciałabym uczcić moje urodziny z Philibertem i tobą...

– Hm... Nie mogłabyś raczej zrobić tego wieczorem?

– Dlaczego?

– Sama wiesz dobrze... Poniedziałek to dzień odwalania pańszczyzny...

– Ach, przepraszam, źle się wysłowiłam: w przyszły poniedziałek, w godzinach przerwy obiadowej, chciałabym uczcić moje urodziny z Philibertem, z tobą i z Paulette.

– Tam? W hospicjum?

- Skądże! Chyba nam wynajdziesz jakąś miłą knajpkę!
- A jak się tam udamy?
- Tak sobie pomyślałam, że moglibyśmy wynająć samochód...

Umilkł i myślał aż do ostatniego łyka.

- Doskonale – stwierdził, gniotąc puszkę. – Tylko że potem zawsze będzie rozczarowana, jak będę przyjeżdżał sam...
- Cóż... Jest taka możliwość...
- Nie musisz czuć się w obowiązku robić to dla niej, wiesz?
- Nie, nie, to dla mnie.
- Dobra... Jeśli chodzi o furę, to załatwię... Mam kumpla, który będzie superszczęśliwy, jeśli zamieni ją na mój motor... Te muchy są naprawdę obrzydliwe...
- Czekałam, aż wstaniesz, żeby włączyć odkurzacz...
- A ty dobrze się czujesz?
- W porządku. Widziałeś swojego Ralpha Laurena?
- Nie.
- Mały pieszek jeszt przepiekny, jeszt barszdzo żadowolony...
- Ile lat skończysz?
- Dwadzieścia siedem.
- A przedtem gdzie byłaś?
- Słucham?
- Nim tu przyszłaś, to gdzie byłaś?
- No, na górze!
- A przedtem?
- Teraz nie mamy czasu... Jak zostaniesz kiedyś na noc, to ci opowiem...
- Mówisz tak, a potem...
- Nie, nie, teraz się o wiele lepiej czuję... Opowiem ci o budującym życiu Camille Fauque...
- Jak to budującym, co to znaczy?
- Dobre pytanie...
- To znaczy „jak budynek”?
- Nie, to znaczy „przykładne”, ale ironicznie...
- Ach tak?

– Jak budynek, który się właśnie rozpieprza w pył, jeśli wolisz...

– Jak wieża w Pizie?

– Właśnie!

– Kurwa, ciężko się żyje z intelektualistką...

– Ależ skądże! Wręcz przeciwnie! To bardzo przyjemne!

– Nie, ciężko. Wciąż się boję, że robię błędy ortograficzne... A właśnie, co jadłaś na obiad?

– Kanapkę z Philou... Ale widziałam, że mi coś włożyłeś do piekarnika, zjem za chwilę... Tak w ogóle to dzięki... Jest supersmaczne.

– Nie ma za co. No dobra, spadam...

– A ty jak tam?

– Jestem zmęczony...

– No to śpij!

– Śpię przecież, ale sam nie wiem... Nie mam fazy... No dobra...Wracam do roboty...

17

– No proszę... Nie pojawiasz się przez piętnaście lat, a teraz jesteś prawie codziennie!

– Dzień dobry, Odette.

Głośne cmoknięcia.

– Jest już?

– Nie, jeszcze nie...

– No dobra, to my się tymczasem rozsiądziemy. O, przedstawiam wam moich przyjaciół, Camille...

– Dzień dobry.

– ...i Philibert.

– Bardzo mi miło. To przecu...

– Dobra! Dobra! Potem będziesz wygłaszał mowę powitalną...

– Och, nie bądź taki nerwowy!

– Nie jestem nerwowy, ale głodny. Och, proszę, oto

i ona... Dzień dobry, babciu, dzień dobry, Yvonne. Napije się pani z nami?

– Dzień dobry, mój drogi Francku. Nie, dziękuję, mam w domu gości. O której mam po nią przyjechać?

– Odwieziemy ją...

– Ale nie za późno, co? Ostatnim razem nieźle mi się oberwało... Musi wrócić przed piątą trzydzieści, bo...

– Tak, tak, w porządku, Yvonne, w porządku. Proszę pozdrowić rodzinkę...

Franck odetchnął.

– Dobra, babciu, przedstawiam ci Philiberta...

– Moje uszanowanie...

Pochylił się, by ucałować jej dłoń.

– No już, siadamy. Nie, Odette! Żadnego menu! Dajmy wolną rękę szefowi kuchni!

– Mały aperitif?

– Szampan! – odpowiedział Philibert, a następnie zwrócił się do sąsiadki: – Czy szanowna pani lubi szampana?

– Tak, tak... – odparła Paulette, onieśmielona takimi oznakami szacunku.

– Proszę coś na przegryzkę na poczekaniu...

Wszyscy byli trochę spięci. Na szczęście dobre winka znad Loary, szczupak w klarowanym maśle i kozie serki rozwiązały języki. Philibert usługiwał cały czas sędziwej sąsiadce, a Camille śmiała się, słuchając o wygłupach Francka:

– Miałem wtedy... Pff... Ile miałem lat, babciu?

– Mój Boże, to się działo tak dawno... Trzynaście? Czternaście?

– To był mój pierwszy rok nauki... Pamiętam, że wtedy bałem się tego Renégo. Znajdowałem się w trudnej sytuacji. No, ale dobra... Sporo mnie nauczył... Przy okazji namącił mi w głowie... Nie pamiętam już, co mi pokazał... Chyba jakieś łyżki, i powiedział: „Ta się nazywa gruba kotka, a tamta to kotka. Będziesz pamiętał, jak cię nauczyciel zapyta? Bo, wiesz, są oczywiście podręczniki, ale to – to jest prawdziwe słownictwo kuchenne. Prawdziwy żargon. Po tym można poznać dobrych kucharzy. To jak? Zapamiętałeś?

– Tak, szefie.

– To jak się tę nazywa?

– Gruba kotka, szefie.

– A tamta?

– No, mała...

– Co mała, Lestafier?

– Mała kotka, szefie!

– Dobrze, chłopie, dobrze... Daleko zajdziesz..." Ach, jaki wtedy byłem durny! Jak oni się ze mnie nabijali... Ale nie zawsze było do śmiechu, prawda, Odette? Zaliczyłem też kopniaki w dupę...

Odette, która się do nich przysiadła, kiwała głową.

– Och, wiesz, teraz się uspokoił...

– Jasne! Dzisiejsi młodzi nie dają już sobie włazić na łeb!

– Nie mów mi o dzisiejszej młodzieży... Nie jest łatwo, nic nie można im powiedzieć... Obrażają się. Tylko to potrafią – obrażać się. To męczące... O wiele bardziej niż wtedy, chociaż podpaliliście śmietnik...

– To prawda! Już zapomniałem...

– Ale ja zapamiętałam, wyobraź sobie!

Zgasło światło. Camille zdmuchnęła świeczki i cała sala klaskała.

Philibert znikł i pojawił się z wielką paczką.

– To od nas dwóch...

– Taaa, ale to jego pomysł – uściślił Franck. – Jeśli ci się nie spodoba, nie jestem za to odpowiedzialny. Ja chciałem ci wynająć striptizera, ale on się nie zgodził...

– Och, dziękuję! Jakie to miłe!

Była to „przenośna" sztaluga akwarelisty.

Philibert przeczytał w sposób afektowany:

– *Można ją złożyć i przechylić, ma dwie płaszczyzny, stabilna, z dużą powierzchnią do pracy i dwiema szufladami na*

304

przybory. Została zaprojektowana do pracy na siedząco. Ma cztery nogi składane po dwie – bardzo jesteśmy z tego za- dowoleni – *z buczyny, podparte poprzeczną deską, która za- pewnia większą stabilność.* Złożone, blokują szuflady. *Pulpit można nachylić dzięki podwójnemu stelażowi. Można nałożyć blok rysunkowy formatu maksimum sześćdziesiąt osiem na pięćdziesiąt dwa centymetry.* Jest kilka kartek, na wypadek... *Zintegrowana rączka pozwala na przenoszenie złożonej ca- łości.* To jeszcze nie koniec, Camille... *W rączce przewidziano uchwyt na małą butelkę wody!*

– Tylko woda tam się mieści? – zaniepokoił się Franck.

– Ale to nie jest to picia, idioto – kpiła sobie z niego Pau- lette. – To do mieszania kolorów!

– No tak, ale durny jestem...

– Czy... Czy ci się podoba? – dopytywał się zaniepokojo- ny Philibert.

– Cudowne!

– Nie... nie wo... wolałaś na... nagiego faceta?

– Czy mam teraz czas na wypróbowanie?

– Proszę, dawaj, i tak czekamy na Renégo...

Camille wyciągnęła z torebki swoje maleńkie pudełko z akwarelami, odkręciła śrubki i usiadła przed wielkim oknem.

Namalowała Loarę. Powolną, szeroką, spokojną, niewzru- szoną. Jej rozlazłe piaszczyste brzegi, paliki i zbutwiałe ło- dzie. Tam kormoran. Blade trzciny i błękit nieba. Metaliczny zimowy błękit, jasny, drżący, rozbawiony między dwiema grubymi zmęczonymi chmurami.

Odette była jak zahipnotyzowana:

– Ale jak ona to robi? Ma tylko osiem kolorów w tym małym pudełku!

– Oszukuję, ale cicho sza... Proszę. To dla pani.

– Och, dziękuję! Dziękuję! René! Chodź tu zobaczyć!

– Obiad na koszt firmy!

– Och, ale nie...
– Ależ tak! Nalegam...

Gdy wróciła do nich, Paulette podała jej pod stołem paczkę. To była czapka dopasowana do szalika. Takie same dziury
i takie same kolory. Klasa sama w sobie.

Przyszli myśliwi, Franck poszedł do kuchni z panem domu, gdzie oceniano upolowaną zwierzynę. Camille bawiła się
prezentem, a Paulette opowiadała o swoich potyczkach z losem Philibertowi, który wyciągnął długie nogi i słuchał jej
z zapartym tchem.

Potem przyszła przygnębiająca godzina powrotu. Paulette
usiadła z przodu na miejscu pasażera.
Nikt się nie odzywał.
Krajobraz stawał się coraz brzydszy.
Objechali miasto i przejeżdżali przez przemysłowe przedmieścia. Beznamiętnie patrzyli na supermarkety, hotele za 29
euro z kablówką, hangary i składy mebli. W końcu Franck zaparkował.
Na samym skraju obszaru zabudowanego.

Philibert wstał, żeby otworzyć drzwi, a Camille zdjęła
czapkę.
Paulette pogłaskała ją po policzku.
– No już, już... – mamrotał Franck. – Kończymy. Nie
mam ochoty dostać opieprzu od siostry przełożonej!

Gdy wrócił, babcia już rozsunęła zasłony w oknie. Wsiadł,
skrzywił się i głęboko odetchnął, nim zapalił silnik.

Nie wyjechał jeszcze z parkingu, gdy Camille klepnęła go
w ramię:
– Zatrzymaj się.
– Czego znowu zapomniałaś?
– Zatrzymaj się, mówię ci.

18

Odwrócił się.
— I co teraz?

— Ile to was kosztuje?
— Słucham?
— To coś, tam? Ten ośrodek?
— Dlaczego mnie o to pytasz?
— Ile?
— Z dziesięć tysięcy...
— Kto płaci?
— Emerytura dziadka, siedem tysięcy sto dwanaście franków, i jakaś tam pomoc społeczna, nie wiem, ile...
— Dla siebie chcę dwa tysiące kieszonkowego, resztę ty zatrzymujesz, ale przestajesz pracować w niedziele, żeby mnie odciążyć...
— Czekaj, o czym mówisz?
— Philou?
— Ależ nie, moja droga, to twój pomysł — wykręcił się.
— Tak, ale to twoje mieszkanie, przyjacielu...
— Zaraz! Co tu się dzieje? O co tu biega?
Philibert zapalił górne światełko w suficie samochodu:
— Jak chcesz...
— I jeśli ona, ona zechce — uściśliła Camille.
— ...zabieramy ją ze sobą — uśmiechnął się Philibert.
— Ze... ze sobą, gdzie? — jąkał się Franck.
— Do nas... do domu...
— Kie... kiedy?
— Teraz.
— Te... teraz?
— Powiedz mi, Camille: czy ja też mam taki tępy wyraz twarzy, kiedy się jąkam?
— Nie, nie — pocieszyła go Camille. — Ty nie masz tego głupkowatego spojrzenia...
— Ale kto się będzie nią zajmował?
— Ja. Ale postawię ci warunki...

– A twoja praca?

– Nie ma żadnej pracy! Koniec!

– Ale, hm...

– Co?

– Lekarstwa i to wszystko...

– Będę jej podawać! To chyba nic trudnego policzyć tabletki, prawda?

– A jeśli upadnie?

– Przecież nie upadnie, skoro będę przy niej!

– Ale, hm... Gdzie... gdzie będzie spała?

– Zostawiam jej mój pokój. Wszystko zaplanowane...

Oparł się czołem o kierownicę.

– A ty, Philou, co o tym sądzisz?

– Na początku byłem przeciw, ale teraz jestem za. Myślę, że twoje życie będzie o wiele łatwiejsze, jeśli ją zabierzemy...

– Ale taka starsza osoba to ciężar!

– Tak sądzisz? Ile może ważyć twoja malutka babcia? Pięćdziesiąt kilo? Nawet nie...

– Nie możemy jej tak porwać!

– Ach tak?

– No, nie...

– Jeśli trzeba będzie zapłacić odszkodowanie, zapłacimy...

– Mogę się przejść?

– Tak.

– Skręcisz mi jednego, Camille?

– Masz.

Trzasnął drzwiami.

– To głupota – podsumował, gdy wrócił na swoje miejsce.

– Ani przez chwilę nie twierdziliśmy inaczej... Prawda, Philou?

– Tak jest. W końcu myślimy trzeźwo!

– Nie przeraża was to?

– Nie.

– Już to przerabialiście?

– Ojej!

– Myślicie, że spodoba jej się w Paryżu?
– Nie zabieramy jej do Paryża, tylko do nas!
– Pokażemy jej wieżę Eiffla!
– Nie. Pokażemy jej mnóstwo o wiele piękniejszych miejsc niż wieża Eiffla...
Westchnął.
– No dobra, to jak robimy?
– Ja się tym zajmę – odparła Camille.

Gdy wrócili, żeby zaparkować pod jej oknami, nadal tam stała.

Camille ruszyła biegiem. Z samochodu Franck i Philou oglądali coś jakby przedstawienie w chińskim teatrze cieni: mała sylwetka się odwróciła, większa stanęła u jej boku, gesty, kiwnięcia głowy, ruchy barków. Franck nie przestawał powtarzać: „To głupota, to głupota, mówię wam, że to głupota... Straszna głupota...”
Philibert się uśmiechał.
Sylwetki zamieniły się miejscami.

– Philou?
– Mhm...
– Co to za dziewczyna?
– Słucham?
– Ta dziewczyna, którą nam znalazłeś... Kim ona dokładnie jest? Kosmitką?
Philibert uśmiechał się.
– Wróżką...
– Taaa, to jest to... Wróżką... Masz rację.
„Czy... Czy te wróżki mają seksualność, czy...”

– Co one tam, do kurwy nędzy, wyprawiają?
W końcu zgasło światło.

Camille otworzyła okno i wyrzuciła przez nie wielką walizkę. Franck, który obgryzał nerwowo paznokcie, aż podskoczył:

– Co to, kurwa, jakaś mania u niej z tym wyrzucaniem rzeczy przez okno?

Śmiał się. Płakał.

– Kurwa, Philou... – wielkie łzy spływały mu po policzkach. – Od miesięcy nie byłem w stanie spojrzeć w lustro... Uwierzysz? Kurwa, uwierzysz? – trząsł się cały.

Philibert podał mu chusteczkę.

– Wszystko będzie dobrze. Wszystko będzie dobrze. Zagłaszczemy ci ją... Nie martw się...

Franck wydmuchał nos i podjechał bliżej. Rzucił się w kierunku kobiet, a Philibert podniósł walizkę.

– Nie, nie, niech pan siedzi z przodu, młody człowieku! Ma pan długie nogi...

Przez kilka kilometrów w samochodzie panowała grobowa cisza. Każdy zadawał sobie pytanie, czy właśnie nie popełnił gigantycznego głupstwa... Potem nagle Paulette sprytnie rozładowała napięcie:

– Powiedzcie... Zabierzecie mnie na jakiś spektakl? Pójdziemy do operetki?

Philibert odwrócił się i zanucił: *Jestem Brazylijczykiem, mam złoto. I przybywam z Rio de Janeiro bogatszy niż kiedykolwiek. Paryżu, Paryżu, powracam do ciebie znów!*

Camille wzięła go za rękę Franck uśmiechnął się do niej we wstecznym lusterku.

My we czwórkę, tutaj, teraz, w tym nędznym clio, wolni, razem i niech się dzieje, co chce...

Wszystko, co tam mam, ukradłem! – zaśpiewali chórem.

Część IV

1

To jest hipoteza. Historia nie rozwinie się aż tak daleko, żeby ją potwierdzić. Poza tym nasze pewniki nigdy się nie sprawdzają. Jednego dnia chce się umrzeć, a następnego człowiek zdaje sobie sprawę, że wystarczy zejść kilka stopni, aby odnaleźć kontakt z życiem, i zaraz lepiej wszystko widać... A ta czwórka zdecydowała się przeżyć czas, który im pozostał, jakby to były najpiękniejsze momenty ich życia.

Dokładnie od momentu, w którym pokazali jej nowy dom, wyczekując, trochę wzruszeni, a trochę zaniepokojeni, na jej reakcję i komentarz (nie uczyniła żadnego), aż do chwili, gdy los – ten żartowniś – znów im spłata jakiegoś figla, czuli powiew letniego wiatru na swych zmęczonych obliczach.

Jak głaskanie, odpoczynek, balsam.

Sentimental healing – jak powiedziałby tamten...

W rodzinie połamańców mamy od teraz babcię i nawet jeśli nasza wspólnota nie jest kompletna i nigdy nie będzie, nie chcemy się poddawać.

W karcianej grze „Siedem rodzin" czuli się zagubieni? A więc teraz zagrają w pokera! Właśnie dobrali karty i mają karetę. Dobra, może to nie kareta z asów... Za dużo siniaków, guzów i szwów w każdym kierunku, jesli tak można powiedzieć... No tak, ale zawsze to kareta!

Niestety, nie byli dobrymi graczami...

311

Nawet jeśli byli skoncentrowani. Nawet jeśli byli zdeterminowani, żeby choć raz pilnować dobrej passy. Jak można wymagać od żołnierza bez broni, od wrażliwej wróżki, prostego chłopaka i starszej pani pokrytej siniakami, żeby potrafili blefować?

Niemożliwe.

Ba! Trudno... Mała stawka i śmieszne zyski zawsze są lepsze niż pójście spać...

2

Camille nie wytrzymała do końca okresu wypowiedzenia: Josy B. zdecydowanie zbyt mocno śmierdziała. Miała wpaść do siedziby (co za określenie...) firmy, aby uzgodnić warunki odejścia i odebrać... Jak to się mówi?... ostateczne rozliczenie? Pracowała ponad rok i nigdy nie wzięła dnia urlopu. Zważyła wszystkie za i przeciw i postanowiła odpuścić.

Mamadou miała jej za złe:

– I ty... I ty... – powtarzała jej bezustannie ostatniego wieczoru, szturchając ją miotłą w nogi. – I ty...

– Co ja? – zdenerwowała się Camille po setnym razie. – Skończ, cholera, zdanie! Co ja?

Tamta pokiwała smutno głową:

– I ty... nic.

Camille przeszła do innego pomieszczenia.

Mieszkały w przeciwnych kierunkach, ale wsiadły do tego samego pustego wagonu metra i Camille zmusiła ją, żeby się posunęła i zostawiła jej trochę miejsca na ławce. Wyglądały jak Asterix i Obelix, kiedy się na siebie gniewają. Dała jej kuksańca w sadło, a ta, chcąc zrobić podobnie, prawie zrzuciła ją na ziemię.

Powtórzyły to kilka razy.

– Ojej, Mamadou... Rozchmurz się...

– Nie jestem obrażona i zakazuję ci nazywać mnie Mamadou! Nie nazywam się Mamadou! Nienawidzę tego imienia! Tak na mnie wołają dziewczyny z roboty, ale wcale nie nazywam się Mamadou. A skoro nie jesteś już dziewczyną z roboty, z tego co wiem, zakazuję ci mówić tak do mnie, zrozumiałaś?

– Ach tak? To jak się nazywasz?

– Nie powiem ci.

– Słuchaj, Mam... hm... moja droga... tobie powiem prawdę: nie odchodzę z powodu Josy. Nie odchodzę z powodu pracy. Nie odchodzę dla samej przyjemności. Nie odchodzę z powodu pieniędzy. Prawda jest taka, że... odchodzę, bo mam inny zawód... Zawód, który... cóż, myślę, że... Nie jestem pewna, wiesz... ale zawód, w którym jestem lepsza niż w tym i... sądzę, że będę szczęśliwsza...

Cisza.

– A poza tym to nie jest jedyny powód... Będę się teraz opiekować starszą panią i nie mogę już wychodzić wieczorem, rozumiesz? Boję się, że może upaść...

Cisza.

– No dobra, to ja wysiadam... Inaczej znowu będę musiała jechać taryfą...

Tamta złapała ją za rękaw i posadziła siłą.

– Zostań, mówię ci. Jest dopiero dwunasta trzydzieści cztery...

– Co to jest?

– Słucham?

– Ten twój drugi zawód, co to jest?

Camille wręczyła jej swój notes.

– Masz – powiedziała, zwracając jej go. – Dobre. Zgadzam się więc. Możesz teraz odejść, ale jednak... Miło cię było poznać, mały pasikoniku – dodała, odwracając się.

– Mam jeszcze do ciebie prośbę, Mama...

– Chcesz, by mój Léopold przywołał ci gwarantowany sukces i przyciągnął też klientów?

– Nie. Chciałabym, żebyś dla mnie pozowała...

– Co robiła?

– No, wystąpiła jako modelka!

– Ja?

– Tak.

– Kpisz se ze mnie, czy co?

– Od chwili, gdy cię po raz pierwszy zobaczyłam, wtedy pracowałyśmy w Neuilly, pamiętam... Miałam ochotę namalować twój portret...

– Przestań, Camille! Nawet nie jestem ładna!

– Dla mnie jesteś.

Cisza.

– Dla ciebie jestem?

– Dla mnie jesteś...

– Co w tym ładnego? – spytała, wskazując palcem swoje odbicie w ciemnej szybie. – Co? Gdzie ty to widzisz?

– Jeśli uda mi się zrobić twój portret, jeśli mi wyjdzie, będzie można w nim zobaczyć wszystko, co mi opowiedziałaś, od kiedy się znamy... Wszystko... Będzie można zobaczyć twoją matkę i ojca. I twoje dzieci. I morze. I... jak ona się tam nazywała?

– Kto taki?

– Twoja mała kózka?

– Bouli...

– Będzie widać Bouli. I twoją kuzynkę, która się zabiła, i... I całą resztę...

– Ty to mówisz jak mój brat! Międlisz językiem jakieś bajki!

Cisza.

– Ale... nie jestem pewna, czy mi się uda...

– Ach tak? Chociaż, jeśli nie będzie widać małej Bouli na mojej głowie, to też dla mnie dobrze! – zaśmiała się. – Ale... czy to, o co mnie prosisz, to długie, nie?

– Tak.

– A więc nie mogę...

– Masz mój numer... Weź jeden lub dwa dni wolne w Touclean i przyjedź do mnie. Zapłacę ci za godziny... Zawsze się płaci modelom... To jest taki zawód, wiesz... Dobra, muszę już lecieć. Nie... nie uściskamy się?

Gruba kobieta przydusiła ją do piersi.

– Jak się nazywasz, Mamadou?

– Nie powiem ci. Nie lubię mojego imienia...

Camille biegła wzdłuż peronu, trzymając dłoń przy uchu, jakby to był telefon. Jej dawna koleżanka z pracy zrobiła znużony ruch ręką. Zapomnij o mnie, mała pchełko, zapomnij o mnie. Zresztą już o mnie zapomniałaś...

Głośno wydmuchała nos.
Lubiła do niej gadać.
To fakt...
Nikt inny na świecie jej nie słuchał.

3

Przez pierwsze dni Paulette nie opuszczała pokoju. Bała się przeszkadzać, bała się zgubić, bała się upaść (zapomnieli o jej balkoniku), a zwłaszcza bała się, że pożałuje tego szalonego kroku.

Często mieszało się jej w głowie, twierdziła, że spędza cudowne wakacje, i pytała ich, kiedy mają zamiar odstawić ją do domu...

– Jakiego twojego domu? – denerwował się Franck.

– No przecież wiesz... do domu... do mnie...

Wychodził z pokoju, ciężko wzdychając:

– Mówiłem wam, że to głupota... A na dodatek jeszcze traci teraz rozum...

Camille patrzyła na Philiberta, a Philibert patrzył gdzie indziej.

– Paulette?

– Ach, to ty, kochana... Jak to się nazywasz?

– Camille..

– O właśnie! Co chciałabyś, kochana?

Camille zwróciła się do niej bez ogródek i przemówiła dość twardo. Przypomniała jej, skąd ją zabrali, dlaczego była teraz z nimi i co jeszcze zamierzają zmienić w swoim stylu życia, żeby dotrzymać jej towarzystwa. Dorzuciła jeszcze tysiąc innych bolesnych szczegółów, które rozbroiły doszczętnie starszą panią:

– Czyli już nigdy nie wrócę do domu?

– Nie.

– Ach?

– Proszę ze mną, Paulette...

Camille wzięła ją za rękę i pokazała całe mieszkanie od nowa. Tym razem wolniej. Po drodze wcisnęła jej parę szpil:

– Tu są toalety... Widzi pani, Franck właśnie instaluje specjalne uchwyty w ścianach, by się pani mogła przytrzymać...

– Idiotyzm... – mruknął.

– Tu jest kuchnia... Duża, prawda? I zimna... Dlatego wczoraj zreperowałam stolik na kółkach... Aby mogła pani jeść posiłki w swoim pokoju...

– ...lub w salonie – dodał Philibert. – Nie musi pani siedzieć zamknięta w pokoju cały dzień, wie pani...

– Dobra, korytarz... Jest bardzo długi, ale może się pani przytrzymywać boazerii, prawda? Jeśli trzeba będzie, pójdziemy do apteki wynająć inne urządzenie na kółkach...

– Tak, wolałabym...

– Nie ma sprawy! Mamy już jednego zmotoryzowanego w domu...

– Tu jest łazienka... I teraz musimy porozmawiać poważnie, Paulette... Proszę, niech pani usiądzie na tym krześle... Proszę się rozejrzeć... Proszę zobaczyć, jaka jest piękna...

– Bardzo piękna. Nigdy takiej nie widziałam tam u nas...

– Dobra. A wie pani, co jutro zrobi pani wnuczek z kolegami?

– Nie...

– Zdewastują ją. Zainstalują kabinę prysznicową, ponieważ wanna jest zbyt głęboka i ciężko się do niej wchodzi. A więc, nim będzie za późno, musi pani podjąć decyzję. Jeśli pani zostaje, chłopaki zabierają się do roboty. Jeśli nie ma pani ochoty zostać, też nie ma problemu, zrobi pani, co zechce. Ale, Paulette, musi się pani teraz zdeklarować, rozumie pani?

– Rozumie pani? – powtórzył Philibert.

Starsza pani westchnęła, poskubała rąbek sweterka przez kilka sekund, które wydawały się trwać wieczność, potem podniosła głowę i zapytała z niepokojem:

– Pomyśleliście o taborecie?

– Słucham?

– Nie jestem zupełną kaleką, wiecie... Mogę spokojnie sama wziąć prysznic, ale musicie mi wstawić taboret, inaczej...

Philibert udawał, że zapisuje to na dłoni:

– Taboret dla pani w głębi sali! Zapisałem! I co jeszcze, droga pani?

Uśmiechnęła się:

– Nic więcej...

– Nic więcej?

W końcu wyrzuciła z siebie:

– Tak. Chciałabym mój „Télé Star", moje krzyżówki, moje druty i wełnę, pudełko nivea, bo zapomniałam mojego, cukierki, małe radio na stolik nocny, bąbelkujący preparat do mojej sztucznej szczęki, pas do pończoch, kapcie i jakąś cieplejszą koszulę nocną, bo tu jest mnóstwo przeciągów, klej, puder, moją butelkę wody kolońskiej, o której Franck wtedy zapomniał, dodatkową poduszkę, lupę, i chciałabym również, żebyście przysunęli mi fotel do okna i...

– I? – zaniepokoił się Philibert.

– I to chyba wszystko...

Franck, który właśnie do nich dołączył ze skrzynką z narzędziami, klepnął po ramieniu kolegę:

– Kurwa, stary, teraz mamy dwie księżniczki...

– Uważaj! – wrzasnęła na niego Camille. – Wnosisz wszędzie pył...

– I przestań tak przeklinać, proszę! – dodała jego babcia.

Oddalił się z ociąganiem:

– Oho, babciu... Będzie gorąco... Jest fatalnie, kolego, fatalnie... Ja wracam do roboty, tam jest spokojniej... Jeśli ktoś pójdzie na zakupy, to niech przyniesie ziemniaki, żebym mógł wam zrobić siekane... Ale tym razem dobre! Przyjrzyjcie się... Ziemniaki na purée... To nic trudnego, wystarczy przeczytać napis na opakowaniu...

„Jest fatalnie, jest fatalnie..." – przeczuwał i pomylił się. Nigdy w życiu nie szło im tak dobrze.

Możecie sobie mówić, co chcecie, i choć oczywiście zabrzmi to głupio, to oni już od dawna nie zwracali uwagi, czy coś jest głupie, czy nie. Tak naprawdę po raz pierwszy mieli wrażenie, iż stanowią prawdziwą rodzinę.

Nawet lepszą niż prawdziwą, bo z wyboru, chcianą, taką, za którą się bili i nie prosili nic w zamian, tyle tylko, żeby byli razem szczęśliwi. Nawet nie szczęśliwi, nie byli tacy wymagający. Chcieli być po prostu razem. To wszystko. I to już okazało się czymś zaskakującym.

4

Po historii z łazienką Paulette się zmieniła. Odnalazła punkty zaczepienia i wtopiła się w atmosferę z zadziwiającą łatwością. Być może potrzebowała właśnie takiego potwierdzenia, że była oczekiwana i mile widziana w tym olbrzymim pustym mieszkaniu, gdzie okiennice zamykało się do wewnątrz i nikt nie ścierał kurzów od czasów restauracji. Skoro zamontowali prysznic tylko dla niej, to znaczy, że... Prawie straciła grunt pod nogami, gdyż brakowało jej kilku osobistych rzeczy, i Camille często wracała myślami do tej sceny. Jak ludzie mogą źle się czuć z powodu braku kilku drobiazgów i jak wszystko mogło się z prędkością światła popsuć, gdyby nie pewien cierpliwy dryblas, który zadał pytanie: „I co jeszcze?", trzymając w ręce urojony notatnik... I do czego się to sprowadzało? Do kiepskiej gazetki, lupy i dwóch czy trzech buteleczek... Niesamowite... Urzekała ją ta mała filozofia za dwa grosze, która okazała się jeszcze bardziej złożona, gdy stanęły we dwie w alejce z pastami do zębów we Franpriksie i czytały etykiety na opakowaniach sterdent, polident, fixadent i innych cudownych klejów...

– Paulette, hm... to, co pani nazywa klejem, to do...
– Chyba nie zmusisz mnie do nakładania takiej warstwy, jaką tam mi dawali pod pretekstem, że jest taniej! – oburzyła się.
– Ach! Kleje! – powtórzyła Camille z ulgą. – Zgoda... Nie do końca rozumiałam...

Pomówmy o Franpriksie, znały go niebawem na pamięć i nawet im obrzydł! Udawały się więc do Monopriksu, gdzie truchtały sobie z wózkiem i listą zakupów sporządzoną przez Francka poprzedniego wieczoru...
Ach! Monoprix...
Całe ich życie...

Paulette zawsze budziła się pierwsza i czekała, aż jeden z chłopców przyniesie jej śniadanie do łóżka. Kiedy była kolejka Philiberta, dostawała na tacy cukiernicę ze szczypczykami do cukru, haftowaną serwetkę i dzbanuszek do mleka. Następnie pomagał jej się podnieść, poprawiał poduszki i rozsuwał zasłony, nie omieszkując dodać komentarz na temat pogody. Nigdy żaden mężczyzna nie okazywał jej takich względów i stało się to, co musiało się stać – też zaczęła go uwielbiać. Gdy przychodziła kolejka Francka, było hm... bardziej swojsko. Stawiał na stoliku nocnym kawę zbożową i drapał zarostem w policzek, gdy ją całował, marudząc, że jest już spóźniony.

– Nie masz ochoty się wysikać?
– Czekam na małą...
– Zaraz, babciu! Wyluzuj trochę! Może będzie spała jeszcze z godzinę! Nie będziesz się wstrzymywać tyle czasu...
Niewzruszenie powtarzała:

– Czekam na nią.

Franck odchodził, mamrocząc:

– Dobra, czekaj na nią... Czekaj... To obrzydliwe, tylko ty się teraz liczysz... Ja też, cholera, na nią czekam! Co mam zrobić? Czy muszę sobie rozwalić obie nogi, żeby się do mnie też pouśmiechała? Wkurwia mnie ta Mary Poppins, wkurwia mnie...

Właśnie wychodziła z pokoju, przeciągając się:

– Co tam znowu mamroczesz?

– Nic. Idę z księciem Karolem i jego siostrą Emmanuelle zabawić się na całego. Posuń się, jestem spóźniony... A właśnie!

– Co?

– Pokaż no rączkę... No, coraz lepiej! – rozchmurzył się, macając ją. – No, no, grubasku... Strzeż się... niedługo wpadniesz do garnka...

– Możesz sobie pomarzyć, kucharzyku. Tylko pomarzyć.

– Tak, tak, przepióreczko, tak, tak...

To prawda, świat stał się o wiele weselszy.

Wrócił z kurtką pod pachą:

– W przyszłą środę...

– Co w przyszłą środę?

– To tłusta środa, ponieważ w czwartek będę miał za dużo roboty. Czekasz na mnie z kolacją...

– O północy?

– Spróbuję wrócić wcześniej i usmażę ci naleśniki, jakich w życiu nie jadłaś...

– Ach! Przestraszyłam się! Myślałam, że wybrałeś ten dzień, żeby mnie przelecieć!

– Zrobię ci naleśniki, a potem cię przelecę.

– Doskonale.

Doskonale? Ach, jak ten dureń się teraz źle czuł... Jak on teraz wytrzyma do środy? Będzie wpadać na każdy słup, pieprzyć sosy i kupować nowe gacie? Kurwa, to nie do zniesie-

nia! W taki czy inny sposób dopadnie cię ta cholera! Strach...
Oby to było to... Pełen wątpliwości postanowił jednak pójść
kupić sobie nowe bokserki...

„Taaa... Tak, butelka grand marnier będzie dobra, mówię
wam, będzie dobra... To, co nie spłonie na naleśnikach, wy-
piję".

Camille dołączała do niej ze swoim kubkiem herbaty. Siadała na łóżku, ściągała kołdrę i czekały na odejście chłopców,
żeby obejrzeć *Telezakupy*. Podniecały się, chichotały, komentowały stroje prowadzących, i Paulette, która jeszcze nie do
końca zakodowała zmianę franków na euro, dziwiła się, że
życie jest w Paryżu tak tanie. Czas już nie istniał, rozpływał
się leniwie od porannej kawy do Monopriksa i z Monopriksa
do kiosku z gazetami.

Miały wrażenie, że są na wakacjach. Pierwsze od wielu lat
dla Camille i w ogóle pierwsze w życiu dla starszej pani. Doskonale się dogadywały, rozumiały w pół słowa i młodniały
wraz z wydłużającymi się dniami.

Camille stała się kimś, kogo urzędnicy nazywają opieku-
nem osoby starszej lub niepełnosprawnej. Termin „opiekun"
dobrze do niej pasował i kompensowała swoje braki w tema-
tyce geriatrycznej przez bezpośredniość i używanie prostych
sformułowań:

– No już, droga Paulette, już... Obmyję pani tyłek strumie-
niem wody...
– Jesteś pewna?
– Ależ tak!
– Nie brzydzisz się?
– Ależ nie.

Zamontowanie kabiny prysznicowej okazało się zbyt
skomplikowane. Franck zbudował schodek antypoślizgowy,
żeby łatwiej pokonać brzeg wanny, i obciął nogi starego krzesła, na które Camille kładła wsiąkliwy ręcznik, i na nim sa-
dzała swoją podopieczną.

– Och... – jęczała Paulette – ale mnie to krępuje... Nawet nie wiesz, jak ja się źle z tym czuję, że zmuszam cię do takich czynności...

– No już...

– Nie brzydzisz się takiego starego ciała? Jesteś pewna?

– Wie pani, ja... Ja sądzę, że nie mam takiego samego podejścia jak pani... Ja... pobierałam lekcje anatomii, rysowałam nagich ludzi równie starych jak pani i nie mam problemów ze wstydem... To znaczy mam, ale nie taki. Nie wiem, jak to pani wytłumaczyć... Ale kiedy na panią patrzę, nie mówię: fu, te zmarszczki, te obwisłe piersi, ten flakowaty brzuch, te białe włoski, ta zwisająca cipka czy te sterczące kolana... Nie, wcale nie... Może panią obrażę, ale pani ciało interesuje mnie niezależnie od pani samej. Myślę o pracy, technice, świetle, konturach, trikach... myślę o pewnych obrazach... Starych wariatkach Goi, alegoriach śmierci, matce Rembrandta lub jego prorokini Annie... Proszę mi wybaczyć, Paulette, to straszne, co teraz pani opowiadam, ale... tak naprawdę patrzę na panią zupełnie chłodno!

– Jak na ciekawe zwierzę?

– Coś w tym jest... Raczej jak na ciekawostkę...

– I co?

– I nic.

– Też mnie narysujesz?

– Tak.

Cisza.

– Tak, jeśli mi pani na to pozwoli... Chciałabym panią rysować, aż poznam ostatni szczegół i nauczę się na pamięć. Aż do chwili, gdy już nie będzie pani mogła wytrzymać ze mną...

– Pozwolę ci, ale teraz czuję się naprawdę zakłopotana... Gdybyś jeszcze była moją córką albo... Och... jaka jestem zakłopotana...

W końcu Camille rozebrała się i uklękła na poszarzałej emalii:

– Proszę mnie umyć.

– Słucham?

– Proszę wziąć mydło, myjkę i mnie umyć, Paulette.

Posłuchała polecenia, trzęsąc się na swoim wodnym klęcz-niku. Wyciągnęła rękę w kierunku pleców młodej kobiety.

– Paulette! Mocniej!

– Mój Boże, jakaś ty młoda... Jak sobie pomyślę, że kie-dyś taka byłam... Oczywiście, nie taka szczupła...

– Chce pani powiedzieć: chuda? – przerwała jej Camille, przytrzymując się kranu.

– Nie, nie, naprawdę myślałam „szczupła"... Gdy Franck mi po raz pierwszy o tobie opowiadał, pamiętam, tylko jedno powtarzał: „Och babciu, ona jest taka chuda... Gdybyś ty wi-działa, jaka ona jest chuda..." Ale teraz, gdy widzę cię taką, jaka jesteś, nie zgadzam się z nim. Nie jesteś chuda, tylko wątła. Przypominasz mi tę młodą kobietę z książki *Mój przy-jaciel Meaulnes**... Wiesz, o kogo mi chodzi? Jak ona się na-zywała? Pomóż mi...

– Nie czytałam.

– Też miała takie arystokratyczne imię... Ach, jakie to mę-czące...

– Pójdziemy sprawdzić w bibliotece... Dalej! Niżej też! Nie wolno się krępować! Moment, teraz się odwrócę... O właś-nie... Widzi pani? Siedzimy w tej samej łódce, moja droga! Dlaczego pani tak mi się przygląda?

– Ja... Ta blizna, o tu...

– Och, to? To nic...

– Nie... To nie jest nic... Co ci się przytrafiło?

– Nic, mówię przecież.

Od tego dnia nie było już więcej drażliwych tematów mię-dzy nimi.

Camille pomagała jej siadać na sedesie, potem pod prysz-nicem i mydliła ją, opowiadając różne rzeczy. Mycie głowy okazało się cięższą sprawą. Za każdym razem, gdy starsza pani zamykała oczy, traciła równowagę i leciała do tyłu. Po

---

* Autorstwa Alain-Fourniera, właśc. Henriego Albana Fourniera (wyd. pol. 1938).

kilku opłakanych w skutkach próbach zdecydowały się na wykupienie abonamentu u fryzjera. Nie w dzielnicy, gdzie ceny były horrendalne („Kto to jest Myriam? – zapytał ją ten kretyn Franck. – Nie znam żadnej Myriam...”), ale na samym końcu trasy autobusowej. Camille przeanalizowała rozkład jazdy kolejki podmiejskiej, szukała egzotyki, przejrzała książkę telefoniczną, zapytała o możliwe rabaty przy cotygodniowym korzystaniu z usług, i w końcu zdecydowała się na mały salon przy ulicy des Pyrénées, ostatni przystanek autobusu 69.

Tak naprawdę różnica cen nie usprawiedliwiała takiej ekspedycji, ale to była taka miła przejażdżka...

I tak we wszystkie piątki bladym świtem, sadowiła przejętą Paulette obok okna i opisywała jej *Paris by day*, sama zaś próbowała uchwycić w locie – w swoim notesie i w zależności od natężenia korków – parę pudelków w kubraczkach Burberry na moście Królewskim, dziwne zacieki zdobiące mury Luwru, klatki i bukszpan z nabrzeża de la Mégisserie, podstawę budynku Bastylii lub szczyty grobowców na Père Lachaise. Potem czytała historie ciężarnych księżniczek i zapomnianych śpiewaków, podczas gdy jej przyjaciółka siedziała rozradowana pod kloszem suszarki. Razem jadły obiad w kawiarni przy placu Gambetty. Nie w restauracji Le Gambetta, lokalu trochę zbyt dla nich snobistycznym, ale w Bar du Metro, gdzie pachniało dobrym tytoniem, zbankrutowanymi milionerami i z irytującą obsługą.

Paulette, pamiętając o katolickich zwyczajach, brała zawsze pstrąga w migdałach, a Camille, która nie miała żadnej moralności, wbijała zęby, zamykając oczy, w gorącą kanapkę z szynką. Zamawiały też karafkę wina, o tak, i popijały z radością. Nasze zdrowie! W drodze powrotnej siadała naprzeciw niej i rysowała dokładnie to samo, lecz z punktu widzenia starszej damy w wytwornej fryzurze ze zbyt dużą ilością lakieru, która bała się oprzeć głowę o szybę, żeby nie zmierzwić wspaniałych, fioletowych loczków (fryzjerka Johanna przekonała ją do zmiany koloru: „A więc zgoda? Nakładam pani opalizujący popielaty, co? Proszę spojrzeć, to numer trzydzieści cztery, tutaj..." Paulette chciała wzrokiem zapytać Camille, ale ta była zagłębiona w artykule o nieudanej liposukcji. „Czy to nie będzie trochę smutne?" – zaniepokoiła się. „Smutne? Ależ skądże! Wręcz przeciwnie! Będzie weselej!"). Faktycznie... tak to można określić. Było weselej i tego dnia wysiadły na rogu nabrzeża Voltaire'a, by kupić, między innymi, nowy pojemniczek akwareli u Senneliera.

Włosy Paulette przeszły z bardzo rozcieńczonej złotej róży do fioletu Windsoru.

Ach! Od razu... Okazało się to o wiele bardziej szykowne...

W inne dni był więc Monoprix. Ponad godzinę zajmowało im obejście dwustu metrów powierzchni, próbowały nowych danette, odpowiadały na idiotyczne sondaże, oglądały szminki lub przymierzały okropne, muślinowe chusteczki. Snuły się, plotkowały, po drodze zatrzymywały się, komentowały zachowanie bogatych mieszkanek VII dzielnicy i wesołość nastolatków. Ich szalone wybuchy śmiechu, niestworzone historie, dzwonki telefonów komórkowych i plecaki całe pokryte poprzyczepianymi ozdobami. Bawiły się dobrze, wzdychały, kpiły sobie i ostrożnie szły dalej. Miały czas i życie przed sobą...

5

Gdy Franck nie mógł im przygotować posiłku, Camille musiała stawać przy kuchni. Po kilku talerzach rozgotowanych klusek, nieudanych kotletów i przypalonych omletów Paulette postanowiła nauczyć ją podstaw gotowania. Siedziała naprzeciw kuchenki i uczyła swą opiekunkę prostych słów, jak bukiet surówek, rondel, rozgrzana patelnia, smak do zupy. Miała kiepski wzrok, ale po zapachu wiedziała, jaki należy wykonać następny krok... „Cebula, boczek, kawałki mięsa, tak, dobrze, stop. Dolej teraz trochę wody... No już, lej, powiem ci... stop!"

– Dobrze. Nie mówię, że zrobię z ciebie szefa kuchni, ale...

– A Franck?

– Co Franck?

– To pani go wszystkiego nauczyła?

– Skądże znowu! Smak ma po mnie, jak sądzę... Ale wymyślne dania to nie ja... Nauczyłam go zwyczajnej domowej kuchni... Prostych, wiejskich i tanich potraw... Kiedy mój mąż przestał pracować z powodu choroby serca, zatrudniłam się u ludzi jako kucharka...

– Chodził z panią?

– No tak! Co miałam z nim począć, gdy był mały? No, a potem oczywiście już nie chodził... Potem...

– Po czym?

– Ba! Dobrze wiesz, jak to się dzieje... Potem miałam problemy z ustaleniem, gdzie się szlaja... Ale... był zdolny. Miał do tego smykałkę. Jedynie w kuchni zachowywał się w miarę spokojnie...

– To wciąż prawda.

– Widziałaś go?

– Tak. Zabrał mnie kiedyś jako pomoc i... Nie poznawałam go!

– Widzisz... A jednak gdybyś wiedziała, jaka była rozpacz, kiedy wysłaliśmy go na praktyki... Jakie miał do nas pretensje...

– A co on chciał robić?

– Nic. Głupstwa... Camille, za dużo pijesz!

– Żartuje pani? Prawie nic nie piję, od kiedy tu pani jest! Proszę, mały kieliszek nalewki, to dobre na krążenie. I to nie ja tak twierdzę, tylko lekarze...

– Dobrze... jeden kieliszeczek...

– Ojej! Niech pani nie robi takiej miny! Jest pani z tych, którzy upijają się na smutno?

– Nie, to wspomnienia...

– Ciężko było?

– Czasami tak...

– To on sprawiał trudności?

– On, życie...

– Opowiedział mi...

– Co?

– O matce... O tym, jak przyjechała go zabrać, i tak dalej...

– Widzisz... Najgorsze, gdy się starzejesz, to... Nalej mi jeszcze, proszę... Nie to, że ciało odmawia posłuszeństwa, nie, to są wyrzuty sumienia... Wracają, nawiedzają cię, męczą... W dzień... W nocy... Cały czas... Przychodzi moment, kiedy nie wiesz, czy masz oczy zamykać, czy otwierać, żeby je przegonić... Przychodzi moment, kiedy... Bóg świadkiem, że próbowałam... Próbowałam zrozumieć, dlaczego się nie ułożyło, dlaczego wszystko poszło wspak, wszystko... I...

– I?

Trzęsła się:

– Nie daję rady. Nie rozumiem. Ja...

Płakała:

– Od czego mam zacząć?

– Po pierwsze późno wyszłam za mąż... Och! Tak jak inne przeżyłam swoją wielką miłość... A jednak nie... W końcu wyszłam za miłego chłopca, aby sprawić przyjemność otoczeniu. Moje siostry od dawna pozakładały rodziny, a ja... Wreszcie i ja wyszłam za mąż...

Ale nie mogliśmy mieć dzieci... Co miesiąc przeklinałam mój brzuch i płakałam, wygotowując bieliznę. Chodziłam po lekarzach, nawet przyjechałam tutaj, do Paryża, na badania... Chodziłam po znachorach, czarownikach, okropnych staruchach, które kazały mi robić niemożliwe rzeczy... Rzeczy, które robiłam, Camille, robiłam bez oporów... Ofiary z owieczek przy pełni księżyca, picie ich krwi, połykanie... Och nie... To było naprawdę barbarzyństwo, uwierz mi... Inny wiek... Mówiono o mnie, że jestem „nieczysta". A potem pielgrzymki... Co roku jechałam do Blanc wsadzić palec do dziury świętego Genitoura, potem podrapać świętego Grelucha w Gargilesse... Śmieszy cię to?

– To te nazwy...

– Czekaj, to jeszcze nie koniec... Trzeba było złożyć wotum z wosku, przedstawiające wymarzone dziecko, u świętego Grenouillarda z Preuilly...

– Grenouillarda?

– Grenouillarda, mówię ci! Ach! Jakie piękne były moje dzieci z wosku, możesz mi wierzyć... Jak laleczki... Brakowało im tylko głosu... I pewnego dnia, gdy już od dawna dałam sobie spokój, zaszłam w ciążę... Miałam grubo powyżej trzydziestki... Nie zdajesz sobie sprawy, jaka byłam stara... Urodziła się Nadine, matka Francka... Jak myśmy ją rozpieszczali, jak hołubili, jak zagłaskiwali to dziecko... Tę królową... Na to wygląda, że zepsuliśmy jej charakter... Zbyt ją kochaliśmy... Lub nie tak, jak trzeba... Zgadzaliśmy się na wszystkie jej kaprysy... Wszystkie oprócz ostatniego... Nie zgodziłam się dać jej pieniędzy na skrobankę... Nie mogłam, rozumiesz? Nie mogłam. Zbyt wiele wycierpiałam. To nie chodziło o religię ani o moralność, to nie plotki mnie powstrzymywały. To wściekłość. Wściekłość. Wolałam ją zabić, niż pomóc jej w aborcji... Czy... Czy niesłusznie postąpiłam? Powiedz mi? Ileż zmarnowanego życia przeze mnie! Ileż cierpienia! Ile...

– Cicho.

Camille głaskała ją po udzie.

– Cicho...

– A więc ona... Urodziła małego i zostawiła mi go... „Masz – powiedziała – skoro go chciałaś, to masz! Zadowolona jesteś teraz?"

Zamknęła oczy i powtarzała, łkając:

– „Zadowolona jesteś teraz? – mówiła mi, pakując walizkę. – Zadowolona jesteś?" Jak można mówić takie rzeczy? Jak można o tym zapomnieć? Jak mam spać teraz w nocy, gdy nie haruję od świtu do nocy, żeby paść ze zmęczenia? Powiedz mi. Powiedz mi... Zostawiła go, wróciła kilka miesięcy później, zabrała go i znów przywiozła. Można było oszaleć. Zwłaszcza Maurice, mój mąż... Myślę, że doprowadziła go do ostateczności... Musiała jeszcze trochę przegiąć, zabrać go kolejny raz, wrócić rzekomo po pieniądze, by go wyżywić, i uciec w nocy bez niego. Pewnego dnia czara się przelała. Przyszła cała milutka, a on ją przyjął ze strzelbą w dłoniach.

„Nie chcę cię już więcej widzieć – powiedział jej – jesteś zwykłą szmatą. Przynosisz nam wstyd i nie zasługujesz na to dziecko. Nie zobaczysz już go więcej. Ani dziś, ani nigdy. Już, znikaj stąd. Zostaw nas teraz w spokoju". Camille... To była moja córka... Córka, na którą czekałam każdego dnia przez ponad dziesięć lat... Córka, którą uwielbiałam. Uwielbiałam... Jak ja ją rozpieszczałam... Zagłaskiwałam, jak tylko mogłam... Wszystko temu dziecku kupowaliśmy. Wszystko! Najpiękniejsze sukienki. Wakacje nad morzem, w górach, najlepsze szkoły... Wszystko, co mieliśmy, było dla niej. A to, co ci opowiadam, działo się w maleńkiej wsi... Ona odeszła, ale wszyscy, którzy ją znali od małego i ukrywali się za okiennicami, żeby przyglądać się wściekłemu Maurice'owi, zostali. I musiałam ich spotykać. Następnego dnia i w kolejne dni... To było... To było nieludzkie... To było piekło na ziemi. Współczucie dobrych ludzi. Nie ma nic gorszego na świecie... Te kobiety, które mówią ci, że będą się za ciebie modlić, i próbują wyciągnąć jakieś plotki. Ci mężczyźni, którzy namawiają twojego męża do picia, powtarzając, że zrobiliby dokładnie to samo, jak Pan Bóg świadkiem! Miałam ochotę mordować, uwierz mi... Ja też chciałam bomby atomowej!

Zaśmiała się.

– A potem co? Dziecko zostało z nami. Nie prosił się na ten świat... Kochaliśmy go, no pewnie. Kochaliśmy tak, jak potrafiliśmy... Być może czasami byliśmy nawet zbyt twardzi dla niego... Nie chcieliśmy powielić tych samych błędów co z tamtą, więc popełniliśmy inne... A ty się nie wstydzisz tak mnie rysować, teraz?

– Nie.

– Masz rację. Wstyd do niczego nie prowadzi, uwierz mi... Twój wstyd nie służy do niczego. Jest tylko po to, żeby sprawić przyjemność zacnym ludziom... Kiedy już zamkną okiennice lub wrócą z kawiarni, gdy poczują się dobrze u siebie w domu. Zadowoleni, wkładają kapcie i patrzą na siebie z uśmiechem. W ich rodzinie taka zakała by się nie trafiła, na pewno nie! Ale... Pociesz mnie. Chyba nie rysujesz starej kobiety ze szklanką w ręku?

– Nie – uśmiechnęła się Camille.

Cisza.

– Ale potem? Potem było dobrze...

– Z małym? Tak... To było dobre dziecko... Urwis, ale kochany dzieciak. Gdy nie siedział ze mną w kuchni, szedł do ogrodu z dziadkiem... Lub na ryby... Nawet jeśli był narwany, to jednak grzeczny. Nawet jeśli codzienne życie nie było dla niego zbyt zabawne z dwojgiem staruszków, którzy już dawno stracili ochotę do rozmów, no, ale... Robiliśmy, co w naszej mocy... Bawiliśmy się z wnukiem... Nie roztkliwialiśmy się nad nim... Zabieraliśmy do miasta... Do kina... Kupowaliśmy mu naklejki z piłkarzami i nowe rowery... Dobrze się uczył w szkole, wiesz? Och! Nie był prymusem, ale przykładał się do nauki... A potem ona znów wróciła i tym razem pomyśleliśmy, że dobrze by było, gdyby z nią pojechał. Dziwna matka jest zawsze lepsza niż nic... Miałby ojca, braciszka, a wyrastanie w wiosce zabitej dechami trudno uznać za odpowiednie dla chłopca. Także ze względu na jego naukę wyjazd do miasta okazałby się korzystny... I kolejny raz daliśmy się nabrać... Jak dzieci... Jak głupi... Dalszy ciąg znasz: rozwaliła mu psychikę i zapakowała do pospiesznego o szesnastej dwanaście...

– I już nigdy się nie odezwała?

– Nie. Tylko w snach... W snach często ją widzę... Śmieje się... Jest piękna... Pokażesz mi, co narysowałaś?

– Nic. Pani dłoń na stole...

– Dlaczego dajesz mi tak gadać? Dlaczego się tym interesujesz?

– Lubię, kiedy ludzie się otwierają...

– Dlaczego?

– Nie wiem. To jest jak autoportret, czyż nie? Autoportret ze słów...

– A ty?

– Ja nie umiem opowiadać...

– Ale dla ciebie to też nie jest normalne – spędzanie czasu z kobietą tak starą jak ja...

– Ach tak? A pani wie, co jest normalne?

330

– Powinnaś wychodzić... Spotykać się z ludźmi... Z młodymi ludźmi w twoim wieku! No, dobrze... Podnieś tę przykrywkę, o tę... Umyłaś już grzyby?

6

– Śpi? – spytał Franck.
– Tak sądzę...
– Słuchaj, właśnie złapała mnie dozorczyni, musisz do niej iść...
– Znów pomyliliśmy kontenery na śmieci?
– Nie. Chodzi o tego kolesia, którego trzymasz na górze...
– Och, cholera... zrobił jakieś głupstwo?
Rozłożył ramiona, kręcąc głową.

7

Pikou darł się, a pani Perreira otworzyła przeszklone drzwi, kładąc rękę na piersi.
– Proszę wejść, proszę... Usiądźmy...
– Co się dzieje?
– Usiądźmy, mówię.
Camille odsunęła poduszki i usiadła półdupkiem na drewnianej ławeczce.
– Już go nie widuję...
– Kogo? Vincenta? Ale... spotkałam go kilka dni temu, jak wchodził do metra...
– Kilka dni temu, to znaczy kiedy?
– Nie pamiętam już... Na początku tygodnia...
– A ja mówię pani, ja już go nie widuję! Znikł. Z moim Pikou, który budzi mnie co noc, nie mogę go przegapić, proszę mi uwierzyć... A teraz nic. Boję się, że coś mu się stało... Musi pani, kochaniutka, zobaczyć... Musi pani pójść na górę.

– Dobra.
– Słodki Jezu! Myśli pani, że umarł?
Camille otworzyła drzwi.
– Ale... Jak umarł, to pani od razu do mnie przyjdzie, prawda? Bo ja... – dodała, gmerając przy medalioniku na szyi – nie chcę skandalu w budynku, rozumie pani?

8

– To ja, Camille, otworzysz mi?
Szczekanie i poruszenie.
– Otworzysz mi czy mam prosić, żeby ktoś mi pomógł wyważyć drzwi?
– Nie, teraz nie mogę... – odezwał się zachrypiały głos. – Źle się czuję... Wróć później...
– Później, to znaczy kiedy?
– Wieczorem.
– Niczego nie potrzebujesz?
– Nie. Zostaw mnie.
Camille zawróciła:
– Chcesz, żebym wyszła z twoim psem?
Brak odpowiedzi.

Powoli zeszła ze schodów.
Była w kłopocie.
Nigdy nie powinna go tu sprowadzać... Hojnie użyczać cudzego dobra to łatwa sprawa... Och, tak! Dziś miała piękną aureolę nad głową! Ćpun na siódmym piętrze, babcia w łóżku i wszystko to na jej głowie, a ona sama musi się trzymać mocno poręczy, aby nie polecieć na pysk. Piękny obraz... Klap, klap. Cóż za chwała, naprawdę. „Zadowolona jesteś z siebie? Nie przeszkadzają ci skrzydła, jak chodzisz?"
„Och, przymknijcie się... Lepiej nic nie robić, prawda?"
„Nie, tak ci tylko mówimy, hm... Nie odbieraj tego źle, ale są inni bezdomni... Jednego masz właśnie przed piekarnią...

Dlaczego jego nie przygarniesz, co? Bo nie ma psa? Cholera, gdyby wiedział..."

„Męczysz mnie... – odparła Camille do Camille. – Męczysz mnie ogromnie..."

„Chodź, powiemy mu... Ale niedużego, co? Małego. Małego kudłatego pieska trzęsącego się z zimna. Taaa, to byłoby dobrze... Albo szczeniaczek? Szczeniaczek skulony za pazuchą... I wtedy od razu pękasz. Poza tym u Philiberta wciąż jest mnóstwo wolnych pokoi..."

Przybita Camille usiadła na stopniu i oparła głowę o kolana. Podsumujmy.

Nie widziała swojej matki od prawie miesiąca. Trzeba coś z tym zrobić, inaczej tamta znowu jej zafunduje atak wątroby z wzywaniem pogotowia i podłączaniem do kroplówki. Była już do tego przyzwyczajona, tyle razy to przerabiały, ale i tak nie jest to nic przyjemnego... Potem długo do siebie dochodzi... „Tst, tst... Zbyt wrażliwa jesteś..."

Paulette dobrze kojarzyła lata 1930–1990, ale gorzej było z tym, co działo się wczoraj i dziś. I nie poprawiało się. Może zbyt wiele szczęścia? Zupełnie jakby spokojnie odpływała... A poza tym nic nie widziała... Dobra, jak dotąd jakoś szło... Teraz miała siestę, a za chwilę Philou wpadnie, by z nią oglądać program *Jeden z dziesięciu*, i będzie odpowiadał poprawnie na wszystkie pytania. Oboje to uwielbiali. Cudownie.

Philibert, pomówmy tym razem o nim, teraz to Louis Jouvet i Sacha Guitry w jednym. Zabrał się do pisania. Zamykał się w pokoju, żeby pisać, i chodził na wieczorne próby dwa razy w tygodniu. Żadnych wiadomości z miłosnego pola bitwy? Dobra. Brak wiadomości to dobra wiadomość.

Franck... Nic specjalnego... Nic nowego... Wszystko dobrze szło. Jego babcia była zadowolona. Motor też się sprawdzał. Wracał tylko popołudniami, aby się przespać, i nadal pracował w niedziele. „Jeszcze trochę, rozumiesz? Nie mogę ich tak zostawić... Muszę znaleźć zastępstwo...”

No proszę... Zastępstwo czy jeszcze większy motor? Cwaniaczek z niego. Cwaniaczek... A dlaczego miałby sobie odmawiać? O co w końcu chodzi? On o nic nie prosił. A po pierwszych dniach euforii wrócił do swojego życia. W nocy musiał się opierać na swojej pannie, gdy ta szła zgasić telewizor, włączony poprzedniego wieczoru. Ale... Nie ma sprawy. Nie ma sprawy... Wolała już raczej film przyrodniczy o pęcherzu pławnym barweny i sporządzanie wywarów leczniczych niż swoją robotę w Touclean. Oczywiście mogła w ogóle nie pracować, ale nie była na tyle silna, żeby to znieść... Została dobrze wytresowana przez społeczeństwo... Czy to dlatego, że brakowało jej pewności siebie, czy wręcz przeciwnie? Czy to strach, że może zarabiać na życie, niszcząc je przy okazji? Zostało jej trochę kontaktów... Ale co? Kolejny raz się opluć? Zamknąć swoje bloki rysunkowe i znów wziąć lupę? Nie miała już odwagi. Nie stała się lepsza, po prostu się zestarzała. Uff.

Nie, problem tkwił trzy piętra wyżej... Po pierwsze, dlaczego nie chciał jej otworzyć? Czy dlatego, że miał jazdę, czy też był na głodzie? Czy ta cała historia z odwykiem to prawda? To dobre dla innych... Wciskanie kitu, by oczarować paniusie i ich dozorczynie! Dlaczego wychodził tylko w nocy? By dać sobie wsadzić, nim da sobie w żyłę? Wszyscy tacy sami... Kłamcy, którzy mydlą ci oczy i śmieją się w kułak, gdy ty obgryzasz z nerwów paznokcie, chujki jedne...

Dwa tygodnie temu, gdy rozmawiała z Pierre'em, wróciła do głupich przyzwyczajeń – ona też zaczęła kłamać.

„Camille. Kessler przy telefonie. Co to za historia? Kim jest ten facet, który u mnie mieszka? Oddzwoń natychmiast”.

„Dzięki, gruby babsztylu, dzięki, pani Perreira, dzięki. Matko Boska Fatimska, módl się za nami”.

Wyprzedziła pytania:
– To model – oznajmiła, nim się jeszcze przywitała – pracujemy razem...
Trafny cios.
– To jest model?
– Tak.
– Żyjesz z nim?
– Nie. Przecież mówię: pracuję.
– Camille... Ja... Ja tak chcę ci ufać... Czy mogę teraz?
– ...
– To dla kogo?
– Dla pana.
– Ach?
– ...
– Jak... ty...
– Nie wiem jeszcze. Krwista czerwień, jak sądzę...
– Dobra...
– No to cześć...
– Zaczekaj!
– Tak?
– Jaki masz papier?
– Dobry.
– Jesteś pewna?
– Kupowałam u Daniela...
– Bardzo dobrze. Czy wszystko u ciebie w porządku?
– Teraz rozmawiam z marszandem. Na plotki zadzwonię z innego telefonu.
Klik.

Potrząsnęła pudełkiem papierosów, wzdychając. Teraz nie miała już wyboru.

Dziś wieczorem, po zapakowaniu do łóżka staruszki, która i tak nie będzie chciała spać, wejdzie na górę, żeby z nim porozmawiać.

Ostatnim razem, kiedy próbowała zatrzymać ćpuna, gdy zapadał zmierzch, oberwała nożem w łopatkę... Okay. To coś innego. To był jej facet, lubiła go i tak dalej, ale jednak... Zabolało ją to...

„Cholera. Nie ma już zapałek. Matko Boska Fatimska i Hansie Christianie Andersenie, zostańcie tu, do cholery. Zostańcie jeszcze trochę".

I, tak jak w bajce, wstała, obciągnęła nogawki spodni i poszła do swojej babci do nieba...

9

– Co to jest?
– Och... – krygował się Philibert. – Takie nic, naprawdę...
– Dramat antyczny?
– Niieee...
– Wodewil?
Chwycił za słownik:
– Wnyki... woal... woda... O jest. Wodewil... Lekka komedia, oparta na zwrotach intrygi, *qui pro quo* i *bons mots*... Tak. To jest dokładnie to – powiedział, zamykając z trzaskiem. Lekka komedia z *bons mots*.
– O czym mówi?
– O mnie.
– O tobie? – Camille podskoczyła. – Ale sądziłam, że u was mówienie o sobie jest tabu.
– Cóż, nabieram dystansu – powiedział powoli.
– A... hm... Ta bródka to... To do roli?
– Nie podoba ci się?
– Ależ tak... to jest... to jest dandysowate... Trochę jak w *Brygadach Tygrysa,* nie uważasz?
– Gdzie?
– To prawda, że ty oglądasz telewizję wyjątkowo wybiórczo... Słuchaj hm... Muszę iść tam na górę na siódme piętro zobaczyć mojego lokatora... Mogę ci powierzyć Paulette?
Kiwnął głową, wygładzając małe wąsiki:

– Idź, leć i wchodź na górę w kierunku twego przeznacze-
nia, moje dziecko...
– Philou?
– Tak?
– Jak nie zejdę w ciągu godziny, będziesz mógł przyjść?

10

Pokój był idealnie wysprzątany, łóżko pościelone. Na stoliku campingowym postawił dwie filiżanki i paczkę cukru.
Siedział na krześle, plecami do ściany. Gdy poskrobała
w drzwi, zamknął książkę.

Wstał. Oboje byli zakłopotani. Tak naprawdę to tutaj po
raz pierwszy się widzieli... Przeleciał anioł.
– Chcesz... chcesz się czegoś napić?
– Z chęcią...
– Herbaty? Kawy? Coli?
– Kawa będzie w sam raz.

Camille usiadła na taborecie i zaczęła się zastanawiać, jak
mogła tu mieszkać tyle czasu. Było tak wilgotno, tak ciemno,
tak... surowo. Sufit był tak nisko, a ściany takie brudne... Nie,
to niemożliwe... Może to inna dziewczyna?

Uwijał się przy kuchence elektrycznej i poprosił o podanie
puszki neski.
Barbès spał na łóżku, otwierając od czasu do czasu oko.

W końcu przesunął krzesło i usiadł naprzeciw niej:
– Cieszy mnie, że cię widzę... Mogłaś przyjść wcześniej...
– Nie śmiałam.
– Ach?
– ...
– Żałujesz, że mnie tu sprowadziłaś, prawda?

– Nie.
– Tak. Żałujesz. Ale nie martw się... Czekam tylko na zie-
lone światło i odchodzę... Teraz to już kwestia dni.
– Gdzie jedziesz?
– Do Bretanii.
– Do rodziny?
– Nie. Do ośrodka dla... dla ludzkich odpadków. Nie, głu-
pi jestem. Do ośrodka życia, tak trzeba mówić...
– ...
– Mój lekarz mi to znalazł... Takie miejsce, gdzie się pro-
dukuje nawozy z wodorostów... Wodorosty, gówno i upośle-
dzeni umysłowo... Super, nie? Będę jedynym normalnym pra-
cownikiem. Choć pojęcie „normalny" jest dość względne...
Uśmiechał się.
– Masz, zobacz ulotkę... Klasa, nie?
Dwóch facetów z wyraźnym mongolizmem, z widłami
w dłoniach, stało przed czymś w rodzaju kanału ściekowego.
– Będę wytwarzał algo-foresto, coś z kompostu, wodoros-
tów i nawozu końskiego... Czuję, że to pokocham... Dobra,
podobno na początku jest ciężko z powodu smrodu, ale potem
już się tego nawet nie czuje...
Odłożył zdjęcie i zapalił papierosa.
– Letnie wakacje...
– Jak długo tam zostaniesz?
– Tyle, ile będzie trzeba...
– Jesteś na metadonie?
– Tak.
– Od kiedy?
Wykonał ruch ręką.
– W porządku?
– Nie.
– Nie martw się... Zobaczysz morze!
– Super... A ty? Dlaczego tu jesteś?
– Dozorczyni myślała, że umarłeś...
– Będzie zawiedziona...
– To pewne.
Roześmiali się.

– Czy... Czy masz też HIV?

– Nie. Chciałem jej tylko sprawić przyjemność... żeby się przywiązała do mojego psa... Nie, nie... Dobrze to robiłem... Ćpałem czysto.

– To twój pierwszy odwyk?

– Tak.

– Dasz radę?

– Tak.

– ...

– Miałem szczęście... Trzeba wpaść na odpowiednie osoby, jak sądzę... i... myślę, że takie mam...

– Twój lekarz?

– Moja lekarka! Tak, ale nie tylko... Psycholog też... Taki stary dziadek, który mi wypłukał głowę... Wiesz, co to V-trzydzieści trzy?

– Co to? Jakieś lekarstwo?

– Nie, to produkt do czyszczenia drewna...

– Ach tak! Taka zielono-czerwona butelka?

– Skoro tak mówisz... No więc ten koleś to mój V-trzydzieści trzy. Nakłada produkt, pali, robią się bąble, a potem bierze szpatułkę i odkleja całe gówno... Spójrz na mnie. Pod czaszką jestem goły jak święty turecki!

Nie dawał rady już się uśmiechać, ręce mu drżały:

– Kurwa, to trudne... To zbyt trudne... Nie sądziłem...

Podniósł głowę.

– A poza tym hm... Był jeszcze ktoś... Taka drobna panna z chudymi nóżkami, która mnie tu zaciągnęła, nim się zorientowałem, o co chodzi...

– Jak się nazywasz?

– Camille.

Powtórzył imię i odwrócił się do ściany:

– Camille... Camille... W dniu, w którym się pojawiłaś, Camille, miałem strasznego doła... Było zbyt zimno i chyba nie miałem już ochoty walczyć... No, ale dobra. Stałaś przede mną... Więc poszedłem za tobą... Jestem dobrze wychowany...

Cisza.

– Mogę ci dalej opowiadać czy masz już dość?

– Nalej mi jeszcze filiżankę...

– Przepraszam. To przez starego... Zrobiłem się strasznie gadatliwy...

– Spoko. Nie ma sprawy.

– Nie, ale poza tym to też jest ważne... To znaczy myślę, że dla ciebie jest ważne...

Zmarszczyła brwi.

– Twoja pomoc, twoje wyro, twoje żarcie, i tak dalej, to jedno, ale, mówię ci, miałem totalnego doła, jak mnie znalazłaś... Byłem u kresu, rozumiesz? Chciałem do nich wrócić, ja... Ja... I to ten koleś mnie uratował. Ten koleś i twoja pościel.

Podniósł coś i położył przed nimi. Camille rozpoznała swoją książkę. To były listy van Gogha do brata.

Zapomniała o niej.

A przecież przytachała ją tu, na górę...

– Otworzyłem ją, żeby coś mnie powstrzymało od wyjścia, bo tu nic innego nie było, i wiesz, co mi ta książka zrobiła?

Pokręciła głową.

– Zrobiła mi to, to i to.

Wziął książkę do ręki i uderzył się w czaszkę i oba policzki.

– Czytam po raz trzeci... To... To wszystko dla mnie. Wszystko tu się znajduje... Tego kolesia znam na pamięć... To ja. To mój brat. Wszystko, co mówi, ja rozumiem. Jak dostaje szału. Gdy cierpi. Gdy wciąż powtarza te same błędy, usprawiedliwia się, próbuje zrozumieć innych, siebie samego, jak zostaje odrzucony przez swoją rodzinę, rodziców, którzy nic nie kapują, te pobyty w przytułku i tak dalej... Nie zamierzam ci opowiadać mojego życia, nie martw się, ale to niesamowite, wiesz... Jaki miał stosunek do dziewczyn, jak zakochał się w kopaczce rowów, jak nim gardzono z tego powodu i kiedy decyduje się zamieszkać z tą dziwką... która jest w ciąży...

Nie, nie opowiem ci swojego życia, ale są tu zbiegi okoliczności, które mnie zatykają... Poza jego bratem, i to też nie do końca, nikt w niego nie wierzył. Nikt. Ale on, wrażliwy i porąbany, on wierzył w siebie... To znaczy... tak mówił, że wierzył, że ma siłę i hm... Pierwszy raz, kiedy to przeczytałem prawie jednym ciurkiem, nie zrozumiałem tego tekstu kursywą na koniec...

Otworzył książkę:

– *List, który miał przy sobie van Gogh dwudziestego dziewiątego lipca tysiąc osiemset dziewięćdziesiątego roku*... Dopiero gdy przeczytałem wstęp, następnego dnia czy dwa dni później, zrozumiałem, że ten dureń popełnił samobójstwo. Że tego listu nie wysłał i ja... Kurwa, ale mnie to walnęło, mówię ci... Wszystko, co mówi o swoim ciele, ja też odczuwam. Całe jego cierpienie to nie tylko słowa, rozumiesz? To... To znaczy ja... ja mam gdzieś jego prace... Znaczy nie, nie mam gdzieś, ale to nie to wyczytałem. Ja przeczytałem, że jeśli nie jesteś na swoim wytyczonym miejscu, jeśli nie dajesz rady być takim, jak inni od ciebie oczekują, to cierpisz. Cierpisz jak zwierzę, a na koniec zdychasz. Ale nie. Ja nie zamierzam zdychać. Z przyjaźni do niego, z braterstwa, nie będę zdychał... Nie chcę.

Camille siedziała jak wryta. Pssst... popiół spadł jej do filiżanki.

– Głupoty gadałem?
– Nie, nie, wręcz przeciwnie... ja...
– Czytałaś to?
– Oczywiście.
– I ty... Nie czułaś tego cierpienia?
– Interesowałam się głównie jego pracą... Późno zaczął malować... Był samoukiem... Był... Czy... Czy znasz jego płótna?
– Słoneczniki, tak? Nie... Przez chwilę myślałem, żeby pójść przejrzeć jakiś album, ale nie mam ochoty, wolę moje obrazy...
– Zatrzymaj ją. Daję ci w prezencie.

– Wiesz... Pewnego dnia... jeśli z tego wyjdę, podziękuję ci. Ale teraz nie mogę... Jak ci mówiłem, mam wyżarty mózg. Poza tym workiem na pchły nie mam nic.

– Kiedy wyjeżdżasz?

– Normalnie w przyszłym tygodniu...

– Chcesz mi podziękować?

– Jeśli mogę...

– Pozwól mi się narysować...

– To wszystko?

– Tak.

– Nago?

– Chciałabym...

– Kurczę... Nie widziałaś mojego ciała...

– Wyobrażam je sobie...

Zawiązywał sznurówki, a pies skakał z radości.

– Wychodzisz?

– Na całą noc... W każdą noc... Chodzę, aż padnę ze zmęczenia, idę po moją codzienną dawkę z samego rana po otwarciu punktu i wracam się przespać, żeby wytrzymać do następnego dnia. Na razie nic lepszego nie znalazłem...

Jakiś hałas w korytarzu. Góra sierści znieruchomiała.

– Jest tam ktoś... – spanikował.

– Camille? Wszystko w porządku? To... to twój rycerz, kochanie...

Philibert stanął w drzwiach z mieczem w dłoni.

– Barbès! Leżeć!

– Wy... wyglądam teraz ża... żałośnie, tak?

Dokonała prezentacji, śmiejąc się:

– Vincent, oto Philibert Marquet de La Durbellière, generał wycofującej się armii. – Następnie się odwróciła: – Philibert, Vincent... hm... który... jak van Gogh...

– Bardzo mi miło – odparł, chowając swoją broń. – Miło i śmiesznie... No dobrze, to ja się zwijam...

– Schodzę z tobą – odpowiedziała Camille.

– Ja też.

– Czy... Czy przyjdziesz do mnie?

– Jutro.

– Kiedy?

– Po południu. Hm? Czy mogę z psem?

– Z Barbèsem, oczywiście...

– Ach! Barbès... – jęknął Philibert. – Kolejny szalony republikanin... Wolałbym już przeoryszę de Rochechouart!

Vincent spojrzał na nią zdziwiony.

Wzruszyła bezradnie ramionami.

Philibert odwrócił się oburzony:

– Właśnie! I to, że imię tej biednej Marguerite de Rochechouart de Montpipeau jest wiązane z tym łajdakiem, to czysta aberracja!

– De Montpipeau? – powtórzyła Camille. – Kurwa, ale wy macie nazwiska... A właśnie. Dlaczego nie wystartujesz w jakimś teleturnieju?

– Ach! Teraz ty nie zaczynaj! Dobrze wiesz dlaczego...

– Nie. Dlaczego?

– Nim przycisnę guzik, będzie już pora wiadomości...

11

Nie spała tej nocy. Kręciła się, zdmuchiwała kurze, obijała się o duchy, wzięła kąpiel, wstała późno, wyprysznicowała Paulette, uczesała byle jak, posnuła się trochę z nią po ulicy Grenelle, i nie była w stanie przełknąć czegokolwiek.

– Bardzo jesteś dziś nerwowa...

– Mam ważne spotkanie.

– Z kim?

– Ze mną.

– Idziesz do lekarza? – zaniepokoiła się starsza pani.

Jak to było w zwyczaju Paulette, zasnęła po obiedzie. Camille zabrała jej kłębek wełny, poprawiła koc i wyszła na czubkach palców.

Zamknęła się w pokoju, zmieniła sto razy ustawienie taboretu i ostrożnie zbadała cały swój sprzęt. Źle się czuła.

Franck właśnie wrócił. Opróżniał pralkę. Od czasu historii ze swetrem sam rozwieszał pranie i wygłaszał teksty przerażonych pań domu na temat suszarek do ubrań, które niszczyły teksturę i rozwalały kołnierzyki.
Wzruszające.

To on otworzył drzwi:
– Ja do Camille.
– Na końcu korytarza...
Potem zamknął się w pokoju i była mu wdzięczna za tę dyskrecję, choć raz...

Oboje czuli się bardzo nieswojo, ale z różnych powodów.
Nieprawda.
Oboje czuli się nieswojo z tego samego powodu: tremy.

To on wyrwał ich z zakłopotania:
– No dobra... Zaczynamy? Masz jakąś przebieralnię? Parawan? Cokolwiek?
Była mu wdzięczna.

– Widziałeś? Nagrzałam na maksa. Nie będzie ci zimno...
– Och! Ale masz superkominek!

– Kurwa, mam wrażenie, że znów jestem u jakiegoś lekarza, przeraża mnie to. Czy... czy gacie też mam zdjąć?
– Jeśli chcesz w nich zostać, to zostań...
– Ale jeśli zdejmę, będzie lepiej...
– Tak. Zresztą i tak zawsze zaczynam od pleców.
– Cholera. Jestem pewien, że mam mnóstwo krost...

– Nie martw się, z gołą klatą w mżawce znikną, nim zdążysz rozładować twój pierwszy ładunek końskiego nawozu...

– Wiesz, że byłabyś wspaniałą kosmetyczką?

– Tak, tak... Dobra, wyłaź stamtąd i siadaj.

– Mogłaś mnie przynajmniej posadzić przy oknie... Żebym miał jakieś zajęcie...

– To nie ja decyduję.

– Ach tak? A kto?

– Światło. I nie marudź, potem będziesz stał...

– Jak długo?

– Aż padniesz...

– Padniesz przede mną.

– Mmm... – odparła.

„Mmm" znaczyło: nie sądzę...

Zaczęła od serii szkiców, krążąc wokół niego. Jej brzuch się rozluźnił i ręka zrobiła się giętka.

On, wręcz przeciwnie, coraz bardziej robił się spięty.

Gdy podchodziła za blisko, zamykał oczy.

Czy miał krosty? Nie dostrzegła ich. Widziała jego napięte mięśnie, zmęczone ramiona, wystające kręgi szyjne na karku, gdy pochylał głowę, kręgosłup wyglądający jak długi popękany grzebień, jego nerwowość, roztrzęsienie, wystające szczęki i kości policzkowe. Zapadnięte oczy, kształt czaszki, chuderlawe ramiona, całe w brązowych kropeczkach. Poruszający labirynt żył pod jasną skórą i widok życia płynącego w jego ciele. Tak. Zwłaszcza to: piętno dna, ślady gąsienic wielkiego, niewidzialnego czołgu, jak również jego niezmierne zawstydzenie.

Po upływie niespełna godziny spytał, czy może poczytać.

– Tak. Dopóki się z tobą oswajam...

– Jeszcze nie... nie zaczęłaś?

– Nie.

– No, proszę! Mam czytać na głos?

– Jak chcesz...

Pomiętosił książkę, nim zgiął ją w poprzek:

– *Wiem, że ojciec i matka reagują na mnie instynktownie (nie mówię rozsądnie).*

Wahają się, czy przyjąć mnie do domu, tak jak się człowiek waha, gdy ma przygarnąć włochatego psa. Wejdzie z łapami, a poza tym jest bardzo włochaty.

Będzie wszystkim przeszkadzał. I głośno szczeka.

W sumie to zwierzę.

Zgadza się, ale to zwierzę ma ludzką historię i choć to tylko pies – ludzką duszę. Poza tym jest to na tyle ludzka dusza, że czuje, co się o nim myśli, a przecież normalny pies nie jest w stanie tego uczynić.

Och! Ten pies jest synem naszego ojca, ale pozwoliliśmy mu tak często biegać po ulicy, że musiał stać się bardziej zły. Ba! Ojciec zapomniał o tym detalu od wielu lat, nie ma więc sensu o tym rozprawiać...

Odchrząknął.

– *Oczy...* hm... przepraszam... *Oczywiście, pies w głębi siebie żałuje, że tu przyszedł. Samotność na wrzosowisku była mniejsza niż w tym domu, pomimo wszystkich uprzejmości. Zwierzę przyszło z wizytą w chwili słabości. Mam nadzieję, że wybaczy mi się tę słabość; jeśli chodzi o mnie, postaram się nie...*

– Stop – przerwała mu. – Przestań, proszę. Przestań.

– Przeszkadza ci?

– Tak.

– Przepraszam.

– Dobra. Już. Teraz cię znam...

Zamknęła swój blok i znowu powróciły mdłości. Uniosła podbródek i przechyliła głowę do tyłu.

– W porządku?

– ...

– A więc... Odwrócisz się do mnie i usiądziesz, rozchylając nogi i układając dłonie o tak...

– Muszę je rozchylić, jesteś pewna?

- Tak. A twoja dłoń, zobacz... Zegnij nadgarstek i rozcza-
pierz palce... Czekaj... Nie ruszaj się...
Pogrzebała w swoich rzeczach i wyciągnęła reprodukcję
obrazu Ingresa.
- Dokładnie tak...
- Kim jest ten grubas?
- Louis François Bertin.
- Kto to?
- Budda burżuazji, takiej najedzonej, nadzianej i triumfu-
jącej... To nie ja tak twierdzę, to Manet... Wspaniałe, prawda?
- I mam przybrać taką pozycję jak on?
- Tak.
- Hm... Nogi mają być więc rozchylone... Tak?
- Zaraz... Zostaw ptaszka... Dobrze... Ja mam to gdzieś,
wiesz... - pocieszała go, kartkując swoje szkice. - Masz, zo-
bacz. Oto on...
- Och!
Krótka sylaba rozczarowania i wzruszenia...

Camille usiadła i położyła deskę na kolanach. Wstała, spróbowała na sztaludze, też nie było dobrze. Denerwowała się,
przeklinała siebie, doskonale zdawała sobie sprawę, że wszystko to gówniane wykręty, aby odepchnąć od siebie pustkę.
W końcu umocowała swój papier pionowo i zdecydowała
się usiąść dokładnie na tej samej wysokości co model.

Wciągnęła głęboko dużą dawkę odwagi i zrobiła słaby wy-
dech. Pomyliła się, żadna krwista czerwień. Ołówek, pędzelek
i tusz sepia.
Model przemówił.

Podniosła łokieć. Jej dłoń zawisła w powietrzu. Trzęsła
się.
- Tylko się nie ruszaj. Zaraz wracam.
Pobiegła do kuchni, pozrzucała jakieś rzeczy, złapała za
butelkę dżinu i utopiła swój lęk. Zamknęła oczy i przytrzy-
mała się o brzeg zlewu. No już... Drugi łyk na drogę...

Gdy wróciła, żeby usiąść, obserwował ją z uśmiechem.
Wiedział.
Jakikolwiek byłby ich stopień upodlenia, ci ludzie rozpoznawali się. Wszyscy.
To jest jak sonda... Jak radar.
Mętne porozumienie i pobłażliwość...

– Teraz lepiej?
– Tak.
– No to do dzieła! Jest mnóstwo rzeczy do zrobienia, do cholery!

Trzymał się bardzo wyprostowany. Trochę przechylony, jak tamten. Głęboko odetchnął i spojrzał wyzywająco w oczy tej, która go upokarzała, nie zdając sobie z tego sprawy.
Ponury i jasny.
Zniszczony.
Ufny.

– Ile ważysz, Vincent?
– Jakieś sześćdziesiąt...

Jakieś sześćdziesiąt kilo prowokacji.

(Nawet jeśli nie było to pytanie specjalnie miłe, to na pewno ciekawe: czy Camille Fauque wyciągnęła dłoń do tego chłopaka, aby mu pomóc, tak jak był o tym przekonany, czy też po to, by przeprowadzić jego sekcję, nagiego i bezbronnego, na czerwonym lakierowanym krześle kuchennym?
Współczucie? Miłość do ludzi? Czy aby na pewno?
Czy to wszystko nie zostało zaplanowane? Umieszczenie go tam na górze, karma dla psa, zaufanie, złość Pierre'a Kesslera, postawienie przed ścianą?
Artyści są potworami.
Proszę. Nie. To okazałoby się zbyt przykre... Pozwólmy mu mieć złudzenia i nic nie mówmy. Ta dziewczyna była trochę dziwna, ale kiedy zatopiła zęby w temacie, trwało to raptem

chwilę. Być może jej szczodrość dopiero teraz się ujawniła? Gdy jej źrenice się zmniejszały i stawała się bezlitosna...).

Była już prawie noc. Nie zdając sobie sprawy, zapaliła światło i pociła się równie mocno jak on.
– Kończymy. Mam skurcze. Wszędzie mnie boli.
– Nie! – krzyknęła.
Ostrość jej tonu zaskoczyła ich oboje.
– Przepraszam... Nie... nie ruszaj się, błagam...
– W moich spodniach... w przedniej kieszeni... Traxene...
Poszła po szklankę wody dla niego.
– Błagam... Jeszcze trochę, możesz się oprzeć, jeśli chcesz... Ja.... Ja nie umiem pracować z pamięci... Jeśli teraz odejdziesz, mój rysunek umrze... Przepraszam cię, ja... Już prawie skończyłam.

– Już. Możesz się ubrać.
– Czy to coś poważnego, doktorze?
– Mam nadzieję... – szepnęła.

Wrócił, przeciągając się, pogłaskał psa i powiedział mu kilka czułych słówek do ucha. Zapalił papierosa.

– Chcesz zobaczyć?
– Nie.

– Tak.

Był oniemiały.

– Kurwa... To... To ciężkie.
– Nie. To czułe...
– Dlaczego zakończyłaś na kostkach?
– Chcesz prawdziwą wersję czy wymyśloną?
– Prawdziwą.
– Bo jestem kiepska w stopach!
– A druga?

– Ponieważ... Nic cię nie trzyma, tak?
– A mój pies?
– Oto i twój pies. Narysowałam go przed chwilą, spoglądając przez twoje ramię...
– Och! Jaki piękny! Jaki piękny, jaki piękny, jaki piękny...
Wyrwała mu kartkę.

– Wysilaj się – narzekała dla żartów. – Wypruwaj sobie flaki, zabijaj się, daj nieśmiertelność, a wszystko, co ich urzeka, to nabazgrany portrecik ich pieska...
Co za...

– Jesteś z siebie zadowolona?
– Tak.
– Będę musiał wrócić?
– Tak... Żeby się ze mną pożegnać i dać mi swój adres...
Chcesz się czegoś napić?
– Nie. Muszę iść się położyć, nie najlepiej się czuję...

Szła przed nim korytarzem i nagle stuknęła się w czoło:
– Paulette! Zapomniałam o niej!
Jej pokój był pusty.
Cholera...

– Jakiś problem?
– Zgubiłam babcię mojego współlok...
– Spójrz... Jest jakiś liścik na stole...

Nie chcieliśmy Ci przeszkadzać. Jest ze mną. Przyjdź, jak tylko będziesz mogła.
PS. Pies twojego kumpla nasrał pod drzwiami wejściowymi.

12

Camille rozpostarła ramiona i pofrunęła nad Polami Marsowymi. Musnęła wieżę Eiffla, pogłaskała gwiazdy i wylądowała przed tylnym wejściem do restauracji.

Paulette siedziała w biurze szefa.
Rozpierało ją szczęście.

– Zapomniałam o pani...
– Ależ nie, głupia, pracowałaś... Skończone?
– Tak.
– W porządku?
– Głodna jestem!

– Lestafier!
– Tak, szefie...
– Proszę mi zrobić gruby krwisty befsztyk do biura.

Franck odwrócił się. Befsztyk? Ale ona przecież już nie ma zębów...

Gdy zrozumiał, że to dla Camille, jego zdziwienie było jeszcze większe.

Porozumiewali się na migi:
– Dla ciebie?
– Taaaaak – odpowiedziała, kiwając głową.
– Gruby befsztyk?
– Taaaak.
– Upadłaś na głowę?
– Taaak.
– Camille! Wyglądasz ślicznie, kiedy jesteś szczęśliwa, wiesz?

Tego nie mogła zrozumieć, ale przytaknęła dla zasady.

– Oho! – powiedział szef, podając jej talerz. – Nie chcę nic mówić, ale niektórzy to szczęściarze...

Kotlet miał kształt serca.

– Ach, niezły jest ten Lestafier – westchnął. – Niezły...
– A jaki piękny... – dodała babcia, która od dwóch godzin pożerała go wzrokiem.
– Taaa... Tak daleko bym się nie posunął... Co chce pani do tego? Proszę. Może małe winko, napiję się z panią... A pani, babciu? Jeszcze nie przynieśli pani deseru?

Wystarczył mały opieprz i Paulette już okrawała swój owoc...

– Proszę mi powiedzieć – zaczął, mlaskając językiem – ten pani wnuczek nieźle się zmienił... Nie poznaję go...
I zwracając się do Camille:
– Co pani mu zrobiła?
– Nic.
– A więc świetnie! Proszę tak dalej! Dobrze mu to służy! Nie, serio... Dobry jest... dobry...
Paulette zaczęła płakać.
– Ale co się stało? Co ja takiego powiedziałem? Niech pani pije, do diabła! Proszę pić! Maxime...
– Tak, szefie?
– Proszę mi przynieść kieliszek szampana...

– Teraz już lepiej?
Paulette wycierała nos, przepraszając:
– Gdyby pan wiedział, jaką drogę krzyżową z nim przeszliśmy... Został wyrzucony z pierwszej szkoły, potem z drugiej, potem z zawodówki, z praktyk, z terminowania, z...
– Ale to nie jest istotne! – grzmiał. – Niech pani na niego spojrzy! Jak on to robi po mistrzowsku! Wszyscy próbują mi go podkupić! Skończy z jednym lub dwoma znaczkami na tyłku ten pani pupilek!
– Słucham? – zaniepokoiła się Paulette.
– Z gwiazdkami...
– Ach... a nie z trzema? – spytała trochę rozczarowana.
– Nie. Ma na to zbyt paskudny charakter. A poza tym jest zbyt... sentymentalny...
Puścił oko do Camille.
– A tak w ogóle dobre to mięso?
– Przepyszne.
– Musi być... Dobra, lecę... jeśli będziecie czegoś potrzebować, zastukajcie w szybę.

Po powrocie do mieszkania Franck zatrzymał się najpierw u Philiberta, który obgryzał koniec ołówka w świetle nocnej lampki:

– Przeszkadzam ci?

– Nie! Skądże!

– Nie widujemy się już...

– Niewiele, zgadza się... A tak w ogóle? Pracujesz nadal w niedziele?

– Tak.

– No, to wpadnij do nas w poniedziałek, jeśli będziesz się nudził...

– Co czytasz?

– Piszę.

– Do kogo?

– Piszę tekst na moje warsztaty teatralne... Niestety, wszyscy musimy wystąpić na scenie pod koniec roku...

– Zaprosisz nas?

– Nie wiem, czy się ośmielę...

– Philibercie, powiedz mi, hm... Czy wszystko jest w porządku?

– Słucham?

– Między Camille a moją starą?

– Pełne porozumienie.

– Nie sądzisz, że ma już dość?

– Chcesz, żebym ci powiedział prawdę?

– Co? – zaniepokoił się Franck.

– Nie, jeszcze nie ma dość, ale to przyjdzie... Obiecałeś luzować ją dwa dni w tygodniu... Obiecałeś, że...

– Taaa, wiem, ale...

– Stop – przerwał mu. – Nie chcę słuchać twoich argumentów. Nie interesują mnie. Wiesz, stary, trzeba trochę dorosnąć... To tak jak z tym... – wskazał mu swój pokreślony notes. – Czy się chce, czy nie, pewnego dnia wszyscy musimy przez to przejść...

Franck wstał zamyślony.

– Powie, jak będzie miała dość, prawda?

– Tak sądzisz?

Spojrzał przez okulary, które zdjął do przeczyszczenia.

– Nie wiem... Ona jest taka tajemnicza... Jej przeszłość... Jej rodzina... Jej przyjaciele... Nic nie wiemy o tej młodej kobiecie... Jeśli chodzi o mnie, to poza jej blokami rysunkowymi nie widziałem niczego, co pozwoliłoby mi wysunąć najmniejszą hipotezę na temat jej biografii... Żadnej poczty, żadnych telefonów, żadnych gości... Wyobraź sobie, że pewnego dnia ją tracimy. Nawet nie wiedzielibyśmy, gdzie szukać...

– Nie mów tak.

– Owszem, będę mówił. Zastanów się, Franck, ona mnie przekonała, ona po nią pojechała, zostawiła jej swój pokój, dziś zajmuje się nią z niesamowitą opiekuńczością, nawet nie zajmuje się – ona dba o nią. Obie o siebie dbają... Słyszę, jak się śmieją i gadają cały dzień, kiedy ja jestem w domu. A poza tym ona próbuje popołudniami rysować, a ty nie jesteś w stanie dotrzymać złożonych obietnic...

Włożył okulary i przytrzymał przez chwilę:

– Nie, nie jestem z ciebie zadowolony, mój żołnierzu.

Czuł, że ma w stopach ołów. Poszedł ją przykryć i wyłączyć telewizor.

– Chodź tu do mnie – szepnęła.

Cholera. Nie spała.

– Jestem z ciebie dumna, moje dziecko...

„Trzeba się zdecydować" – pomyślał, kładąc pilota na stoliku nocnym.

– No, babciu... Śpij już...

– Bardzo dumna.

Tak, tak...

Drzwi do pokoju Camille były uchylone. Popchnął je trochę i aż podskoczył.

Blade światło z korytarza padało na jej sztalugę.

Przez chwilę stał nieruchomo.

Zaskoczenie, przerażenie i olśnienie.

Czy ona znów miała rację?

Można pojąć rzeczy, nie ucząc się ich wcześniej?

Czy to znaczy, że nie był aż taki głupi? Skoro instynktownie wyciągnął dłoń w kierunku tego zniszczonego ciała, żeby pomóc mu wstać, to nie jest taki tępy, jak sądził, tak?

Pająk. Zgniótł go i wziął sobie piwo.

Poczekał, aż się ogrzeje.

Nie powinien był się szwendać po korytarzu.

Wszystkie te rzeczy mąciły mu umysł...

Kurwa...

W sumie nareszcie było dobrze. Choć raz życie było takie, jak trzeba...

Zabrał szybko dłoń od ust. Od jedenastu dni nie obgryzał sobie paznokci. Oprócz małego palca.

Ale ten się nie liczył.

Dorosnąć, dorosnąć... Wciąż robi tylko to, dorasta...

Co by się z nimi wszystkimi stało, gdyby ona znikła?

Beknął. „No dobra, koniec tego, mam jeszcze ciasto do przygotowania..."

Szczyt oddania; ubił je trzepaczką, żeby im nie przeszkadzać, szepnął kilka tajemnych formułek i odstawił.

Przykrył czystą ścierką i opuścił kuchnię, zacierając ręce.

Jutro poda jej naleśniki Suzette, aby ją zatrzymać na zawsze.

Hi, hi, hi... sam przed lustrem w łazience naśladował demoniczny śmiech Satanasa w *Les Fous du Volant**...

Hu, hu, hu... to był śmiech Diabola.

Ojej... Jak się dobrze bawimy...

---

* Film rysunkowy.

13

Już od dawna nie spędził z nimi nocy. Miał piękne sny.

Poszedł rano po rogaliki i wszyscy razem zjedli śniadanie w pokoju Paulette. Niebo było bardzo błękitne. Philibert i starsza pani prawili sobie mnóstwo przemiłych uprzejmości, podczas gdy Franck i Camille popijali w milczeniu kawę. Franck zastanawiał się, czy nie powinien zmienić pościeli, a Camille nad zmianą niektórych detali. Próbował przechwycić jej wzrok, lecz jej tam nie było. Była już na ulicy Séguier w salonie Pierre'a i Mathilde, gotowa zemdleć lub uciec z krzykiem.

„Jeśli ją teraz zmienię, nie ośmielę się na niej położyć dziś po południu, a jeśli ją zmienię po sjeście, to będzie trochę zbyt nachalne, nie? Już widzę, jak się ze mnie nabija..."

„Albo wpadnę do galerii? Zostawię rysunek Sophie i od razu spływam?"

„A może okaże się hm... Nawet się nie położymy... Zrobimy to na stojąco jak w filmie, tak będziemy hm..."

„Nie, to nie jest dobry pomysł... Jeśli tam będzie, zatrzyma mnie siłą i każe usiąść, żeby pogadać... Ja nie chcę z nim gadać. Mam gdzieś jego wywody. Bierze albo nie bierze. Koniec. A swoje wywody niech zatrzyma dla klientów..."

„Wezmę prysznic w szatni przed wyjściem..."

„Wezmę taksówkę i poproszę, aby czekała na mnie przed drzwiami..."

Ci zamyśleni i ci beztroscy – wszyscy strząsnęli okruszki, wzdychając, i grzecznie się rozeszli.

Philibert był już przy wyjściu. Jedną ręką przytrzymywał Franckowi drzwi, w drugiej miał walizkę.

– Wyjeżdżasz na wakacje?

– Nie, to są rekwizyty.

– Do czego rekwizyty?

– Do mojej roli...

– Och, kurwa... Co to jest? Coś w stylu płaszcza i szpady? Będziesz biegał tak przebrany?

– Ależ tak, oczywiście... Powieszę się na kurtynie i rzucę w tłum... No już... Przechodzisz czy mam cię nadziać?

Pogoda była piękna, więc Camille i Paulette zeszły do „ogrodu".

Starsza pani chodziła z coraz większym trudem i przejście alei Adrienne Lecouvreur zabierało jej prawie godzinę. Camille czuła mrowienie w nogach, podtrzymywała ją pod rękę, przystosowywała się do jej drobnych kroczków i nie mogła się powstrzymać od uśmiechu, gdy widziała stary znak: *Tylko dla jeźdźców, prędkość umiarkowana...* Zatrzymywały się, żeby sfotografować turystów, przepuścić uprawiających jogging lub zamienić kilka frywolnych słów z innymi „maratończykami".

– Paulette?

– Tak, kochanie?

– Czy zaszokuję panią, mówiąc o wózku?

– ...

– Dobra... A więc to panią szokuje...

– Jestem już aż tak stara? – szepnęła.

– Nie! Skądże! Wręcz przeciwnie! Ale tak sobie myślałam, że... Skoro balkonik grzęźnie, mogłaby pani go popchać przez chwilę, aż się pani zmęczy, potem mogłaby pani odpocząć, a ja zabrałabym panią na koniec świata!

– ...

– Paulette... Mam dość tego parku... Już nie mogę na niego patrzeć. Sądzę, że policzyłam wszystkie kamienie, ławki i kosze na śmieci... Jest ich w sumie jedenaście... Mam dość tych wielkich paskudnych autokarów, mam dość tych grup zwiedzających bez wyobraźni, mam dość oglądania wciąż tych samych ludzi... Twarzy pełnych czczej nadziei, strażników i tamtego... co śmierdzi sikami pod tą swoją Legią Honorową... Jest tyle miejsc do zobaczenia w Paryżu... Butiki, ślepe uliczki, podwórza, pasaże, ogród Luksemburski, bukiniści, ogród Notre Dame, targ kwiatowy, brzegi Sekwany... Nie, zapewniam panią, że to miasto jest przepiękne... Mogłybyśmy pójść do kina, na koncert, posłuchać operetki, mój piękny bukiecik fiołków i tym podobne... A tak jesteśmy uwięzione w tej dzielnicy staruszków, gdzie wszystkie dzieciaki są tak samo ubrane, wszystkie ich nianie są podobnie naburmuszone, gdzie wszystko jest tak przewidywalne... Do dupy.

Cisza.

Coraz bardziej ciążyła jej na ramieniu.

– No dobrze... Będę z panią szczera... Próbuję panią oczarować, jak mogę, ale prawda jest taka, że to nie o to chodzi. Prawda jest taka, że proszę o przysługę... Gdybyśmy miały ze sobą fotel, a pani zgodziłaby się na nim przysiadać od czasu do czasu, to mogłybyśmy omijać kolejki do muzeów i przechodzić zawsze pierwsze... A mnie to by bardzo urządzało, rozumie pani... Jest mnóstwo wystaw, które chciałabym zobaczyć, ale nie mam odwagi stać w kolejce...

– Trzeba było tak od razu, moja gołąbeczko! Jeśli to po to, żeby ci wyświadczyć przysługę, to w porządku! Ja wręcz o tym marzę, by sprawić ci przyjemność!

Camille zagryzła wargi, aby się nie uśmiechnąć. Spuściła głowę i wymamrotała „dziękuję", które brzmiało zbyt uroczyście, żeby było uczciwe.

Szybko! Szybko! Kujmy żelazo, póki gorące, pogalopowały więc do najbliższej apteki.

– Dużo zamówień mamy na classica sto sześćdziesiąt firmy Sunrise... Jest to model składany, dający maksimum satysfakcji... Bardzo lekki, łatwy w obsłudze, czternaście kilo... Dziewięć bez kół... Chowane oparcia na stopy... Regulowane podłokietniki i wysokość siedzenia... Możliwość zmiany kąta nachylenia oparcia... Ach, nie! To jest dodatkowa opcja... Koła łatwe do zdejmowania... Spokojnie wchodzi do bagażnika samochodu... Można również regulować głębokość...

Paulette, która została posadzona między szamponami a stojakiem informacyjnym Scholla, przybrała tak ponurą minę, że aptekarka nie miała odwagi dokończyć swojej tyrady.

– No dobrze, zostawiam panie... Mam klientów... Proszę, oto dokumentacja...

Camille uklękła przy niej.
– Niezły, prawda?
– ...
– Naprawdę spodziewałam się czegoś o wiele gorszego... To taki sportowy model... Czarny jest szykowny...
– Proszę! Jeszcze mi powiedz, że twarzowy!
– Sunrise Médical... Ale mają nazwy... Trzydzieści siedem... To niedaleko, prawda?
Paulette włożyła okulary:
– Gdzie?
– Hm... Chanceaux-sur-Croisille...
– Ach! No tak! Chanceaux! Dobrze wiem, gdzie to jest! Udało się.
Dzięki, Panie Boże. Szukając w firmach z tego samego departamentu, zaraz wyjdziemy z zestawem do pedikiuru i obuwiem z ortopedyczną wkładką...

– Ile kosztuje?
– Pięćset pięćdziesiąt osiem euro bez vatu...
– Ach jednak... Ale czy... czy nie można go wypożyczyć?
– Tego modelu nie. Do wynajęcia mamy inny. Bardziej toporny i cięższy. Ale... Pani ma sto procent refundacji, prawda? Pani na pewno ma ubezpieczenie...
Musiała odnieść wrażenie, że zwraca się do dwóch niedorozwiniętych osób.
– Nie zapłaci pani za ten fotel! Proszę się udać do pani le-

karza i poprosić o zaświadczenie... Biorąc pod uwagę pani stan, nie będzie żadnego problemu... Proszę, ta mała książeczka jest dla pań... Są tam wszystkie szczegóły... Chodzi pani do lekarza rodzinnego?

– Hm...

– Jeśli nie będzie wiedział, o co chodzi, proszę mu pokazać ten kod: czterysta jeden A zero dwa I. Całą resztą zajmie się pani ubezpieczalnia, prawda?

– Ach... zgoda... hm... Co to jest?

Na ulicy Paulette ledwo trzymała się na nogach:

– Jeśli zabierzesz mnie do lekarza, znów trafię do hospicjum...

– Paulette, spokojnie... Nigdy tam nie pójdziemy, nienawidzę ich tak samo jak pani, jakoś to załatwimy... Proszę się nie martwić...

– Odnajdą mnie... Odnajdą mnie... – płakała.

Nie miała apetytu i przeleżała nieruchomo na łóżku całe popołudnie.

– Co jej jest? – zaniepokoił się Franck.

– Nic. Poszłyśmy do apteki, żeby obejrzeć wózki, i kobieta powiedziała jej, że musi pójść do lekarza. To wywołało u niej szok...

– Jakie wózki?

– No... wózki inwalidzkie!

– Po co?

– Aby jeździć, idioto! Żeby zobaczyć trochę świata!

– Kurwa, co ty znów wyprawiasz? Dobrze jej tu przecież! Nie chcesz chyba wytrząść babci jak butelki oranżady?

– Och... Ty to zaczynasz mnie wkurwiać, wiesz? Też możesz się nią trochę zająć! Powinieneś ją od czasu do czasu też podetrzeć, bo ci się trochę w głowie pomieszało! Dla mnie to żaden problem tachać ją, twoja babcia jest urocza, ale ja też muszę się poruszać, pospacerować, poszerzyć horyzonty, do jasnej cholery! Dla ciebie oczywiście jest cacy, w tej chwili wszystko gra! Chcę się tylko upewnić, czy cię teraz nie krzywdzę, ale nie, prawda? Dla Philou, Paulette czy ciebie, powierzchnia mieszkania, mniam, mniam, robota, łóżeczko, to wam wystarcza... Ale mnie nie! Ja zaczynam się dusić! A poza tym uwielbiam spacery, a właśnie zaczyna się piękna pogoda... Tak więc powtarzam ci: mogę jak najbardziej robić za opiekunkę, ale z opcją wyjazdową, inaczej sami sobie ra...

– Co?

– Nic!

– Nie denerwuj się tak...

– Ale ty mnie do tego zmuszasz! Jesteś takim wstrętnym egoistą, że jeśli nie będę wrzeszczeć, to nawet palcem nie kiwniesz, żeby mi pomóc!

Odszedł, trzaskając drzwiami, a ona zamknęła się w swoim pokoju.

Gdy wreszcie wyszła, oboje stali przy drzwiach wyjściowych. Paulette była w siódmym niebie – jej wnuczek się nią zajmował.

– No już, grubasie, siadaj. To jak z motorem, trzeba dobrze wszystko ustawić, aby daleko zajechać...

Kucnął i majstrował coś przy pokrętłach:

– Wygodnie trzymasz stopy?

– Tak.

– A ramiona?

– Trochę za wysoko...

– Dobra, Camille, chodź tu. Skoro to ty będziesz pchała, musimy ustawić rączki na twojej wysokości...

– Doskonale. Dobra, muszę spadać... Odprowadźcie mnie kawałek, to go przetestujemy...

– Wchodzi do windy?

– Nie. Trzeba go składać... – odpowiedział poirytowany – ale to i lepiej, z tego co wiem, nie jest niedołężna, prawda?

– Brum, brrrrum... zapnij pas, dodaję gazu.

Przemknęli przez park w błyskawicznym tempie. Paulette miała włosy w nieładzie i zaróżowione policzki.

– No dobra... Zostawiam was, dziewczyny. Przyślijcie mi kartkę, jak dotrzecie do Katmandu...

Zdążył przejść kilka kroków, gdy nagle się odwrócił:
– Hola! Camille? Nie zapomniałaś o dzisiejszym wieczorze?
– Jak to?
– Naleśniki...
– Och, cholera!
Przyłożyła dłoń do ust:
– Zapomniałam... Nie będzie mnie.
Poczuł, że się skurczył o kilka centymetrów.
– Poza tym to ważne... Nie mogę odwołać... To w sprawie pracy...
– A ona?
– Poprosiłam Philou, żeby mnie zastąpił...
– No trudno... Cóż... Zjemy je bez ciebie...

Z udawanym stoickim spokojem odszedł, czując, jak wszystko w środku mu się skręca.
Drapała go metka nowych bokserek.

14

Mathilde Daens-Kessler była najładniejszą kobietą, jaką Camille kiedykolwiek spotkała. Bardzo wysoka, o wiele wyższa od męża, bardzo szczupła, bardzo wesoła, bardzo wykształcona. Chodziła po naszej małej planecie, nie zwracając na to uwagi, dziwiła się drobnostkom, bawiła się, łagodnie się oburzała, czasami kładła swoją dłoń na twoją, mówiła zawsze cichym głosem, znała cztery czy pięć języków i ukrywała swoje zdolności za rozbrajającym uśmiechem.
Tak piękna, że Camille nigdy nie przeszło przez myśl, żeby ją narysować...
To mogło się okazać za bardzo ryzykowne. Była zbyt żywa.

Kiedyś wykonała jeden mały szkic. Jej profil... Koniec koka i kolczyki... Pierre ukradł jej go, ale to nie była ona. Brakowało jej niskiego głosu, jej blasku i dołeczków w policzkach, gdy się śmiała.

Miała tę dobrotliwość, arogancję i nonszalancję osób, które urodziły się w batystowej pościeli. Jej ojciec był wielkim kolekcjonerem, ona zaś zawsze żyła wśród pięknych rzeczy i nigdy w życiu nie musiała się z niczym liczyć – ani z pieniędzmi, ani z przyjaciółmi, a już tym bardziej z wrogami.

Była bogata. Pierre był zaradny.

Milczała, gdy mówił, i poprawiała jego błędy za jego plecami. Zajmował się wyławianiem młodych talentów. Nigdy się nie mylił – to on wylansował na przykład Voulysa i Barcarèsa, a ona ich zatrzymywała.

Zatrzymywała, kogo tylko chciała.

Camille doskonale pamiętała ich pierwsze spotkanie. Doszło do niego w Szkole Sztuk Pięknych podczas wystawy prac na koniec roku. Otaczała ich jakaś aura... Niesamowity marszand i córka Witolda Daensa... Liczono na ich przybycie, obawiano się ich i śledzono najmniejszy ruch. Poczuła się jak szara mysz, gdy podeszli, żeby się przywitać z nią i jej bandą nędzarzy... Spuściła głowę, gdy ściskała im dłonie; wypowiedziała kilka niezręcznych komplementów i szukała wzrokiem mysiej dziury, gdzie mogłaby się wreszcie schować.

To było w czerwcu, prawie dziesięć lat temu... Jaskółki dawały koncert na podwórzu szkoły, pili jakiś kiepski poncz, słuchając nabożnie wywodów Kesslera. Camille nic nie słyszała. Patrzyła na jego żonę. Tego dnia miała na sobie niebieską tunikę z szerokim srebrnym pasem, na którym, gdy się poruszała, wibrowały maleńkie sopelki.

Miłość od pierwszego wejrzenia...

Następnie zaprosili ich do restauracji przy ulicy Dauphine i pod koniec dobrze zakrapianej kolacji jej chłopak zachęcał ją, by pokazała swoje prace. Odmówiła.

Kilka miesięcy później wróciła do nich. Sama.

Pierre i Mathilde kolekcjonowali rysunki Tiepola, Degasa i Kandinskiego, ale nie mieli dzieci. Camille nigdy nie ośmieliła się poruszyć tego tematu i wpadła w ich sidła bez najmniejszego oporu. Okazała się później na tyle rozczarowująca, że te sidła się znów rozwarły...
– To byle co! Tworzysz byle co! – krzyczał na nią Pierre.
– Dlaczego się nie lubisz? Dlaczego? – dodawała spokojniej Mathilde.

Przestała przychodzić na ich wernisaże.

W domowym zaciszu martwili się o nią:
– Dlaczego?
– Za mało była kochana – odpowiadała jego żona.
– Przez nas?
– Przez wszystkich...
Opadał na jej ramię, jęcząc:
– Och... Mathilde... Moja piękna... Dlaczego dałaś jej się wymknąć?
– Wróci...
– Nie. Wszystko zniszczy...
– Wróci.

Wróciła.

– Pierre'a nie ma?
– Nie, jest na kolacji z Anglikami. Nie powiedziałam mu, że przyjdziesz, chciałam trochę sama z tobą pobyć...
Następnie, widząc jej portfolio:
– Ale... Ty... masz coś tam?
– Nie, takie tam... Coś, co mu obiecałam...
– Czy mogę zobaczyć?
Camille nie odpowiedziała.
– Dobrze, zaczekam...
– To twoje?

364

– Mhm, hm...

– Mój Boże... Jak się dowie, że nie przyszłaś z pustymi rękoma, będzie wył z żalu... Zadzwonię do niego...

– Nie, nie! – oparła Camille. – Proszę, nie! To nic takiego... Coś między nami. Pewnego rodzaju zapłata za mieszkanie...

– Doskonale. No, to chodźmy do stołu.

Wszystko było u nich piękne, widok z okien, przedmioty, dywany, obrazy, talerze, toster, wszystko. Nawet ich kibel był piękny. Na gipsowej reprodukcji można było przeczytać czterowiersz, który Mallarmé napisał w swoim eleganckim przybytku:

> *Gościu, co wpadasz dla ulżenia*
> *Do tego lichego pomieszczenia,*
> *Możesz śpiewać, palić, łypać oczami,*
> *Nie dotykając ściany palcami.*

Gdy pierwszy raz to ujrzała, była w szoku:

– Czy... Kupiliście kawałek wychodka Mallarmégo?!

– Ależ skądże... – śmiał się Pierre. – To dlatego, że znam faceta, który wykonał odlew... Znasz jego dom? W Vulaines?

– Nie.

– Zabierzemy cię tam kiedyś... Zakochasz się w tym miejscu... po prostu za-ko-chasz...

I wszystko u nich było stosowne. Nawet papier toaletowy był miększy...

Mathilde się cieszyła:

– Jaka jesteś piękna! Jak dobrze wyglądasz! Dobrze ci w tych krótkich włosach! Przytyłaś też troszkę, prawda? Jak się cieszę, że cię taką widzę... Och, jak się cieszę, naprawdę... Tak mi ciebie brakowało, Camille... Gdybyś wiedziała, jak bardzo mnie czasem męczą ci geniusze... Im mniej mają talentu, tym bardziej są hałaśliwi... Pierre sobie z tego kpi, on

jest w swoim żywiole, ale ja, Camille, ja... Jak ja się nudzę...
Chodź, usiądź przy mnie, opowiedz mi...
– Nie umiem opowiadać... Pokażę moje rysunki...

Mathilde przewracała strony i komentowała.

Przedstawiając w taki sposób swój mały świat, Camille
zdała sobie sprawę, jak bardzo byli jej bliscy.

Philibert, Franck i Paulette stali się najważniejszymi ludźmi w jej życiu i dopiero teraz, gdy siedziała na perskich po-
duszkach w XVIII dzielnicy, to do niej dotarło. Poczuła się
zmieszana.

Między pierwszym zeszytem a ostatnim rysunkiem, który
wykonała kilka godzin wcześniej – szczęśliwa Paulette na
swoim wózku przed wieżą Eiffla – upłynęło zaledwie kilka
miesięcy, a jednak nie była już tą samą osobą... To już nie ta
sama Camille trzymała ołówek... Otrząsnęła się, przesunęła
i rozwaliła granitowe bloki, które nie pozwalały jej od tylu lat
posuwać się naprzód...
Tego wieczoru są ludzie, którzy na nią czekają... Ludzie,
którzy mają w dupie to, czy jest coś warta, czy nie... Którzy ją
kochają za coś innego... Za nią samą, być może...
Mnie?
Ciebie...

– I co? – zniecierpliwiła się Mathilde. – Czemu nic nie
mówisz... A ona to kto?
– Johanna, fryzjerka Paulette.
– A to?
– Botki Johanny... Rockandrollowe, prawda? Jak dziew-
czyna, która pracuje cały dzień na stojąco, może to wytrzy-
mać? Całkowita abnegacja na rzecz elegancji, jak sądzę...
Mathilde śmiała się.
– A on, ten tutaj, często się pojawia, prawda?
– To Franck, ten kucharz, o którym opowiadałam...
– Przystojny jest, nie uważasz?

- Naprawdę?
- Tak... Wygląda jak młody Farnese namalowany przez Tycjana, tylko dziesięć lat starszy...
Camille wzniosła oczy ku niebu:
- Niemożliwe...
- Ależ tak! Zapewniam cię!
Wstała i wróciła z albumem:
- Masz. Spójrz. To samo ponure spojrzenie, te same drżące nozdrza, ta sama wystająca broda, te same lekko odstające uszy... Ten sam ogień palący go w środku...
- Niemożliwe – powtarzała, zerkając na portret. – Mój ma krosty...
- Och... Wszystko psujesz!

- To wszystko? – zmartwiła się Mathilde.
- No tak...
- Dobre. Bardzo dobre. Wręcz... cudowne...
- Niech pani przestanie...
- Nie sprzeciwiaj mi się, dziewczyno, ja nie umiem malować, ale potrafię patrzeć... W wieku, gdy dzieci chadzają do cyrku, mnie ojciec ciągał ze sobą w cztery strony świata. Sadzał mnie na barana, żebym była na odpowiedniej wysokości, więc nie sprzeciwiaj mi się, proszę... Zostawisz mi je?
- ...
- Dla Pierre'a...
- Dobrze... Ale uwaga. To jest moje obecne życie, te drobiazgi...
- Zrozumiałam.

- Nie czekasz na niego?
- Nie, muszę lecieć...
- Będzie zawiedziony...
- Nie po raz pierwszy... – odparła fatalistycznie Camille.
- Nie opowiadałaś mi o swoje matce...
- Naprawdę? – zdziwiła się. – To chyba dobry znak, prawda?
Mathilde odprowadziła ją do drzwi i ucałowała.

– Najlepszy z możliwych... Idź i nie zapomnij wpadać do mnie... Z waszym eleganckim fotelem to tylko kilka kroków...

– Obiecuję.

– I rysuj tak dalej. Bądź lekka... Sprawiaj sobie przyjemność... Pierre powie ci zapewne coś innego, ale, broń Boże, nie słuchaj go. Nie słuchaj ani jego, ani nikogo innego... A tak w ogóle?

– Tak?

– Potrzebujesz pieniędzy?

Camille powinna powiedzieć, że nie. Od dwudziestu siedmiu lat mówiła: nie. Nie, w porządku. Nie, dziękuję. Nie, niczego nie potrzebuję. Nie, nie chcę być nikomu nic dłużna. Nie, nie, zostawcie mnie.

– Tak.

„Tak. I nawet chyba w to wierzę. Tak, nie wrócę do pracy jako służąca, ani dla Ritals, ani dla Bredart, ani dla żadnego z tych gnojków. Tak, chciałabym po raz pierwszy w życiu pracować w spokoju. Tak, nie mam już ochoty sztywnieć za każdym razem, gdy Franck wręcza mi te trzy banknoty. Tak, zmieniłam się. Tak, potrzebuję was. Tak".

– Wspaniale. I wykorzystaj je na zakup ubrań... Szczerze mówiąc... Ta dżinsowa kurteczka... Nosiłaś ją już dziesięć lat temu...

To była prawda.

15

Wracała na piechotę, oglądając witryny antykwariuszy. Akurat na wysokości Szkoły Sztuk Pięknych (ach, ten cwany los...) zadzwoniła jej komórka. Od razu rozłączyła połączenie, gdy odczytała, że to Pierre.

Szła coraz szybciej. Serce biło jak oszalałe.

Drugi telefon. Tym razem Mathilde. Też go nie odebrała.

Zawróciła i przeszła na drugą stronę Sekwany. Ta dziewczyna miała romantyczną duszę, a most Sztuk był najlepszy w Paryżu czy to po to, by skakać z radości, czy też do wody... Oparła się o balustradę i wystukała trzycyfrowy kod do swojej poczty głosowej...

Masz dwie nowe wiadomości, dzisiaj, godzina dwudziesta trze... Jeszcze był czas, by niechcący upuścić... Pluf! Och... Jaka szkoda...

„Camille, oddzwoń do mnie natychmiast, inaczej przyjadę wyciągnąć cię siłą! – krzyczał. – Natychmiast! Słyszysz?"

Dzisiaj, godzina dwudziesta trzecia trzydzieści osiem: „Tu Mathilde. Nie oddzwaniaj do niego. Nie przychodź. Nie chcę, żebyś to zobaczyła. Twój marszand płacze jak bóbr... Zaręczam ci, że nie wygląda pięknie... Nie, jednak wygląda... Nawet bardzo pięknie... Dziękuję, Camille, dziękuję... Słyszysz, co mówi? Czekaj, oddaję mu telefon, inaczej urwie mi ucho..." „Wystawiam cię we wrześniu, Fauque, i nie mów: nie, bo zaproszenia już rozesła..." Wiadomość została przerwana.

Wyłączyła komórkę, skręciła papierosa i wypaliła go na stojąco między Luwrem, Akademią Francuską, Notre-Dame i placem Zgody.

Ładne zakończenie...

Następnie skróciła pasek od swojej torby i pobiegła ile sił w nogach, żeby nie stracić deseru.

16

W kuchni pachniało jeszcze trochę smażeniną, ale wszystkie talerze zostały już pochowane.

W mieszkaniu wszystkie lampy pogaszone, nie było nawet smugi światła pod którymikolwiek drzwiami... Pff... A ona akurat mogłaby zjeść wołu z kopytami...

Zapukała do Francka.

Słuchał muzyki.

Stanęła u stóp jego łóżka z rękoma na biodrach:
- No, jak to?! – oburzyła się.
- Zostawiliśmy ci kilka... Jutro ci je podpalę...
- No jak to?! – powtórzyła. – Nie bzykniesz mnie?
- Ha! Ha! Bardzo śmieszne...
Zaczęła się rozbierać.
- Słuchaj no, cwaniaczku... Nie wymigasz się, ot tak! Orgazm obiecany, orgazm gwarantowany!
Podniósł się, żeby zapalić nocną lampkę. Tymczasem ona rzucała swoje buty byle gdzie.
- Ale co ty wyprawiasz? Gdzie się wybierasz?
- No jak to? Rozbieram się!
- Och nie...
- Co?
- Nie w taki sposób... Czekaj... Ja od wieków marzę o tej chwili...
- Zgaś światło.
- Dlaczego?
- Boję się, że stracisz ochotę, jak mnie zobaczysz...
- Ależ, Camille, kurwa! Przestań! Przestań!

Mały grymas:
- Nie chcesz już?
- ...
- Zgaś światło.
- Nie!
- Tak!
- Nie chcę, żeby to tak wyglądało między nami...
- To jak chcesz, żeby to wyglądało? Chcesz mnie zabrać na przejażdżkę łódką do Lasku?
- Słucham?
- Zrobić okrążenie po jeziorku i recytować mi wiersze, a ja będę trącać wodę dłonią...
- Chodź, usiądź obok mnie...
- Zgaś światło.
- Zgoda...
- Wyłącz muzykę.

– To wszystko?
– Tak.

– To ty? – spytał onieśmielony.
– Tak.
– Na pewno tu jesteś?
– Nie...
– Masz, weź jedną z poduszek... Jak twoje spotkanie?
– Bardzo dobrze.
– Opowiesz?
– Co?
– Wszystko. Chcę wszystkiego się dziś wieczór dowiedzieć... Wszystkiego. Wszystkiego. Wszystkiego.
– Wiesz, jeśli zacznę... będziesz czuł się w obowiązku potem mnie przytulić...
– Och, cholera... zostałaś zgwałcona?
– Też nie...
– No, dobra... Możemy to jeszcze załatwić, jeśli chcesz...
– Och, dziękuję... To miło z twojej strony... Hm... Od czego mam zacząć?

Franck naśladował głos Jacques'a Martina w *L'École des Fans**:

– Skąd pochodzisz, dziewczynko?
– Z Meudon...
– Z Meudon?! – wykrzyknął. – Ależ to bardzo dobrze! A twoja mamusia gdzie jest?
– Połyka lekarstwa.
– Ach tak? A gdzie jest twój tatuś?
– Nie żyje.
– ...

– Ach! Ostrzegałam cię, chłopie! Masz przynajmniej prezerwatywy?
– Nie popędzaj mnie, Camille, jestem trochę toporny, wiesz o tym... Twój ojciec umarł?
– Tak.

---

* Muzyczny program telewizyjny z udziałem uzdolnionych dzieci.

- Jak?
- Spadł w próżnię.
- ...
- Dobra, opowiem ci wszystko po kolei... Chodź tu bliżej, bo nie chcę, żeby reszta usłyszała...
Nałożył im kołdrę na głowy:
- Dawaj. Teraz nikt nas nie może zobaczyć...

17

Camille skrzyżowała nogi, położyła dłonie na brzuchu i rozpoczęła długą podróż.

- Byłam małą dziewczynką niesprawiającą kłopotów i bardzo grzeczną... – zaczęła dziecinnym głosem. – Nie jadłam zbyt wiele, ale dobrze się uczyłam i cały czas rysowałam. Nie mam rodzeństwa. Mój tata miał imiona Jean Louis, a mama Catherine. Sadzę, że się kochali, gdy się poznali... Nie wiem, nigdy nie ośmieliłam się ich zapytać... Lecz gdy rysowałam konie lub piękną twarz Johnny'ego Deppa w *21 Jump Street*, już się nie kochali. Tego jestem pewna, bo mój tata z nami nie mieszkał. Wracał tylko na weekend, żeby się ze mną zobaczyć. To było normalne, że wyjeżdżał, i ja bym to samo zrobiła na jego miejscu. Zresztą w niedzielę wieczorem chciałam z nim jechać, ale nigdy tego nie zrobiłam, bo mama znów by się zabiła. Moja mama zabijała się mnóstwo razy, gdy byłam mała... Na szczęście najczęściej wtedy, kiedy mnie nie było, a potem... Gdy urosłam, już mniej się krępowała, więc hm... Kiedyś zostałam zaproszona do koleżanki na urodziny. Wieczorem, gdy moja mama po mnie nie przyjechała, inna mama odwiozła mnie już do domu. Gdy weszłam do salonu, zobaczyłam, że moja mama leży martwa na podłodze. Przyjechali strażacy, a ja mieszkałam przez dziesięć dni u sąsiadki. Potem mój tata jej powiedział, że jeśli jeszcze raz się zabije, to odbierze jej opiekę nade mną. Więc brała już tylko lekarstwa. Tata powiedział mi, że musi wyjechać z powodu pracy, ale mama zabroniła mi w to wierzyć. Codziennie powtarzała, że to kłamca, świnia, że ma inną kobietę i inną córeczkę, którą przytula co wieczór...

Kontynuowała już normalnym głosem:

– Po raz pierwszy o tym mówię... Widzisz, twoja matka rozwaliła ci psychikę i wsadziła do pociągu, a moja codziennie rozpieprzała mi mózg. Codziennie... Czasem, oczywiście, była miła... Kupowała mi flamastry i powtarzała, że jestem jej jedynym szczęściem na ziemi...

Gdy mój ojciec przyjeżdżał, zamykał się w garażu ze swoim jaguarem i słuchał muzyki operowej. Był to stary jaguar, który nie miał już kół, ale to nie było ważne. I tak jeździliśmy na przejażdżki... Pytał: „Czy zabrać panienkę na Riwierę?", i siadałam obok niego. Uwielbiałam ten samochód...

– Co to był za model?

– Jakiś MK coś tam?

– MK Jeden czy MK Dwa?

– Kurwa, ty to jesteś jak każdy facet... Ja tu chcę, żebyś uronił łezkę nad moim losem, a jedyna rzecz, jaka ciebie interesuje, to marka samochodu!

– Przepraszam.

– Nie ma za co...

– Opowiadaj dalej...

– Pff...

– „A więc panienko? Czy zabrać panienkę na Riwierę?"

– Tak – uśmiechnęła się Camille – bardzo chętnie... „Mam nadzieję, że wzięła panienka kostium kąpielowy? – dodawał. – Doskonale... I wieczorową suknię też! Na pewno pójdziemy do kasyna... Proszę też nie zapomnieć tych srebrnych lisów panienki, noce są rześkie w Monte Carlo..." W środku ładnie pachniało... Zapach skóry, która już swoje przeżyła... Pamiętam, że wszystko tam było ładne... Kryształowa popielniczka, lusterko dla pasażera, maleńkie gałki do otwierania okien, wnętrze schowka na rękawiczki, drewniane wykładziny... To było jak latający dywan. „Przy odrobinie szczęścia dotrzemy przed nocą" – obiecywał mi. Tak, takim to typem człowieka był mój tata, wielki marzyciel, który na sucho przerzucał przez parę godzin biegi w samochodzie i zabierał mnie na koniec świata w garażu na przedmieściach... Był też maniakiem opery, słuchaliśmy więc podczas podróży *Don Carlosa, Traviaty* lub *Wesela Figara*. Opowiadał mi ich historie, o smutku madame Butterfly, niemożliwej do spełnienia miłości Pelleasa i Melisandy*, gdy on wyjawia, że ma jej coś do powiedzenia, ale nie jest w stanie tego zrobić, historie o hrabinie i jej cherubinie, który wciąż się chował, lub o Alcine, pięknej czarownicy, która zamieniała zalotników w dzikie zwierzęta... Zawsze miałam prawo mówić, chyba że miał uniesioną dłoń, a słuchając *Alcine***, prawie zawsze ją wznosił... *Tornami a vagheggiar*, nie jestem już w stanie słuchać tej melodii... Jest zbyt wesoła... Ale najczęściej milczałam. Było mi dobrze. Myślałam o drugiej małej dziewczynce. Ona tego nie miała... Dla mnie to było skomplikowane... Teraz, oczywiście, rozumiem, o co chodziło: mężczyzna taki jak mój ojciec nie mógł żyć z kobietą taką jak moja matka... Kobietą, która wyłączała jednym ruchem muzykę, gdy trzeba było siadać do stołu, i sprawiała, że wszystkie nasze marzenia pękały jak mydlane bańki... Nigdy nie widziałam jej szczęśliwej, nigdy nie widziałam uśmiechniętej, ja... Mój ojciec, wręcz przeciwnie, stanowił uosobienie łagodności i samej dobroci. Trochę jak Philibert... W każdym razie był zbyt łagodny, aby znieść myśl, że jest świnią w oczach swojej księżniczki... Więc pewnego dnia zamieszkał z powrotem z nami... Spał w swoim biurze i wyjeżdżał na weekend... Koniec z eskapadami do Salzburga lub do Rzymu w starym, szarym jaguarze, koniec z kasynami i piknikami nad brzegiem morza... Aż pewnego ranka, musiał być zmęczony, jak sądzę... Bardzo, bardzo zmęczony... Spadł z dachu budynku...

– Spadł czy skoczył?

– To był elegancki mężczyzna, spadł. Pracował jako agent ubezpieczeniowy i chodził po dachu, sprawdzając jakieś ka-

---

* Opera Claude'a Debussy'ego.
** Opera Andrégo Campry.

nały wentylacyjne, czy coś tam innego, zaglądał do teczki i nie patrzył, gdzie stąpał...

– Dziwne to wszystko... A co ty o tym myślisz?

– Nic nie myślę. Potem był pogrzeb, a moja matka cały czas się odwracała, żeby sprawdzić, czy tej drugiej kobiety nie ma aby w kościele... Następnie sprzedała jaguara, a ja przestałam mówić.

– Na jak długo?

– Na całe miesiące...

– A co potem? Czy mogę opuścić kołdrę, duszę się...

– Ja też się dusiłam. Stałam się niewdzięczną i samotną nastolatką, zapisałam w pamięci telefonu numer do szpitala, ale okazał się niepotrzebny... Uspokoiła się... Z tendencji samobójczych przeszła do depresji. To już postęp. To było spokojniejsze. Podejrzewam, że jedna śmierć jej wystarczyła... Potem myślałam tylko o jednym – wyrwać się z domu. Pierwszy raz zamieszkałam z koleżanką, jak miałam siedemnaście lat... Pewnego wieczoru, bum, moja matka z policją stoją pod drzwiami... A przecież ta rura doskonale wiedziała, gdzie jestem... „Ciężkie to było" – jak mówią młodzi. Właśnie jadłyśmy z jej rodzicami kolację i pamiętam, że rozmawialiśmy o wojnie w Algierii... A tutaj puk, puk, policja. Czułam się bardzo głupio wobec tych ludzi, ale nie chciałam żadnych afer, więc grzecznie poszłam z nimi... Skończyłam osiemnaście lat trzeciego lutego tysiąc dziewięćset dziewięćdziesiątego piątego roku i w drugiej minucie po dwunastej zabrałam się, zamykając cichutko drzwi... Zdałam maturę i poszłam na Akademię Sztuk Pięknych... Czwarte miejsce na siedemdziesiąt przyjętych... Miałam superpiękne dossier oparte na operach z dzieciństwa... Pracowałam jak szalona i otrzymałam wyróżnienie od komisji... W tamtym czasie nie miałam żadnego kontaktu z matką i zaczęłam chałturzyć, bo życie w Paryżu jest koszmarnie drogie... Pomieszkiwałam to tu, to tam... Opuszczałam zajęcia... Opuszczałam wykłady i chodziłam na warsztaty, a potem mi odbiło... Po pierwsze, trochę się nudziłam... Trzeba przyznać, że sama na to zapracowałam. Nie traktowałam siebie poważnie, więc i mnie nikt nie traktował poważnie. Nie byłam artystką przez duże A, tylko dobrym wyrobnikiem... Takim, któremu poleca się raczej plac du Tertre i kopiowanie Moneta oraz małych tancerek... A poza tym ...hm... Nic nie pojmowałam. Lubiłam rysować, więc, zamiast słuchać wywodów profesorów, wolałam ich portretować, a całe pojęcie „sztuk pięknych", happeningów, instalacji wisiało mi. Zdawałam sobie doskonale sprawę, że nie urodziłam się w tym stuleciu, co trzeba. Chciałabym żyć w szesnastym lub siedemnastym wieku i terminować w atelier jakiegoś wielkiego mistrza... Przygotowywać mu grunt, czyścić pędzle i mieszać kolory... Być może nie byłam wystarczająco dojrzała? Albo nie miałam ego? Lub po prostu daru boskiego? Nie wiem... Po drugie, natrafiłam na niewłaściwą osobę... Było to szyte grubymi nićmi – młoda niedoświadczona dziewczyna ze swoim pudełkiem farb i grzecznie poukładanych szmatek zakochuje się w niedocenionym geniuszu. Ten przeklęty, ten książę mgieł, wdowiec, ponury, niepocieszony... Prawdziwy image d'Épinal: burza włosów, dręczony, genialny, cierpiący, spragniony... Z ojca Argentyńczyka i matki Węgierki, wybuchowa mieszanka, niesamowita kultura, żyjący w squacie i czekający tylko na taką okazję – mała gąska, która będzie mu przygotowywać jedzenie, podczas gdy on tworzy w nieznośnych bólach... Dałam się w to wpakować. Poszłam na bazar Saint-Pierre, kupiłam, a potem zaczepiłam całe metry płótna, żeby nadać „przytulniejszy" wygląd naszemu „pokoikowi", i poszukałam pracy, aby mieć co wsadzić do garnka... No, hm... powiedzmy: garnka... Dałam sobie spokój ze szkołą i się zastanowiłam, co takiego mogę robić... A najgorsze jest to, że byłam z tego dumna! Patrzyłam, jak maluje, i czułam się ważna... Stałam się siostrą, muzą, wielką kobietą stojącą za wielkim człowiekiem, tą, która podnosiła zasłony, karmiła uczniów i opróżniała popielniczki...

Śmiała się.

– Byłam dumna i zostałam strażniczką w muzeum, niezwykle trafnie, no nie? Dobra, nieważne, co na to koledzy, bo liznęłam zaszczytu pracy w administracji publicznej, ale... Tak naprawdę to miałam ich gdzieś... Było mi dobrze. W końcu trafiam do atelier wielkiego mistrza... Płótna już dawno wyschły, ale i tak na pewno więcej się nauczyłam niż we wszystkich szkołach świata... A ponieważ w tamtym okresie mało sypiałam, mogłam sobie spokojnie przysypiać... Wracałam do formy... Problem polegał na tym, że nie miałam prawa rysować... Nawet w malutkim śmiesznym notesiku, nawet jeśli nikogo nie było, a Bóg jeden wie, że były takie dni, kiedy prawie nikt nie przychodził zwiedzać. Jedyne, co mogłam, to zastanawiać się nad swoim losem, podskakiwać, gdy słyszałam odgłos kroków zagubionego zwiedzającego lub brzęk pęku kluczy... Pod koniec stało się to ulubionym zajęciem Séraphina Tico. Séraphin Tico, uwielbiam to imię... podchodził na paluszkach, żeby mnie zaskoczyć *in flagranti*. Ach! Jak ten kretyn był szczęśliwy, gdy zmuszał mnie do pospiesznego chowania ołówka! Widziałam, jak odchodzi, stawiając szerokie kroki, bo mu jaja z uciechy tak puchły... Ale gdy tak podskakiwałam, to oczywiście się poruszałam, i to mnie wyprowadzało z równowagi. Tyle zmarnowanych szkiców... Ach nie! To nie do wytrzymania! Zdecydowałam się więc pójść na całość... Nauka życia zaczęła przynosić efekty – skorumpowałam go.

– Słucham?

– Płaciłam mu. Zapytałam, ile chce za to, że pozwoli mi pracować w spokoju... Trzy dychy dziennie? Dobra... Cena godzinki drzemki w ciepełku? Dobra... I płaciłam mu...

– Kurwa...

– Taaa... Wielki Séraphin Tico... – dodała zamyślona. – Teraz, kiedy mamy wózek inwalidzki, wpadnę jakoś na dniach z Paulette, żeby się z nim przywitać...

– Po co?

– Bo go lubiłam... To taki uczciwy cwaniak. Nie jak tamten drugi, który robił mi awantury po całym dniu pracy, bo zapomniałam kupić mu fajek... A ja, jak ta idiotka, schodziłam po nie...

– Dlaczego z nim byłaś?

– Bo go kochałam. Podziwiałam również jego pracę... Był wolny, bez kompleksów, pewny siebie, wymagający... Dokładnie moje przeciwieństwo... Wolałby zdechnąć z głodu niż pójść na najmniejszy kompromis. Miałam niespełna dwadzieścia lat i to ja go utrzymywałam, uważając, że jest cudowny.

– Byłaś naiwna...

– Tak... Nie... Po tym, co przeszłam w okresie dojrzewania, to nic lepszego nie mogło mi się przytrafić... Wciąż przychodzili jacyś goście, mówiono tylko o sztuce, malarstwie... Byliśmy żałośni, ale zgrani. Jadaliśmy w szóstkę na dwóch talerzach, marzliśmy jak cholera i staliśmy w kolejkach do łaźni publicznych, ale mieliśmy wrażenie, że żyjemy lepiej od innych... I jakkolwiek groteskowe to by się dziś wydało, uważam, że mieliśmy rację. To nasza pasja... Ten luksus... Byłam naiwna, ale szczęśliwa. Gdy miałam dość jednej sali, zmieniałam ją, a gdy nie zapominałam o papierosach, to było święto! Sporo też piliśmy... Nabrałam kilku złych nawyków... A poza tym spotkałam Kesslerów, o których ci już opowiadałam...

– Jestem pewien, że okazał się niezły... – Sposępniał.

Zaszczebiotała:

– Och, tak... Najlepszy na świecie... Och... wystarczy, że o nim pomyślę, a przechodzą mnie dreszcze...

– Dobra, dobra... Zrozumiałem...

– Nie – westchnęła – wcale nie taki super... Po pierwszych postdziewiczych uniesieniach ja... to znaczy... To był straszny egoista...

– Aaach...

– Taaa, hm... Ty też jesteś niezły w te klocki...

– Tak, ale ja nie palę!

Uśmiechnęli się do siebie w ciemnościach...

– Potem się popsuło... Mój ukochany mnie zdradzał... Gdy ja musiałam znosić głupie dowcipy Séraphina Tico, on sobie bzykał laski z pierwszego roku, a gdy się pogodziliśmy, wyznał mi, że bierze, och, tylko trochę, tak po prostu... Aby lepiej odczuwać... Ale o tym już nie mam ochoty opowiadać...

– Dlaczego?

– Bo to zbyt smutne... Szybkość, z jaką to gówno rzuca cię na kolana, jest niesamowita... Aby lepiej odczuwać, akurat, wytrzymałam jeszcze kilka miesięcy i wróciłam do matki. Nie widziała mnie od prawie trzech lat, otworzyła drzwi i powiedziała: „Ostrzegam cię, że nie mam nic do jedzenia". Wybuchnęłam płaczem i nie ruszyłam się z łóżka przez dwa miesiące... Tym razem była okay, choć raz... Można powiedzieć, że miała pod ręką wszystko, czym mogła mnie leczyć... A gdy w końcu wstałam, wróciłam do pracy. W tamtym okresie jadałam jedynie zupki w proszku i szybkie dania. Halo! Doktorze Freud? Po wielkim ekranie, dolby stereo, dźwięku, światłach i wszelkiego rodzaju emocjach wróciłam do mojego życia w skorupce, w czarno-białych barwach. Oglądałam telewizję i czułam zawroty głowy, stojąc przy nabrzeżach...

– Myślałaś o tym?

– Tak. Wyobrażałam sobie moją duszę unoszącą się do nieba w takt melodii *Tornami a vegheggiar, Te solo vuol amar...* i mojego tatę rozkładającego ramiona, śmiejącego się: „Ach! Nareszcie panienka jest! Zobaczy panienka, tu jest jeszcze piękniej niż na Riwierze..."

Płakała.

– Nie, nie płacz...

– Mam ochotę.

– No to płacz.

– Dobrze, ty to nie jesteś skomplikowany...

– To prawda. Mam mnóstwo wad, ale nie jestem skomplikowany... Chcesz, żebyśmy skończyli?

– Nie.

– Chcesz się czegoś napić? Gorącego mleka z kwiatem pomarańczy, takim jaki robiła mi Paulette?

– Nie, dziękuję... Na czym skończyłam?

– Na zawrotach...

– Tak, zawroty... Szczerze mówiąc, niewiele mi było potrzeba, wystarczył maleńki prztyczek w plecy, żebym poleciała, ale zamiast tego los przywdział czarne rękawiczki z bardzo miękkiej koziej skórki i pewnego dnia klepnął mnie w ramię... Tego dnia bawiłam z postaciami Watteau. Siedziałam zgarbiona na krześle, gdy jakiś mężczyzna przeszedł za moimi plecami... Często go widywałam... Zawsze kręcił się wokół studentów i zerkał na ich rysunki... Sądziłam, że to jakiś podrywacz. Miałam wątpliwości co do jego preferencji seksualnych i przyglądałam się, jak zagaduje młodą onieśmieloną dziewczynę, i podziwiałam jego postawę... Zawsze ubierał się w bardzo długie superpłaszcze, klasyczne garnitury, chusty i jedwabne szale... To była moja mała rozrywka... Siedziałam więc taka skulona nad moim rysunkiem i zobaczyłam tylko jego przepiękne buty, bardzo subtelne i nieskazitelnie wypastowane. „Czy mogę zadać pani niedyskretne pytanie? Czy ma pani nieugiętą moralność?" Zastanawiałam się, dokąd zmierzał. Do hotelu? No, dobra... Czy miałam nieugiętą moralność? Ja, która przekupywałam Séraphina Tico i marzyłam o przeciwstawieniu się woli boskiej? „Nie" – odpowiedziałam i przez tę głupią odpowiedź wpadłam w kolejne szambo... Tym razem nieporównywalne...

– Co takiego?

– Nie do opisania.

– Co robiłaś?

– To samo, co przedtem... Ale zamiast wegetować w norze i być panienką wariata, mieszkałam w najlepszych hotelach Europy i stałam się panienką oszusta...

– Ty... się...

– Prostytuowałam? Nie. Chociaż...

– A co robiłaś?

– Falsyfikaty.

– Fałszywe pieniądze?

– Nie, fałszywe obrazy... A najgorsze, że mnie to bawiło! Przynajmniej na początku... Potem zamieniło się to prawie w niewolnictwo, ale na początku było śmiesznie. Choć raz okazałam się użyteczna! Więc, jak ci mówiłam, mieszkałam w niesamowitym luksusie... Nic nie było dla mnie zbyt piękne. Marzłam? Oferował mi najlepsze kaszmiry. Kojarzysz ten gruby niebieski sweter z kapturem, który często noszę?

– Tak.

– Jedenaście tysiaków...

– Nieeee?

– Taaak. I miałam takich z dziesięć... Byłam głodna?

Dryń, dryń, room service i homar. Spragniona? *Ma qué*, szampan! Nudziłam się? Spektakle, zakupy, muzyka! Wszystko, co chcesz, tylko powiedz Vittoriowi... Jedyna rzecz, jakiej nie mogłam powiedzieć, to: „Kończę z tym". Wtedy piękny Vittorio zaczynał być zły... „Jeśli odejdziesz, pogrążę cię..." Ale po co miałam odchodzić? Byłam dopieszczana, bawiłam się, robiłam to, co lubię, chodziłam do wszystkich muzeów, o jakich zawsze marzyłam, spotykałam ludzi, w nocy myliłam pokoje... Nawet nie jestem pewna, czy nie spałam z Jeremym Ironsem...

– Kto to?

– Och... Można się załamać... Dobra, nieważne... Czytałam, słuchałam muzyki, zarabiałam pieniądze... Gdy tak patrzę z dystansu, uważam to za inną formę samobójstwa... Wygodniejszą... Odcięłam się od życia i od kochających mnie ludzi. Zwłaszcza od Pierre'a i Mathilde, którzy mieli straszne do mnie pretensje. Od moich byłych kolegów, od rzeczywistości, od moralności, od prostej drogi, od siebie samej...

– Cały czas pracowałaś?

– W sumie nie wyprodukowałam zbyt dużo, ale musiałam cały czas poprawiać z powodu problemów technicznych... Patyna, podkład i tym podobne... Tak naprawdę sam rysunek to łatwizna, skomplikowane było postarzanie go. Pracowałam z Janem, Holendrem, który dostarczał nam stare papiery. Takie było jego zadanie – przemierzać świat w poszukiwaniu rolek. Miał dryg do chemii i bezustannie ulepszał metody przekształcenia nowego w stare... Nigdy nie usłyszałam jednego słowa z jego ust, fascynujący koleś... A potem straciłam poczucie czasu... W pewnym stopniu dałam się wyssać przez to nieżycie... Tego nie widać było gołym okiem, ale stałam się wrakiem. Szykownym wrakiem... Piłam bez umiaru, nosiłam koszule szyte na miarę i czułam do siebie samej wstręt... Nie wiem, jak by się to wszystko skończyło, gdyby nie uratował mnie Leonardo...

– Jaki Leonardo?

– Leonardo da Vinci. W tym przypadku od razu się postawiłam... Póki zajmowaliśmy się podrzędnymi malarzami, szkicami szkiców, poprawkami poprawek, można jeszcze było ściemniać przy mało skrupulatnych marszandach, ale w tym wypadku stało się szaleństwem... Powiedziałam to, ale nikt mnie nie słuchał... Vittorio stał się zbyt pazerny... Nie wiem dokładnie, co robił ze swoją kasą, ale im więcej miał pieniędzy, tym bardziej mu ich brakowało... On także musiał mieć swoje słabostki... Tak więc się zamknęłam. W końcu to nie moja sprawa... Wróciłam do Luwru, odwiedziłam działy grafik, gdzie miałam dostęp do niektórych dokumentów, i nauczyłam się ich na pamięć... Vittorio chciał małą rzecz: „Ci widziś to studium? Zainśpiruj się nim, ale te pośtać zacimaj..." W tamtym okresie nie mieszkaliśmy już po hotelach, tylko w wielkim, umeblowanym apartamencie. Wykonałam zadanie i czekałam... Stawał się coraz bardziej nerwowy. Spędzał całe godziny przy telefonie, chodził tam i z powrotem i bluzgał na Madonnę. Pewnego dnia wpadł do mojego pokoju jak opętany: „Musię wyjechać, ale ty się śtąd nie rusiaj, dobzie? Nie wychoć śtąd, póki ci nie powiem... Źroziumiałaś? Nie rusiaj się!" Wieczorem zadzwonił jakiś nieznany mi facet: „Spal wszystko", i odłożył słuchawkę. Dobra... Zebrałam stertę dowodów oszustwa i zniszczyłam je w zlewie. I czekałam nadal... Kilka dni... Nie ośmielałam się wychodzić. Nie miałam odwagi wyglądać przez okno. Dostałam totalnej paranoi. Ale po tygodniu się ruszyłam. Byłam głodna, chciałam zapalić i nie miałam już nic do stracenia... Wróciłam na piechotę do Meudon i znalazłam dom zamknięty na cztery spusty z wywieszką na płocie: *Na sprzedaż*. Czy ona umarła? Przeskoczyłam przez murek i spałam w garażu. Wróciłam do Paryża. Póki chodziłam, to się trzymałam na nogach. Krążyłam wokół budynku, na wypadek gdyby Vittorio wrócił... Nie miałam kasy, dokąd iść, znajomych, nic. Spędziłam jeszcze dwie noce na dworze w moim kaszmirowym sweterku za dziesięć tysięcy franków, poprosiłam kogoś o fajki i ktoś mi rąbnął płaszcz. Trzeciej nocy zadzwoniłam do drzwi Pierre'a i Mathilde, po czym runęłam im na wycieraczkę. Doprowadzili mnie do pionu i umieścili tam na górze, na siódmym piętrze. Tydzień później znów siedziałam na podłodze i zastanawiałam się, co mogę robić... Wiedziałam tylko, że nie chcę już rysować. Nie byłam także gotowa wrócić do świata żywych. Bałam się ludzi... Tak więc zostałam nocną sprzątaczką... Żyłam tak trochę ponad rok. W międzyczasie odnalazłam swoją matkę. Nie zadawała pytań... Dotąd nie wiem, czy to dyskrecja, czy też po prostu obojętność... Nie zagłębiałam się w temat, nie mogłam sobie na to pozwolić – miałam już tylko ją...

Cóż za ironia losu... Robiłam wszystko, żeby od niej uciec, i oto... Powrót do początku, minus marzenia... Tak wegetowałam, nie pozwalałam sobie na picie w samotności i szukałam wyjścia awaryjnego z tych moich dziesięciu metrów kwadratowych... A potem na początku zimy zachorowałam i Philibert zniósł mnie ze schodów i położył w pokoju obok... Dalszy ciąg znasz...

Długa cisza.

– No proszę... – powtórzył Franck kilkakrotnie. – No proszę...

Usiadł prosto i skrzyżował ramiona.

– No proszę... To ci życie... Niesamowite... A teraz? Co teraz będziesz robić?

– ...

Spała.

Przykrył ją dokładnie kołdrą, zabrał swoje rzeczy i wyszedł z pokoju na paluszkach. Teraz, kiedy ją znał, nie mógł tak po prostu leżeć obok. Poza tym zajmowała całe łóżko...

Całe.

18

Był stracony.

Snuł się przez chwilę powoli po mieszkaniu, poszedł do kuchni, otworzył szafki i zamknął, kręcąc głową.

Na parapecie główka sałaty zupełnie zwiędła. Wyrzucił ją i usiadł z ołówkiem, żeby skończyć rysunek. Zawahał się przy oczach... Czy powinien narysować dwie czarne kropki na końcu rogów, czy jedną pod spodem?

Kurwa... Nawet w ślimakach był do dupy!

No dobra, niech będzie jedna. Tak jest bardziej słodko.

Ubrał się. Przepchnął motor, zaciskając pośladki przed lożą dozorczyni. Pikou popatrzył na niego, ale nawet nie pisnął. „Bardzo dobrze, stary, bardzo dobrze... Tego lata dostaniesz małego lacoste'a, żeby szpanować przed pekińczykami..." Przeszedł jeszcze kilka metrów, nim odpalił silnik i ruszył w noc.

Skręcił w pierwszą w lewo i pojechał prosto przed siebie. Gdy dotarł do morza, oparł kask o brzuch i patrzył, jak uwijają się mewy. Skorzystał z okazji, aby powiedzieć kilka słów swojemu motorowi. Musi lepiej zrozumieć sytuację...

Drobna załamka.

Może za dużo wiatru?

Otrząsnął się.

Otóż to! Tego właśnie szukał: filtra do kawy! Myśli zaczęły mu się powoli układać w głowie... Przeszedł się więc wzdłuż portu aż do pierwszej otwartej knajpki i wypił sok, pochyliwszy się nad błyszczącą ladą. Podniósł wzrok i ujrzał w tle swojego lustrzanego odbicia starego znajomego:

– No, no proszę! Oto i jesteś!

– No tak...

– Co ty tu robisz?

– Przyjechałem napić się kawy.

– Słuchaj, koszmarnie wyglądasz...

– Jestem zmęczony...

– Wciąż uganiasz się za spódniczkami?

– Nie.

– Dobra, dobra... Byłeś przecież tej nocy z panienką, prawda?

– To nie panienka...

– A co?

– Nie wiem.

– Hola, stary... Hej, szefowo! Nalejcie mu, mój kumpel się rozkleja!

– Nie, nie... Daj spokój...

– Co daj spokój?

– Po prostu.

– No, co ci jest, Lestaf?

– Serce boli...

– Oooch, zakochany, ty?

– Możliwe...

– No, proszę! To jest przecież dobra wiadomość! Świętuj, stary! Świętuj! Wskakuj na bar! Śpiewaj!

– Przestań.

– Ale co ci jest?

– Nic... Ona... Ona jest dobra... W każdym razie za dobra dla mnie...

– Ależ skądże... Co za bzdura! Nikt nigdy nie jest dla nikogo za dobry... Zwłaszcza laski!

– Mówię ci, że to nie jest laska...

– Więc co, facet?!

– Ależ skądże...

– To co, android? Lara Croft?

– Lepiej...

– Lepiej niż Lara Croft? Do diabła! Bufecik więc ma konkretny?

– Powiedziałbym: osiemdziesiąt pięć A...

Uśmiechnął się:

– Aha, no tak... Jeśli lecisz na deskę do prasowania, to jesteś po uszy w gównie, teraz lepiej pojmuję...

– Nic nie pojmujesz! – zdenerwował się. – Zresztą nigdy niczego nie pojmowałeś! Wciąż drzesz ryja, aby ukryć, że nic nie pojmujesz! Od dziecka wkurzasz ludzi! Żal mi ciebie, wiesz? Ta dziewczyna. Gdy do mnie mówi, nie rozumiem połowy słów, kapujesz? Czuję się jak kupka gówna obok niej. Zobaczyłbyś, co ona przeżyła... Kurwa, ja to jestem przy niej mały pikuś... Chyba dam se siana...

Tamten się skrzywił.

– Co? – mruknął Franck.

– Jesteś zbyt chory...

– Zmieniłem się.

– Skądże... To po prostu zmęczenie...

– Od dwudziestu lat jestem zmęczony...

– Co ona przeżyła?

– Samą kaszanę.

– Aha, no to super! Musisz jej więc zaproponować coś innego!

– Co na przykład?

– Obudź się! Robisz to specjalnie czy co?

– Nie.

– Tak. Zmuszasz mnie do użalania się nad tobą... Zastanów się trochę. Na pewno coś znajdziesz...

– Boję się.

– To dobry znak.

– Tak, ale jeśli się...

Szefowa się przeciągnęła.

– Panowie, chleb przynieśli. Kto chce kanapkę? Młody człowieku?

– Nie, dziękuję.

„Poradzę sobie".

„Wte albo wewte".

„Zobaczymy".

Pierwsi kupcy zaczęli się rozstawiać na targowisku. Franck kupił kwiaty prosto z ciężarówki. „Masz równo, chłopie?" Schował je pod kurtkę.

„Kwiaty są niezłe na początek, nie?

Masz równo, chłopie? Pewnie, babciu! Pewnie!"

I po raz pierwszy w życiu jechał do Paryża, patrząc, jak słońce wstaje.

Philibert brał prysznic. Franck zaniósł śniadanie Paulette i ucałował ją, szczypiąc w policzki:

– Jak tam, babciu, coś nie tak?

– Ale ty jesteś zmarznięty! Skąd znowu wracasz?

– Och... – odparł, wstając.

Sweter śmierdział mu mimozą. Nie mogąc znaleźć wazonu, przekroił nożem do chleba plastikową butelkę.

– Hej, Philou?

– Czekaj sekundę, odmierzam mojego nesquicka... Przygotujesz nam listę zakupów?

– Taaa... Jak się pisze Riwiera?

– Dużą literą i bez akcentów.

– Dzięki.

Mimoza jak na riviė Riwierze... Złożył wpół liścik i umieścił obok kwiatów wraz ze ślimakiem.

Ogolił się.

„To na czym stanęliśmy?" – spytał ten drugi, znowu w lustrze.

– Dobra, w porzo. Jakoś sobie poradzę...

„Okay, no to powodzenia!"

Franck się skrzywił.

To na pewno po wodzie po goleniu.

Spóźnił się dziesięć minut i zebranie już się zaczęło.

– Oto i nasze serduszko... – zapowiedział go szef.

Usiadł z uśmiechem na ustach.

19

Tak jak za każdym razem, gdy był wykończony, poważnie się oparzył. Pomocnik nalegał, żeby go opatrzyć. W końcu wyciągnął bez słowa rękę. Nie miał siły na użalanie się ani na odczuwanie bólu. Maszyna wybuchła. Zepsuta, nie działa, nieszkodliwa, bezużyteczna...

Wrócił, słaniając się na nogach, i nastawił budzik, chcąc mieć pewność, że nie będzie spał do następnego dnia rano, zdjął buty, nie rozwiązując sznurówek, i padł z rozłożonymi ramionami na łóżko. Teraz, owszem, ręka pulsowała i opanował syk bólu, nim zapadł w sen.

Spał od godziny, gdy Camille – tak lekka jak tylko może być ona – nawiedziła go we śnie...

Niestety, nie dostrzegł, czy była naga... Położyła się na nim. Uda na udach, brzuch na brzuchu i ramiona na ramionach.

Zbliżyła usta do jego ucha i szepnęła:

– Lestafier, zgwałcę cię...

Uśmiechnął się we śnie. Po pierwsze dlatego, że to był przyjemny majak, a po drugie, że jej oddech łaskotał go nawet z zaświatów.

– Tak... Skończmy z tym... Zgwałcę cię, bo chcę mieć dobry powód, żeby cię przytulić... Tylko się nie ruszaj... Jeśli się będziesz wyrywał, uduszę cię, kolego...

Chciał wszystko objąć, jej ciało, jej dłonie, jej pościel, chcąc mieć pewność, że się nie obudzi, ale ktoś trzymał go za nadgarstki.

Gdy poczuł ból, zdał sobie sprawę, że nie śni, bo cierpiał, i pojął swoje szczęście.

Kładąc swoje dłonie na jego, Camille poczuła gazę:

– Boli?

– Tak.

– Tym lepiej.

I zaczęła się ruszać.

On też.

– Tst, tst – zezłościła się. – Daj mi działać...

Wypluła kawałeczek plastiku, nałożyła mu gumkę, wpiła

się w jego szyję, potem trochę niżej i podłożyła dłonie pod jego biodra.

Po kilku posuwistych ruchach wczepiła się w jego ramiona, wyprężyła się i szczytowała szybciej, niż upływa czas potrzebny na napisanie tych słów.

– Już? – spytał trochę zawiedziony.

– Tak...

– Och...

– Byłam zbyt spragniona...

Franck objął ją.

– Przepraszam... – dodała.

– Na nic przeprosiny, panienko... Zgłoszę zażalenie.

– Z przyjemnością...

– Nie, nie od razu... Za dobrze mi teraz... Zostań tak jeszcze, błagam... Och, cholera...

– Co?

– Wszystko paćkam maścią...

– Tym lepiej – uśmiechnęła się. – Zawsze się może przydać...

Franck zamknął oczy. Trafił los na loterii. Dziewczyna łagodna, inteligentna i zadziorna... Och... Dziękuję Ci, Panie, dziękuję... To zbyt piękne, aby mogło być prawdziwe.

Trochę umazani i trochę śliscy zasnęli oboje w pościeli zalatującej odorem rozpusty i gojącej się rany.

20

Wstając, aby sprawdzić, co u Paulette, Camille nadepnęła na budzik i wyłączyła zegarek. Nikt się nie ośmielił go obudzić. Ani zajęci sobą domownicy, ani szef, który bez szemrania stanął przy jego stanowisku.

Jak biedaczysko musiał cierpieć...

Wyszedł z pokoju o jakiejś drugiej nad ranem i zastukał do jej drzwi.

Ukląkł przy jej materacu.
Czytała.

– Hm... Hm...
Opuściła gazetę, podniosła głowę i udała zdziwioną:
– O co chodzi?
– Hm... Panie władzo... Przyszedłem zgłosić włamanie...
– Czy coś panu skradziono?
Hola, hola! Spokojnie! Chyba nie miał zamiaru odpowiedzieć „moje serce" czy coś w tym stylu...
– To znaczy... hm... Włamano się do mnie wczoraj...
– Ach tak?
– Tak.
– Ale był pan w domu?
– Spałem...
– Czy coś pan widział?
– Nie.
– Jakie to przykre... Jest pan chociaż ubezpieczony?
– Nie – odpowiedział markotny.
Westchnęła:
– To bardzo mętne zeznanie... Wiem, że tego typu rzeczy nigdy nie są przyjemne, ale... Wie pan... Najlepiej będzie przeprowadzić rekonstrukcję zdarzeń...
– Ach?
– No tak...
Jednym susem był na niej. Wrzasnęła.

– Mnie też suszy, mnie też! Nic nie piłem od wczorajszego wieczoru i to ty zakosztujesz opieki Mary Poppins. Kurwa, ile to czasu się u mnie kotłuje... Nie będę się krępował...

Pochłonął ją od stóp do głów.
Zaczął od skubania piegów, następnie podgryzał ją, dziobał, chrupał, lizał, połykał, macał, pożerał i obgryzł aż do kości. Sprawiło to jej przyjemność i odpłaciła mu się pięknym za nadobne.

Nie byli w stanie powiedzieć słowa ani nawet spojrzeć na siebie.

Camille zmartwiła się.

– Co się stało? – zaniepokoił się.

– Ach, proszę pana... Wiem, że to takie głupie, ale potrzebowałam drugiego egzemplarza do naszych archiwów, a zapomniałam podłożyć kalki... Trzeba będzie wszystko zacząć od początku...

– W tej chwili??

– Nie. Nie w tej chwili. Ale nie można zbytnio z tym zwlekać... Czasami zapomina się o pewnych szczegółach...

– Dobrze... A pani, pani... Czy sądzi pani, że coś się odnajdzie?

– Wątpię...

– Wszystko mi zabrał, wie pani?

– Wszystko?

– No, prawie...

– Ciężka sprawa...

Camille leżała wyciągnięta na brzuchu i oparła brodę na dłoniach.

– Jesteś piękna.

– Przestań... – powiedziała, chowając się pod jego ramię.

– Nie, masz rację, nie jesteś piękna... Nie wiem, jak to powiedzieć... Jesteś taka żywa... Wszystko w tobie jest żywe: włosy, oczy, uszy, twój mały nosek, twoje wielkie usta, dłonie, rozkoszny tyłeczek, długie nogi, miny, głos, łagodność, milczenie, twoje... twój...

– Organizm?

– Taaa...

– Nie jestem piękna, ale mój organizm jest żywy. Superwyznanie... Takiego jeszcze nie słyszałam...

– Nie zabawiaj się słowami – spoważniał. – Dla ciebie to zbyt łatwe... Hm...

– Co?

– Jestem koszmarnie głodny... Naprawdę muszę pójść coś zjeść...

– No to cześć... Do miłego zobaczenia, jak to się mówi.
Spanikował.
– Czy... czy chcesz, żebym ci coś przyniósł?
– A co mi proponujesz?
– Co tylko zechcesz...
Następnie, po chwili zastanowienia:
– ...Nic... Wszystko...
– Okay. Biorę.

Siedział oparty o ścianę z tacą na kolanach. Odkorkował
butelkę i podał jej kieliszek. Odłożyła notes.
Stuknęli się.
– Za przyszłość...
– Nie. Tylko nie to. Za teraźniejszość – poprawiła go.
Ojej.
– Przyszłość, hm... Ty... Ty go nie...
Spojrzała mu prosto w oczy:
– Upewnij mnie, Franck, nie zakochamy się chyba w sobie?
Udał, że się dusi.
– Am orrgl, argl... Zwariowałaś czy co? Oczywiście, że
nie!
– Ach! Nastraszyłeś mnie... Już tyle głupot oboje zrobi-
liśmy...
– Taaa, masz rację. Zauważ, że teraz mamy o jedną mniej...
– Nie, ja nie.
– Ach?
– Tak. Pieprzmy się, pijmy, chodźmy na spacery, trzymaj-
my się za ręce, złap mnie za szyję i daj sobie obciągnąć, jeśli
chcesz, ale... Nie zakochujmy się... Proszę...
– Dobrze. Zanotowałem.

– Rysujesz mnie?
– Tak.
– Jak mnie rysujesz?
– Tak jak cię widzę...
– Dobrze wyglądam?
– Mnie się podobasz.

Wylizał talerz, odstawił kieliszek i zdecydował się dokończyć tę papierkową robotę...

Tym razem nie spieszyli się i gdy w końcu przeturlali się na swoje strony łóżka, zaspokojeni i syci, Franck zwrócił się do sufitu:

– Zgoda, Camille, nigdy cię nie będę kochał.

– Dzięki, Franck. Ja ciebie też nie.

CZĘŚĆ V

1

Nic się nie zmieniło, wszystko się zmieniło. Franck stracił apetyt, a Camille odzyskała kolorki. Paryż stał się piękniejszy, jaśniejszy, weselszy. Ludzie byli bardziej uśmiechnięci, a asfalt elastyczniejszy. Wszystko wydawało się łatwe, kontury otoczenia stały się bardziej widoczne, a świat lżejszy.

Mikroklimat na Polu Marsowym? Ocieplenie ich planety? Tymczasowy koniec przyciągania ziemskiego? Nic nie miało już sensu i nic nie było już istotne.

Przenosili się z jednego łóżka na materac drugiego, leżeli obok siebie i szeptali sobie czułe słówka, głaszcząc się po plecach. Żadne nie chciało się całkowicie odkryć przed drugim, byli więc trochę niezdarni, trochę głupkowaci i czuli, że muszą się nakrywać kołdrą wstydliwości, nim zanurzali się w rozpuście.

Nowe terminowanie w kuchni czy nauka pierwszych kresek? Oboje, milcząc, byli uważni i skupieni.

Pikou zrzucił swoją ciepłą kapotkę i pani Perreira wystawiła na zewnątrz doniczki. Na papugi było jeszcze trochę za wcześnie.

– Halo, halo – kiwnęła dłonią. – Mam coś dla pani...

List został nadany w Côtes-d'Armor.

10 września 1889. Otwórz nawias. *To, co miałem w gardle, zaczyna znikać, jem jeszcze z trudem, ale już jest lepiej.* Zamknij nawias. *Dziękuję.*

Na odwrocie kartki Camille ujrzała nerwową twarz van Gogha. Wsunęła ją do notesu.

Monoprix stracił punkty. Philibert sprezentował im trzy książki: *Paryż tajemniczy i niezwykły, Paryż 300 fasad dla ciekawskich* i *Przewodnik po salonach herbacianych w Paryżu.* Jazda, Camille podniosła oczy do góry i nie powiedziała już więcej złego słowa na swoją dzielnicę, w której Art Nouveau było na wyciągnięcie ręki.

Od tej chwili zaczęły przemierzać Ruskie Izby z bulwaru Beauséjour po Mouzaïa z parkiem Buttes-Chaumont, odwiedzając po drodze l'Hôtel du Nord i cmentarz Saint-Vincent, gdzie tego dnia zrobiły sobie piknik z Maurice'em Utrillem i Eugène'em Boudinem przy grobie Marcela Aymégo.

– *Jeśli chodzi o Théophile'a Alexandre'a Steinlena, wspaniałego malarza kotów i nieszczęść ludzkich, został pochowany pod drzewem w południowo-wschodnim kącie cmentarza.*

Camille odłożyła przewodnik na kolana i powtórzyła:

– „Wspaniały malarz kotów i nieszczęść ludzkich został pochowany pod drzewem w południowo-wschodnim kącie cmentarza"... Ładny opis, prawda?

– Dlaczego zabierasz mnie wciąż do umarłych?

– Słucham?

– ...

– A gdzież pani chce jechać, Paulette? Do klubu nocnego?

– ...

– Juhu! Paulette?

– Wracajmy. Jestem zmęczona.

I tym razem ponownie wylądowały w taksówce, której kierowca marudził na widok wózka.

Prawdziwy detektor idiotów....

Była zmęczona.

Coraz bardziej zmęczona i coraz bardziej ciężka.

Camille nie chciała się przyznać, ale cały czas musiała ją podtrzymywać i siłować się z nią, żeby ją ubrać, nakarmić i zmusić do rozmowy. Nawet nie do rozmowy, tylko do udzielenia odpowiedzi. Stara uparta pani nie chciała nawet widzieć lekarza, a młoda tolerancyjna kobieta nie chciała postępować wbrew jej woli, po pierwsze dlatego, że nie było to w jej zwyczaju, po drugie przekonanie jej należało do zadań Francka. Ale gdy szły do biblioteki, zagłębiała się w artykułach lub książkach medycznych i czytała deprymujące rzeczy na temat degeneracji mózgu i dziwactw alzheimera. Następnie chowała te puszki Pandory, ciężko wzdychając, i podejmowała złe postanowienia: jeśli nie ma ochoty się leczyć, jeśli nie ma ochoty interesować się dzisiejszym światem, jeśli nie ma ochoty skończyć posiłku i jeśli woli włożyć płaszcz na koszulę nocną, aby tak pójść na spacer, to ma w końcu do tego prawo. Całkowite prawo. Nie miała zamiaru zawracać jej tym głowy, a ci, którym to przeszkadzało, mogli ją popytać o czasy młodości, o jej mamę, winobranie, wieczór, kiedy ksiądz proboszcz niemal utopił się w Louère, ponieważ za szybko zarzucił wędkę i haczyk zaczepił się o jeden z guzików sutanny, lub o jej ogród, żeby znów ujrzeć błysk w zmętniałych już oczach. W każdym razie Camille nie znalazła nic lepszego...

– A jaką sałatę pani sadziła?

– Majową królową lub grubą leniwą blondynkę.

– A marchewki?

– Oczywiście, gatunek Palaiseau...

– A szpinak?

– Uch.... Szpinak... Giganta z Viroflay. Ten to dobrze rósł...

– Ale jak to pani robi, że pamięta pani wszystkie te nazwy?

– Pamiętam jeszcze opakowania... Kartkowałam każdego wieczoru katalogi Vilmorin, tak jak inni przebierają paciorki różańca... Uwielbiałam to... Mój mąż marzył o ładownicach do strzelb, czytając „Manufrance", a ja kochałam rośliny... Ludzie przyjeżdżali z daleka, żeby podziwiać mój ogród, wiesz?

Ustawiała ją pod światło i rysowała, słuchając jej.
A im dłużej ją rysowała, tym bardziej ją kochała.

Czy dłużej by walczyła o utrzymanie się na nogach, gdyby nie było wózka inwalidzkiego? Czy sprowadziła ją do dzieciństwa, prosząc, aby usiadła, żeby tak naprawdę szybciej się poruszać? Prawdopodobnie tak...

Trudno... To, co obie razem przeżywały, wszystkie te wymieniane spojrzenia i trzymanie się za ręce, podczas gdy życie rozsypywało się przy każdym kolejnym wspomnieniu, tego nikt im nigdy nie odbierze. Ani Franck, ani Philibert, którzy byli dalecy od zrozumienia niedorzeczności ich przyjaźni, ani lekarze, którzy nigdy nie pozwalali powrócić staruszce nad brzeg rzeki, mieć znowu osiem lat i krzyczeć: „Księże proboszczu! Księże proboszczu!", płacząc, ponieważ ksiądz się topił, a to stało się piekłem dla wszystkich dzieci z chórku...

– Ja rzuciłam mu swój różaniec, wyobraź sobie, jak to musiało pomóc tego biednemu człowiekowi... Myślę, że to od tamtej chwili zaczęłam tracić wiarę, bo zamiast wołać Boga o pomoc, on wołał swoją matkę... Uznałam, że to podejrzane...

2

– Franck?
– Mhm...
– Martwię się o Paulette...
– Wiem.
– Co należy zrobić? Zmusić ją do badań lekarskich?
– Chyba sprzedam motor...
– Dobra. Masz w dupie, co do ciebie mówię...

3

Nie sprzedał motoru, tylko wymienił z kolesiem od grilla na jego gównianego golfa. Przez cały tydzień był w totalnym dołku, ale pilnował się, żeby nikt tego nie zauważył, i w następną niedzielę postarał się o zebranie wszystkich domowników przy łóżku Paulette.

Na szczęście była akurat piękna pogoda.

– Nie idziesz do pracy? – zapytała.

– Cóż... Nie mam dziś specjalnie ochoty... Powiedz no, czy hm... Czy wczoraj nie był pierwszy dzień wiosny?

Pozostali zaczęli się zastanawiać. Ale pytać osobę, która żyje w rękopisach, lub takie, które od wielu tygodni straciły poczucie czasu, to czysta abstrakcja. Można było tylko pomarzyć o jakimkolwiek odzewie...

Nie zbiło go to z tropu:

– No, paryżuchy! Jest wiosna! Halo!

– Ach?

Co za rozlazła publika...

– Macie to gdzieś?

– Nie, nie...

Podszedł do okna:

– Nie, ja tak sobie tylko gadam... Myślałem, że szkoda siedzieć tu i gapić się, jak na Polu Marsowym wyrastają Chińczycy, podczas gdy mamy piękny domek na wsi jak wszyscy bogacze z naszej kamienicy, i jeśli trochę się pospieszycie, to moglibyśmy się jeszcze zatrzymać na targu w Azay i kupić jakieś dobre rzeczy na obiad... Cóż ja... Takie jest moje zdanie. Jeśli was to nie pociąga, to wracam, żeby się położyć...

Paulette, zupełnie jak żółw, wyciągnęła swoją starą pomarszczoną szyję i wyszła ze swojej skorupy:

– Słucham?

– Och... Coś prostego... Myślałem o żeberkach wołowych z bukietem warzyw... I może truskawki na deser... Ale tylko jak będą ładne, co? Jak nie, to upiekę tartę z jabłkami... Zoba-

czymy... Małe winko od mojego przyjaciela Christophe'a na dokładkę i mała sjesta na słoneczku, co wy na to?
— A twoja praca? – spytał Philibert.
— Pff... I tak już wystarczająco haruję, nie?
— A jak tam pojedziemy? – zakpiła sobie Camille. – Na twoim motorku?

Upił łyk kawy i spokojnie odpowiedział:
— Mam piękny samochód, czeka przed drzwiami, ten gnojek Pikou już dwa razy dziś go ochrzcił. Tylne siedzenie jest złożone i zatankowałem do pełna...
Odstawił kubek i zabrał tacę:
— No, młodzieży, tempo. Mam zielony groszek do obrania...
Paulette wypadła z łóżka. To nie była wina niesprawnego mózgu, tylko pośpiech.

Jak powiedzieli, tak zrobili i co tydzień powtarzali.
Jak wszyscy bogacze – ale nie w tym samym czasie, ponieważ ich wyprawy były o jeden dzień przesunięte – wstawali bardzo wcześnie w niedzielę i wracali w poniedziałek rano, obładowani wiktuałami, kwiatami, rysunkami i miło zmęczeni.

Paulette odżyła.

Czasami Camille miała przypływy jasności umysłu i patrzyła trzeźwo na obecną sytuację. To, co było między nią a Franckiem, stało się bardzo przyjemne. Bądźmy weseli, bądźmy zwariowani, ryjmy serca w korze drzew, łączmy naszą krew, nie myślmy o niczym, odkrywajmy się, odsłaniajmy się, troszkę cierpmy, korzystajmy z dnia itp., ale to nie ma szans przetrwania. Nie miała specjalnej ochoty nad tym się rozwodzić, ale cóż, ten ich związek był gówniany. Zbyt wiele różnic, zbyt wiele... Dobra, koniec. Nie ma o czym mówić. Nie potrafiła zastąpić opuszczonej Camille przyczajoną Camille. Wciąż jedna przyglądała się drugiej, marszcząc brew.
Smutne, ale tak to właśnie wyglądało.

Choć czasami nie. Niekiedy udawało się jej zebrać w sobie i obie upierdliwe Camille stapiały się w jedną – głupiutką i bezbronną. Czasami udawało mu się ją nabrać.

Na przykład tego dnia... Pomysł z samochodem, sjestą, wiejskim rynkiem i tym wszystkim był niezły, ale najlepsze przyszło później.

Zatrzymał się u wylotu wsi i odwrócił do nich:

– Babciu, będziesz musiała się kawałek przejść z Camille... My w tym czasie otworzymy dom...

Genialny pomysł.

Trzeba było ją widzieć, tę staruszkę w miękkich pantoflach wczepioną w ramię młodości jak w laskę, tę, która od miesięcy popadała w marazm, jak wolniutko się posuwa naprzód, żeby się nie pośliznąć, jak potem podnosi głowę, nabiera sił, stawia pewniejsze kroki i rozluźnia uścisk...

Trzeba było to wszystko zobaczyć, żeby ocenić wagę takich błahych słów jak „szczęście" lub „radość". Tę twarz, która nagle się rozpromieniła, to wyprostowanie sylwetki, te ukradkowe spojrzenia na firanki w oknach i dobitne komentarze na temat stanu ogródków i donic przed drzwiami...

Jak zaczęła nagle szybko iść, jak krew zaczęła szybciej krążyć wraz z napływem wspomnień i zapachem ciepłego asfaltu...

– Patrz, Camille, to mój dom. To on.

4

Camille stanęła jak wryta.

– Co się dzieje? Co ci się stało?

– To... to jest pani dom?

– No tak! Uch, zobacz, jak zarosło... Nic nie zostało przycięte... Pełna rozpacz...

– Zupełnie jak mój...

– Słucham?

Jej dom, nie ten w Meudon, gdzie rodzice skakali sobie do gardeł, ale ten, który rysowała od zawsze, czyli od momentu, gdy była w stanie utrzymać w dłoni mazak. Jej mały domek z wyobraźni, do którego uciekała ze swoimi zwierzątkami domowymi i pudełkami na skarby. Jej Polly Pocket, camping-car Barbie, gniazdo Marsupilamis, jej niebieski domek na zboczu pagórka, jej Tara, jej afrykańska farma, jej szałas w górach...

Dom Paulette był jak dobra pulchna kobiecina, która wita was z rękoma na biodrach, udając, że spuszcza skromnie wzrok, a tak naprawdę aż bije od niej pewność siebie i zadowolenie.

Dom Paulette był jak żaba, która chciała być tak wielka jak wół. Jak mały domek dróżnika, który nie bał się rywalizować z zamkami Chambord i Chenonceaux.

Śniąc o wielkości, mała wieśniaczka, zarozumiała i dumna, mówiła:
– Spójrz no, siostro. Czyż to już wystarczy, powiedz mi. Mój dach pokryty dachówkami i białe pasy z wapna okalające drzwi i okna, czy udało mi się, jak sądzisz?
– Jeszcze nie.
– Ach tak? A te dwie lukarny, tam? Śliczne są moje lukarny wykończone kamieniem?
– Nie do końca.
– Nie do końca? A gzymsy? Znany rzemieślnik je wykonał!
– Ani trochę się nie zbliżasz do ideału, moja droga.
Nędzna głupia gęś obraziła się tak bardzo, że cała pokryła się bluszczem, umalowała się źle dopasowanymi doniczkami kwiatów i posunęła się tak daleko w pogardzie, że przykuła się podkową nad drzwiami. Taaa, nie miały tego wszystkiego Agnès Sorel i inne damy z Poitiers!

Dom Paulette istniał.

Nie miała ochoty wejść do środka, chciała zobaczyć swój ogród... Pełna rozpacz... Wszystko zniszczone.... Wszędzie chwasty... A poza tym nadszedł okres sadzenia... Kapusty, marchewek, truskawek, porów... Cała ta urodzajna ziemia zarośnięta mleczem... Pełna rozpacz... „Na szczęście są moje kwiaty... Cóż, jest jeszcze dość wcześnie... Ale gdzie są narcyzy? Ach! Oto i są! A moje krokusy? I tu, spójrz Camille, pochyl się, zobacz, jakie to śliczne... Nie widzę ich, ale gdzieś tu muszą być..."

– Takie małe niebieskie?
– Tak.
– Jak się nazywają?
– Szafirki... Och... – jęknęła.
– Co się stało?
– Trzeba je rozsadzić...
– Nie ma sprawy! Zajmiemy się tym jutro! Wytłumaczy mi pani, jak to zrobić...
– Zrobisz to?
– Oczywiście! I zobaczy pani, że będę bardziej przydatna niż w kuchni!
– I groszek pachnący też... Trzeba zasiać... To był ulubiony kwiat mojej matki...
– Wszystko, co pani sobie życzy...

Camille pomacała swoją torbę. Dobra, nie zapomniała zabrać pudełka z kolorowymi farbami...

Wystawili wózek na słońce i Philibert pomógł jej usiąść. Zbyt wiele emocji.

– Spójrz, babciu! Zobacz, kto przyszedł.
Franck stał na ganku, w jednym ręku trzymał wielki nóż, w drugim kota.
– Ostatecznie przygotuję wam zająca!

Wyciągnęli krzesełka i zjedli w kurtkach. Przy deserze rozpięli je i z zamkniętymi oczami, głową odchyloną do tyłu i wyciągniętymi nogami wdychali dobre, wiejskie, przesycone słońcem powietrze.

Ptaki śpiewały, a Franck i Philibert się sprzeczali:
– Mówię ci, że to jest kos...
– Nie, skowronek.
– Kos!
– Skowronek! Cholera, tu jest mój dom! Znam je!
– Przestań – westchnął Philibert. – Przecież głównie zaj-mowałeś się handlem motorynkami, to jak mogłeś je słyszeć? Ja czytałem samotnie i miałem dużo czasu na zapoznanie się z ich dialektem... Kos roluje „r", natomiast śpiew rudzika przypomina spadające kropelki... Gwarantuję ci, że jest to kos... Słyszysz, jak roluje... To Pavarotti ćwiczy gamy...
– Babciu... Co to jest?
Spała.
– Camille... Co to jest?
– Dwa pingwiny, które zagłuszają mi ciszę.
– Doskonale... Skoro tak... Chodź, Philou, zabieram cię na ryby.
– Ach? Hm... Ale ja... Ja nie jestem specjalnie uzdolniony w tym kierunku... za... zawsze się zaplączę...
Franck się roześmiał.
– Chodź, Philou, chodź. Opowiesz mi o swojej ukochanej, a ja ci wytłumaczę, jak to się robi...
Philibert spojrzał z wyrzutem na Camille.
– Ja nic nie powiedziałam! – broniła się.
– Nie, to nie ona. Mam nosa...

Wysoki Croquignol ze swoją muszką i monoklem oraz ma-ły Filochard z piracką chustą na głowie oddalili się, trzymając pod ramię*...
– No, kolego, powiedz wujkowi Franckowi, co masz jako przynętę... Wiesz, przynęta jest bardzo istotna. Te stworzenia nie są głupie... Och, nieee... Wcale nie są głupie...

---

* Bohaterowie *Les Pieds Nickelés* Louisa Fortona.

403

Gdy Paulette się obudziła, zrobiły rundę po wsi na wózku, a następnie Camille zmusiła ją do wzięcia kąpieli, żeby się rozgrzała.

Przygryzała sobie wargi.

To wszystko nie było zbyt rozsądne...

Zostawmy.

Philibert rozpalił w kominku, a Franck przygotował kolację.

Paulette położyła się wcześnie, a Camille rysowała panów, jak grali w szachy.

– Camille?

– Mhm...

– Dlaczego cały czas rysujesz?

– Ponieważ nie umiem nic innego robić...

– A teraz? Kogo rysujesz?

– Gońca i giermka.

Zadecydowali, że panowie spać będą na kanapie, a Camille w dziecinnym łóżku Francka.

– Hm... – zaczął Philibert – czy nie lepiej będzie, jak Camille, hm, weźmie duże łóżko, hm...

Spojrzeli na niego z uśmiechem.

– Jestem co prawda krótkowidzem, ale nie aż do tego stopnia...

– Nie, nie – odparł Franck. – Ona idzie do mojego pokoju... My tak jak twoi kuzyni... Nigdy przed ślubem...

To dlatego, że chciał spać z nią w swoim dziecięcym łóżku. Pod plakatami z piłkarzami i motorami. Nie mogło to być ani wygodne, ani romantyczne, ale dowodziło, że życie wcale nie jest takie złe.

Tak strasznie się nudził w tym pokoju... Tak strasznie...

Gdyby ktoś mu powiedział, że pewnego dnia przywiezie tu księżniczkę i położy się obok niej, tu, w tym małym mosiężnym łóżku, gdzie kiedyś była dziura, gdzie się gubił, będąc dzieckiem, gdzie się dotykał, śniąc o znacznie mniej pięknych niż ona stworzeniach... Nigdy by w to nie uwierzył... On, z tym trądzikiem i wielkimi stopami... Nie, zdecydowanie nic tego nie zapowiadało...

Tak, życie było dziwnym kucharzem... Lata zimnego pokoju i pyk! Z dnia na dzień do pieca, kolego!
– O czym myślisz? – spytała Camille.
– O niczym... O bzdurach... A ty jak tam?
– Nie mogę uwierzyć, że tu dorastałeś...
– Dlaczego?
– Pff... To taka zabita dechami dziura... To nawet nie jest wieś, to jest... To nic nie jest... Tylko małe domki z małymi staruszkami w oknach... A ten dom... Tu nic się nie zmieniło od lat pięćdziesiątych... Nigdy nie widziałam takiej kuchni... I piec zajmuje prawie całe pomieszczenie! I wychodek w ogrodzie! Jak dziecko może się w takich warunkach rozwijać? Jak sobie poradziłeś? Jak ci się udało stąd wydostać?
– Szukałem ciebie...
– Przestań... Nie mów tak, przecież umawialiśmy się...
– Ty to powiedziałaś...
– Przestań...
– Dobrze wiesz, co robiłem, byłaś w podobnej sytuacji... Tylko że ja miałem przyrodę... Miałem to szczęście... Byłem cały czas na dworze... A Philou może sobie opowiadać, co chce, to był skowronek. Wiem doskonale. Mój dziadek mi to mówił, a mój dziadek potrafił naśladować ptaki... Nie potrzebował żadnych wabików...
– To jak sobie radzisz w Paryżu?
– Nie żyję...
– Nie ma tu żadnej pracy?
– Nie. Nic ciekawego. Ale jeśli kiedyś będę miał dzieci, to przysięgam, że nie pozwolę im dorastać wśród samochodów, co to, to nie... Dzieciak, który nie ma kaloszy, wędki i procy, to nie dzieciak. Dlaczego się uśmiechasz?
– Nic. Uważam, że jesteś słodki.

– Chciałbym, żebyś coś więcej we mnie widziała...
– Nigdy nie jesteś zadowolony.
– Ile chciałabyś mieć?
– Słucham?
– Dzieci?
– Zaraz... – zatkało ją. – Specjalnie to robisz czy co?
– Czekaj, nie powiedziałem wcale, że akurat ze mną!
– Nie chcę w ogóle.
– Ach tak? – powiedział rozczarowany.
– Nie.
– Dlaczego?
– Dlatego.
Złapał ją za szyję i siłą przyciągnął do swojego ucha.
– Powiedz mi...
– Nie.
– No już. Powiedz. Nie powtórzę nikomu...
– Ponieważ, jeśli umrę, nie chcę, by zostało samo...
– Masz rację. Dlatego trzeba ich mieć kupę... A poza tym wiesz...
Przytulił ją jeszcze mocniej.
– Ty nie umrzesz... Jesteś aniołem, a anioły nigdy nie umierają...
Płakała.
– Co się dzieje?
– Nie, nic... To dlatego, że zbliża mi się okres... Za każdym razem jest tak samo... Kotłuje się coś we mnie i płaczę bez powodu...

Uśmiechała się zasmarkana:
– Widzisz, wcale nie jestem aniołem...

5

Od dłuższej chwili leżeli w ciemnościach, przytuleni i w niewygodnych pozycjach. Nagle Franck zaczął:
– Coś mnie gnębi...

- Co?
- Masz siostrę, prawda?
- Tak...
- Dlaczego jej nie widujesz?
- Nie wiem.
- To idiotyczne! Musisz się z nią zobaczyć!
- Dlaczego?
- Bo tak! To świetnie mieć siostrę! Ja bym wszystko oddał, żeby mieć brata! Wszystko! Nawet mój rower! Nawet moje supertajne miejsca do łowienia ryb! Nawet moje ekstrakulki do flippera! Jak w tej piosence, wiesz... Rękawiczki, policzki...
- Wiem... Myślałam kiedyś o tym, ale nie odważyłam się...
- Dlaczego?
- Może ze względu na matkę...
- Przestań z tą matką... Tylko cię krzywdziła... Nie bądź masochistką... Niczego jej nie zawdzięczasz, wiesz?
- Oczywiście, że zawdzięczam.
- Oczywiście, że nie. Nie mamy obowiązku kochać swoich rodziców, kiedy się nie sprawdzają.
- Oczywiście, że mamy.
- Dlaczego?
- Bo to właśnie są nasi rodzice...
- Pff... Nietrudno zostać rodzicem, wystarczy się bzykać. To potem się komplikuje... Ja, na przykład, nie będę kochał kobiety za to, że ktoś ją posunął na parkingu... Nic na to nie poradzę...
- Ale ja tak nie mam...
- Nie, ty masz gorzej. W jakim ty stanie wracasz po każdym widzeniu się z nią... To straszne. Całą twarz masz...
- Stop. Nie mam ochoty o tym gadać.
- Okay, okay, jeszcze tylko jedno. Nie musisz jej kochać. Tylko tyle chcę ci powiedzieć. Powiesz mi, że jestem taki z powodu moich przeżyć, i będziesz miała rację. Ale to właśnie dlatego, że już przez to przeszedłem i mogę ci wskazać drogę: nie mamy obowiązku kochać naszych rodziców, kiedy zachowują się jak kupa gówna, to wszystko.

– ...
– Zła jesteś?
– Nie.
– Przepraszam.
– ...
– Masz rację. Z tobą nie było tak samo... Zajmowała się tobą chociaż... Ale nie powinna ci zabraniać widywania się z siostrą, jeśli takową masz... Serio, nie jest warta takiego poświęcenia...
– Nie...?
– Nie.

6

Następnego dnia Camille zabrała się do uprawiania ogródka według instrukcji Paulette, Philibert rozsiadł się w ogrodzie, żeby pisać, a Franck przygotował im przepyszną sałatkę.

Po kawie to Franck się zdrzemnął na leżaku. Oj, ale go bolały plecy...

Zamierzał na następny raz zamówić materac. Dwie takie noce... Tylko nie to... Życie może nie było takie złe, ale nie ma sensu głupio ryzykować... Och, nie...

Wracali tam co weekend. Z Philibertem albo bez niego. Najczęściej z.

Camille – o tym wiedziała od zawsze – stawała się specjalistką od zajmowania się ogródkiem.

Paulette tonowała jej zapał:

– Nie. Nie można tego posadzić! Pamiętaj, że przyjeżdżamy tylko raz w tygodniu. Musimy mieć coś wytrzymałego, żywotnego... Łubin, floksy, kosmosy... To są bardzo ładne kwiaty... Takie delikatne... Spodobają ci się, jestem pewna...

A Franck, poprzez szwagra kolegi z liceum, męża siostry grubego Titi, skombinował stary motor, żeby mieć możliwość jeździć na rynek lub przywitać się z Reném...

Wytrzymał więc trzydzieści dwa dni bez motocykla i wciąż zadawał sobie pytanie, jak to możliwe...

Był stary, brzydki, ale warczał jak grzmot:

– Posłuchajcie tego! – krzyczał do nich z budki z narzędziami, gdzie przesiadywał, gdy już opuszczał kuchnię. – Posłuchajcie tego cuda!

Podnosili leniwie głowy znad grządek lub książek.

„Peeeeet, pet, pet, pet, pet".

– I co? Niezłe, co? Zupełnie jak harley!

Taaa... Wracali do swoich zajęć bez słowa komentarza...

– Pff... Nic nie rozumiecie...

– Kto to jest Arlette? – spytała Paulette dziewczynę.

– Arlette Davidson... Świetna piosenkarka...

– Nie znam.

Philibert wymyślił zabawę na czas podróży. Każdy miał nauczyć czegoś innych w imię przekazywania wiedzy.

Philibert byłby doskonałym profesorem...

Pewnego dnia Paulette opowiedziała im, jak łapać chrabąszcze:

– Rankiem, kiedy są jeszcze otumanione zimnem nocy i siedzą nieruchome na liściach, potrząsamy drzewem, na którym się znajdują, strącamy z gałęzi długim kijem i zbieramy je na kawałku płótna. Tłuczemy je, pokrywamy wapnem, wrzucamy do dołu i mamy z tego bardzo dobry kompost... Tylko nie można zapomnieć o nakryciu głowy!

Innego dnia Franck rozbierał cielęcinę:

– Dobra, najpierw kawałki pierwszej kategorii: kulka, udziec, pierwsza krzyżowa, nerkówka, polędwica, górka, karkówka i łopatka. Teraz drugiej kategorii: mostek i łojówka. I w końcu trzecia kategoria: goleń i ... kurwa, brakuje mi jednego...

Philibert udzielał korepetycji tym niedowiarkom, którzy nic nie wiedzieli o Henryku IV poza jego życzeniem: „dla każdego kura w garnku", poza Ravaillakiem i słynnym kutasem, o którym „nie wiedział, że nie jest to kość"...

– Henryk IV urodził się w Pau w tysiąc pięćset pięćdziesiątym trzecim roku i zmarł w Paryżu w tysiąc sześćset dziesiątym. Był synem Antoine'a de Bourbona i Jeanne d'Albret. Nawiasem mówiąc, jednej z moich dalekich kuzynek. W tysiąc pięćset siedemdziesiątym drugim roku poślubił Małgorzatę de Valois, tym razem kuzynkę mojej matki. Ten szef frakcji hugenotów przeszedł na katolicyzm, żeby uniknąć rzezi w noc świętego Bartłomieja. W tysiąc pięćset dziewięćdziesiątym czwartym został koronowany w Chartres i przybył do Paryża. Dzięki edyktowi nantejskiemu zakończył wojnę religijną. Był bardzo popularny. Pomijam wszystkie bitwy, jakie toczył, podejrzewam, że macie je gdzieś... Ale należy pamiętać, że otaczali go wielcy ludzie, w tym dwóch znaczących: Maximilien de Béthune, duc de Sully, który uzdrowił finanse kraju, i Olivier de Serres, który okazał się zbawieniem dla ówczesnego rolnictwa.

Camille niczego nie chciała opowiadać.

– Niczego nie wiem – mówiła – a to, o czym myślę, że wiem, to... Nie, nie jestem tego pewna...

– Powiedz nam coś o malarzach! – zachęcali ją. – O prądach, okresach, słynnych obrazach lub nawet o swoim warsztacie pracy, jeśli chcesz!

– Nie, nie umiem o tym wszystkim opowiadać... Za bardzo się boję, że wprowadzę was w błąd...

– Jaki jest twój ulubiony okres?

– Odrodzenie.

– Dlaczego?

– Dlatego... Nie wiem... Wszystko jest piękne. Wszędzie... Wszystko...

– Wszystko co?

– Wszystko.

– Dobrze... – zażartował Philibert – dziękujemy. Nie można bardziej zwięźle. Dla tych, którzy chcieliby się więcej dowiedzieć, polecam *Historię sztuki* pióra Éliego Faure, która znajduje się w naszych *water-closets* za ostatnim wydaniem special Enduro z dwa tysiące trzeciego.

– A powiedz nam, kogo najbardziej lubisz... – dodała Paulette.

– Z malarzy?

– Tak.

– Hm... W dowolnej kolejności... a więc... Rembrandt, Dürer, Vinci, Mantegna, Tintoretto, La Tour, Turner, Bonington, Delacroix, Gauguin, Vallotton, Corot, Bonnard, Cézanne, Chardin, Degas, Bosch, Velásquez, Goya, Lotto, Hiroshige, Piero della Francesca, Holbein młodszy i starszy, Bellini, Tiepolo, Poussin, van Eyck, Monet, Szu Ta, Manet, Constable, Ziem, Vuillard hm... To straszne, pewnie zapomniałam o wielu...

– I nie możesz nam opowiedzieć czegokolwiek o którymś z tych facetów?

– Nie.

– Pierwszy z brzegu... Bellini... Dlaczego go lubisz?

– Za jego portret doży Leonarda Loredana...

– Dlaczego?

– Nie wiem... Trzeba pojechać do Londynu do National Gallery, jeśli dobrze pamiętam, i popatrzeć na ten obraz, żeby uzyskać pewność, że jest się... To jest... To jest... Nie, nie mam ochoty deptać po tym moimi buciorami...

– Dobra... – odpuścili. – To w końcu tylko zabawa... Nie będziemy cię zmuszać...

– Ach! Wiem, czego brakowało! – wrzasnął rozradowany Franck. – Szyi oczywiście! Wrzuca się to do potrawki...

W tym przypadku Camille dała ciała, to było pewne.

Jednak pewnego poniedziałku, gdy stali w korku przed wjazdem na autostradę Saint-Arnoult i wszyscy byli zmęczeni, ale też posępni, oświadczyła nagle:

– Znalazłam!

– Słucham?

– Mój mocny punkt! Jedyny, jaki mam! A poza tym znam go na pamięć od lat!

– Dawaj, słuchamy...

– To Hokusaï, rysownik, którego uwielbiam... Wiecie, fala? I widoki góry Fudżi? Na pewno tak! Turkusowa fala z pianą? A więc on... Co za cudo... Gdybyście wiedzieli, co on potrafił narysować, to niewyobrażalne...

– To wszystko? Poza „to cudo..." nie masz nic innego do dodania?

– Mam, mam... Koncentruję się...

I w półcieniu tych bezbarwnych obrzeży miasta, między Usine Center po lewej a Foirfouille po prawej, między szarością miasta a agresywnością stada, które wracało do noclegowni, Camille wypowiedziała z wolna te kilka słów:

Od kiedy osiągnąłem dziesięć lat, miałem manię rysowania kształtu przedmiotów.

Do kiedy ukończyłem pięćdziesiąt lat, opublikowałem niezliczone rysunki, ale wszystko, co stworzyłem przed ukończeniem lat siedemdziesięciu, nie jest warte zachodu.

Dopiero w wieku siedemdziesięciu lat zrozumiałem po trosze strukturę prawdziwej natury zwierząt, drzew, ptaków i owadów.

Idąc tym torem, w wieku osiemdziesięciu lat uczyniłbym jeszcze więcej postępów; przy dziewięćdziesięciu zgłębiłbym tajemnicę stworzenia; przy stu osiągnąłbym zdecydowanie stopień cudu, a gdy ukończyłbym sto dziesięć lat, wszystko u mnie byłoby żywe, czy to linia, czy to kropka.

Proszę tych, którzy będą żyć równie długo jak ja, żeby sprawdzali, czy dotrzymuję słowa.

Napisane w wieku lat siedemdziesięciu pięciu przeze mnie, Hokusaï, staruszka zwariowanego na punkcie malarstwa.

„Wszystko u mnie byłoby żywe, czy to linia, czy to kropka..." – powtórzyła.

Każdy prawdopodobnie znalazł coś, o czym chciał porozmyślać, bo do końca podróży nikt się nie odezwał.

7

Na święta wielkanocne zostali zaproszeni do zamku.
Philibert był zdenerwowany.
Bał się, że straci trochę swojego prestiżu...

Zwracał się z namaszczeniem do rodziców, a oni do niego. Między sobą też tak mówili.
– Dzień dobry, ojcze.
– Ach, oto i jesteś, synu... Isabelle, proszę iść powiadomić matkę... Marie Laurence, czy wiesz, gdzie znajduje się butelka whisky? Nie sposób jej odnaleźć...
– Proszę modlić się do świętego Antoniego, mój przyjacielu!
Z początku wydało się im to dziwne, potem przestali zwracać uwagę.

Atmosfera przy kolacji była ciężka. Markiz i markiza zadawali im mnóstwo pytań, ale nie czekali na odpowiedzi, żeby ich ocenić. Poza tym były to pytania z gatunku drażliwych:
– A co robi pani ojciec?
– Nie żyje.
– Ach, przepraszam.
– Nie ma za co...
– Hm... A pański?
– Nigdy go nie poznałem...
– Doskonale... Czy... Czy chcieliby państwo dokładki sałaty?

– Nie, dziękujemy.

Przez pięknie zdobioną jadalnię przeleciał orszak aniołów.

– A więc pan... Pan jest kucharzem, nieprawdaż?
– No tak...
– A pani?

Camille odwróciła się do Philiberta.

– Jest artystką – odpowiedział za nią.
– Artystką? Jakież to oryginalne! I czy pani... Czy utrzymuje się pani z tego?
– Tak. To znaczy... Tak sądzę...
– Jakież to oryginalne... I mieszka pani w tej samej kamienicy, tak?
– Tak. Dokładnie piętro wyżej.
– Piętro wyżej, piętro wyżej...

Szukał w pamięci jakieś trafnej i światowej uwagi.

– ...jest więc pani taką małą Roulier de Mortemart!

Camille spanikowała.

– Gdzież tam... Nazywam się Fauque...

Wyłożyła wszystko, co miała:

– Camille Marie Elisabeth Fauque.
– Fauque? Jakież to oryginalne... Znałem niegdyś pewnego Fauque... Bardzo zacny człowiek... Charles, jak sądzę... Może jakiś pani krewny?
– Hm... Nie...

Paulette przez cały wieczór nie otworzyła ust. Przez ponad czterdzieści lat usługiwała do stołu ludziom takiego pokroju i nie czuła się na siłach, żeby przy tej wykwintnej kolacji powiedzieć choć słowo.

Rozmowa przy kawie była równie ciężka...

Tym razem to Philou znalazł się na celowniku:

– A więc, mój synu? Wciąż przy pocztówkach?
– Wciąż, ojcze...
– Pasjonujące, nieprawdaż?
– Nie ja to powiedziałem...

– Proszę, nie bądź ironiczny... Ironia jest obroną głupców, chyba niewystarczająco ci to powtarzałem, jak sądzę...
– Tak, ojcze... *Citadelle* Saint-Ex...
– Słucham?
– Saint-Exupéry'ego.
Starszy pan przełknął gorzką pigułkę.

Gdy mogli wreszcie opuścić to pomieszczenie o ścianach w kolorze morskim, gdzie nad ich głowami wisiały wypchane wszystkie okoliczne zwierzęta, nawet biedna sarenka, nawet Bambi; Franck zaniósł Paulette do jej pokoju. „Jak pannę młodą" – szepnął babci do ucha i smutno pokręcił głową, gdy zrozumiał, że będzie spał tysiące kilometrów od swoich księżniczek, czyli dwa piętra wyżej.

Odwrócił się i bawił zwisającą ze ściany nogą dzika, podczas gdy Camille rozbierała Paulette.
– Nie, nie mogę w to uwierzyć... Widziałyście, jakie fatalne żarcie? Co to za obłęd? To było obrzydliwe! Nigdy nie ośmieliłbym się podać czegoś takiego moim gościom! W takim wypadku lepiej już zrobić omlet lub panzani!
– Może nie mają zbyt wielu środków?
– Kurwa, wszyscy mają środki, żeby zrobić pachnący omlet, nie? Nie rozumiem, o co chodzi... Nie rozumiem... Jeść gówno srebrnymi sztućcami i podać nędznego sikola w kryształowej karafce, może jestem durny i coś mi umyka... Gdyby sprzedali choć jeden z tych czterdziestu dwóch świeczników, mieliby za co porządnie żreć przez rok...
– Myślę, że nie patrzą na te sprawy pod tym samym kątem... Pomysł sprzedania choćby jednej rodzinnej wykałaczki wydaje im się równie niestosowny jak dla ciebie podanie gościom kupnej sałatki...
– Kurwa, na dodatek wcale nie była dobra! Widziałem puste opakowanie w koszu na śmieci... To było z Leader Price'a! Uwierzysz w to? Mieszkać w zamku otoczonym fosą, z kryształowymi żyrandolami i tysiącami hektarów i jeść żarcie z Leader Price'a? Nie rozumiem tego... Kazać się tytułować

„panie markizie" przez strażnika i nakładać majonez z tubki na sałatkę dla biedaków, przysięgam, nie kapuję...

– No już, uspokój się... To nie takie ważne...

– Owszem, to jest ważne, kurwa! To bardzo ważne! Jak można cokolwiek przekazać dzieciom, jeśli nie umie się nawet do nich grzecznie zwracać! No nie, czy słyszałaś, jak on mówił do mojego Philou? Widziałaś, jak mu się górna warga wydęła... „Wciąż przy pocztówkach, mój synu?", a w podtekście „mój totalnie zdurniały synu?" Przysięgam, miałem ochotę mu przywalić... Dla mnie Philou jest bogiem, to najcudowniejsza istota ludzka, jaką spotkałem w życiu, a ten kretyn sra na niego...

– Kurde, Franck, przestań, do kurwy nędzy, przeklinać – odezwała się Paulette.

Poskutkowało, plebejusza zatkało.

– Pff... Poza tym śpię w jakiejś Cacahouette-les-Bains... Słuchajcie, oznajmiam wam, że jutro nie wybieram się na mszę! Tst, tst, dziękować, ale za co tak w ogóle? Czy ty, czy Philou, czy ja, lepiej już, gdybyśmy się spotkali w domu dziecka...

– Och tak! W domu panny Pony!

– Co takiego?

– Nic.

– Ty idziesz na mszę?

– Tak, lubię...

– A ty, babciu?

– ...

– Ty zostajesz ze mną. Pokażemy tym wielmożom, co to jest dobra kuchnia... Skoro nie mają środków, my ich wyżywimy!

– Wiesz, ja to się już specjalnie nie nadaję...

– Pamiętasz przepis na twój wielkanocny pasztet?

– Oczywiście.

– No więc poradzimy sobie, mówię wam! Na latarnię z arystokratami! Dobra, spadam, inaczej wyląduję w lochu...

Jakież było zaskoczenie Marie Laurence, gdy następnego dnia o ósmej zeszła do swojej kuchni. Franck już zdążył wrócić z targu i dyrygował niewidzialnymi pomocnikami.

Stanęła przerażona:
– Mój Boże, ale...
– Wszystko w porządku, pani markizo. Wszystko idzie bardzo dobrze, bardzo dobrze, barrrdzo dobrze! – podśpiewywał sobie, otwierając po kolei wszystkie szafki. – Proszę się niczym nie przejmować, zajmę się obiadem...
– A... a moja pieczeń?
– Włożyłem ją do lodówki. Proszę mi powiedzieć, nie miałaby pani przypadkiem chińczyka?
– Słucham?
– Nie, nic. Sitko może?
– Hm... Tak, tam, w tej szafce...
– Och! Ale to cudowne! – wpadł w zachwyt, biorąc do ręki przyrząd, któremu brakowało jednej nóżki. – A z jakiej epoki pochodzi? Oceniam na koniec dwunastego wieku, nie?

Wrócili głodni i w dobrych humorach, Jezus powrócił między nich i usiedli do stołu z cieknącą ślinką. Ups, Franck i Camille szybko się podnieśli. Znowu zapomnieli o modlitwie dziękczynnej...

Pater familiae odchrząknął:
– Poświęć, Panie Boże, ten posiłek i tych, co go przygotowali (Philou puścił oko do kucharza) – i bla, bla, bla – i ześlij chleb tym, którzy nie mają...
– Amen – odpowiedział niecierpliwie ruszający się rządek młodzieży.
– Skoro tak – dodał – uczcimy ten wspaniały posiłek... Louis, pójdź, proszę, po dwie butelki wuja Huberta, proszę cię bardzo...
– Och, mój miły, czy jesteś pewien? – zaniepokoiła się jego połowica.

417

— Ależ tak, ależ tak... A ty, Blanche, proszę, przestań cze-
sać brata, z tego co wiem, nie jesteśmy w salonie piękności...

Podano szparagi w gęstym sosie, niebo w gębie, potem
wielkanocny pasztet firmowany przez Paulette Lestafier, następnie pieczoną kulkę jagnięcą z cząstkami pomidorów i cu-
kiniami w tymianku, tartę z truskawkami i poziomki z bitą
śmietaną domowej roboty.

Rzadko kiedy przy tym stole o dwunastu częściach gościło
tyle radości i nigdy nie śmiano się tak serdecznie. Po kilku
kieliszkach markiz rozluźnił swój ozdobny krawat i zaczął
opowiadać niesłychane historie z polowań, gdzie nie zawsze
odgrywał chwalebną rolę... Franck często zaglądał do kuchni,
a Philibert zajął się obsługą. Byli perfekcyjni.
— Powinni razem pracować... — szepnęła Paulette do Camille. — Mały, kipiący energią przy garach, a duży, grzeczny
na sali — to byłoby wspaniałe...

Wypili kawę na tarasie i Blanche przyniosła kolejne słod-
kości, nim ponownie usiadła na kolanach Philiberta.

Uff... Franck nareszcie usiadł. Po takim gotowaniu chętnie
by sobie skręcił małego, ale hm... Zaczął się raczej przyglądać
Camille...
— Co to jest? — spytała go, widząc koszyk, na który wszyscy się rzucali.
— Wypierdki zakonnicy — zaśmiał się. — To było silniejsze
ode mnie, nie mogłem się powstrzymać...

Zszedł stopień niżej i oparł się o nogi swojej ukochanej.
Ona położyła blok rysunkowy na jego głowie.

— Wygodnie ci? — spytał.
— Bardzo.
— No to powinnaś się zastanowić, moja piękna...
— Nad czym...?

– Nad tym. Nad tym, jak teraz siedzimy...
– Nic nie rozumiem... Chcesz, żebym cię wyiskała?
– Taaa... Iskaj mnie, a zrobię ci pełno dobroci.
– Franck... – westchnęła.
– To jest coś symbolicznego! Ja odpoczywam na tobie,
a ty możesz na mnie pracować. Coś w tym stylu, rozumiesz...
– Ciężki jesteś...
– Taaa... Wiesz co, idę naostrzyć swoje noże, przynajmniej
raz mam czas... Jestem pewien, że znajdę tu, co trzeba...

Objechali posiadłość w wózku inwalidzkim i pożegnali się
bez zbędnej wylewności. Camille podarowała im akwarelę
z zamkiem, a Philibertowi profil Blanche.
– Ty wszystko rozdajesz... Nigdy nie będziesz bogata...
– Nie szkodzi.

Gdy dotarli do końca alei z topolami, uderzył się dłonią
w czoło:
– Karamba! Zapomniałem ich powiadomić...
Żadnej reakcji wśród jego współlokatorów.
– Karamba! Zapomniałem ich powiadomić... – powtórzył
głośniej.
– Co?
– O czym?
– Och, nic... Mały szczegół...

Dobra.
Znowu cisza.

– Franck i Camille?
– Wiemy, wiemy... Chcesz nam podziękować, ponieważ
twój ojciec śmiał się po raz pierwszy od czasów Karola Wiel-
kiego...
– Ale... ale skądże!
– To o co chodzi?
– Cz... czy zg... zgodzicie się by... być moimi św... moimi
św...

– Twoimi św... co? świętymi?
– Nie. Moimi św...
– Twoimi święconkami?
– Twoimi co? Kurwa!
– Moimi... świadkami ślubnymi?

Samochód ostro zahamował i Paulette walnęła się o oparcie.

8

Nie chciał im nic więcej powiedzieć.
– Powiadomię was, jak sam będę więcej wiedział...
– Co? Ale hm... Powiedz... masz chociaż dziewczynę?
– Dziewczynę – oburzył się – nigdy w życiu! Dziewczynę... co za wstrętna nazwa... Narzeczoną, mój drogi...
– Ale hm... Ona o tym wie?
– Słucham?
– Że jesteście zaręczeni?
– Jeszcze nie... – przyznał, spuszczając głowę.
Franck westchnął:
– Rozumiem, o co chodzi... Cały Philou... No dobra... Tylko nie czekaj do ostatniej chwili, żeby nas zaprosić, okay? Muszę przecież mieć czas kupić sobie piękny gajer...
– A ja sukienkę! – dodała Camille.
– A ja kapelusz... – dorzuciła Paulette.

9

Kesslerowie przyszli kiedyś na kolację. W milczeniu obejrzeli mieszkanie. Dwoje starych pryków... Przezabawny obraz, doprawdy.
Franck akurat wyszedł do pracy, a Philibert był rozkoszny.

Camille pokazała im swoją pracownię. Paulette została tam namalowana w każdej pozycji, każdą techniką i we wszystkich formatach. Świątynia pogody ducha i łagodności starszej pani; od wyrzutów sumienia po wspomnienia, które co rusz przemykały po jej twarzy...

Mathilde była poruszona, a Pierre zadowolony.
– To bardzo dobrze! Bardzo dobrze! Przez te zeszłoroczne upały staruszkowie są obecnie bardzo w modzie, wiesz? Dobrze się będzie sprzedawać... Jestem pewien.
Camille była przybita.
Przy-bi-ta.

– Zostaw... – zwróciła się do Pierre'a żona. – To prowoka-cja... Facet jest po prostu wzruszony...
– Och! A to! To boskie!
– Nie jest jeszcze skończone...
– Zatrzymasz mi to, co? Zarezerwuj mi, dobrze?
Camille kiwnęła głową.

Ale nie. Nie da mu tego, bo nigdy nie będzie skończone, ponieważ jej model nie wróci... Była tego pewna...
Trudno.
Tym lepiej.
Więc ten szkic nigdy jej nie opuści... Nie będzie ukończo-ny... Pozostanie w zawieszeniu... Jak ich niemożliwa przy-jaźń... Jak wszystko, co ich dzieliło na tym padole łez...

To było w sobotni poranek, kilka tygodni wcześniej... Camille pracowała. Nawet nie usłyszała dzwonka do drzwi. Zapukał do niej Philibert:
– Camille?
– Tak?
– Jest tu królowa Saby... W moim salonie...

Mamadou wyglądała wspaniale. Włożyła najpiękniejszy strój i całą swoją biżuterię. Jej głowa była wydepilowana aż do jednej trzeciej i nosiła dopasowane do stroju małe nakrycie głowy.

– Mówiłam ci, że przyjdę, ale musisz się spieszyć, bo idę na ślub u nas, w rodzinie, o czwartej... A więc to tu mieszkasz? To tu pracujesz?

– Jestem taka szczęśliwa, że cię widzę!

– No już... Nie trać czasu, mówię ci...

Camille wygodnie usiadła.

– Już. Trzymaj się prosto.

– Ale ja zawsze trzymam się prosto!

Po kilku szkicach odłożyła ołówek na blok:

– Nie mogę cię rysować, jeśli nie wiem, jak się nazywasz...

Tamta uniosła głowę i wytrzymała jej spojrzenie, okazując wspaniałą wzgardę:

– Nazywam się Marie Anastasie Bamundela M'Bayé.

Camille była w stu procentach pewna, że Marie Anastasie Bamundela M'Bayé nigdy nie wróci do tej dzielnicy ubrana jak królowa Diouloulou, z wioski swego dzieciństwa. Jej portret nigdy nie będzie ukończony i nigdy nie dostanie się w ręce Pierre'a Kesslera, który nigdy nie byłby w stanie być małą Bouli w ramionach tej „pięknej Murzynki"...

Poza tymi dwiema wizytami i poza imprezą, na którą pojechali we trójkę, żeby świętować trzydziestkę kolegi Francka, gdzie Camille tak się rozkręciła, że wrzeszczała: „Mam większy apetyt niż barakuda, ba-ra-ku-daaaa!", nie wydarzyło się nic nadzwyczajnego.

Dni się wydłużały, słońce wstawało coraz wcześniej, Philibert przygotowywał się do występu, Camille pracowała, a Franck tracił każdego dnia trochę zwykłej pewności siebie. Lubiła go, ale nie kochała, dawała się, ale nie cała, próbowała, ale jednak w to nie wierzyła.

Pewnego wieczoru nie wrócił na noc. Tak dla próby.

W ogóle tego nie skomentowała.

Potem drugi raz, trzeci. Aby się napić.

Spał u Kermadeca. Zazwyczaj sam, raz z dziewczyną, gdy był totalnie martwy.

Zaspokoił ją, a potem odwrócił się plecami.

– A ty?

– Zostaw mnie.

10

Paulette już prawie nie chodziła i Camille unikała zadawania jej pytań. Podtrzymywała ją w inny sposób. Czy to w świetle dziennym, czy w sztucznym od lamp. W niektóre dni była całkiem nieobecna, w inne kipiała energią. To wykańczało.

Gdzie kończył się szacunek, a zaczynało nieudzielenie pomocy zagrożonej osobie? To pytanie dręczyło ją i za każdym razem, gdy zrywała się w nocy, zdecydowana umówić się na wizytę u lekarza, starsza pani wstawała następnego dnia radosna i rześka...

A Franck nie mógł już wyciągać od aptekarki, jednej z jego byłych zdobyczy, lekarstw na receptę...

Nie brała już nic od tygodni...

Na przykład w wieczór premiery spektaklu Philiberta nie była w formie i musieli poprosić panią Perreira, żeby jej dotrzymała towarzystwa...

– Nie ma sprawy! Miałam przez dwanaście lat w domu teściową, więc możecie sobie wyobrazić... Starsi ludzie, wiem, czym to się je!

Przedstawienie miało się odbyć w domu kultury na samym końcu linii A podmiejskiej kolei RER.

Wsiedli do pociągu Zeus o 19.34, usiedli naprzeciw siebie i w milczeniu wystawiali sobie oceny.

Camille patrzyła na Francka z uśmiechem.

„Zatrzymaj ten twój gówniany uśmieszek, nie chcę go. To wszystko, co potrafisz dać... Małe uśmieszki, żeby otumanić ludzi... Zatrzymaj go sobie, zatrzymaj. Skończysz sama w tej swojej wieży z kredkami i dobrze ci tak. Już czuję, że mam dość... Robak zakochany w gwieździe, to funkcjonuje tylko chwilę..."

Franck patrzył na Camille z zaciśniętymi zębami.

„Jak ty ładnie wyglądasz, gdy jesteś zły... Jaki jesteś przystojny, kiedy tracisz grunt pod nogami... Dlaczego nie daję ponieść się tym samym uczuciom? Dlaczego cię ranię? Dlaczego noszę gorset pod moim pancerzem i dwie ładownice przy pasku? Dlaczego się blokuję przy idiotycznych detalach? Weź otwieracz do puszek, do cholery! Zajrzyj do twojej skrzynki, jestem pewna, że masz tam coś, co ułatwi mi oddychanie..."

– O czym myślisz? – spytał.
– O twoim nazwisku... Czytałam w starym słowniku, że estafier to był taki starszy giermek, który szedł za konnym i trzymał mu strzemię...
– Ach?
– Tak.
– Po prostu służący...

– Franck Lestafier?
– Obecny.
– Jak nie śpisz ze mną, to z kim śpisz?
– ...
– Robisz im te same rzeczy co mnie? – dodała, przygryzając wargę.
– Nie.

Wychodząc na powierzchnię, trzymali się za ręce.
Ręka to fajna sprawa.

424

Nie angażuje specjalnie osoby, która ją daje, a bardzo uspokaja tę, która ją otrzymuje...

Miejsce było dość ponure.

Czuło się sztuczne ozdoby, letnią fantę i niespełnione sny o chwale. Żółte fluorescencyjne plakaty ogłaszały triumfalne tournée Ramona Riobamba i jego orkiestry w skórach z lam. Camille i Franck odebrali swoje bilety i zasiedli w prawie pustej sali...

Powoli sala zaczęła się jednak wypełniać. Atmosfera jarmarku i szkolnych przedstawień. Mamusie się wystroiły, a tatusiowie sprawdzali baterie w swoich kamerach.

Jak za każdym razem, gdy był zdenerwowany, Franck machał nogą. Camille położyła mu dłoń na kolanie, żeby go uspokoić.

– Na myśl, że mój Philou stanie sam naprzeciw tych wszystkich ludzi, coś we mnie pęka... Chyba tego nie zniosę... Wyobraź sobie, że dostanie zaniku pamięci... Wyobraź sobie, że zacznie się jąkać... Pff... Będziemy go zbierać po kawałku...

– Cicho... Wszystko pójdzie dobrze...

– Jeśli choć jeden się zaśmieje, przyrzekam, że skoczę mu do gardła i mu przywalę...

– Uspokój się...

– Uspokój się, uspokój! Chętnie bym tam zobaczył ciebie! Robiłabyś z siebie pośmiewisko na oczach tylu nieznajomych?

Najpierw wystąpiły dzieci. Scapin, Queneau, Mały Książę, do wyboru do koloru.

Camille nie nadążała z rysowaniem, tak dobrze się bawiła.

Potem grupka niezgrabnych nastolatków z eksperymentalnych zajęć integracyjnych rapowała swój egzystencjalizm, potrząsając grubymi pozłacanymi łańcuchami.

– *Yo men*, ale co oni mają na głowach? – zaniepokoił się Franck. – Rajstopy czy co?

Antrakt.

Cholera. Letnia fanta i wciąż nie ma Philiberta na horyzoncie...

Gdy znów zgasło światło, pojawiła się szalona dziewczyna. Malutka, drobniutka, na nogach miała różowe conversy przerobione na *new look*, rajstopy w wielokolorowe pasy, minispódniczkę z zielonego tiulu i krótką kurteczkę lotniczą wyszywaną perłami. Kolor włosów dopasowany był do barwy butów.

Elf... Garstka konfetti... Rodzaj uroczej wariatki, którą się albo pokocha od pierwszej chwili, albo nigdy nie zrozumie.

Camille nachyliła się i zobaczyła, że Franck głupkowato się uśmiecha.

– Dobry wieczór... A więc hm... Otóż... Ja... Ja długo się zastanawiałam, w jaki sposób mam wam przedstawić kolejny numer, i w końcu pomyślałam... pomyślałam, że najlepiej będzie op... opowiedzieć wam o naszym pierwszym spotkaniu...

– Och, och... ona się jąka. To dla nas... – szepnął.

– A więc hm... To było mniej więcej rok temu...

Machała rękoma we wszystkie strony.

– Wiecie, że prowadzę kółka teatralne dla dzieci w Beaubourgu, hm i hm... Zauważyłam go, ponieważ wciąż kręcił się wokół swoich stojaków, licząc i przeliczając swoje pocztówki... Za każdym razem, kiedy go mijałam, chciałam go zaskoczyć i zawsze mi się to udawało – znów przeliczał pocztówki, jęcząc. Jak... jak Chaplin, rozumiecie? Z pewnego rodzaju wdziękiem, który chwyta za gardło... Gdy nie wiecie, czy śmiać się, czy płakać... Kiedy już nic nie wiecie... Gdy stajecie tak, zupełnie głupio, z sercem przepełnionym litością... Pewnego dnia mu pomogłam i... Bardzo polubiłam... Wy też, zobaczycie... Nie można go nie lubić... Ten chłopak jest... Jest sam jeden jak wszystkie światła miasta...

Camille gniotła dłoń Francka.

– Ach! Jeszcze jedna rzecz... Gdy mi się przedstawił po raz pierwszy, powiedział: „Philibert de La Durbellière", no więc ja, jako normalna, grzeczna osoba, odpowiedziałam mu tak samo, z punktu widzenia geograficznego: „Suzy... hm... de Belleville..." „Ach! – wykrzyknął. – Jest pani potomkiem Geoffroya de Lajemme de Belleville'a, który walczył z Habsburgami w tysiąc sześćset siedemdziesiątym drugim roku?" Ojej! „Nie – bełkotałam – de... z Belleville, z... Paryża po prostu..." A wiecie, co było najgorsze? Nawet nie był zawiedziony...

Podskakiwała.

– No więc widzicie, wszystko zostało powiedziane. I proszę o gorące oklaski...

Franck gwizdnął na palcach.

Philibert wszedł ciężko. W zbroi. W kolczudze, w hełmie z rozwianym pióropuszem, wielkim mieczem, tarczą i całym rynsztunkiem.

Przez zebranych przeszedł dreszcz.

Zaczął coś mówić, ale nic nie można było zrozumieć.

Po kilku minutach podszedł do niego mały chłopiec ze stołkiem, żeby podnieść mu przyłbicę.

Niezłomny rycerz stał się nagle słyszalny.

Małe uśmieszki na sali.

Nie wiadomo było, czy to żart, czy serio...

Wtedy Philibert zaczął genialny striptiz. Za każdym razem, gdy zdejmował element swojego żelastwa, jego mały giermek ogłaszał to głośno:

– Szyszak... podbródek... obojczyk... kirys... napierśnik... karwasze... rękawice... nabiodrki... nakolanniki... nagolenice...

Całkowicie obskubany, nasz rycerz upadł w końcu na krzesło, a chłopak ściągnął jego „buty".

– Osłona stopy – oznajmił, unosząc je nad głową i zatykając nos.

Tym razem widownia naprawdę się zaśmiała.

Nic tak dobrze nie działa jak głupi dowcip, żeby rozgrzać salę...

W tym czasie Philibert Jehan Louis Marie, Georges Marquet de La Durbellière opisywał szczegółowo członków swego drzewa genealogicznego, wymieniając najbardziej chwalebne czyny zbrojne tej znakomitej rodziny.

Jego dziadziuś Charles walczył z Turkami wraz ze świętym Ludwikiem w 1271 roku, dziadziuś Bertrand w kapuście w Azincourt w 1415, wujaszek Bidule w bitwie pod Fontenoy, dziadziuś Louis nad brzegami Loary w Cholet, wuj Maximilien u boku Napoleona, pradziadek w Chemin des Dames, a dziadek ze strony matki był więźniem Szwabów na Pomorzu.

I do tego pełno detali. Dzieciaki nie traciły ani słowa. Historia Francji w kilku zdaniach. Wielka sztuka.

– A oto ostatni liść drzewa – zakończył.

Wstał. Blady i chudziutki, ubrany tylko w kalesony zdobione burbońskimi liliami.

– To ja, wiecie? Ten, który liczy pocztówki.

Jego giermek przyniósł mu wojskową kapotę.

– Dlaczego? – spytał. – Dlaczego, u diaska, spadkobierca takiego pocztu znakomitości liczy i przelicza kawałki papieru w miejscu, którego nie znosi? Opowiem wam...

I wtedy wiatr się zmienił. Opowiedział o trudnym porodzie, ponieważ „już wtedy..." – westchnął – źle się zapowiadał, a jego matka odmówiła udania się do szpitala, gdzie

przeprowadzało się zabiegi przerywania ciąży. Opowiedział o swoim odciętym od świata dzieciństwie, podczas którego uczono go, że należy zachować dystans w stosunku do plebsu. Opowiedział o latach spędzonych w internacie, gdzie słownik *Gaffiot* służył mu jako broń, i o niezliczonych przykrościach, jakich tam padł ofiarą, on, dla którego układ sił to swobodne przemieszczanie się ołowianych żołnierzyków...
I ludzie się śmiali.

Śmiali się, bo to było śmieszne. Numer ze szklanką z sikami, drwiny, okulary wrzucone do kibla, prowokacje, okrucieństwo małych chłopców z Wandei i nieszczere słowa otuchy nauczyciela. Biała gołębica, długie wieczorne modlitwy, żeby przebaczyć tym, którzy nas obrazili, i nie poddać się pokusie, i ojciec, który w każdą sobotę pytał, czy zachowywał się odpowiednio do swojej rangi i z honorem należnym przodkom, podczas gdy on trząsł się, gdyż znowu przejechano mu szarym mydłem po tyłku.

Tak, ludzie się śmiali. Także dlatego że i on sam się śmiał.
Wszystko książęta...
Wszyscy za jego białym pióropuszem...
Wszyscy wzruszeni.

Opowiedział o swoich tikach i bzikach. O lekarstwie lexo, formularzach ubezpieczeniowych, na których nie był wstanie zmieścić nazwiska, o jąkaniu, nieporadności, gdy jego język się plątał, o napadach lęku w miejscach publicznych, martwych zębach, zakolach na głowie, lekkim już przygarbieniu i o wszystkim, co utracił, rodząc się nie w tym stuleciu, co trzeba. Wychowany bez telewizji, bez gazet, bez wyjść na miasto, bez humoru i zwłaszcza bez serdeczności dla otaczającego go świata.

Dał lekcję dobrego wychowania, podał reguły *savoir-vivre'u*, przypomniał dobre maniery i inne zwyczaje, recytując z pamięci podręcznik swojej babki:

– *Osoby szczodre i delikatne nie posługują się nigdy w obecności służby porównaniami, które mogłyby być dla niej obraźliwe. Na przykład: „jakiś tam zachował się jak lokaj".* Powiecie mi, że niegdysiejsze wielkie panie nic nie robiły sobie z takich zaleceń, i sam wiem, że pewna hrabina w osiemnastym wieku miała w zwyczaju wysyłać swoich ludzi na plac de Grève, gdy odbywała się tam egzekucja, mówiąc im okrutnie: „Idźcie do szkoły!"*

Dziś lepiej potrafimy obchodzić się z ludzką godnością i miłością własną małych i maluczkich; to zaleta naszych czasów...

Ale jednak – dodał – *grzeczność panów wobec służby nie powinna przerodzić się w spoufalanie się. Na przykład nic nie jest tak wulgarne jak przysłuchiwanie się jazgotowi tego pokroju ludzi...*

I znów widownia się uśmiechała. Nawet jeśli wcale jej to nie śmieszyło.

W końcu przemówił w starej grece, wyrecytował tyle, ile się chciało, wierszy po łacinie i przyznał, że nigdy nie widział filmu *Wielka włóczęga**, ponieważ kpiono tam z zakonnic...

– Chyba jestem jedynym Francuzem, który nie widział *Wielkiej włóczęgi*, nie?

Miłe głosy zapewniały go: nie, nie... nie jesteś jedynym...

– Na szczęście... Lepiej się czuję... Chyba... przeszedłem przez zwodzony most... I ja... opuściłem moje ziemie, żeby kochać życie... Spotkałem ludzi o wiele bardziej szlachetnych niż ja i... Cóż... Niektórzy są na sali i nie chciałbym ich wpędzać w za... zażenowanie, ale...

Ponieważ patrzył na nich, wszyscy odwrócili się w kierunku Francka i Camille, którzy desperacko próbowali rrrr... hum... przełknąć wielkie gule, jakie mieli w gardłach.

---

* Film z Bourvilem i Louisem de Funesem.

Ponieważ wygłaszający te kwestie facet, ten chudy dryblas, który wszystkich bawił, opowiadając o swoich kłopotach, to był ich Philou, ich anioł stróż, ich Supernesquick prosto z nieba. Ten, który ich uratował, obejmując swoimi cherlawymi ramionami zniechęcone ciała rozbitków...

Gdy ludzie go oklaskiwali, kończył się ubierać. Teraz stał we fraku i cylindrze.

– No i proszę... Wydaję mi się, że wszystko powiedziałem... Mam nadzieję, że za bardzo państwa nie znudziłem tymi przykurzonymi historiami... Jeśli tak się stało, proszę o wybaczenie. Proszę przekazać zażalenia na ręce panny Loyale z różowymi włosami, gdyż to ona zmusiła mnie do wystąpienia przed państwem dziś wieczorem... Obiecuję, że to się więcej nie powtórzy, ale hm...

Machnął laską w kierunku kulis i jego giermek wrócił z parą rękawiczek i bukietem kwiatów.

– Zwróćcie uwagę na kolor... – dodał, wkładając rękawiczki – świeżego masła... Mój Boże... Jestem tradycjonalistą aż do bólu... Na czym stanąłem? Ach, tak! Różowe włosy... Ja... Ja... wiem, że pan i pani Martin, rodzice panny z Beleville, są na sali i ja... ja... ja...

Ukląkł:

– Ja... Jąkam się, nieprawdaż?

Śmiechy.

– Jąkam się i to jest normalne tym razem, skoro zamierzam prosić o rękę państwa có...

W tym momencie przez scenę przeleciała kula armatnia i wpadła na niego. Jego twarz znikła w tiulach i rozległo się:

– Iiiiiiiiii, będę markiiiiiiiiiizą!!!

Z okularami na bakier wstał, unosząc ją w ramionach.

– Wspaniała zdobycz, nie uważają państwo?

Uśmiechał się.

– Moi przodkowie mogą być ze mnie dumni...

11

Camille i Franck nie zostali na pożegnalnym bankiecie, wieńczącym koniec warsztatów, gdyż nie mogli sobie pozwolić na przegapienie pociągu Zack o 23.58.

Siedzieli tym razem obok siebie, lecz byli równie mało gadatliwi jak w tamtą stronę.
Zbyt wiele obrazów, za dużo wrażeń...
– Myślisz, że wróci dziś wieczorem?
– Hmm... Ta dziewczyna nie wyglądała na taką, która się przejmuje etykietą...
– Szalone, prawda?
– Zupełnie szalone...
– Wyobrażasz sobie minę Marie Laurence, gdy ujrzy nową synową?
– Moim zdaniem tak szybko to się nie stanie...
– Dlaczego tak mówisz?
– Nie wiem... Intuicja kobieca... Kiedy tamtego dnia w zamku spacerowaliśmy po obiedzie z Paulette, powiedział nam, trzęsąc się z wściekłości: „Czy zdajecie sobie sprawę? Jest Wielkanoc, a oni nawet nie pochowali jajek dla Blanche..." Może się mylę, ale mam wrażenie, że to była ta kropla, która przelała czarę goryczy... Kazali mu wszystko znosić w pokorze, a on nawet nie reagował, ale teraz... Nie pochować czekoladowych jajek dla tej małej dziewczynki to zbyt żałosne... Zbyt żałosne.... Czułam, jak daje upust swojej złości, podejmując jakieś ponure decyzje... Tym lepiej, powiesz... I to ty masz rację: nie zasługują na niego...

Franck kiwnął głową i na tym poprzestali. Gdyby dalej się zagłębiali w ten temat, musieliby rozmawiać o przyszłości (A jeśli się pobiorą, to gdzie będą mieszkać? A gdzie my będziemy mieszkać?), a nie byli gotowi na tego typu dyskusje... Zbyt ryzykowne... Zbyt karkołomne...

Franck płacił pani Perreira, podczas gdy Camille obwieściła Paulette najnowszą nowinę. Zjedli co nieco w salonie, słuchając znośnego techno.

– To nie jest techno, to elektro.

– Ach, *sorry*...

Rzeczywiście Philibert nie wrócił tej nocy i mieszkanie wydało im się przeraźliwie puste... Byli szczęśliwi za niego i nieszczęśliwi za siebie... Stary posmak porzucenia powrócił w ustach...

Philou...

Nie musieli się wysilać, żeby przekazać sobie swoje rozterki. Tym razem rozumieli się bez słów.

Skorzystali ze ślubu przyjaciela jako pretekstu, aby spróbować mocnych alkoholi, i wypili za zdrowie wszystkich sierot świata. Było ich tak wiele, że zakończyli ten pełen wrażeń wieczór niesamowitym zejściem.

Niesamowitym i gorzkim.

12

Marquet de La Durbellière, Philibert Jehan Louis Marie Georges, urodzony 27 września 1967 roku w La Roche-sur--Yon (Wandea) poślubił Martin Suzy, urodzoną 5 stycznia 1980 roku w Montreuil (Seine-Saint-Denis) w merostwie XX dzielnicy Paryża pierwszego poniedziałku miesiąca czerwca 2004 roku pod wzruszonym okiem swoich świadków: Lestafier Franck Germain Maurice, urodzony 8 sierpnia 1970 roku w Tours (Indre-et-Loire) i Fauque Camille Marie Elisabeth, urodzona 17 lutego 1977 roku w Meudon (Hauts-de-Seine) oraz w obecności Lestafier Paulette, która odmawia podania swojego wieku.

Obecni byli również rodzice panny młodej oraz jej najlepszy przyjaciel, wysoki chłopak o żółtych włosach, równie mało rzucający się w oczy jak ona....

Philibert miał na sobie przepiękny garnitur z białego lnu, a w butonierce różową chusteczkę w zielone grochy.

Suzy miała na sobie przepiękną minispódniczkę, różową w zielone grochy, podniesioną na pupie, z dwumetrowym trenem. „Moje marzenie!" – powtarzała, śmiejąc się.

Cały czas się śmiała.

Franck miał taki sam garnitur jak Philibert, tylko bardziej karmelowy. Paulette miała na głowie kapelusz wykonany przez Camille. Coś w rodzaju gniazdka z ptaszkami i piórami odstającymi we wszystkie strony, a sama Camille ubrana była w jedną z białych koszul do smokingu dziadka Philiberta, która sięgała jej do kolan. Zawiązała wokół talii krawat i włożyła przesłodkie czerwone sandały. Włożyła spódnicę pierwszy raz od... Pff... i jeszcze dłużej...

Następnie całe to piękne bractwo wybrało się na piknik do parku Buttes-Chaumont z wielkim koszem de La Durbellière'ów z całą zawartością, kombinując, jak nie dać się złapać przez strażników.

Philibert zabrał ze sobą jedną stutysięczną swoich książek do małego, dwupokojowego mieszkania swojej małżonki, która ani przez sekundę nie mogła sobie wyobrazić, że miałaby opuścić swoją ukochaną dzielnicę, aby pogrzebać się w budynku pierwszej klasy po drugiej stronie Sekwany...

Widać było, że nie leci na kasę, a on jest zakochany...

Zatrzymał jednak swój pokój i spali tam za każdym razem, gdy wpadali na kolację. Philibert korzystał z okazji, aby przywieźć książki i wymienić na następne, a Camille – żeby kontynuować portret Suzy.

Nie mogła jej wyczuć... Kolejna, której nie sposób uchwycić... Cóż! Ryzyko zawodowe...

Philibert już się nie jąkał, ale przestawał oddychać, gdy pojawiała się na horyzoncie.

A gdy Camille dziwiła szybkość, z jaką się zaręczyli, patrzyli na nią w dziwny sposób. „Na co czekać? Dlaczego tracić czas szczęścia? To, co mówisz, jest całkowicie idiotyczne...''

Kręciła głową z powątpiewaniem i rozczuleniem, tymczasem Franck przyglądał się jej ukradkiem...

„Daj sobie spokój, nie możesz tego zrozumieć... Ty jesteś jednym wielkim kłębkiem... Tylko twoje rysunki są piękne... Jesteś cała skostniała w środku... Gdy tak sobie pomyślę, że sądziłem, iż jesteś żywotna... Kurwa, musiałem tego wieczoru być zupełnie ślepy, żeby dać się wprowadzić w maliny do tego stopnia... Myślałem, że przyszłaś się ze mną kochać, a ty po prostu miałaś chcicę... Co za dureń ze mnie...

Wiesz, czego ci trzeba? Trzeba by ci opróżnić głowę, tak jak się czyści kurczaka, i wyciągnąć raz na zawsze całe gówno, które tam masz w środku. Niezły będzie ten facet, któremu uda się ciebie rozgryźć... Zresztą wcale nie wiadomo, czy taki w ogóle istnieje... Philou mi mówi, że taka jesteś, ponieważ pięknie rysujesz, no więc, kurwa, drogo to opłacasz''...

– Co jest, mój drogi Francku? – potrząsnął nim Philibert. – Wydajesz się nieobecny...

– Jestem zmęczony...

– Nie martw się... Niedługo wakacje...

– Pff... Jeszcze cały lipiec w robocie... Zresztą pójdę już spać, bo jutro muszę wstać wcześnie. Wiozę te panie na zieloną trawkę...

Spędzić całe lato na wsi... Taki był pomysł Camille, a Paulette nie widziała przeciwwskazań... Może babcię nie za bardzo to podniecało... Ale była za. Była za, dopóki się jej do niczego nie zmuszało...

Gdy powiadomiła go o swoim planie, Franck zaczął nabierać rozsądku.

Ona mogła żyć z dala od niego. Nie była w nim zakochana i nigdy nie będzie. Poza tym go ostrzegła: „Dzięki, Franck, ja ciebie też nie". Potem to już tylko był jego problem, że uznał, iż jest silniejszy od niej i od całego świata. „Ech, nie, kolego, nie jesteś najsilniejszy... Ech, nie... A przecież tyle razy ktoś ci to dawał do zrozumienia, prawda? Ale ty jesteś taki uparty, taki zarozumiały..."

„Jeszcze przed twoim przyjściem na świat twoje życie było nic niewarte, więc dlaczego miałoby się to teraz zmienić? Co ty sobie myślałeś? Że dlatego, iż ją bzykasz z całego serca i jesteś dla niej miły, to wszystko jest załatwione, akurat... Pff... Jakie to żałosne... Przyjrzyj się trochę twojemu postępowaniu. Gdzie się z tym wybierałeś, co? Dokąd chciałeś zajść? Tak serio?"

Postawiła swoją torbę i walizkę Paulette przed wejściem i poszła do niego do kuchni.
– Pić mi się chce.
– ...
– Jesteś obrażony? Nie chcesz, żebyśmy wyjeżdżały?
– Skądże! Będę się mógł trochę zabawić...
Wstała i wzięła go za rękę:
– No chodź...
– Gdzie?
– Do łóżka.
– Z tobą?
– No tak!
– Nie.
– Dlaczego?
– Nie mam już ochoty... Jesteś dla mnie czuła tylko wówczas, gdy akurat przyjdzie ci ochota. Oszukujesz, mam dość...

– Dobra...

– Raz jesteś ciepła, raz zimna... To obrzydliwe postępowanie...

– ...

– To jest obrzydliwe...

– Ale mi z tobą dobrze...

– „Ale mi z tobą dobrze"... – powtórzył dziecinnym głosem. „Mam to w dupie, że tobie jest ze mną dobrze. Ja chciałem, żebyś ze mną była, kropka. Reszta... Twoje niuanse, artystyczną duszę, małe układy między cipą a sumieniem zatrzymaj dla innego frajera. Ten tutaj już wszystko dał z siebie. Nic już więcej nie wyciągniesz i możesz już sobie dać spokój, księżniczko..."

– Zakochałeś się, tak?

– Och, jesteś wkurwiająca, Camille! Dobra! Mów teraz do mnie jak do poważnie chorego! Cholera, trochę skromności, do kurwy nędzy! Trochę przyzwoitości! W końcu zasługuję na to! Dobra... Zabierasz się stąd i dobrze mi to zrobi... Co ja takiego robię, że daję się okręcić przez pannę, którą swędzi na myśl, że ma spędzić dwa miesiące w zabitej dechami dziurze sama ze staruszką? Nie jesteś normalna i gdybyś była choć trochę uczciwa, poszłabyś się leczyć, zamiast czepiać się pierwszego lepszego frajera.

– Paulette miała rację. To niesamowite, jaki ty jesteś wulgarny...

Podróż następnego dnia wydała się hm... dość długa...

Zostawił im samochód i odjechał na swoim starym motorze.

– Przyjedziesz w przyszłą sobotę?

– Po co?

– Nooo... Żeby odpocząć...

– Zobaczę...

– Nie całujemy się na pożegnanie?

– Nie.

– ...

– Przyjadę cię przelecieć w przyszłą sobotę, jeśli nie będę miał nic lepszego do roboty, ale już się z tobą nie całuję.

– Dobra.

Poszedł się pożegnać z babcią i zniknął za zakrętem. Camille wróciła do swoich wielkich wiader z farbą. Teraz poświęcała się dekoracji wnętrz...

Zaczęła się zastanawiać, ale zrezygnowała. Wyciągnęła pędzle ze spirytusu i długo je wycierała. Miał rację: „zobaczymy".

I ich małe życie toczyło się dalej. Jak w Paryżu, tylko że jeszcze wolniej. I w słońcu.

Camille poznała parę Anglików, którzy remontowali dom obok. Wymieniali się rzeczami, pomysłami, narzędziami i drinkami – dżin z tonikiem w porze, gdy śpiewały jerzyki.

Pojechały do muzeum Sztuk Pięknych w Tours. Paulette czekała pod wielgachnym cedrem (zbyt wiele schodów), podczas gdy Camille odkrywała ogród, piękną żonę i wnuka malarza Edouarda Debata-Ponsana. Jego nie było w encyklopedii... Tak jak Emmanuela Lansyera, którego prace obejrzały w muzeum w Loches kilka dni wcześniej... Camille bardzo lubiła tych malarzy, których nie było w encyklopediach... Małych mistrzów, jak o nich się mówiło... Regionalnych artystów, wystawiających się tylko w tych miastach, które ich przygarnęły. Pierwszy pozostanie na zawsze dziadkiem Oliviera Debrégo, a drugi uczniem Corota... Bach!... Bez otoczki geniuszu i zachwytu potomności ich obrazy można było podziwiać spokojniej. I być może szczerzej...

Camille bezustannie pytała Paulette, czy nie chce skorzystać z toalety. Sama kwestia nietrzymania była idiotyczna, ale trzymała się jej kurczowo, żeby zmusić ją do reagowania... Starsza pani raz czy dwa razy sobie popuściła i dostała porządny opieprz:

– Ach, nie, moja droga Paulette, wszystko, co pani chce,

tylko nie to! Jestem tu tylko dla pani! Proszę mi mówić! Proszę ze mną zostać, do licha! Co to za maniery, żeby tak robić pod siebie? Z tego co wiem, nie jest pani zamknięta w klatce, prawda?

– ...

– Halo! Paulette! Proszę mi odpowiedzieć. Na dodatek głuchnie pani?

– Nie chciałam ci przeszkadzać...

– Kłamczucha! Nie chciała pani sobie przeszkadzać!

Resztę czasu poświęcała na uprawianie ogródka, majsterkowanie, pracę, myślenie o Francku i czytanie – nareszcie – *Kwartetu aleksandryjskiego*[*]. Czasem na głos... Żeby wprowadzić ją w temat... A potem to była jej kolej na opowiadanie librett oper...

– Proszę teraz posłuchać, jakie to piękne... Don Rodrigue proponuje przyjacielowi, żeby poszedł z nim na wojnę, co pomoże mu zapomnieć, iż jest zakochany w Elżbiecie...

Chwila, podgłośnię... Proszę posłuchać tego duetu, Paulette... *Boże, ty zasiałeś w naszych duszach...* – nuciła, machając nadgarstkami – na ninana ninana... Piękne, prawda?

Przysnęła.

Franck nie przyjechał w następny weekend, ale miały za to odwiedziny nierozłącznych państwa Marquet.

Suzy rozłożyła poduszkę do jogi w gęstej trawie, a Philibert czytał w leżaku przewodniki po Hiszpanii, gdzie wybierali się tydzień później w podróż poślubną.

– Do Jana Karola... Mojego kuzyna przez powinowactwo.

– Mogłam się domyślić... – uśmiechnęła się Camille.

– Ale... A Franck? Nie ma go?

– Nie.

---

[*] Autorstwa Lawrance'a Durrella.

– Na motorynce?

– Nie wiem...

– Chcesz powiedzieć, że został w Paryżu?

– Tak myślę...

– Och, Camille... – zmartwił się.

– Co Camille? – zdenerwowała się. – Co? Ty sam mi kiedyś powiedziałeś, że nie można z nim wytrzymać... Że niczego nie czyta poza drobnymi ogłoszeniami w „Motobeaufeland Magazine", że... że...

– Cicho. Uspokój się. Niczego ci nie zarzucam.

– Nie, gorzej...

– Wyglądaliście na takich szczęśliwych...

– Tak. No, właśnie. I pozostańmy przy tym. Nie niszczmy wszystkiego...

– Uważasz, że to jak z twoimi wkładami do ołówków? Myślisz, że się zużywają, gdy się ich używa?

– O czym ty mówisz?

– O uczuciach.

– Kiedy narysowałaś ostatni autoportret?

– Dlaczego o to pytasz?

– Kiedy?

– Dawno...

– Tak właśnie sądziłem...

– To nie ma nic do rzeczy...

– Oczywiście, że nie...

– Camille?

– Mhm...

– Pierwszego października dwa tysiące czwartego o ósmej rano...

– Tak?

Podał jej list rejenta Buzota, notariusza w Paryżu.

Camille przeczytała, oddała mu kartkę i rozłożyła się w trawie u jego stóp.

440

– Słucham?

– To było za piękne, żeby trwać...

– Przykro mi...

– Przestań.

– Suzy przegląda ogłoszenia w naszej dzielnicy... Tak też może być fajnie, wiesz? Jest... oryginalnie, jak powiedziałby mój ojciec...

– Przestań. A Franck już wie?

– Jeszcze nie.

Zapowiedział się na przyszły tydzień.

– Nie brakuje ci mnie za bardzo? – zapytała słodko do słuchawki.

– Nie. Mam kupę roboty przy motorze... Philibert pokazał ci list?

– Tak.

– ...

– Myślisz o Paulette?

– Tak.

– Ja też.

– Zabawiliśmy się z nią w jo-jo... Powinniśmy ją zostawić tam, gdzie była...

– Naprawdę tak myślisz? – spytała Camille.

– Nie.

13

Minął tydzień.

Camille umyła ręce i wróciła do ogrodu, gdzie Paulette zażywała kąpieli słonecznej w swoim fotelu.

Przygotowała quiche... No powiedzmy... Coś w rodzaju tarty z kawałkami boczku w środku... Po prostu coś do jedzenia...

Jak uległa żona czekająca na męża...

Pieliła i skrobała ziemię na kolanach, gdy jej stara towarzyszka szepnęła z tyłu:
– Zabiłam go.
– Słucham?
Litości!
Ostatnio coraz bardziej jej odbijało...

– Maurice'a... mojego męża... Zabiłam go.

Camille wyprostowała się, ale nie odwróciła.

– Szukałam w kuchni portmonetki, żeby kupić chleb, i... Widziałam, jak upadł... Był bardzo chory na serce, wiesz... Rzęził, ciężko oddychał, jego twarz była... Ja... Włożyłam sweterek i wyszłam. Nie spieszyłam się... Zatrzymywałam się przy każdym domu... „A jak tam mały, w porządku? A jak z pani reumatyzmem, wciąż dokucza? Ale się zbiera na burzę, widziała pani?" Ja, która nie jestem specjalnie gadatliwa, tego poranka stałam się wręcz wylewna... A najgorsze jest to, że zagrałam w lotto... Zdajesz sobie z tego sprawę? Zupełnie jakby to był mój szczęśliwy dzień... Dobra, i potem... Wróciłam jednak do domu, a on już nie żył.
Cisza.
– Wyrzuciłam kupon, ponieważ nigdy nie miałabym czelności sprawdzić wylosowanych liczb, i zadzwoniłam po strażaków... Albo na pogotowie... Nie pamiętam... I tak było za późno. I wiedziałam o tym...
Cisza.
– Nic nie mówisz?
– Nie.
– Dlaczego nic nie mówisz?
– Ponieważ sądzę, że nadeszła jego godzina.
– Tak myślisz? – spytała błagalnie.
– Jestem tego pewna. Zawał to zawał. Kiedyś mi pani powiedziała, że dostał piętnaście lat życia w prezencie. No i właśnie wtedy się to skończyło.

I żeby jej udowodnić, iż wierzy w wypowiedziane przed chwilą słowa, powróciła do pracy, jakby nic się nie wydarzyło.

– Camille?
– Tak.
– Dziękuję.

Gdy podniosła się z ziemi, pół godziny później, starsza pani spała z uśmiechem na ustach.
Poszła po koc dla niej.

Następnie skręciła sobie papierosa.
Następnie wyczyściła sobie zapałką paznokcie.
Następnie poszła sprawdzić, co z jej „quiche".
Następnie pokroiła trzy małe główki sałaty i kilka krążków cebulki.
Następnie je umyła.
Następnie nalała sobie kieliszek białego wina.
Następnie wzięła prysznic.
Następnie wróciła do ogrodu, wkładając po drodze sweter.

Położyła dłoń na jej ramieniu:
– Halo... Przeziębi się pani, Paulette...
Delikatnie nią potrząsnęła:
– Moja Paulette?

Nigdy rysunek nie sprawił jej tyle bólu.
Wykonała tylko jeden.
I być może był najpiękniejszy ze wszystkich...

14

Było grubo po pierwszej, gdy nadjechał Franck, budząc całą wieś.

Camille była w kuchni.

– Znowu popijasz?

Powiesił kurtkę na krześle i wyciągnął kieliszek z szafki nad jej głową.
– Nie ruszaj się.

Usiadł naprzeciw niej:
– Babcia już się położyła?
– Jest w ogrodzie...
– W ogro...
I gdy Camille podniosła głowę, zaczął jęczeć:
– Och, nie, kurwa... Och, nie...

15

– A co z muzyką? Czy mają państwo jakieś preferencje?
Franck odwrócił się do Camille.
Płakała.
– Znajdziesz nam coś ładnego, prawda?
Pokręciła głową.
– A co z urną? Czy... Czy widzieli państwo cennik?

16

Camille nie miała odwagi wrócić do miasta, żeby poszukać jakiegoś odpowiedniego miejsca do zamieszkania. Poza tym wcale nie była pewna, czy znajdzie... I nie miała odwagi...

Wyciągnęła kasetę, która nadal tkwiła w samochodowym radiu, i wręczyła panu z krematorium.
– Nic nie można zrobić?
– Nie.

To był naprawdę jej ulubieniec... Zaśpiewał nawet piosenkę tylko dla niej, więc...

Camille sama skompilowała tę składankę w podziękowaniu za obrzydliwy sweter, który zrobiła jej zimą na drutach, i nawet ostatnio z nabożnością słuchały razem tej kasety w drodze powrotnej z ogrodów Villandry.
Widziała we wstecznym lusterku, jak się uśmiechała...

Gdy ten wysoki młodzieniec śpiewał, ona również miała dwadzieścia lat.
Widziała go w 1952 roku, za czasów, gdy przy kinach były jeszcze music-halle.
– Ach... Był taki przystojny... – wzdychała. – Taki przystojny...

Powierzono więc jaśnie panu Montandowi odśpiewanie pieśni żałobnej.

I Requiem...

Na rower z rana człowiek siadł
I już w szeroki ruszał świat
Drogą het-het...
Dobrzy koledzy mkną przez wieś:
Na samym przedzie Jaś i Cześ,
Zaraz za nimi Staś i Grześ,
No, i Paulette...

A każdy w niej się kochał tak,
Że na rowerze mknął jak ptak
Drogą het-het...

I jeszcze Philou nie było...
Pojechał do swoich zamków w Hiszpanii...
Franck stał wyprostowany, z rękoma splecionymi za plecami.
Camille płakała.

Niby nic – la la la –
A wciąż wraca i gra
Ta piosenka...
Nie ma jej – a już bruk
Nam ucieka spod nóg,
Serce pęka!

Król nie król, skrzat nie skrzat,
Cały nuci ją świat...

Uśmiechała się... Król nie król, skrzat nie skrzat... Ale przecież to my...

La la la – cały świat
Pocieszała od lat
Ta piosenka...

Pani Carminot przebierała palcami różaniec, pociągając nosem.

Ile osób było w tej sztucznej kapliczce ze sztucznymi marmurami?

Może dziesięć?

Poza Anglikami sami starzy ludzie...

Zwłaszcza stare kobiety.

Zwłaszcza stare kobiety, smutnie kiwające głowami.

Camille opadła na ramię Francka, który cały czas rozwierał i zaciskał pięści.

Parę nut, jeden krok –
I już nic, i już mrok,
Sen się skrada...
Znika urok i czar,
I piosenka, i gwar,
Noc zapada...

Wąsaty pan skinął na Francka.

Ten kiwnął głową.

Drzwi pieca się otworzyły, trumna wjechała, drzwi się zamknęły i pfffuuufff...

Paulette zapaliła się, ostatni raz słuchając swojego ukochanego piosenkarza.

Kuśtyk... kuśtyk... odeszła w świat...
Odeszła w słońce... w deszcz... i wiatr...

Nastąpiły uściski. Stare babcie przypominały Franckowi,
jak bardzo lubiły jego babcię. On się do nich uśmiechał. I zaciskał z całej siły zęby, żeby się nie rozpłakać.

Dobrzy ludzie się rozeszli. Pan dał papiery do podpisu,
a inny wręczył małe czarne pudełko.

Bardzo piękne. Bardzo szykowne.

Lakier błyszczał różnymi odcieniami w zależności od
światła.

Można było się zrzygać.

Yvonne zaprosiła ich na małego drinka, aby podnieść na
duchu.

– Nie, dziękujemy.

– Na pewno?

– Na pewno – odpowiedział Franck, wymieniając uścisk
z Yvonne.

Znaleźli się na ulicy.

Zupełnie sami.

Oboje.

Jakaś pięćdziesięcioletnia pani podeszła do nich.

Poprosiła, żeby do niej wpadli.

Pojechali za jej samochodem.

Pojechaliby za każdym.

17

Przygotowała im herbatę i wyciągnęła z pieca ciasto biszkoptowe.

Przedstawiła się. Była córką Jeanne Louvel.

Nie kojarzył.

– To normalne. Gdy tu przybyłam, żeby zamieszkać w domu mojej matki, już dawno pan stąd wyjechał...

Dała im spokojnie się napić i zjeść.

Camille wyszła do ogrodu zapalić. Dłonie się jej trzęsły.

Gdy wróciła do środka i usiadła, gospodyni poszła po duże pudło.

– Poczekajcie, poczekajcie. Zaraz ją znajdę... Ach! Oto i ona! Proszę...

Było to maleńkie zdjęcie z kremowym ząbkowanym brzegiem i pretensjonalnym podpisem w prawym dolnym rogu.

Dwie młode kobiety. Ta po prawej śmiała się, patrząc w obiektyw, a ta po lewej miała spuszczone oczy i czarny kapelusz.

Obie były łyse.

– Rozpoznaje ją pan?

– Słucham?

– Tu... To pańska babcia.

– Ta?

– Tak. A obok to moja ciotka Lucienne... Starsza siostra mojej matki...

Franck podał zdjęcie Camille.

– Moja ciotka była nauczycielką. Mówiono, że to najpiękniejsza dziewczyna w okolicy... Uważano ją też za niezłą snobkę... Była wykształcona i kilka razy odmówiła ręki, a więc kłuła w oczy... Trzeciego lipca tysiąc dziewięćset czterdziestego piątego roku Rolande F., krawcowa, zeznała... Moja matka znała protokół na pamięć... *Widziałam, jak bawiła się, śmiała,*

żartowała i nawet pewnego dnia zabawiała się z nimi (nie-
mieckimi oficerami) w polewanie wodą w kostiumie kąpie-
lowym na podwórzu szkoły.
Cisza.

– Ogolili ją na łyso? – spytała w końcu Camille.
– Tak. Moja matka opowiadała mi, że przez całe dnie leżała nieruchomo, aż pewnego dnia jej dobra przyjaciółka Paulette Mauguin przyszła po nią. Ogoliła sobie głowę maszyn-
ką ojca do obcinania kapusty i stała, śmiejąc się, przed ich
drzwiami. Wzięła ją za rękę i zmusiła do pojechania do miasta
do fotografa. „No chodź... – mówiła jej – będziemy mieć
pamiątkę... No chodź, mówię ci! Nie rób im tej przyjemności... No już... Głowa do góry, moja Lulu... Jesteś od nich więcej warta..." Moja ciotka nie ośmieliła się wyjść z domu bez
kapelusza i odmówiła zdjęcia go u fotografa, ale pańska babka... Proszę na nią spojrzeć... Ten błysk w oku... Ile lat miała
wtedy? Ze dwadzieścia?
– Była z listopada tysiąc dziewięćset dwudziestego pierwszego roku.
– Dwadzieścia trzy lata... Dzielna młoda kobieta, prawda?
Proszę... To dla pana...
– Dziękuję – odpowiedział Franck, próbując wykrzywić
w uśmiechu usta.

Gdy już byli na ulicy, odwrócił się do Camille i rzucił
dumnie:
– Ta moja babcia była kimś, prawda?
I rozpłakał się.
Nareszcie.

– Moja mała staruszka... – łkał. – Moja, tylko moja mała
staruszka... Jedyna, jaką miałem na świecie...

Camille stanęła nagle i wróciła biegiem po czarne pudełko.

Spał na kanapie i następnego dnia wstał bardzo wcześnie.

Z okna swojego pokoju Camille widziała, jak rozsypuje delikatny pył na maki i groszek pachnący...

Nie ośmieliła się wyjść od razu i gdy w końcu zdecydowała się przynieść mu kubek gorącej kawy, usłyszała oddalający się pomruk jego motoru.

Kubek się stłukł, a ona upadła na stół kuchenny.

18

Wstała wiele godzin później, wytarła nos, wzięła zimny prysznic i wróciła do swoich puszek z farbą.
Zaczęła odmalowywać ten cholerny dom i zamierzała skończyć tę robotę.

Włączyła radio na FM i spędziła następne dni na drabinie.

Co dwie godziny wysyłała do Francka esemesy, żeby zdać relację, gdzie jest:

09.13 Indochiny, nad kredensem
11.37 *Aicha, Aicha, écoute-moi*, wokół okien
13.44 Souchon, papieros w ogrodzie
16.12 Nougaro, sufit
19.00 Wiadomości, kanapka z szynką
10.15 Beach Boys, łazienka
11.55 Bénabar, *C'est moi, c'est Nathalie*, nie ruszyłam się
15.03 Sardou, płuczę pędzle
21.23 Daho, spanie.

Odpowiedział jej tylko raz:
01.16 Cisza.

Co chciał powiedzieć: koniec zmiany, spokój czy zamknij się?

Z tymi wątpliwościami wyłączyła komórkę.

19

Camille zamknęła okiennice, poszła się pożegnać z... z kwiatami i pogłaskała kota, zamykając oczy.

Koniec lipca.
W Paryżu żar.

Mieszkanie było ciche. Zupełnie jakby zostali już z niego przegnani...

„Halo, halo – powiedziała na głos – ja jeszcze mam coś do skończenia...”

Kupiła piękny zeszyt, nakleiła na pierwszej stronie idiotyczną kartę praw i obowiązków, którą razem napisali tamtego wieczoru w La Coupole, potem zebrała wszystkie swoje rysunki, plany, szkice itp., żeby zapamiętać wszystko, co zostawiają za sobą i co zniknie wraz z nimi...

Było stąd co zabierać...

Dopiero potem zabrała się do opróżniania pokoju obok.

Następnie...

Gdy szpilki do włosów i pasta polident również odejdą ...

Segregując rysunki, odłożyła na bok portrety przyjaciółki.

Do tej pory niespecjalnie zależało jej na tym pomyśle z wystawą, ale teraz co innego. Teraz stało się to jej *idée fixe*: aby utrzymać ją jeszcze przy życiu. Myśleć o niej, mówić o niej, pokazywać jej twarz, plecy, szyję, dłonie... Żałowała, że jej nie nagrała, gdy na przykład opowiadała swoje wspomnienia z dzieciństwa... Lub o swojej wielkiej miłości.

„To pozostanie między nami, tak?

– Oczywiście...

– No więc nazywał się Jean Baptiste... Piękne imię, nie uważasz? Ja, gdybym miała syna, nazwałabym go Jean Baptiste..."

Na razie jeszcze słyszała w głowie brzmienie jej głosu... Ale jak długo jeszcze?

Nauczyła się majsterkować, słuchając muzyki w radiu, więc poszła do pokoju Francka, żeby pożyczyć wieżę.

Nie znalazła.
I nic dziwnego.
Nic już tam nie było.
Oprócz trzech kartonów pod ścianą.

Oparła głowę o framugę drzwi i parkiet przemienił się w ruchome piaski...
Och, nie... Nie on... Nie on też...
Gryzła pięści.
Och, nie... Znów to samo... Znowu traciła wszystkich...
Och, nie, kurwa...
Och, nie...

Zatrzasnęła za sobą drzwi i pobiegła aż do restauracji.
– Jest Franck? – spytała zziajana.
– Franck? Nie, nie wydaje mi się – odpowiedział znużony dryblas.
Skubała nos, żeby się nie rozpłakać.
– Czy... Czy on już tu nie pracuje?
– Nie...
Puściła nos i...
– To znaczy od dzisiejszego wieczoru... A właśnie... Oto i on!

Wychodził z szatni ze wszystkimi swoimi ubraniami służbowymi zwiniętymi w kulę.

452

– No proszę, proszę... – powiedział na jej widok. – Oto i nasza piękna ogrodniczka...

Płakała.

– Co się stało?

– Myślałam, że wyjechałeś...

– Jutro.

– Co takie...?

– Jutro wyjeżdżam.

– Gdzie?

– Do Anglii.

– Dla... dlaczego?

– Po pierwsze z okazji wakacji, po drugie, żeby popracować... Mój szef znalazł mi supermiejsce...

– Będziesz żywił królową? – próbowała się uśmiechnąć.

– Nie, lepiej... Szef zmiany w Westminster...

– Ach?

– Najwyższa półka.

– Ach...

– A jak tam? W porządku?

– ...

– No chodź, pójdziemy się czegoś napić... W końcu nie pożegnamy się w taki sposób...

20

– Siadamy w środku czy na zewnątrz?

– W środku...

Przyjrzał się jej urażony:

– Już schudłaś o te kilogramy, które ci dałem...

– Dlaczego wyjeżdżasz?

– Już ci tłumaczyłem... To jest superpropozycja, a poza tym... No cóż... Nie mam środków, żeby się utrzymać w Paryżu... Powiesz mi, że mogę zawsze sprzedać dom Paulette, ale nie potrafiłbym...

– Rozumiem...
– Nie, nie, to nie o to chodzi... Nie o wspomnienia, które tam zostawiam... hm... Nie, chodzi o to, że... Ta chałupa nie należy do mnie.
– Należy do twojej matki?
– Nie. Do ciebie.
– ...
– Ostatnia wola Paulette... – dodał, wyciągając list z portfela. – Masz... Możesz przeczytać...

Mój kochany Francku!
Nie zwracaj uwagi na moje koślawe pismo, niewiele już widzę.
Ale widzę wystarczająco dużo, aby czuć, że ta mała Camille kocha mój ogród, i dlatego chciałabym jej go zostawić, jeśli nie widzisz przeciwwskazań...
Uważaj na siebie i na nią, jeśli będziesz mógł.
Całuję Cię bardzo mocno

Babcia

– Kiedy go otrzymałeś?
– Kilka dni przed... przed jej odejściem... Dostałem go w dniu, w którym Philou poinformował mnie o sprzedaży mieszkania... Ona... Ona zrozumiała, że... Że będzie kicha...

Uch... Dławiło go coś złośliwie w gardle...
Na szczęście pojawił się kelner:
– Dla pana?
– Poproszę perrier z cytryną...
– A dla pani?
– Koniak... podwójny...

– Ona mówi o ogrodzie, nie o domu...
– Taaa... Hm... Nie będziemy się targować, prawda?

– Wyjeżdżasz?
– Już ci mówiłem. Mam już bilet...

454

– Kiedy?
– Jutro wieczorem...

– Słucham?
– Myślałam, że masz dość harowania dla innych...
– Oczywiście, że tak, ale co innego mam robić?

Camille pogrzebała w torebce i wyciągnęła notes.
– Nie, nie, koniec z tym... – bronił się, zakrywając dłońmi twarz. – Nie ma już mnie, mówiłem ci...
Przewracała kartki.
– Spójrz... – powiedziała, przekręcając notatnik w jego stronę.
– Co to za lista?
– To są wszystkie miejsca, jakie znalazłyśmy z Paulette podczas naszych spacerów...
– Jakie miejsca?
– Puste lokale, gdzie mógłbyś otworzyć biznes... To jest przemyślane, wiesz... Przed zapisaniem każdego adresu długo to obgadywałyśmy! Te podkreślone są najlepsze... Ten zwłaszcza byłby doskonały... To taki mały placyk za Panteonem... Kiedyś była tam kawiarnia, jestem pewna, że to miejsce by ci się spodobało...
Wypiła resztę koniaku.

– Zupełnie ci się pomieszało... Wiesz, ile kosztuje otwarcie restauracji?
– Nie.
– Zupełnie ci się pomieszało... Dobra, koniec... Muszę dokończyć pakowanie... Jem dziś kolację u Philou i Suzy, wpadniesz?
Chwyciła go za ramię, żeby nie pozwolić mu wstać.
– Ja mam pieniądze...
– Ty? Przecież żyjesz jak nędzarka!
– Tak, ponieważ nie chcę ich dotykać... Nie lubię tej kasy, ale chętnie ci ją dam...
– ...

– Pamiętasz, jak ci opowiadałam, że mój ojciec był agentem ubezpieczeniowym i zginął w... w wypadku przy pracy, pamiętasz?

– Tak.

– No więc poczynił pewne kroki... Wiedział, że mnie porzuci, więc chociaż pomyślał o zabezpieczeniu mnie...

– Nie rozumiem.

– Ubezpieczenie na życie... Na moją rzecz...

– A dlaczego ty... Dlaczego nigdy nie kupiłaś sobie chociaż porządnej pary butów?

– Już ci mówiłam... Nie chcę tej kasy. Śmierdzi trupem. Chciałam żywego tatusia, a nie to.

– Ile?

– Tyle, że w banku potraktują cię bardziej niż grzecznie i zaproponują dobry kredyt, myślę...

Zajrzała do notesu.

– Czekaj, wydaje mi się, że gdzieś to narysowałam...

Wyrwał jej go z rąk.

– Przestań, Camille... Przestań z tym wszystkim. Przestań ukrywać się za tym cholernym notesem. Przestań... Choć raz, błagam cię...

Patrzyła na ladę.

– Halo! Mówię coś do ciebie!

Spojrzała na jego T-shirt.

– Nie. Popatrz na mnie.

Spojrzała na niego.

– Dlaczego nie powiesz po prostu: „Nie chcę, żebyś wyjeżdżał"? Ja jestem taki jak ty... Mam w dupie tę kasę, jeśli przyszłoby mi ją wydać samemu... Ja... Ja... Nie wiem, kurwa... „Nie chcę, żebyś wyjechał" – to nie jest takie trudne zdanie do wypowiedzenia, prawda?

– Jużcitomówiłam.

– Co?

– Już ci to mówiłam...

– Kiedy?

– W noc sylwestrową...

– Taaa, ale to się nie liczy... Wtedy chodziło o Philou...
Cisza.
– Camille?
Jasno wyartykułował:
– Ja... nie... chcę... żebyś... wy... jeż... dżał.
– Ja...
– Dobrze, dalej... nie...
– Ja się boję.
– Czego się boisz?
– Boję się ciebie, boję się siebie, boję się wszystkiego.

Westchnął.
Ona też westchnęła.

– Spójrz. Rób tak jak ja.
Zaczął przyjmować pozycje kulturysty na pokazie.
– Zaciśnij pięści, zgarb się, zegnij ramiona, skrzyżuj je
i ściągnij po brodę... O tak...
– Dlaczego? – dziwiła się.
– Dlaczego że... Twoja skóra jest dla ciebie za ciasna,
musi pęknąć... Patrz... Dusisz się tam w środku... Musisz
z niej wyjść... No już... Chcę usłyszeć, jak pęka szew na twoim grzbiecie...

Uśmiechała się.
– Kurwa, nie... zachowaj dla siebie ten twój durny
uśmiech... Nie chcę go... To nie o to cię proszę! Proszę cię,
żebyś żyła, do ciężkiej cholery! A nie żebyś się do mnie
uśmiechała! Od tego są prezenterki pogody w telewizji...
Dobra, spadam, bo jeszcze się wkurzę... Do zobaczenia wieczorem...

21

Camille wykopała sobie norkę wśród pięćdziesięciu tysięcy kolorowych poduszek Suzy, nie tknęła nawet talerza

i wypiła wystarczająco, żeby śmiać się w odpowiednich momentach.

Przy oglądaniu zdjęć uraczono ich opowieściami żywcem wziętymi z programu *Poznaj świat*...

„Aragonia lub Kastylia" – precyzował Philibert.

– ...to skutki przeznaczenia! – powtarzała przy każdej fotce.

Była rozweselona.

Smutna i rozweselona.

Franck dość szybko ich zostawił, bo szedł z kolegami opijać koniec francuskiego życia.

Camille udało się w końcu wstać i Philibert odprowadził ją na dół aż do ulicy.

– Poradzisz sobie?
– Tak.
– Chcesz, żebym ci wezwał taksówkę?
– Nie, dzięki. Mam ochotę się przejść.
– No, dobrze... To miłego spaceru...

– Camille?
– Tak.
Odwróciła się.
– Jutro... Siedemnasta piętnaście na dworcu Północnym...
– Ty będziesz?
Pokręcił głową.
– Niestety nie... Pracuję...

– Camille?
Ponownie się odwróciła.
– Ty... Idź za mnie... Proszę...

22

– Przyszłaś pomachać chusteczką na pożegnanie?
– Tak.
– To miło...

– Ile nas jest?
– Kogo?
– Dziewczyn, które przyszły pomachać chusteczkami i obsmarować cię szminką?
– No to spójrz...
– Tylko ja?!
– No tak... – skrzywił się. – Ciężkie czasy... Na szczęście Angielki są gorące... Przynajmniej tak mi mówiono!
– Nauczysz ich *french kiss*?
– Między innymi... Odprowadzisz mnie na peron?
– Tak.

Spojrzał na zegar:
– Dobra. Pozostało ci już tylko pięć minut, żeby wypowiedzieć to zdanie, składające się z czterech słów. Chyba jest to wykonalne, nie? No – próbował żartować – jeśli to za dużo, wystarczą mi dwa... Ale te odpowiednie, co? Cholera! Nie skasowałem biletu... A więc...
Cisza.
– Trudno... Nie zamienię się w księcia, pozostanę żabą...

Zarzucił plecak na ramię i odwrócił się do niej plecami.
Pobiegł złapać kontrolera.
Widziała, jak odbiera bilet i macha do niej...

I Eurostar przeleciał jej przez palce...
Zaczęła płakać jak głupia.
I już na horyzoncie widać było tylko maleńką szarą kropeczkę...

Zadzwoniła jej komórka.
– To ja.
– Wiem, wyświetliłeś mi się...
– Jestem pewien, że jesteś teraz w samym środku superromantycznej sceny... Jestem pewien, że stoisz samotnie na końcu peronu i opłakujesz utraconą w białym kłębie dymu miłość...

Uśmiechała się przez łzy.

– Ską... Skądże... – udało się jej wydukać. – Właśnie wychodzę z dworca...

„Kłamczucha" – usłyszała głos za swoimi plecami.

Padła mu w ramiona i przytuliła się bardzo, bardzo, bardzo mocno.
Aż coś pękło.

Płakała.

Puściły tamy, wycierała nos w jego koszulę, płakała nadal, pozbywała się dwudziestu siedmiu lat samotności, smutku, złośliwych ciosów w głowę, płakała za czułości, których nigdy nie otrzymała, za szaleństwo matki, strażaków na kolanach na wykładzinie, roztrzepanie ojca, harówę, lata bez odpoczynku, za nigdy, za zimno, przyjemność głodowania, złe towarzystwo, zdrady, które sama sobie narzuciła, i wciąż te zawroty głowy nad przepaścią i nad butelką. I za wątpliwości, które ją ogarniały, za ciało, które jej się wciąż wymykało, i pociąg do niebytu, i za strach, że nie stanie na wysokości zadania. I za Paulette też... Za łagodność Paulette zamienioną w proch w pięć i pół sekundy...

Zapiął ich w swojej kurtce i oparł brodę na jej głowie.

– No już... Już... – szepnął łagodnie, nie wiedząc, czy tak jest naprawdę. – Płacz jeszcze albo przestań.

Jak chciała.

Jej włosy go łaskotały, był cały obsmarkany i bardzo szczęśliwy.
Bardzo szczęśliwy.
Uśmiechał się. Po raz pierwszy w życiu znalazł się na właściwym miejscu o właściwej porze.

Pocierał brodą o jej głowę.

– No już, skarbie... Nie martw się, damy sobie radę... Nie będziemy lepsi od innych, ale też i nie gorsi... Damy radę, obiecuję... Damy radę... Nie mamy nic do stracenia, bo nic nie mamy... No... Chodź...

EPILOG

– Kurwa, nie wierzę... Nie wierzę... – narzekał, żeby ukryć zadowolenie. – Ten dupek mówi tylko o Philou! Obsługa to, obsługa tamto... Oczywiście! Dla niego to nic trudnego! On ma dobre maniery wytatuowane na ciele! I przyjęcie, i wystrój, i rysunki Fauque, i blablabla... A moja kuchnia? Wszyscy mają w dupie moją kuchnię?

Suzy wyrwała mu gazetę z rąk:

– *Miłość od pierwszego wejrzenia do tego bistra blablabla, gdzie młody szef kuchni Franck Lestafier otwiera nam żołądki i pasie swoimi dobrociami, wymyślając na nowo domową kuchnię, lecz w odmianie żywszej, lżejszej, weselszej, blablabla... Jednym słowem, każdego dnia jest tam niedzielny obiad, ale bez starych ciotek i bez poniedziałku następnego dnia...* No więc? A to co? Wyniki giełdowe pieczonych kurczaków?

– Nie, zamknięte! – krzyknął do ludzi, którzy podnosili zasłonę. – Och, albo nie, wchodźcie... Wchodźcie... Wystarczy dla wszystkich... Vincent, zawołaj twojego psa, do kurwy nędzy, albo zapakuję ci go do zamrażalnika!

– Rochechouart, do nogi! – rozkazał Philibert.

– Barbès... Nie Rochechouart...

– Ja wolę Rochechouart... Prawda, Rochechouart? No chodź do wujka Philiberta, dostaniesz wielką kość...

Suzy śmiała się.

Nawet teraz Suzy śmiała się cały czas.

462

– Ach, jest pani! To dobrze, choć raz zdjęła pani okulary słoneczne!

Trochę się krygowała.

Nie udało mu się jeszcze całkowicie zapanować nad młodą, ale starą Fauque miał już w kieszeni. Matka Camille zachowywała się zawsze perfekcyjnie w jego obecności i patrzyła na niego słodkimi oczami ludzi jadących na prozacu...

– Mamo, przedstawiam ci Agnes, przyjaciółkę... Peter, jej mąż, i ich mały Valentin...

Wolała mówić „przyjaciółkę" niż „siostrę".

Po co robić melodramat, skoro wszyscy mieli to gdzieś... Poza tym naprawdę stała się jej przyjaciółką, więc...

– Ach! Nareszcie! Oto i Mamadou and Co! – wykrzyknął Franck. – Przyniosłaś mi to, o co cię prosiłem, Mamadou?

– Och tak, i proszę cię, żebyś uważał, to nie przyprawa dla ptaków, co to, to nie...

– Dzięki, super, no, chodź tu, pomożesz mi na zapleczu...

– Idę... Sissi, uważaj na psa!

– Nie, nie, grzeczny jest...

– Zajmij się swoimi sprawami. To ja wychowuję... No więc? Gdzie jest ta twoja garkuchnia? Och, ale to maciupeńkie!

– No pewnie! Zajmujesz całą powierzchnię!

– Och... Ale to jest ta starsza pani, którą widziałam u was, nie? – wskazała na rysunek za szkłem.

– Tst, tst, nie ruszaj. To mój talizman...

Mathilde Kessler podrywała Vincenta i jego przyjaciela, podczas gdy Pierre spokojnie wybierał menu. Camille zagłębiła się w „Gazetin du Comestible", gazetę z 1767 roku, i zainspirowała się do namalowania odjazdowych dań... To było cudowne. A hm... gdzie... gdzie są oryginały?

Franck był na pełnych obrotach, siedział w kuchni od rana... Skoro wszystkich udało się zebrać...

– No już, do stołu, ostygnie! Gorące! Uwaga: gorące!

Postawił na środku stołu wielką wazę i poszedł po chochlę.

Philou napełniał kieliszki. Jak zwykle był doskonały.

Bez niego sukces nie byłby taki szybki. Miał ten niesamowity dar rozluźniania ludzi, zawsze znajdował komplement, temat do rozmowy, drobny żart, odrobinę francuskiej kokieterii... I wycałowywał wszystkich z okolic o nazwiskach zaczynających się od „de”... Wszystko dalecy kuzyni...

Gdy to on witał, zachowywał się odpowiednio, wysławiał jasno i słowa przychodziły mu z łatwością.

I jak napisał banalnie tamten dziennikarz, był „duszą” tej małej szykownej kantyny...

– No już, już.... – popędzał Franck. – Podajcie mi wasze talerze...

W tym momencie Camille, która od godziny zabawiała małego Valentina, chowając się za serwetką, rzuciła tak sobie:

– Och, Franck... Też chcę takiego...

Skończył obsługiwać Mathilde, westchnął: „Kurwa, wszystko tu muszę sam robić...” odłożył chochlę do wazy, rozwiązał fartuch, powiesił na oparciu swojego krzesła, wziął na ręce bobasa, odstawił w ręce mamusi, podniósł swoją ukochaną, przerzucił przez ramię jak worek z ziemniakami lub ćwiartkę wołu, jęknął... „ale utyła ta mała”... otworzył drzwi, przeszedł przez plac, wszedł do hotelu naprzeciwko, uścisnął dłoń Vishayanowi, kumplowi portierowi, którego dożywiał, podziękował mu i wszedł uśmiechnięty po schodach.